Best Time

白马时光

心之所至是你

爱爬树的鱼 / 著

{ YOU ♥ ARE IN MY HEART }

百花洲文艺出版社
BAIHUAZHOU LITERATURE AND ART PRESS

图书在版编目（CIP）数据

心之所至是你 / 爱爬树的鱼著 . — 南昌 : 百花洲文艺出版社 , 2019.8
ISBN 978-7-5500-3183-8

Ⅰ . ①心… Ⅱ . ①爱… Ⅲ . ①长篇小说—中国—当代
Ⅳ . ① I247.5

中国版本图书馆 CIP 数据核字（2019）第 019985 号

心之所至是你

XIN ZHI SUO ZHI SHI NI

爱爬树的鱼　著

出品人	李国靖
特约监制	夏　童
责任编辑	刘　云
特约策划	何亚娟
特约编辑	谭　欣　秦　姣
封面设计	樱　瑄
版式设计	赵梦菲
封面绘图	卜若梨
出版发行	百花洲文艺出版社
社　　址	南昌市红谷滩世贸路 898 号博能中心 I 期 A 座 20 楼
邮　　编	330038
经　　销	全国新华书店
印　　刷	三河市金元印装有限公司
开　　本	880mm × 1230mm　　1/32
印　　张	10.5
字　　数	221 千字
版　　次	2019 年 8 月第 1 版第 1 次印刷
书　　号	ISBN 978-7-5500-3183-8
定　　价	39.80 元

赣版权登字：05-2019-19

发行电话　0791-86895108
网　址　http://www.bhzwy.com

目　录

contents

目　录

contents

楔子

有人说爱情这玩意儿，就是本糊涂账。

这人生在世，虽然不长，可总有犯迷糊的时候。

有的人醒得早些……

有的人，却一辈子也醒不了。

1998 年，秋，F 市。

“不行了，要迟到了！迟到了——”

罗莉一路哀号着，追着 112 路公交车狂奔向下一个站台。

司机大叔瞥见又是老熟人，稍稍放慢了些速度，待到站后停了停，便见那少女几乎是连滚带爬地冲进来。

“呼——好险。”

她上车后打开窗，风掀动窗帘，带进大把阳光。她抓住最近的扶手，一头松松扎着的头发被吹得乱蓬蓬的。她胡乱地爬梳几下，小手拍着胸口不住地顺气。

伴随着她这个动作，车厢内八成以上的青春期少男忍不住痛苦地扭头，强自按捺住内心的冲动——

对于一个十五岁的初中生而言，她发育得实在是太好了点。

拍着胸口的手戛然而止，罗莉侧过身，垂着头，微微佝偻起背。

她的身材已经很丰满了，常常买不到合适的胸衣，越来越频繁地停驻在她身上的目光，甚至令青春期的敏感少女觉得羞耻而难堪。

罗莉一点也不喜欢他们口中似讽似笑的“波霸”这个称呼。

公交车下了天桥，绕过一排长长的法国梧桐。

车子离梧桐很近，甚至偶尔会被伸长的枝丫拍打着车身。一枝灿烂若金的梧桐从车窗一掠而过后，探进几片金红的叶子。

罗莉轻轻往右边车厢靠去，拈起一片夹在窗缝中的梧桐叶……

是她。

同在右侧最靠近窗户的座位上，严熙冬不着痕迹地偏头，看了身侧不到一臂距离的少女一眼。

他的坐姿很端正，发型简单利落。在这个城市，初秋还微透着暑气，他的白衬衫却一丝不苟地扣到领口第一颗纽扣，银框眼镜下，薄薄的唇冷淡而矜持地抿着。

他正值大三，每周二、周四这两天的早晨，他搭着这班公交车回家时总会遇到她。

人与人之间的缘分很奇妙，相同的时间，相同的地点，不早不晚在那个时间遇到的人，总会让自己不由自主地上心。

严格来说她也不算是个美人，鼻子偏大，鼻梁过高，丰满的嘴唇、白皙的皮肤令她乍看之下有几分肖似混血儿。

但不可否认，她的身材极为引人注目……

严熙冬看了她一眼后便移开视线，不理智的情绪他总是能很快收起来。

叮——

半小时后，公交车在 F 中门前停下。罗莉拖着书包随着人流急匆匆地下车，她脑中塞满了昨晚还没来得及完成的功课，考虑着等会儿要不要去死党郝萌那儿小抄……理所当然没有注意到身后那个人。

对于她而言，二十岁以上的雄性都属于外星生物，她的目光自然从不停驻。

他从未与她说过话，甚至也不知道她的名字，只有在每次遇见时默默投去一瞥，仅此而已。

这样单方面注目的日子持续了一年。

隔年夏天，严熙冬毕业后奔赴上海，终于断了那一点微薄的交集。

七年后，上海，春。

灰蒙蒙的天空下，严熙冬蹙着眉，随人群走进地铁。

空气有些不畅，有谁在附近吃着韭菜包子?

他摘下无框眼镜，用拇指揉太阳穴，严苛梳理的头发一丝不乱。想想车子送修后还要再过一周才能拿回来，不由得头大。

“不行了，迟到了，快迟到了——”

当电车再一次打开车门时，一个令人血脉偾张的娇小身影摇摇晃晃地踩着细高跟扑了进来。

严熙冬重新戴上眼镜，第一次知道原来世界当真这么小。

第一章

人海中，我又遇见你

她已经大四了，再不趁着毕业前找到工作，等几个月后必须搬出宿舍时，就很难独自支付高昂的房租。

去人才市场前，罗莉把自己的履历表反复检查了三遍，确定能加的、能勉强挨上边的优势都填满了，方才一鼓作气，昂首挺胸地冲向目的地。

不过事实证明——

现实和胸部一样沉重。

在人才市场转悠了大半个月，她还是两手空空。

其实这些天并非没有几个小公司相询，可是在面试过程中，不是公关，就是老板的眼睛始终牢牢黏在她的 E 罩杯上，实在是……

网上的简历也大都被退了回来，毕竟她也不是名牌大学，甚至还没有毕业，压根儿没有相关的工作经验。

大半个早上又过去了，罗莉疲惫地进了离人才市场最近的一家快餐店，点了杯奶茶和汉堡鸡翅，把早午餐就这么给混过去了。

十分钟后，一个穿着严谨的三件套西装的男人也进了这家快餐店。

周遭纷纷投去注视的目光，罗莉也好奇瞟去一眼，毕竟男人身上的西装不论剪裁还是面料色泽，就算是她这样对品牌毫无概念的人，也看得出价格不菲。

他在柜台前对着菜单犹豫了几秒，皱着眉只点了一杯咖啡。

快餐店生意极好，男人单手握着托盘扫视了一圈，而后迈开长腿，在几乎爆满的店内精准地走到她跟前。

“打扰了，请问这里有人吗？”男人用食指轻轻敲了一下她对面的座位。

虽然是有礼的询问，但男人那张冷漠的扑克脸实在威慑力十足，与矜持严肃的外表相比，他有着一副即便是同性也忍不住陶醉的稀有好嗓音。

罗莉惊讶地抬头，下唇还沾着一点奶渍，确认对方发问的对象是自己后，忙不迭将陈横在桌面乱七八糟的资料收拾起来：“没关系没关系，你坐吧！”

男人将托盘放下，落座时镜片后那双细长冷淡的眼从她身上一掠而过。

罗莉起先没反应过来，等低头继续啃鸡翅时，视线在胸前一扫，蓦地双颊爆红。

大家应该能理解，天天挺着两个E杯实在是件很辛苦的事。

于是……罗莉在进餐时习惯把两个沉重的负担托在桌面上。嗯，波霸也是需要“减负”的嘛。

原本一个人时可以借着双臂和餐盘遮掩，难以被察觉，现如今对面大咧咧地坐着个男人，自然被一览无遗！

天哪哪哪——

罗莉的双手抖抖抖，心中已泪流成河。

她强自按捺住以头撞地的冲动，涨红着一张脸，一边小心翼翼地观察对面的男人，一边努力不露痕迹地将胸部收回来。

啊！好重。

男人突然抬眼看向她。

罗莉一惊，呆呆保持着原动作不变。

男人只是一瞥，面无表情地又继续低头喝咖啡。

看来他好像什么都没发现吧？

在一分钟之内三两口解决了自己的午餐，罗莉几乎把脸埋在胸上，快步想从男人身边走出去。

“等等。”男人突然在她经过的时侯扣住她的手腕，只是一触即放。他将手上的履历表递给她，淡淡道：“你的简历忘记拿了。”

“啊，谢谢。”她忙低头道谢，快速拿回简历后，便急匆匆地出了店门。

手腕在男人一握之下，仿佛还残留着一丝灼热的触感。

罗莉倏地捂脸，将男人的面容挥到脑后。嗷呜，今天真是丢脸丢大了。

所谓祸福相依？

当罗莉一无所获地回到宿舍后，竟然在邮箱里发现了一封录用通知邮件。

点开邮件，她在网络搜索了这家君安金融控股公司，意外地发现它竟然是有名的申安证券旗下的子公司，规模不小。

现任子公司的负责人是严熙冬，她默念一遍，严熙冬。

记下未来 Boss 的名字。

上班第一天，罗莉紧张地提早半个小时来到公司。

前台小姐问明她的名字后，直接引她到经理室。

李经理是个不到三十岁的铁娘子。罗莉被她连珠炮式的发问轰得晕头转向。

出了经理室后，她在会客厅呆呆地干坐了一个小时，心下忐忑不安，不知道自己的临场表现能不能令经理满意。

“是罗莉吗？总经理让我先带你去客服部熟悉环境。”一个陌生女子推门而入。

先前在经理室，李经理曾经提到目前公司还有两个职位空缺，一个是秘书室的，还有一个是客服部的。

罗莉这才意识到先前李经理那句“声音不错”的潜在含义。

“我比你早来半年，你可以叫我 Jucy，”她的笑容很爽朗，“客服部有四个小组，我是二组的组长，你要不要跟我？”

职场小菜鸟点点头，犹豫了片刻后道：“不过我大学从没接触过金融方面的信息……不知道会不会拖后腿？”

“没事儿，隔壁组的组长以前还是法律系呢。”Jucy 笑着道，“再说还有一个月的带薪培训期，别担心。”

小菜鸟放心地点头，熟悉完环境后，领了一沓材料回去。

才刚到楼下，还未出公司大门，罗莉便兴冲冲地掏出手机报信，先打电话给死党一号任金笙，咦，没人接。罗莉扫兴地嘟嘴，好吧，还有个死党二号——

“郝萌！我要告诉你一个好消息！”

“哦？”电话那头稍显阴郁的女音道，“你找到工作了？”

“哎，你怎么知道？”

“这段时间每天被某人强迫听她倒苦水，”郝萌翻了个白眼，“能不知道吗！”

罗莉不好意思地干咳一声：“我这不是高兴嘛！”

“是是是，恭喜你了……”

话才到一半，罗莉听到话筒那头传来一个少年不耐烦的声音：“我要草莓味的……”

她不由皱眉：“萌萌，那是谁啊？”

电话那头的女音有些色厉内荏的尴尬：“还不是隔壁家那个死小鬼，小白眼狼一个，又来蹭饭吃。你等等，我饭才刚煮到一半，一会儿回电话给你。”

罗莉拧起眉，咕哝一声：“要不要这么有母爱啊你。”

合上手机，她甩着包包，脚步轻快地跑向站台。

他以为他早已经忘记她了。

五楼会议室内，严熙冬站在窗前，垂眸凝望着那个娇小的身影渐渐消失在拐角处。

那个在记忆中薄淡的身影，竟然比他想象中还要清晰。

他蓦地合上窗帘，一连串失控的行为，令惯常平静的心不由烦躁起来。

记得又能如何？

究竟还想怎样？

严熙冬背身踱了一圈，总不能还想着重温旧梦吧。

丁零零——

闹钟准时在七点半响起。

终于开始朝九晚五的上班族生活，罗莉的心情既兴奋又期待。

打开衣柜，穿上早已准备好的白色小套装，罗莉弯身再套上一双五厘米的高跟鞋，镜中原本低调简单的套裙瞬间被撑出一个前凸后翘的大S，胸前的纽扣被绷得紧紧的，仿佛只要一个深呼吸就会随时弹开。她无奈地往下拉了拉衣角，想着难道还要再换件大号的。可是大号的肩线尺码又对不上号。

她烦恼地抓了抓一头及腰长发，微卷的头发在光线下呈深栗色，那少女时期略嫌大的高鼻梁在五官长开之后，衬着丰唇白肤，似混血儿一般鲜明深邃，美艳逼人。

可披着美艳外皮的小白罗莉很忧郁，对着镜子努力地调整领口和衣角好半晌，无果，只得讪讪出门。

实习第一天，二十个实习生到主管那里领取的资料，不同于昨天领取的关于公司制度章程的材料，十分专业。罗莉翻了翻手中厚厚一叠的股市资讯，对那些陌生的术语头疼得厉害。

“没关系，”Jucy安慰她，“一开始确实有些难上手，如果以前从未接触过股市方面的信息，你就干脆死记硬背吧。”

罗莉默默翻到材料最后一页：“但是K线图这个不能靠背吧。”每日大盘每只股票的K线图都在不断变动，光会看，不能分析延伸可过不了关。

“这个也是有一定规律遵循，你就多看几只股票的K线图，有任何疑问，可以去询问技术部的分析师们，再不行，还可以去问我们的经理。”

“咦？”问身边客服部的前辈们不行吗，还要跨部门或者跨级？

看出她的疑惑，Jucy笑着道：“这方面的问题当然还是要请教专业人士。当初刚进公司时，那时的组长也是这样告诉我的……不过她现在已经是主管了。你不需要害怕，经理也欢迎新人多提问题，勤奋好学的员工她最喜欢。甚至是Boss，他也会偶尔过来指点新人。”

“咦，Boss？严……嗯，严总？”罗莉差点脱口直呼“严熙冬”。

Jucy道：“嗯，是啊。虽然严总看上去，嗯，有一点点吓人，但其实是很nice的一个人。”

“有一点点吓人？”

明明是很！十分！非常吓人吧。

罗莉苦着脸，仿佛是回到了高中时代，面对严厉的训导主任，正襟危坐。

由于实习生们每周的周五都有一次考核，罗莉此前从未接触过任何股市金融信息，因此在部门其他人下班后，常常一个人留下来加班加点，给自己补课。

今天是周四，明天就是周五了。

罗莉怎么也想不到，在自己大声诵读的时候Boss会突然推门而入。

眼前的男人打着黑色领带，领口与袖口皆严谨地扣得严严实实，身上的衬衫熨烫得极为整洁，背后一丝不皱，有种宛如神职者的禁欲感。

他轻叩了下门，表情冷漠地站在门边。

罗莉先是愣了愣，待视线在他别在胸前的名牌上扫过时，蓦地站起身，慌忙道：“严，严总……你好？嗯，晚上好。”

说完她自己也忍不住懊恼地轻咬一下舌尖，哦，这是什么见鬼的开场白！

“新进的实习生？”那低沉的音质冷冽中夹带着理性，出乎意料的动人。

她点头：“是的。”

“名字。”

“……罗莉。”她犹豫了下，又补充一句，“罗是罗网的罗，莉是茉莉的莉。”

他迈步走过来，坐在她对面未关的电脑前。经过她身旁时，罗莉发现他个子极高，她穿着高跟鞋，也只刚刚够到他的胸口。

调出人事资料，男人淡淡扫了几眼：“你是F市人？”

“啊，是的。”

“以后打算长留在上海吗？”

“嗯，”罗莉快速考虑了下，“没有意外的话，应该是。”

“意外？”男人眉心一皱，“比如是什么？”

“啊？”Boss 这是找她来闲嗑？还是要体恤员工？“意外什么的，天灾人祸吧。”他的气场太具有压迫性了，面对他，她光顾着紧张了，一时什么也想不出来。

严熙冬看着她坐立不安的样子，放过这个话题。

今天会过来，其实是因为临时要回公司拿文件，准备走时，发现她所在的部门灯光还亮着。说不上是什么缘由，他提步走来，叩开门，才发现真的是她。

罗莉在谈话的空当儿，也悄悄打量着 Boss，越看越觉得眼熟。

“我从前也在 F 市。”Boss 在沉默片刻后，毫无预警地说道。

哎？罗莉惊讶了下，接着便头疼地想着该怎么接话。老乡见老乡，可她挤不出两眼泪汪汪。

最后只得期期艾艾道：“好，好巧啊！”不知该怎么开口，才能既不疏远又不至于过分热情。

这样的谈话当真是受罪，但 Boss 的兴致无疑是不错的。

“你认得我？”他忽然没头没尾地道。

罗莉意外地抬头，借着机会一边仔仔细细地看他，一边搜肠刮肚地搜寻记忆。

“想起来了！”伴随着记忆被唤醒，罗莉郁郁地垂下头，低了声音道，“上周在人才市场旁的餐饮店，严总好像，曾经跟我对桌。”

丢脸的记忆罗莉一般都选择快速删除，这次是难得，也或许是当时他给人的印象太深刻，她才能再度记起。

严熙冬沉默了下，而后起身，做了结束语：“你还要再留在公司？”

他打算赶她走？

罗莉也紧张地跟着起身：“我，我只要背完这一张就可以了。”

严熙冬板着一张扑克脸，其实他只是想说现在太晚了，需不需要他开车送她回家。

清了下喉咙，他努力缓和着表情，但那张不苟言笑的脸配合冷淡的声线，不论再怎么柔缓，听上去似乎总带着些许客套和不情愿：“你需要我送你回去吗？”

罗莉立刻把头摇成个拨浪鼓：“不用了不用了，离末班车还有一个小时，我自己会搭地铁回去。”

严熙冬向来不擅长挽留，于是在她的坚定婉拒下，他只是点头，转身离开。

发动车子，他对这不明所以的偏执耿怀越发觉得困扰。

要追求她吗？

他的个性严苛又无趣，对于她这样的年轻女孩，他无法明白她们的喜好，也从未有去了解的念头。

屈指算来，他的两任女友皆是主动型，他可有可无地接受后，不到一个月她们就主动离开了。

再过半年他就三十了，对于女人这种生物，他的了解依然寥寥无几。

他已经很久很久没有约会了。

培训的日子，就在每天不断地领新材料、背诵、消化和对练，而后准备迎接每周五的考试中度过。

不觉，在公司已经实习半个多月了。

罗莉开始隐隐感觉，Boss 似乎很不喜欢她。

她虽然有些迟钝，但还是捕捉得到 Boss 那双常常额外关照她的冷眼。

罗莉惊恐地捧颊——难道她快要失业了？

这是她好不容易才找到的第一份工作，她在心中暗暗为自己鼓劲，无论如何，她一定要撑过培训期，顺利通过。

可什么叫祸不单行？

罗莉在接下去的两天，终于体会到了。

先是周三晚上，笔记本电脑突然崩溃了，存在电脑里的资料全部game over。

第二天她哀怨地留下来紧急加班时，结果又遇上Boss巡查。

这一次罗莉的动作极快，一看到严熙冬的身影立刻就噼里啪啦地开始收拾资料，准备跑路。

可惜到底还是迟了一步。

“今晚怎么又是你？”他拧起眉。

这稍显严厉的语气，几乎让罗莉下意识地蹦出一句“对不起”。她紧张地攥着包包，垂头站在他面前，“那个……我已经好了，现在马上就可以走。”

噢，为什么Boss的脸色反而更差了？

严熙冬：其实我只是想说，总见她在公司加班，一个女孩家常常夜归，不安全。

严Boss沉默了几秒，又继续道：“怎么总看到你留在公司加班？其他人呢？”

通常正式员工为了拼业绩，或者追个案，才要经常留在公司加班。培训期的实习生，手头没有业绩要冲，应该是相对清闲的时候。

罗莉小心斟酌地回答：“主要是一部分内容不太能理解，所以留下来看案例消化。”

严Boss竟然靠近了一步，将她桌面上还来不及关掉的电脑屏幕转了个方向，正对着他，大掌煞气十足地啪嗒一声，按住鼠标，犀利无比地盯着她道：“有什么问题，说。”

那语气和脸色，实在很难让人无法不跟审讯联系在一起——“你还招不招认？说！”

罗莉飞快地瞥了他一眼，心中泣血，究竟是谁说Boss常常热心去指点新人来着？这分明是恐吓！

她忙不迭摇头：“不用麻烦严总了，没关系的，我明天可以去问组长和经……”

话音还未落，严 Boss 已经干脆利落地点开页面，冷硬的口气给人以很不耐烦的错觉。他道：“有问题就不用留到明天，现在说。”

罗莉吓了一跳，仿佛面对训导主任一般，一个口令一个动作道：“就是 K 线图和波浪理论。”

“那就先说 K 线图，”严熙冬打开大盘，按 F8，随机切换日、周、年线上的 K 线，“以前炒过吗？”

罗莉还没来得及反应是炒什么，严 Boss 就径直接下去：“看你这样也不可能。”

罗莉默默拔去插在心口上的刀。

Boss，就算你真的这么想，也不要当面讲出来啊。

“炒股通常最好的选择是长线，对于现在的普遍股民而言，也没有那么多的精力不停地在短线上来回奔波，在此就要选择一个好的个股，经营长线……”撇开其他，单论音质而言，用低沉的嗓音徐徐授课的 Boss，停留在电脑上的目光远比看雌性时火热。虽然认真工作的男人最有魅力，但认真工作的工作狂，实在忍不住令人想退避三舍。

严 Boss 毫无追求雌性的技巧，谈到工作就忍不住开始认真：“选择长线，那查看 K 线图的话，月线的可信度最大，周线次之，然后才是日线……”

罗莉有些疑惑：“日线，为什么放最后？”

“日线虽然常用，但骗线的概率比较大，”严熙冬说到一半，蓦地偏头看她，“骗线你知道是什么吗？”

“啊？”

他冷冷露出一个“我就知道你不懂”的眼神：“就是庄家、大户故意抬拉或者压低股指，引散户上钩的反向操作。”

罗莉默默点头。

“很好。”他不吝于给她一个鼓励的眼神，虽然她完全没有接收到。他一板一眼地继续：“同时 K 线图还要结合均线，配合成交量……”

从头至尾，严熙冬也丝毫未把握到这个难得拉近距离的机会，一板一眼的授课结束后，彻底让小罗莉对他牢牢树立了老鼠见猫的心理。

最后以下载一个模拟炒股软件做结尾，严熙冬关上电脑后，突然听到旁边怯怯的声音。

“严总，那个，波浪理论你好像忘了提。”

“波浪理论不太适用于个股选择，”严熙冬板着脸，毫不委婉地道，“对于你这样的新人，也不可能短期内掌握，所以不需要浪费我的时间。”

这种话不是最好不要当面说，就算你心里真的这么想，也不用直接讲出来吧。

罗莉在心中默默地泪奔。

严 Boss 实在是太厉害了，这整整一个小时的授课时间她已经被扎了无数刀，刀刀见血！

他其实是讨厌她的吧。

走出公司大门，罗莉习惯性地往车站跑去时，一辆黑色奔驰悄无声息地停在她身前。

车窗摇下后，露出一张冷峻的脸，他眉心微皱着，镜片后那双细长微挑的眼扫过她：“上车，我送你回去。”

罗莉现在只想一个人抚慰被打击一晚上的自尊心，再说不管她怎么看都觉得 Boss 好像不太愿意啊。

她迟疑地摇摇头，推拒的话还没出口，就见他已经直接打开副驾驶座的车门，简明扼要地道：“上车。”

“……”

于是罗莉就默默地上车了。

车内，Boss 搭着方向盘，目不斜视道：“地址。”

罗莉乖乖地继续报了地址。

严熙冬面无表情地一踩油门，车子在一片沉默中无声划入一片五光十色的霓虹中。

严 Boss 的内心：很好，这就是前进的第一步。

噢噢，Boss，你真的确定？

罗莉双眼则是眨也不眨地盯紧手表，期待着能快点到家。

她宁肯挤地铁，也绝对不要跟工作狂 Boss 两人独处。

“你不住校？”

奔驰在校门附近的小区前停下，Boss 似乎没有立刻说再见的意思，继续道。

于是……

于是罗莉只好把挪了一半的身子悄悄地又挪回去，精简地道：“嗯，上个月刚搬走。”

Boss 没吭声，只以眼神示意她继续说下去。

她一点也不想跟 Boss 闲磕牙啦。

罗莉苦着脸，不情不愿地开口：“因为宿舍楼有门禁时间，所以……那个，工作后若有加班应酬，就不太方便。”

严熙冬瞥了她一眼：“你的大学专业是哲学？”

罗莉绞紧手指，小心地弯一弯嘴角：“严总的记性真好。”

严熙冬“嗯”了一声，漫不经心道：“一毕业就失业的专业。”

罗莉：“……”

Boss，其实你真的很讨厌我吧？

严熙冬压根儿没感应到罗莉周身散发的哀怨低气压，轻轻敲了敲方向盘，凝神思索了片刻后道：“今晚下载的模拟炒股软件，你把功能都摸清楚了吗？”毕竟她大学期间从未接触过相关信息，要从头开始补课。

罗莉不确定地道：“应该，都清楚了吧。”

严 Boss 直接下达旨意：“从今天起记得每日操作，长短线不限，半个月后把选股理由、操作成绩直接提交给我。”

公归公，私归私。

严熙冬决定了，虽然一开始是徇私录用她，但既然进了公司，为公平起见，他也必须让她具备相应的能力。

可怜小罗莉没想到只是搭个顺风车，便莫名其妙又背上了件繁重的新任务，她迟疑地眨了眨眼睛。

“啊？”

隔日中午，罗莉深深觉得，上天应该赋予她两个大脑！

下午就要开始每周一次的实习考核，虽然有了前一晚的恶补，但罗莉还是紧张得一到空闲时间，就捧着笔记不停默念。

“放轻松点，不用这么紧张。”Jucy 笑着抽去她手中的笔记，“现在是吃饭时间，边吃饭边背诵，不怕消化不良？”

罗莉幽幽地吞下口中的西红柿炒蛋：“我更怕考核过不了关……”她一点也不想在实习期后卷铺盖走人。

在大学得过且过了四年，这还是她继高考之后，第一次为了未来而拼命努力。虽然还有 Boss 昨晚给她整理的部分重点，她却总是信心不足，有种回到高考前夕的焦躁备战感。

Jucy 拍拍她的头：“一会儿好好考，听说这周新人考核如果通过的话，Boss 还会派送电影优惠券，免费的哟。”

“真的？”罗莉双眼一亮，最新的大片，她想看很久了，可惜一直腾不出时间。

Jucy 点头：“所以努力吧，加油！”

罗莉用力点头：“嗯！”

此刻的总裁办公室。

严 Boss 面色凝重，正在一丝不苟地制订追求计划。

电脑全屏窗口上是十四个大字：第一次带女孩看电影的六大定律。

严 Boss 的镜片后，犀利的眼神久久停留在三大注意要点上，认真打开笔记本，开始做小抄。

“第一条：如果你不太了解对方，那么第一次约她看电影适宜看悲剧片。数数女孩子用了多少包纸巾擦眼泪，你就很容易知道她的良心指数。忌讳看激情片，那些热吻、床上戏会让女孩子觉得你用心邪恶……”

严熙冬默默颔首，似乎有道理。

“第二条：如果你的年龄较大，那么第一次约对方看电影适宜看卡通片。因为女孩子会觉得你童心未泯。忌讳看青春片，因为十个女孩子有九个都爱看小白脸。”

……年龄较大？

严 Boss 沉吟了片刻，他的年龄，算大吗？

李经理很忧郁。

早上新人考核的考题不小心外泄，她急得都没来得及吃饭。正在焦头烂额之际，突然收到了严总的内线电话。

“严总，有什么事吗？”李经理一点也不浪费时间，主动发问。铁娘子风范在工作领域一如既往。

严 Boss 在电话那头沉吟良久，极为慎重地道：“李经理，你觉得我的年龄大吗？”

李经理：“……”

“果然是太大了……”严 Boss 低声自语，径直挂上了电话。

铁娘子依然保持着手握话筒的石化状态。

方才一切都是幻觉吧？

现在是下午四点。

进会议室考核前，罗莉抬头看了下钟表。

很好！接下去这半个小时的考试，她要加油！

罗莉在叫到她的名字后深吸口气，爆一爆她的小宇宙，然后力持镇定地推开门——

震惊！

这次的主考官席上为什么是 Boss？！

“愣着干什么？”

严 Boss 拉下那张扑克脸：“开始。”

“是，是。”罗莉慌忙调整面部表情，努力挤出一个甜美的笑容，“您好，这里是君安金融……”

下午四点三十分。

咔嗒——

会议室大门一左一右被重新打开。

Jucy 转头望去，便见罗莉如游魂一般，幽幽然飘出了会议室……

“考得怎么样？”她快步上前认领这只人形幽灵。

“……好像……好像我自己也不知道自己在说什么。”在 Boss 严厉的视线下，她总是忍不住神经紧绷。

Jucy 安慰地摸摸她的头。

可怜的小菜鸟，被 Boss 吓坏了吧。

“不用担心，如果在五点半下班前没有收到通知补试的短信，周末就可以来公司领电影票了。”

“啊？”罗莉有些惊讶，“为什么不直接在今天下班前领呢？”周末还要再跑公司一趟，好麻烦。

“或许是因为现在还没确定过关的人数？等具体人数出来了，才去上报？”

罗莉摸了摸鼻子：“嗯，或许吧。”

幸运地没有在下班前收到补试短信。星期六傍晚，罗莉简单地绑了个马尾，上了薄薄的淡妆，穿着一袭白色雪纺束腰长裙，兴冲冲往公司跑。

简单拾掇拾掇便艳光四射的罗莉同学沿途吸引了无数的目光。刚到公司楼下，发现门口早已守着一辆黑色奔驰。

“上车。”

熟悉的扑克脸出现在眼前，严 Boss 干净利索地打开车门。

罗莉霎时泪流满面了。

这是要她跟 Boss 一起去看电影？！

卡通片？

严熙冬站在电影院宣传板前，镜片后那双细长的眼锁定了其中最醒目的那张封面海报，二十分钟后就开始上映。

罗莉踌躇地站在电影院门口，悄悄左顾右盼了一阵：“严总，其他人呢？”

严 Boss 面不改色道：“他们已经先进去了。”

罗莉只好磨磨蹭蹭地走过来，仰头看向 Boss，期期艾艾道：“那，那不然我也先……”

没等她说完，Boss 就直接戳破她的幻想：“你留下。”

“……”

严熙冬斜睨了身边瞬间垂头丧气的小罗莉一眼，强忍住摸摸她脑袋的欲望，放软了口气又补充一句：“选部喜欢的电影，这是给你的特别嘉奖。”

“啊？”罗莉疑惑地抬头，什么嘉奖？

严熙冬继续面不改色地扯淡：“这次的新人考核你进步最大，公司对努力上进的员工都会予以奖励。”

“真的？！”罗莉霎时亮起双眼，对 Boss 的印象分顿时涨到及格线。

“当然。”

罗莉鼓足勇气，飞快拉了拉 Boss 的衣袖，将目光转向大厅另一头——

噢噢！巨大的海报上男主角被猛男轻松公主抱的造型真……特别！

小罗莉星星眼状：“我想看这个……”

喜剧片？

严 Boss 暗暗回忆初次约女孩看电影的六大定律第五条：

“看喜剧老少咸宜，看完后话题气氛皆佳，但观影后切记谈话须谨慎。虽然女孩们会笑得喷饭，但真要她嫁一个小丑，她肯定是十万个不愿意……”

严 Boss 决定看完后继续保持冷面到底的形象，多说多错，沉默是金。

罗莉看了下档期，失望道：“咦，还要再等两个多小时啊……”

严 Boss 很体恤员工地道：“没关系，周末可以放轻松点。”说完到售票处一口气买了四张电影票。

罗莉正想着“难道还有另外两个人”时，Boss 便直接递给她两张票，她低头一看，顿时心头一紧。

“严总，那个，你确定没有拿错票？”

严熙冬拧起眉，沉声道：“你不喜欢？”

口气约等于：“你还有什么意见？”

罗莉立刻识时务者为俊杰，谄媚道：“没有啊，我很喜欢，我非常喜欢！”她的内心在沉痛地忏悔：对不起，Boss！我一直以为你没有童年。

严熙冬在听到罗莉的回答后欣慰万分。

很好，没有出现BUG，没有调试失败，一切都在按原进程完美进行。

电影票定好了，现在开始最重要的一步：买爆米花。

约会六大定律中的最后一条：

“如果你想第一次就与她牵手，那么入场时记住买一包爆米花，当两只手一起伸进袋子掏爆米花时，你将得到一个千载难逢的机会……”

严Boss站在便利店前掏出钱包，默默地买了两袋最大分量的爆米花。

罗莉不由咋舌，这两包恐怕要不停嘴地啃上一天，才能解决吧？

原来Boss还是爆米花的忠实爱好者？

入场后两人上二楼中间位置落座。电影才一开播，扑面而来的清新明亮的色泽，令人的心情也不由自主得恬淡起来。

罗莉看到Boss开始拆开其中一袋爆米花……等等，他竟然朝她递过来？！她顿时受宠若惊地抓过另外一袋，“严总你自己吃，这里还有一包，我自己开，自己开……”

为什么Boss的脸突然又黑了？

罗莉挠头，难道这两包Boss都想留着自己吃？

一整场电影下来，罗莉牢牢握紧双手，绝不越雷池一步。随着身边Boss的冷气压越来越高，越来越高……她忍不住泪流满面。

这样还不行？她究竟是哪里做错了哪里做错了？

噢噢，罗莉同学，你最大的错，就是完全不给Boss任何机会犯错。

两个小时很快就过去。

罗莉在看到结尾感动的部分，不由热泪盈眶。等剧场内灯光渐渐亮起来，罗莉站起身，发现严 Boss 依然坐在原地。

“严总？”她以为 Boss 睡着了，咬牙挣扎了几秒，俯下身硬着头皮拍拍 Boss 的肩，“严总，起……”

她的大脑在看到 Boss 抬头的瞬间一片空白。

天哪，罗莉内心在惊恐地颤抖，她看到了什么？

只见向来严厉冷肃的 Boss 不知何时摘下了眼镜，散光而没有焦距的眼神从她脸上一掠而过，隐隐可见微微发红的眼眶。

她没有看错吧？她真的没看错。

罗莉痛苦地默默扭头，嘴角抽搐了几下。

原来 Boss 的神经，其实比想象中更纤细吗？

“很晚了，我们去吃夜宵。”一路上异常沉默的 Boss 终于开口，第一句话就直奔主题。

两场电影看下来，时间已接近午夜。罗莉确实也有些饿了，只是对着 Boss 的脸，她怕会胃疼。

严熙冬直接拍板：“那就中餐吧。”

罗莉：“……”

我还什么都没说呢，不要无视我！

两人就近步行到电影院对街的中餐馆。

严熙冬脱下西装外套，松松挽在臂弯，将服务生双手递来的菜单直接挪到罗莉面前，只点了海鲜粥和一盘香蒜海蛎。

罗莉对着菜单上几个触目惊心的零心疼，默默掐灭了 AA 制的念头，眼一闭牙一咬，点了盘清粥和烤鹅：“这两样就可以了……”

“等下。”Boss 突然伸手，从她手上拿过菜单，在不经意间，修长的食指似乎划过她的指尖。

罗莉霎时内心一阵战栗，忙不迭松开手，规规矩矩地低头坐好。

严熙冬看了她一眼，又加点了几样熟食，等菜都上齐之后，照样轻轻推到罗莉面前。

罗莉怯怯抬头，只看到Boss亮出那森森白牙，对她说：“快吃吧。”

她顿时有了一种大灰狼正在精心喂养小白兔，只等养肥了再吃的错觉！

第二章

不动声色的追求

严熙冬最近很烦恼。

他原是个古板又无趣的工作狂，并一直深信自己会抱着电脑直到老死。

将近三十年来，他的热情几乎都献给了代码和 K 线图，除了两个曾经短暂进入过他的生命的女友，他的感情世界一片空白。

而那两段如流星般短暂的恋情，非但没有让他更了解女性，反而让他越发觉得，女人这种生物比最复杂最难解的源程序更让人头疼。

他始终打不起精神陪她们逛街购物，也提不起劲儿将柏拉图关系更近一步。他还有些完美主义，总是忍不住挑剔她们的小毛病。虽然看起来严肃冷厉，其实他的神经意外纤细，漫天八卦和滔滔不绝的唠叨，总会让他大皱其眉，难以忍受。

最后一任女友在确定关系的第十天，给他发了一条简讯：

我认为你更适合选电脑做情人。

就这么分手了。

而他也没有再继续尝试的念头。

到如今，作为年近三十的在室男……好吧，这确实是有点丢脸。命运却宽容地在他三十岁生日之前，给了他一份意外惊喜。

他的世界突然改变。

严熙冬扶了扶眼镜，严格审视镜中的身影：

头发一丝不乱，很好。

胡子刮得很干净，很好。

衣领烫得平整无皱，很好。

领扣袖扣毫无遗漏，非常……等等，好像还漏了什么。

严熙冬打开抽屉，喷了喷口气清新剂，薄荷清香型——据说这款香型在年轻女孩中最受欢迎。

好了，可以出门了。

他没有任何追求女性的经验，传说中的雄性求偶本能几乎都被他发挥在了求知上。

严熙冬下楼时将垃圾也一并带下来扔掉，抬腕看了看时间，八点零五分。

很好，能提前二十分钟到公司，制造偶遇机会。

罗莉觉得最近很有必要去庙里拜拜。

是诅咒吗？她已经连续一周偶遇 Boss 了。

好不容易撑过实习期成为正式员工，可不论她是提前上班，还是踩着点险险到公司，总是能在电梯走廊与 Boss 不期而遇。这是命运对她前半生偷懒的惩罚吗？

“还有三分钟让你打卡。”Boss 站在电梯内看了看腕表，面无表情地道，“愣着做什么，进来。”

罗莉只得认命地顶着 Boss 的嗖嗖冷眼一道进了电梯。

才刚站定，身后突然探出一只手——

罗莉吓了一跳，反应过来是 Boss 后，缩了缩肩膀，等他按完电梯楼层后收回手，她才微微松了口气。仿佛食草动物遭遇天敌一般，她下意识地紧张而警戒。

严熙冬有些懊恼。

不是说雌性有很强的生物第六感，只要是含情脉脉的眼神，对方的雷达一定能很快接收到？

或许是自己的眼神还不够含情？

罗莉察觉到Boss凌厉的眼神攻势突然升级了，小心肝顿时惊吓万分。

她发誓她刚才真的什么都没做。

等电梯门一开，罗莉立刻用最快速度逃出去，严Boss只得望着佳人的背影兴叹。

不知道他的情意传达成功了没有？

长叹一声，Boss，绝对没有！

“罗莉，你的包子和红糖馒头！”

一到座位，右座的小珍就递给她一个塑料袋。小珍家楼下就是超市，因此每天上班前都直接去超市打包早餐。罗莉与她对座，小珍见她头几天上班总是来不及买早点，去超市时就顺便给她多打包了一份。

“谢谢哟！”罗莉笑着接过早餐，给小珍付了钱。这份新工作除开Boss太恐怖，其实公司氛围很好，组长经理们也不会对新手们摆架子，每天晨会上，老员工也不吝啬上台传授些经验。

快速在三分钟之内解决了早餐后，小组长Jucy便来办公室通知大家到会议室例行开晨会。

公司每日的晨会内容主要就是让前一日交易总额的前三甲上台分享经验，而后由经理发布这一天组员们需完成的任务，便能够散会了。如果有重大事情要宣布的话，顶上的头儿就会在晨会上露面，传达新变动的指令。

忘了说一句，每次开晨会之前大家都要先唱拼搏战歌，据说是为了调动士气。

罗莉满脑袋胡思乱想地唱完了战歌，开始掏出笔记本，记录台上的老员工们正在分享的成功经验。

台上的亚军才刚刚讲完，还没下台呢，会议室的门突然开了。

咦，今天进来的怎么是Boss！

公司又有什么大变动了吗？

底下的组员们开始有些骚动。当Boss那双充满压迫力的厉眼扫视全场后，大家倏地静默下来。

严熙冬也不开口，只挥了挥手，示意傻愣在后面的销售季军上台。

罗莉资历最浅，因此坐在靠近走廊的边陲地带，此刻在心中不断默念着：Boss 别过来，千万不要过来！

可越害怕的事，偏偏就越容易发生。

这不，严熙冬径直往台下走，前排多是经理和组长，见 Boss 过来了，纷纷自发往边上一挪，主动让出位置。

严熙冬目不斜视，径自走到倒数第三排，站定。

这一排的菜鸟们在 Boss 强大的气场下四散逃开，识趣地空出大片位置任君挑选。

严熙冬踱近几步，不动声色地转身落座，隔壁的罗莉同学心中已泪流成河。

大家先是松了口气，再朝可怜的小罗莉投去同情的一瞥。

竟然跟 Boss 同座，他很恐怖。

铁娘子李经理却是皱了皱眉，她跟了严熙冬最久，此刻隐隐察觉到有些不对劲儿。

思及前阵子 Boss 突然内线她的奇怪问题，铁娘子意味深长地再看了 Boss 和他身边的美艳波霸罗莉一眼——

别看这几年无欲无求，原来头儿的口味这么重哪。

身边坐着一尊大佛，罗莉时刻保持正襟危坐状，努力秀出一副勤奋好学的样儿，镇定地看着讲台依旧马不停蹄地做笔记……只是，只是握着笔的手有些软而已。

“这里的攻单有缺漏。”带着冰冷金属特质的低沉声音突然在耳畔响起，一丝热气喷在她敏感的耳垂上。

天哪！ Boss 什么时候靠得这么近？

罗莉一惊，猛然捂住耳朵向后仰，耳根热热的，后背却蹿上一股寒意。

严熙冬不觉拧眉。这是什么表情，难道他会吃了她吗！

罗莉飞快地用眼尾瞟了 Boss 一眼。呵，好黑的脸。她心里默念，我看不见，什么都看不见。

严熙冬重新振作，努力柔化那张扑克脸开始传道授业："你看这里，第一次与客户交流时，有三次机会可以发起攻单，首次攻单的最好时机应该是在客户开始询问……"

罗莉精神高度紧绷，在Boss似教训实教导的攻势下，努力埋头做笔记。

严熙冬垂眸看着小罗莉低头专心记笔记的模样，欣慰万分。

据说认真工作的男人最有魅力，这一点他最擅长。

罗莉潸然泪下。

好在销售季军在Boss可怕的注视之下草草结束了讲话，不过李经理今天的任务颁布是不是有点啰唆？

引经据典，回顾往昔，还要再接着展望未来，战线拉长得令人发指。奇怪了，铁娘子平时讲话不都是简明扼要的吗？

李经理：傻孩子们，我这是舍身给Boss增加与佳人互动接触的机会。

挨过了分外漫长的晨会，严熙冬终于迈动长腿，接了李经理的班，宣布公司近期要做一次大改革。

他调整耳麦，打开投影，只是简简单单站着，周身的气势冷峻而逼人。"公司近日将要调整战略，推出一款新型终端，日前已与卫视的财经档签立合约，将于下个月一号在卫视内开设一档股评节目，宣传这款新终端……节目时间为18：30，在此期间开设在线咨询，也就是说，客服部的工作时间将依此调整……"

罗莉苦着脸，看来将要推出的新终端，所有功能必须在下个月之前背熟，同时还要重新圈出卖点，才能跟上业绩。

现在离月底只差不到两周，新工作好不容易才上手，又要再临时更换任务，实在不是一般的头大。

而原本朝九晚五的上班时间也相应更换为轮班制，有早班和晚班，好在公司同时也增开两间休息室，提供床位给打算留在公司夜宿的人员。罗莉思忖了下，届时若再熬夜加班，她就干脆在公司歇到天亮回家。

“有什么不明白就直接问我，或者去技术部也行。”Jucy 匆匆对她嘱咐完，又挨个与其他新组员沟通。

罗莉感激地对她一笑，下载好新终端，拿着终端说明开始慢慢摸索，心下其实已打好主意，Jucy 已经够照顾她了，她不想再麻烦她……虽然她其实并不太想去技术部找那群宅男。

正式入公司没多久，她便被封为部门之花，是技术部那群宅男的梦中女神。

从青春期开始，罗莉的追求者就一直没断过，但或许是少女时代的阴影，罗莉不喜欢那些关注她伟大胸怀的男人。每次她抬头挺胸地经过技术部大门时，那一双双火热的狼眼看得她退避三舍。

活了二十二年，罗莉还没遇上让她心动的对象，虽然身边的死党们纷纷交了男友，但她依然兴致勃勃地做着她的单身公害，神经大条得令人抓狂。

时日久了，不知道的都酸溜溜地说她眼光高，看不上普通的凡夫俗子，可熟悉她的死党还不清楚，她也不过是披着美艳精明的外衣，内在纯小白。

Boss 几次三番的“偶遇”和借故接触，换个心思敏感细腻点的，多少也能察觉有些不太对劲。

偏偏严熙冬三十年来首次熊熊燃烧的热情撞上了个迟钝星人，只能说时也，命也。当然，其中也不能推卸 Boss 自己反向推动的责任。

罗莉对数字向来不太敏感，忙活了一下午，也才弄懂了不到一半的操作，但由于不想加班后又偶遇 Boss，罗莉坚决无比地把资料都拷贝了，准备回家后继续摸索。

严熙冬进客服部时，部门内还有三两个人，当发现 Boss 突然走进来后，皆下意识地屏气凝神，统一扯出笑容：“严总好！”

严熙冬轻“嗯”了一声，其余人等立刻作鸟兽散。不过还是有八卦的女青年注意到罗莉还没出来——难道 Boss 是专门去找罗莉的?

但罗莉对着这张黑面可完全没有绮思。

面对 Boss 时她总是神经紧张手足无措，好像不管她说什么总会让

Boss 不开心，但如果什么都不说，Boss 好像……更不愉快。

她内心泪流不止，这年头做个令老板满意的员工实在是个技术活，尤其撞上的还是个喜怒无常、挑剔的老大，她无比仰望并同情铁娘子李经理。

“晚上有约吗？”

严 Boss 径直走到罗莉的办公桌前，他站立的位置很微妙，恰恰将她堵在桌与墙的空隙里，垂眸看着她。

“啊？没，没有。”

“走吧。”严熙冬得到满意的答复，退开身放小罗莉出来，“就去上次那家中餐馆。”

对面就是电影院，或许还能再约会一次……

“啊……”罗莉震惊了，意思是 Boss 要找她吃饭？她慌忙摇手，“不用再破费了，上次严总已经请过了。”她还深深记得菜单上那几个触目惊心的零。

严熙冬抿了抿唇，低头看她：“意思是这次你打算请我？”

罗莉：“……”惊！

Boss 微微弯起唇，不疾不徐道：“其实可以报公账。”

罗莉持续沉默。

Boss，耍我很好玩吗？

最后他们到底还是没有去那家中餐馆。

Boss 在开车前难得记得绅士一次，询问女伴喜欢什么菜式时，罗莉犹豫地咬着唇：“还是，还是吃西餐吧。”她知道几家自助牛排店，量多又价廉。

罗莉同学是个有良知的平头老百姓，公款吃喝这种事，她，她问心有愧！

但，世事难以尽如人意。

虽然身为善良小市民，罗莉及时在车子起步不到十分钟时就对着路边一家自助店喊停。

“严总，在前面停下就可以了。”啊！快坐过头了。

严熙冬瞥了她一眼，依然没有放缓速度，口中只道：“怎么了？”

罗莉两眼放光地转过头：“严总，看到门口那个大横幅没有！想不到今天自助餐厅做特价，六点后全场一律 7 折，7 折哟！”

严 Boss：“……”

只见他默默赏给罗莉同学一记冷眼，再用力一踩油门，整辆黑色奔驰如一道闪电，唰的一声飞快地将那家自助牛排店甩到乌拉圭去。

开玩笑，自助餐哪里有进一步发展的氛围空间，要去就去二人世界。

罗莉被 Boss 毫不留情地鄙视了。

罗莉绞着手一路低着头没敢再吭声。车子没多久就在一家装潢典雅的双层西餐馆前停下。

毕竟大家都是上班族，行事最讲求效率，虽然求偶是人类的天性，但结束一天的繁重工作，也没那么多精力再花数个小时找情调小店，这家离公司最近的浪漫西餐馆还是严熙冬事先做好功课，才能这般顺当的。

罗莉等 Boss 一下车，还没等人家绕过车头替她开门，她就自动一头钻出来。

严 Boss 暗暗扼腕，面上却是依旧功力深厚的沉着冷静，他锁好车后率先往内走。

小罗莉跟在他身后，一同进了这家西餐馆，跨入门槛后她悄悄四下张望，忍不住暗暗腹诽。

看外面烧钱似的装潢，怎么内部的灯光这么昏暗？还有这条螺旋状的钢化玻璃阶梯，也忒窄了吧，仅仅能容纳三个人并行。

“走道有点暗，你小心一点。”昏暗中，Boss 突然温声道。

她原本正提着心努力跟上他的大步伐，冷不防听到 Boss 这堪称温柔的语气，正要迈步的右脚一滞，穿着高跟鞋的身子霎时失了平衡，猛然往一旁歪倒——

“小心！”柔软娇小的身子霍然被一个强势的怀抱往后一揽，再用力抱了个满怀！

淡淡的薄荷香夹带着属于成熟男人的强烈气息瞬间包裹住她。等小罗莉意识到正抱着她的人是谁后，吓得差点魂飞天外，慌忙挣扎着站稳身体，双颊火辣辣的，耳根烫成一片："谢，多谢严总了，我没关系的，你能不能，能不能……"

没等她憋出"放开我"这三个字，严 Boss 就已经无比绅士地放手。

罗莉一口气还没放下来，随着左手紧接着被一只灼热的大掌牢牢握住，蓦地又提起心来。

严 Boss 道貌岸然地平静道："这段路不好走，我还是领着你吧。"

罗莉于是就默默被牵走了。

正大光明地牵到罗莉同学的小手，严熙冬面无表情的脸上，嘴角可疑地上扬了三毫米。

怪不得推荐指数有五颗星，店主在室内装修设计上真是深明大义啊。

终于到了二楼，眼前豁然开朗。

罗莉故作不经意摇了摇手，想甩开 Boss 的大掌，无奈他的手是属蟹钳的，努力荡了三次也没甩掉。她不着痕迹地偷看了 Boss 一眼，那张永恒的扑克脸上丝毫未透漏任何讯息。

幸而侍者很快就殷勤地迎上前，将他们领到一处背光二人座上。

罗莉在打开菜单前心中还在挣扎着，如果看到的都是一打英文她该怎么办？

事实证明电视和小说都是骗人的，国内驻扎的西餐馆是不会挑战公众的英文普及能力。

对照中英文对译的菜单，罗莉谨慎地跟 Boss 选了一样的黑安格斯牛排，虽然是公款吃喝，可四位数一顿饭的账单也让她心痛了许久。

严熙冬点完主食后没有合上菜单，偏头对侍者道："再给她来一份巧克力熔岩蛋糕。"

罗莉"啊"了一声，惊讶地抬头看他。

严 Boss 的嘴角勾起极淡的笑弧："你不是很喜欢吃蛋糕？"

罗莉恍然觉得眼前的Boss突然幻化成一头等待主人夸奖的大狗，她一定是眼花了，一定是！

主食上来后，罗莉瞪着盘中的大块牛排傻眼了，加上还有一块熔岩蛋糕。秉承着不能浪费粮食、不能挥霍公款的决心，她硬是逼自己塞完了三分之二，然后光荣地捧着滚圆的肚子“阵亡”了。

严熙冬慢条斯理地解决完自己这份后，发现对面的小罗莉正有气无力地的对着餐盘耷拉着脑袋，不由提起声道：“吃饭时发什么呆，小心积食。”

如果这番话是以先前那般温和的口吻说出，罗莉一定会感动，可配合此刻这张扑克脸的教训口吻，反而令她觉得像是被大人教训的小孩，自尊心很受创。

严熙冬看着她霍然消沉的模样，却完全无动于衷，口中只会硬邦邦地道：“不要发呆，快吃。”

罗莉忍不住吐槽：“我又不是大胃王，吃不下了。”

严Boss一愣：“这么点就饱了吗？”

她忍不住偷偷送了个白眼：明明是你的食量大。

结账时，严熙冬居高临下地俯视着罗莉的小身板，原来她吃得跟猫一样少，不难养，以后他应该养得起她。

只是不知道她愿不愿意让他养。

隔日罗莉照常上班后，隐隐听到一些暧昧的询问。

但她神经大条，老老实实回答后，没有往旁的地方多想。

紧随其后的终端测试和功能考核，皆让公司上下忙得找不着北，再看Boss平日对罗莉的态度，似乎与大家一般无二。不对，隐隐还比对旁人要更严厉些？

于是那一颗颗火热的八卦之心啊，只得不甘不愿地暂时压回肚子里。

“各位观众晚上好，这里是《天赐我财》直播室，我是主持人魏鸣。

今天我们有幸请到了君安金融的 CEO 严熙冬严先生。严先生您好，请问您对这一周股市运行趋势有何独到的见解……”

伴随着每周一到周五熟悉的卫视名嘴魏鸣的开场，镜头迅速移动到严熙冬那张不苟言笑的脸上。

近百名客服严阵以待，将下午便提前发下的节目内容再次熟读。

等到十几分钟后的广告时间，电视屏幕下方就会打出咨询热线，而这一整天的重头戏也将就此开始。

还未到广告时间，附近的专线就已有零星电话响起。

罗莉暂时还闲置着，她明显一心二用中。

下周一就是她的毕业典礼，但那天她的班次刚好是日班，她想着到时该找谁来换班。隔着一层电视荧幕，她再看 Boss，觉得他似乎也没那么吓人。

小珍在隔壁座悄悄朝自己吐舌，小声道：“原来 Boss 这样远远看，还挺有型的。”

罗莉挠头接道：“莫非这就是传说中的‘可远观而不可亵玩焉’？”

“喂喂，现实中的 Boss 谁敢跑去亵玩啊？”

“倒也是。”

“姑娘们，”身后的组长 Jucy“嗯哼”一声，“还不快开始工作。”

两人这才急慌慌收了心。

前几期节目嘉宾是公司仔细挑选的几个分析师，但严熙冬嫌不给力，这次亲自出马，终于水到渠成。

屈指算来，以高效闻名的严熙冬这一生最没效率的事，莫过于拿下罗莉同学，数月下来，对方看到他依然避之如蛇蝎。

Boss 很困扰，问题很严重。

周一这天早晨，Boss 的例行偶遇罗莉，竟然失败了。

他调出罗莉的班表，确定自己没记错，这天她是日班。

铁娘子李经理正在筛选今晚的节目问题，只等中午之前上传给这期上台的分析师们。

丁零零——

Boss 的内线突然又响起。

李经理两手都没空着，接起电话时径直歪过头将话筒夹在肩缝：“严总，有什么事？”

严熙冬沉默了几秒，组织了下语言：“客服部今天是不是有人缺席？请过假了没？”

李经理手上的动作一停，总算腾出一只手握住电话，语中隐露笑意：“客服部几百号人呢，严总想问的是谁？”

这是赤裸裸的八卦！

严熙冬语塞了下，向来公私分明的他，在得力助手面前还是要留面子的。

幸而铁娘子深谙见好就收的道理，自动报备：“今天只有工号 10218 的罗莉，请假回校参加毕业典礼。”

她回学校了？严熙冬沉吟了下：“那下午的见面会？”

李经理意味深长地道：“下午有见面会吗？”当然没有！

头儿你就安心地加油，其余闲杂之事就交给他们吧。

严熙冬一怔，而后笑着摇头：“你啊。”

罗莉穿着学士服从礼堂出来的一瞬间，有种不知今夕何夕的感慨。

曾经一直期盼的毕业礼，在礼堂上俯首由校长戴上学士帽的瞬间，恍然才觉得不舍，才体会出“一低头，一弯腰，大学四年真的结束了”的感觉。

广播站在播放着老歌《那些花儿》：

有些故事还没讲完那就算了吧

那些心情在岁月中已经难辨真假

……

她们都老了吧

她们在哪里呀

……

我们就这样

各自奔天涯

……

离情依依中，不光是女生，不少男孩也红了眼眶。

从此以后，大家便天南海北，各奔东西了。

罗莉站在广场前的大树下，听着广播站反复播放着《那些花儿》，原本早已厌倦校园急匆匆要走的心，却是与此刻所有徘徊在校园各处的毕业生一样，再停留一会儿，多停留片刻……

视野内突然出现一辆黑色奔驰，从广场对面的校门缓缓驶入。

由于今天是毕业典礼，所以门卫未多做检查，直接开放大门给所有接送毕业生的私家车进出。

跟 Boss 那辆车好像啊。

脑海刚刚浮现这个念头，她便惊讶地发现原本已驶过她身边的奔驰蓦地停下，而后再迅速倒车退回来。

叫你乌鸦嘴，好的不灵坏的灵！

车窗降下后，那张乌压压的面孔让罗莉忍不住有转身奔逃的欲望。

“……严总，好巧啊。”

严熙冬冷冷“嗯”了一声。

“严总今天怎么会？”

严熙冬简明扼要道：“公干。”

于是罗莉只能讷讷地“哦”了一声。

两人一个走，一个缓缓开车跟随，一时无话。

罗莉悄悄瞥了他一眼：“严总不是说有事要忙，我这里可以的，您先走吧？”

严熙冬只作看不见她暗示的眼神：“你什么时候走？我可以顺路接你。”

她内心有些颤抖，Boss 要不要这么热心啦！“那个，今天晚上还有毕业生晚会，所以我没那么快走，严总就不用麻烦了。”

严Boss“嗯”了一声，似乎饶有兴趣道：“还有晚会吗？”

罗莉大惊：“其实都是学生自发组织的，全是业余爱好，一点也不精彩的！”

严熙冬偏头看了她一眼，罗莉立刻心虚地垂下头，Boss直接拍板：“一个小时后就在门口见。”

“啊？”

他挑眉：“不带我参观一下？”

罗莉绞着手：“其实，其实真没什么好看的。”

严Boss直接无视她，而后非常有效率地掏出手机：“报电话号码。”

“啊？”

Boss镜片后那双细长上挑的眼扫过她：“方便联系。”

“……”我可不可以拒绝！

Boss拧起眉，不怒自威。

于是罗莉就乖乖报上电话号码，再乖乖笑纳了Boss的手机号，而后挥一挥手，恭送Boss绝尘而去。

晚会于晚上七点开始。

陪严熙冬在操场胡乱逛了一圈后，罗莉看了看手机，已经六点了，她期期艾艾地抬头仰望Boss：“严总，你现在饿不饿？”

严熙冬一针见血地点出：“你饿了？”

“嗯，”罗莉意思意思地伸出两根指头比画一下，谄媚道，“严总不饿，我就没关系。”

“那我们继续逛。”

罗莉垂头，默……

突然脑门被一根食指轻轻一弹，罗莉捂住脑袋傻傻地抬头。

严熙冬收回手：“走吧，去最近的食堂。”

“啊？”

“或许你想继续逛？”

“不要不要，我这就带您参观一下我们的食堂。”

Boss 站在食堂点菜栏前已经沉默三分钟了。

身后原本群情激奋的队友们在 Boss 三秒前一个凶煞的眼神下溃退，飞快逃往隔壁的窗口。

罗莉苦着脸，渴望地看向顺利逃到隔壁窗的队友们，认命地继续站在 Boss 的低气压带，悄悄探过头："严总，你想好了吗？"

——你没点菜，我就不能先点啦。

严熙冬低头俯视罗莉："推荐几样菜。"

于是罗莉就推荐了。

结果 Boss 横挑竖选，苛刻挑剔得简直想让人拔头发："严总！这里是食堂啦。"

严熙冬一挑眉。

罗莉的声音不觉越来越小："不然，实在不能接受的话，我们就去外面吃？"

严 Boss 沉默了几秒，终于冷唇轻启，开始报菜单："荷包蛋，苦瓜肉丝，乌鸡炖罐。"

"会不会太淡了？"

严熙冬扶了扶眼镜："我不习惯油腻的东西，先将就吧。"

罗莉"哦"了一声，指一指窗户："那严总先去那边占个位置，我点完菜就来。"

严熙冬没回她，径自端着饭盒跟菜盘往靠窗的座位走去。他很高，背影极为挺拔，手工定做的西装很服帖，忠实反映出他的肩膀连接脊柱的肌肉线条，总是紧绷绷硬邦邦的，似乎从未见他有放松的时候。

罗莉很快就收回视线，笑眯眯地点了个大鸡腿和排骨肉。

严熙冬在罗莉端着餐盘过来后，视线不着痕迹地扫过她的大鸡腿："你喜欢这个？"

"嗯！"罗莉咬了一口，"尤其是烤腿。"

怪蜀黍默默记下了，又继续刺探情报，道貌岸然道："从前你住哪座宿舍？"

“九号楼。”罗莉一比窗户，“喏，就是最靠后面那座。”

“那教学楼呢？”

罗莉比了比对面斜坡上的校舍，带着一点怀念不舍的口吻：“主要在A楼，还有后面的B楼，偶尔还有去实验楼。”

严Boss终于吐出最终目的：“我好像还没参观过你的校舍。”

罗莉惊！“啊？为，为什么？”

“怀旧，”严Boss眉毛都不挑一下，淡淡地说，“重温学生时代。”

绝对是骗人的吧。

由于是露天晚会，嗡嗡作响的蚊虫在所难免。

啪——

这是罗莉这个小时内第十二次狠心对着自己的白嫩小胳膊小腿下手。前半个小时顾及着Boss在身边，她硬是歪歪扭扭地忍着，可不在沉默中灭亡就在沉默中爆发。

后半个小时罗莉同学终于忍无可忍，一路啪啪啪地挥巴掌。

但即便如此，罗莉也依然守着晚会，屁股不挪动一下，倒不是因为晚会有多精彩，只是这是毕业前的最后一晚，她格外珍惜。

而迟钝的她更没有发觉周遭众多想在最后一夜表白的师兄弟们哀怨的目光。严熙冬默默将抛过来的第五个纸条毁尸灭迹，偏头凝视着罗莉姣好的侧脸，内心的敌袭警报级别拉到了最高级。

好不容易，终于熬到九点钟，晚会正式结束。

严熙冬突然握住罗莉的手。

她下意识地挣扎着想缩回手，疑惑地转头看他。

严熙冬没有再低头看她，紧握住她的大掌却也没有松开，继续道貌岸然地道：“现在人太多，别走散了。”

“哦。”罗莉不疑有他。等退出人潮时，还没等她挣动，左手蓦地一松，便见Boss已经收回手，正低头看向她，不容置喙地开口，“带路吧。”

A楼与B楼之间，有两条五十米长的连接通道，贯通两座楼。

这两条通道分别开在二楼与六楼，此刻罗莉正与严熙冬一前一后穿过二楼的通道，抵达 B 楼。

相较于几乎完全被黑暗笼罩的 A 楼，B 楼上还有稀稀拉拉几个房间透出的灯光，听那透出门缝传遍整座楼的音响，约莫又是街舞社或是哪个闹腾的社团正在举办活动。

楼道用的是感应灯，一路上几乎都是罗莉在开口，偶尔还插播个随堂小故事。

严熙冬配合她努力掰话题，可是两人却越聊越冷，越聊越冷……于是他干脆闭嘴，让她再演一会儿独角戏，免得冷场尴尬。

“严总。”罗莉努力蹂躏着脑细胞，将自己贫瘠的家底几乎都掏了个遍，在场只有两人，她词穷了，话题便只能转移到 Boss 身上。

“严总，在大学时有没有遇到什么有趣的事？”

“没有。”

“那大学时，有没有参加什么比较喜欢的社团活动？”

“没有特别喜欢的。”

罗莉暗暗点头，看来自己的直觉没错，Boss 在学生时代就是个大宅男。

“大三时，每周二、周四这两天早晨，我都会搭 112 路公交车回家。”走到三楼时，Boss 突然主动开口。

罗莉反应过来后，忍不住惊喜道：“咦？我中学时也是搭 112 路呢。”

她看不清 Boss 的表情，耳边只听到他淡淡接下去的话，语中竟然罕见的有几分怅然的味道。

“或许那时候我们还曾经擦肩而过。”

罗莉挠头：“倒也说不准。”虽然她现在完全没有印象。

两人有一搭没一搭地边走边聊，谁料爬到五楼时，那层的楼道感应灯不知什么时候坏了。最后一站就是五楼的听力教室，B 楼格局类似于缺了最后一个封口的回字型，往上看，两侧的六楼七楼那圈亮着灯光的房间多少也起了一点照明作用，不至于让他们完全摸瞎。

“严总大学时除了读书，就没别的交际？”罗莉踩着高跟鞋，略后于严熙冬一步。

严 Boss 仔细想了想："曾经参加过半年的数学社和围棋社。"

数学社？

罗莉小心翼翼道："那数学社的社员很多？"

严熙冬低头睨了她一眼，昏暗中，她的双眼亮晶晶的，令人难以抗拒。"包括社长在内，不超过五个。"

"啊？"果然如此！

这个念头才一闪而过时，罗莉的嘴角还来不及勾起，立刻腿一绊，悲剧地扑地——

"小心一点！"

熟悉的冷淡音质在这个昏暗的环境下竟有几分暧昧的温柔。罗莉只觉腰间猛然一紧，一个天旋地转后，便发现自己被紧紧抵在楼道的墙壁上。两人的距离极近，她能清晰地感觉到 Boss 瞬间加快的呼吸。他口鼻间呼出的热气轻轻喷在她脸上，高大的身体将她严严实实地拘在这处狭小空间里，霎时把她给吓蒙了。

"谢，谢谢，"罗莉磕磕巴巴地道完谢，双手紧握着下意识地抵在他胸前，不让他再靠近，"能，能不能放开我？"

这一次严熙冬却没有再像之前那样守礼地立刻撤手，反而又朝她凑近了一些，在近得只剩下半指距离时停下，就着外面透进来的微弱灯光，静静凝视着她。

罗莉的一双眼在两人极近的距离下已经瞪成斗鸡眼，她紧张地抿着唇："你？"

话未落，只见 Boss 头一偏，脸一侧，一口衔住她的嘴。

第三章
百折不挠

当因惊愕瞪大的眼，与 Boss 镜片后那双细长冷淡的眼睛近距离相接时，罗莉的大脑瞬间似乎被一百头大象呼啸着踩踏而过。这是她二十二年来最惊恐的一次体验！

她的小嘴几乎被整个含住。他没有探进舌来，只是温柔地吻着，就像她吃心爱的布丁时一样……

怦怦怦。

罗莉憋红了脸，心跳瞬间破百。

耳边越来越大的心跳声不知是她的，抑或是他的。

呼吸越来越急促，节奏乱得一塌糊涂。

她想挣扎，却被牢牢抵在墙上，想逃开 Boss 铺天盖地的吻，后脑勺却被一只大掌牢牢扣住，固定得死紧，两只小拳头捶得发红，但他依然不动如山。

不行了……快要没办法呼吸了。

最后小罗莉几乎是铆足了吃奶的劲死命挣扎，好不容易才挣得一线空气。

“呼，呼，你，你是要，要杀人吗？”

哪有人接吻这么接的？这是谋杀！

这义愤填膺的生命控诉传到严 Boss 这里，直接打了水漂。

只见他摘下眼镜，不紧不慢地放进口袋，甚至还有余力摸了摸喘气喘得快断气的她的脑袋。

罗莉只来得及惊恐地再吐出个“你”字，小嘴又被啃住了。

两人力量悬殊，她在他怀里左冲右突，就是无法突围成功。紧紧抱着她的双臂越收越紧，吻得也越发深入……最后她只得无力挣扎地被亲个够，直到他满足为止。

也不知在昏暗的楼道待了多久。

她被亲得昏天暗地，每每在中场休息时间想说话，又被牢牢堵回去。

一定是因为缺氧，下楼时罗莉觉得自己的腿都软了，踩在地上软绵绵得厉害。突然脚下一轻——

罗莉反应过来时，Boss 已俯身来了个华丽无比的公主抱：“原来你还挺藏肉的。”

他此刻的声音喑哑低沉，带着陌生而暧昧的沙哑，光是听着，耳根便痒痒的，头皮也麻酥酥的，仿佛有一只无形的手在耳窝内轻轻地勾挠着。

罗莉脑中乱糟糟成一团，无数的疑问在打架。

她下意识地抿紧嘴，舌尖被吮得发疼，嘴唇又肿又麻。她飞快地抬头看了 Boss 一眼，只见他已经重新戴上了眼镜，依然衣冠楚楚，神情冷静，连头发都不乱，唯一泄露痕迹的，只有他此刻分外殷红的唇。

严熙冬抱着她穿过半个操场，径直到了停车处。

他将她小心地抱入副驾驶座，绑好安全带，而后绕回主驾驶座后发动车子，在两旁昏黄的路灯下驶离校园。

他没有再开口说话。

车厢内开着冷气，气氛静谧，透着难以言说的暧昧和尴尬。

罗莉双手捧着 Boss 在上车前给她买的奶茶，暖暖的温度透过那层薄薄的塑料传到手心，勉强安抚了她正惴惴不安的心。

她的租房离学校不远，不到五分钟，车子熟门熟路地在她的租房大门前停下。

到家了。

罗莉下意识地想拉开车门，却发现门被锁住了，打不开。原本稍稍平缓一些的心跳立刻蹿升至破表。

“我要对之前发生的事道歉。”严熙冬依然保持着目不斜视的冷静模样，但握着方向盘的手不自觉捏得更紧。他扶了扶眼镜，却迟迟不肯转过脸来，对着正前方的路灯吐出后半句：“但我不后悔。”

罗莉低着头，不表态不吭气。

严熙冬冷静下来后，也意识到要糟，可先是一整晚被她那群源源不断的师兄弟刺激，再加上当时的气氛太好，她摔得时机也太好，那又慌乱又懵懂的模样太可爱，他那时只觉脑中嘭的一声炸开，便什么也不想不顾了。

可回归现实后，表白——要如何表白才能打动她的心。

对此经验值为零的严熙冬，既羞窘又头痛。

“我，其实已经喜欢你很久了。”在一片寂静中，严熙冬徐缓而又慎重地开口，“对于这份感情，我是认真的。”

罗莉交握的手不自觉颤了一下，内心瞬间震惊了！

Boss 喜欢她？

怎么可能？

严熙冬目不斜视，丝毫没有察觉到罗莉惊悚纠结的眼神，他搜肠刮肚了好半晌，却怎么也想不出更多缠绵悱恻的词去打动她。最后两人面面相觑了好一会儿，他单刀直入地道：“如果你不介意我比你大了许多，也愿意考虑的话，我们可以试着以结婚为前提来交往。”

惊天大雷！

结，结婚？！

对于才刚刚出校门的罗莉而言，结婚是个遥远的词汇，骤然从 Boss 口中听到，不亚于一记滚滚春雷。

面对着 Boss 转过头来时，那火热殷切的眼神，罗莉磕磕巴巴地道：“我，我，我，让我考虑一下。”

严熙冬步步紧逼：“你要考虑多久？”

“啊？”

为什么话题向着诡异的方向奔去了。

她结结巴巴道：“我，那个，太突然了，可不可以等我回家后再说？”

严熙冬也知道心急吃不了热豆腐，他轻咳一声，打开锁住的车门，带着令人毛骨悚然的温存微笑，分外温柔地道：“好好考虑，我等你的回复。”

罗莉软绵绵飘下车，一头栽进屋里。

是夜，罗莉一整晚辗转难眠。

她哀叫着把头埋在空调被里滚来滚去，滚去滚来。

突然一个激灵，罗莉又从被子里钻出来，原来这就是传说中的职场性骚扰？！

虽然打着喜欢，还有以结婚为前提的名头，但也是换汤不换药！

罗莉翻身而起，那 Boss 的言下之意是——

她即将要被潜了吗？

辗转反侧了一夜，罗莉都在纠结着要不要辞职。

毕竟是辛苦找到的工作，为了适应这份工作，她曾经那么努力地学习争取过。这几个月来，眼看工作越发上手，同事关系和人际环境她也很满意，若不是 Boss 今晚突然做出这样的举动，她压根儿就不想挪步。

昨天才刚毕业，难道一毕业她就要失业？

想起当年离家时曾对亲友发下豪言壮语，非要做一番事业才回去。

真是大言不惭。

而今身在异乡，她摸摸银行卡，身上所有的存款只剩下一千八。两个月前爸妈来电话时，她还信心满满，要他们不用寄钱，她已经找到工作，可以独立生活了。

如今哪有脸自打嘴巴，都进了社会，还要向爸妈伸手要钱？

可上海的消费这么高，合适的工作却着实难找，不知道这些钱还能再支撑多久。

思来想去，不觉天边已泛白，罗莉烦恼地拔头发，猛一翻身，将脸塞进枕头底下压抑地尖叫两声。

啊！现在的情况真是一团糟。

可再郁闷，时钟也不以她的意志为转移。

眼看指针一点点指向了九点，罗莉着实想不出该怎么面对 Boss，犹豫了片刻，她还是小心翼翼地打电话再向 Jucy 请假。

电话中 Jucy 的口气有些为难，但还是准了假。

罗莉放下电话，长长呼出一口气，心中也同样过意不去。这个月她已经连续两天请假，对于一个新人而言，实在不是件好事。

她打了个滚，将自己埋在被窝中，脑海又浮现昨晚 Boss 那不容拒绝的亲吻。混蛋！这是她的初吻啊！

罗莉羞愤地在被窝里捶床板，她梦想中的初吻至少也要在灯光美、气氛佳的情况下自愿献出去啊，可现在居然是被按在楼道内强吻了！

还强吻了大半个晚上。最要命的是：对象竟然还是 Boss！

掏出手机，她要不要跟死党商量一下？

可之前自己还信誓旦旦地对她们说一切 OK，没有问题的。

罗莉同学死爱面子，捏着手机纠结来纠结去，最后狠狠一拍床，大不了姐最后就辞职呗，也不是什么要命的事，这点……这点小事，她自己能解决。

好吧，接下去该怎么跟 Boss 摊牌？

其实，她并不想辞职，除了 Boss 之外，她觉得一切都很完美，如果，如果能打消 Boss 的不轨企图，她想她还是能继续做下去。

呆坐在床上大半个上午，罗莉想得脑袋疼，最后屈服于响亮的腹鸣，先换衣下楼吃饭。

罗莉打开电脑，开始拟定说辞。嗯，开场白是要义正词严，还是怀柔婉转？或者就干脆用理性知性的第三方口吻？

对着笔记本电脑敲敲打打，罗莉痛苦地抚额，原来拒绝也是件技术活。

以前她只要发发好人卡便行了。

可现在总不能对着 Boss 说："严总，你是个好人，我实在配不上你，请继续寻找你的第二春。"

这么说会死得很惨烈吧。

罗莉捶着自己的脑门，我怎么就这么钝，这么钝！

所有电影和小说都告诉大家，老板晚上经常开车送美丽的女职员回家，必定是欲图谋不轨。

她怎么能被那张道貌岸然的扑克脸给蒙蔽了！

等斜入窗台的阳光渐渐被黑暗取代，罗莉眼前的屏幕上也只有短短的三行字。

吃饭皇帝大，罗莉长叹口气，合上屏幕，进厨房做饭。

叮咚——

才刚刚拔出菜刀切一片肉，门铃便叮咚作响。

罗莉分神看了下日历，啧，又到了每月收房租的日子。

"来了！来了！"她随意擦了擦手，抓着钱包打开门。

"啊！"

门外严熙冬正好整以暇，居高临下地低头看她。

两人面面相觑了一分钟，还是严熙冬先开了口："不打算请我进去？"

罗莉下意识地点头："是啊！不是。"身体的潜意识比大脑更快一步，识相地打开门。

严熙冬走进玄关，先环视一圈她的小租房。

她住的是单身公寓，一室一厅一厨一卫，目测只有五六十平方米，桌面上都是一叠叠散乱的资料文件，玄关旁的鞋架上歪歪扭扭地摆放着三双鞋，另外还有一双胡乱踢在地上，边上还搁着个开口的公文包。

严熙冬不觉拧起眉。他有些洁癖，家中向来一尘不染得可以当样品房。但顾念着此行的最终目的，他努力按捺住挑剔的冲动，将目光集中在套着睡衣的罗莉身上。

“客厅不用脱鞋，直接走进来就好。”

罗莉在Boss的强力眼神下，习惯性地又开始紧张。她用最快速度将折叠沙发打开，而后奔进厨房倒了杯水。

“严总坐，那个，喝水。”等罗莉同学谄媚地递上水杯后，忍不住想捶死自己。

真是太没有节操了，只是被Boss的冷眼一扫就自动升级成小妹，你没出息没出息！

严熙冬坐在沙发上，接过罗莉递上的水杯，双唇只轻轻沾了沾杯沿，便搁下杯子，双手交握于身前，平静地道：“我一直在等你的电话。”

罗莉一呆，提起心，要开始正题了。

他坐着，而她站着。他镜片后严厉的目光自下而上地锁定她，气势依旧逼人。

“我……”罗莉怎么也想不到，Boss会直接杀上门，她吞了口口水，脑袋努力整理说辞，“那个，我说，我拒绝行不行？”

严熙冬的眼睛蓦地一眯，语调却依然平缓冷静：“为什么拒绝？”

“啊？”

还用问为什么吗？罗莉努力委婉地尝试发好人卡：“其实，你很好，是我自己的问题。嗯，你不是我喜欢的类型。”

严熙冬有生以来还是第一次接到好人卡，脸上不可谓不黑。他深吸口气，依然保持着平稳的语调，以面试官审核新员工的口吻道：“那你喜欢什么类型的男人？”

罗莉：“……”

握拳，干脆就针对Boss身上的特质，反着答！

“嗯，我喜欢的对象，首先要温柔，”罗莉不着痕迹地从眼角偷瞄Boss一眼，“还要幽默、绅士、脾气好……”

严熙冬扶了扶眼镜，递给她一个“继续”的眼神。

“模样最好是书生型，要交友广博，容易相处……”

严 Boss 突然开口："你觉得我的样子呢？"

罗莉挠头："要说实话吗？"

"当然。"

她这才吞吞吐吐地开口："你长得，很提神。"

严熙冬："……"依然功力深厚得面色不改。

罗莉心底却莫名抖了一抖，硬着头皮继续道："另外，对方最好要跟我是同龄人，这样彼此没代沟，有共同语言。"

严 Boss 淡淡地说："还有呢？"

"还有，还有不能是工作狂，要有生活情趣。"

"还有呢？"

"还有，"罗莉紧张之下，一时也忘记还漏了什么，搜肠刮肚了老半天，她只得讪讪地说，"嗯，暂时没有了。"

严熙冬沉吟了片刻："这些，就是你的要求？"

"目前就这样。"罗莉想了想，还是要给自己留条退路，"以后如果想到了，再补上。"

严熙冬将问题焦点聚集到其中第三条不可逆因素，道："比你年长，就一定没有机会了吗？"

当然有机会！罗莉暗暗咬牙，不过就是不给你机会！

她咽了口口水，目光停留在严熙冬身上，努力让语调平稳淡定些，岔开话题："为什么会这么突然地……喜欢我？"

严熙冬语调微乎其微地顿了下："不是突然，也说不上是什么时候。"

这个回答是不是太简略了点？

罗莉干咳了一声，可是又着实不好意思追问。

严熙冬静静看着她低着头局促不安的样子，突然伸手摸了摸那头乱蓬蓬的发。他想这么做很久了。

她吓了一跳，身子直往后仰，避开那只大手。

他却是一触之后便自若地收回手："好吧，我明白了，那接下去就不打扰了。"

意思是……搞定了？想不到这么快就能解决！

罗莉喜出望外，急不可待地起身送客：“那——再见？”

严熙冬微微一笑：“再见。”

这个笑容，罕见的狡猾。

发动车子前，严熙冬透过半开的车窗遥望伊人的窗口。

“为什么会这么突然地喜欢我？”

她那句疑问隐隐约约又浮上耳边。

严熙冬一踩油门，车子如一支黑色的箭，离弦而出。

他当然知道，她对他的回答不太满意，不过对于严熙冬而言，真情告白这种事，难度实在太高了。

多年前那段单方面注视的日子，是他心底最深处的隐秘。

为什么会喜欢上她？

严熙冬扶着方向盘，心中也在同样问自己。

或许是当年的他看了她太久，久到不知何时，心底竟模模糊糊有了这么一道影子。他从来就不是个感情丰沛的人，离开 F 市这些年更没有所谓的牵肠挂肚过。直到那日重逢，他才惊讶地发现，原来自己一直都没有忘记过。

这些心情，他羞于启齿。

总有个人，说不清哪里好，也没有任何原则道理，流经岁月长河，远离千山万水，站在人海中，却依然明晰。

这次谈话后，罗莉照常上工，偶遇 Boss 的概率也直线下滑，从 100% 跌至 50%。

她提着心等待了大半个月，也没见 Boss 有下一步举动，稍稍松了口气。罗莉基本已恢复了平日状态，努力把这场令人惊惧交加的表白抛开。

当然，残留的后遗症就是对 Boss 的敬畏程度再上一层楼，每每与严熙冬狭路相逢时，她立时化为惊弓之鸟，恨不得飞出窗外。

不对劲。铁娘子李经理搓了搓下巴，在百忙中抽空抬起头，敏锐地察觉到办公室氛围有了微妙的改变。

"罗莉——"

这天午休时间快结束了，李经理叫住迎面走过的罗莉，将一份文件递给她："帮我把这个客户资料给严总，动作快一点。"

"……好的。"

客服部与销售部在二楼，三楼是研发部，Boss的办公室与会客厅在四楼。

罗莉苦着脸接过文件，真不想上去见他啊。

她进电梯按下楼层，时间在她的不情不愿中过得飞快。叮——

电梯开了。

当两扇自动门缓缓打开后，罗莉低垂的眼首先看到面前停着一双男士皮鞋，随着视线上移，一点点露出笔直的黑蓝色西装裤，一丝不苟地扣到领口的白衬衫，黑底斜纹领带，冷淡抿着的形状优美的唇，最后，与镜片后那双锐利的细眼对上。

她瞬间瞪大了眼，立刻条件反射性地抬头挺胸收腹："严总好！"

严熙冬原本正要下楼，见她突然上来，也只是公事公办地道："什么事？"

罗莉双手奉上文件："这是李经理让我送上来的客户资料。"

严熙冬接过来，却并没有回办公室，他紧随着罗莉进了电梯，一手夹着文件，按下三楼的按钮。

罗莉抿了抿唇，在Boss缩回手后，迅速也跟着按下二楼的按钮，而后便目不斜视，梗着脖子等电梯到站。

严熙冬仗着身高之便，低头正对着她头顶小小的发旋。

给了她一个月的缓冲时间，该开始找突破点了。

而此刻的罗莉正呆呆地盯着电梯数字键，依然无知无觉。

"严总，这是一件非常重要的事。"

见制造了无数次见面机会，却依旧无果的铁娘子，于一个月后的傍晚，严肃认真地站在严熙冬的办公桌前。

“哦？”严熙冬摘下眼镜，右手揉捏着高挺的鼻梁骨，呷一口茶。

铁娘子双手按在他的桌沿上，魄力十足地道：“我认为，头儿你需要一个军师……”

啊噗，严熙冬差点喷茶！

“你要毛遂自荐？”

李经理坚定地点头：“我不忍心看着你日后变成孤寡老人。”

是她的错觉吗？

莫名其妙成为李经理与 Boss 之间的御用快递员后，罗莉捏着李经理昨晚下班前塞给她的请帖，边思索边往办公室走。

严熙冬三十岁诞辰邀请函？

罗莉额上冒出冷汗，难道铁娘子想客串红娘？

将她与 Boss 送作堆的想法也太奇怪了吧？

“罗莉，你今天还挺早。”小珍已经将早餐放在她桌上了。罗莉落座时随意一瞥，竟发现她桌上也有一个眼熟无比的金色请帖。

“这是？”罗莉一个猛虎下山，扑到她桌前。

小珍自然无比地道：“咱们严总的生日请帖啊，不愧是老大，整个公司上下百把人，全一口气请了。”

罗莉：“……”

原来人人皆有份，看来她是自作多情了。

Jucy 也探过头来：“周六要不要一起去买衣服？好歹去严总家，咱也不能太寒碜。”

罗莉敷衍地点头：“好啊，那到时约个时间。”

Boss 的生日刚巧在周日，八月末，骄阳似火，她也确实想再添几件轻薄的夏裳。

“哎，八月末生日，这么说的话，那严总不就是处女座？”隔壁组的星座达人也凑过身来。

罗莉对星座没研究，对着她神秘兮兮的表情无压力。

星座达人一手捂嘴，贼贼笑道："你们等着，我给你们发个网址。"

一分钟后，工作组群嘀嘀作响。她随意点开网址，映入眼帘的是一行鲜红的大字——

最不惹人喜爱的星座排行榜。

视线往下移三厘米，榜首：处女座。

罗莉飚汗……

代表理论：处女座要求多得恐怖。在他身边，你会感觉自己永远矮一截般地压抑！

罗莉默默点头，泪流满面，说得对！

作为爱人，处女座无疑是最挑剔的，他们会思考并不停地在你耳边念叨：为什么你不是他们所想的那个样子？在家里你为啥不勤换衣服勤洗澡还有帮忙收拾屋子？为什么你不能配合他们的计划，为什么为什么十万个为什么……

罗莉不禁一个寒战，好恐怖啊！

同一时刻，四楼的严熙冬突然打了个喷嚏，奇怪。

他偏头看向红艳艳的太阳，难道是空调开太低了？

周六这天下午罗莉和 Jucy 联合了组内一票娘子军，气势如虹地杀进购物街。

"你说我穿这条红色长裙会不会太夸张了？" Jucy 拿着一件红色的低胸金属吊带裙比画着。

罗莉仔细瞅了瞅："你最近被晒黑了许多，穿红会不会有点俗？"

"也是……" Jucy 失落地把裙子放回衣架，视线在罗莉身上一转，霍然亮起眼，"罗莉，这衣服你试试，一定适合你！"

"啊？"罗莉手中被硬塞进衣服，她皱着眉，不太习惯这么艳丽性感的风格。

"你皮肤够白，再加上，" Jucy 将她拉到化妆镜前，冷不丁的，一手托在她的 E 杯下掂了掂，"这么好的身材，咱们不能浪费了！"

罗莉惊呼一声，忙不迭捂住胸口，通红着脸一瞪：“Jucy！”

Jucy不以为意地将她往更衣室推：“去试试嘛，换好了给我们看看。”

罗莉用力摇头，抵死不从，随即身手敏捷地赶紧从隔壁柜抓来另一条金色短裙：“Jucy，这套金色很适合你，赶紧换上，我们给你参谋参谋。”

“不要转移话题，”Jucy进更衣室前硬是揪住罗莉的手，推进隔壁的更衣间，“要试一道试。”

罗莉拗不过她，磨磨蹭蹭地在更衣室里换好装，光溜溜的后背令她颇不自在，抓起旧衣又想换回去。

可惜Jucy早识破了她，边敲门边催她赶紧出去。

无法，罗莉只好散了原本的马尾，将一头长卷发披在身后，掩盖住凉飕飕的背，一步一个脚印地蹭出去。

只听咔嗒一声，随着门板被打开，原本坐在店内的软椅上休息的众人，闻声抬头后，皆眼前一亮！

“干，干吗都突然这样看我？”小罗莉在道道火热的目光下缩起肩膀，束腰修身的剪裁越发凸显出波澜壮阔，“很奇怪吗？”

一声娇哼打破了沉静，只见原本在店内选衣的少妇一手捏紧老公的耳朵，三寸高跟杀气腾腾地“叩叩叩”，拖着双眼瞪直的老公迅速离开店铺。

罗莉：“……”

小珍直接蹦跶过来，张着嘴：“罗莉，你好，好辣。”好美艳！

罗莉：“我立刻换回去！”

Jucy忙阻止她：“不用换了，很好看，很适合你啊。不对不对，这样出去不安全。”

罗莉嗷嗷摇头，直接捂住胸口奔回更衣室。

铁娘子李经理好整以暇地戴上墨镜，镜片后精光一闪，捏起钱包走到柜台前：“多少钱？”

“888。”

“……”铁娘子沉默了片刻，心疼地说，“能不能打个折？”

除了铁娘子，她还有个外号——铁公鸡！

店长哥哥温柔地摇头：“小店不打折。”

李经理拉长着脸，心疼地掏出钱包。这单必须报公账！

果然不出她所料，罗莉从更衣室出来后，说什么也不肯买那条红裙。

一行人左挑右拣，终于在天黑前各自选好了中意的衣服，罗莉买的是一条波西米亚风的米色印花长裙。

Jucy 的目光则是好奇地在铁娘子手上那条性感红裙上打转：“原来在严厉的外表下，李经理也有着一颗热情奔放的心啊。”

铁娘子：“……”

头儿，你必须给我涨工资，必须的！

此刻默默点头附议的罗莉，还不知晓在不久的将来，这条小红裙，将发挥出如何强大的作用。

而此时的严熙冬，已将自家的三层小别墅打扫得晶晶亮。他挑剔地一遍遍摸过房间每一个角落。

窗台——一尘不染。

地板——光可鉴人。

家具——焕然一新。

很好，三百六十度无死角的简洁干净，Boss 满意地点头。

在第二天清晨的第一声叮咚门铃中，严熙冬衣冠楚楚地打开门，矜持地微微弯起嘴角——

欢迎。

第四章

我的心，是一座城

罗莉木木地面对 Boss 的蒙娜丽莎式微笑，也回一个僵硬的笑容。她身旁的小珍已直接地被冻在原地：“……我们是最早的？”

严熙冬把门打开，退身让她们进来：“嗯，现在不是上班时间，不用这么拘谨。”

两人异口同声：“是！”

严熙冬默默叹气。

罗莉与小珍仿佛雏鸟一般，紧张地跟在严熙冬身后，不觉一路跟进了厨房，见他开始挽起袖子搬烤肉架，罗莉道：“严总，那个……需不需要帮忙？”

严熙冬愕然回头：“怎么跟进来了？这边我一个人就行，你们先在大厅看会儿电影吧。桌上有影碟。”

虽然 Boss 余威犹存，但小珍向来是个热心人士，她说道：“那怎么行，我其实也很有力气的。”

罗莉低着头，可也能感觉到严熙冬停留在自己身上的似有若无的目光，她抿抿嘴，接着小珍的话：“严总，我也能帮忙。”

严熙冬收回视线，没有再多坚持：“牛羊肉在冰箱，底下还有配菜，各种酱料也在底下的保鲜层。”说完便自顾自地将架子搬到屋后打通的小花园里了。

罗莉和小珍等他走后面面相觑了一秒，分工合作。

没过半个小时，门铃再度响起。

罗莉离门比较近，小跑过去开了门。

“……罗莉？”

门外站着的正是铁娘子！

看到铁娘子一愣之后，脸上露出的暧昧表情，罗莉忙不迭解释：“今天我跟小珍一起来的，就比你早了半个钟头。”

铁娘子失望地“哦”了一声，也对，头儿的动作怎么可能突然这么快，她这个军师还没发挥出作用呢。

接下去每隔一阵，门铃便叮咚作响，在十一点之前，公司员工陆陆续续都到齐了。后花园架好了十个烤肉架，大家围坐一团，饮料在冰柜任取，只是啤酒还差了一些。严熙冬打了电话，直接让附近的小店送来几箱冰啤。

难得老大请客，一开始大家还拘束着，但几杯酒下去，男人的友谊就神奇地暂时冲破了阶级障碍，没多久便原形毕露。反正是免费吃喝，各自敞开了肚皮，酒菜不够，直接呼唤老大，没多久便有店家送菜上门……

“来来来，祝老大财源广进，心想事成。”

技术部组长摇摇晃晃地跟上：“祝头儿福如东海，寿比南山！”

见严 Boss 蓦然黑了脸，身边人用力一捅他的腰：“啊啊，组长是不是喝高了？头儿还没老呢。”

“老……对对，头儿是老当益壮！”这位可怜的组长大人已然喝得找不着北。

严熙冬深吸一口气，强作毫不在意地露出笑容，内心已恶狠狠决定这个月要扣他的奖金！

铁娘子在桌下轻轻踢了踢他的鞋跟，等严熙冬回过头后，下巴微微朝罗莉的方向努了努。

头儿，莫待无花空折枝啊。

炎热的夏天 + 烧烤 + 众星拱月的热力 = 烦躁！

罗莉同学很烦躁！

“要不要换海鲜？”技术部男 A。

“你喜欢几成熟？”销售部男 B。

“要不要再换一瓶饮料？”部长 C……

突然从众人头顶传来一声轻咳，大家齐齐抬头，便看见 Boss 正板着一张脸，偏还要勉强挤出亲和度小于零的笑容：“谈什么呢？我也来凑个热闹。”

“……也没谈什么，就是，今天天气不错。”技术部男 A 撤。

“阳光很新鲜，空气也挺灿烂……”销售部男 B 撤。

“其实，其实……”部长 C 搓揉着手，在 Boss 最后一记眼神下——撤。

严熙冬好整以暇地走到她身边，落座。

“吃得还习惯吗？”憋了老半天，他也只干巴巴地问了这一句。

罗莉点点头，同样谨慎地回答：“挺好的。”

严熙冬看了她一眼：“还有没有什么不满意的？”

罗莉依然中规中矩地回答：“都挺满意。”

“那还要不要再吃点什么？”

罗莉怀疑自己的脸上是不是写着三个字——我好饿，不然为什么 Boss 的话都绕着她的肚皮打转？

她看着周围还在觥筹交错、喧闹谈笑的同事们：“不用了，我已经吃饱了。”

女人的友情真脆弱，罗莉暗暗痛心疾首，原本一群女眷围坐一团多么和谐，结果没一会儿就纷纷被男色勾搭到他们那桌去了。如今留下她独自面对 Boss，真是情何以堪，情何以堪哪！

严熙冬淡定地看了看时间，很好，下午三点半，还可以再看一部电影。“那，如果觉得无聊的话，要不要看会儿电影？”

“啊？”

严熙冬已经站起身，不容拒绝道：“我昨天刚买了几张影碟。”

罗莉下意识地跟着起身，而后一僵，讷讷道：“不用了，我还可以，呃，再吃一点。”

严熙冬麻利地直接洗劫了隔壁组刚烤好的两个鸡腿，塞进罗莉手中，低头问她：“还要不要？”

“不要了。”

“很好。”

就着鸡腿，看完了 Boss 推荐的血肉横飞的美版《午夜凶铃 2》，罗莉……罗莉决定以后看到 Boss 都要绕路走!

严熙冬一直到电影落幕，也没等到小罗莉惊恐地扑进他怀中求抚摸求安慰，他失落地默默将电影笔记扔进垃圾桶：“还想看什么？”

罗莉忙用力摇头：“严总喜欢这一类电影？”

严熙冬仔细思索这部电影，公正地做出评语：“母子情深，还挺感人的。”

罗莉：“……”

Boss，我们看的真的是同一部电影？

好在电影结束后，天色也渐渐暗了下来，傍晚时分，店员送来一个巨型三层蛋糕。

严熙冬上顶楼天台开了灯，一部分人转战上来，另有一些三三两两地地坐在一楼宽敞的客厅内闲聊。

罗莉从傍晚就时不时偷看手表，想早点回去。可惜这次的寿星大人老在附近转悠，叫她坐立不安。

好不容易，终于等到八点，寿星大人当着众人的面，吹熄了蜡烛，罗莉舒了口气，打算再意思意思地待个半小时，便偷溜吧。

“怎么不去玩会儿？”严熙冬见罗莉一个人偷隐在暗处，直接过来逮人。

罗莉飞快地看了他一眼，做疲惫状靠在小几上：“有点累。”

严熙冬见她桌上空荡荡的，俯下身看她：“要不要吃点蛋糕？”

罗莉偏了偏头：“我饿了就会去拿，严总不必招呼我，寿星最大嘛。”

严熙冬见她又躲避，眼神暗了暗，却没再说什么。

这时恰好从楼顶传来几声鬼哭狼嚎，一群喝高了的男同胞大无畏地朝一楼嘶吼：“头儿！上来吧，我们要敬你一杯！”

“头儿！咱们今晚不醉不归。”

严熙冬再看了罗莉一眼，切了块蛋糕放在罗莉面前，没再多说什么，转身上楼。

当那个身影渐渐消失在楼梯拐角，原本半阖的眼立刻睁大，罗莉蓦地一跃而起，机不可失时不再来！

她当即提起裙子，躲躲闪闪地贴着墙根绕到玄关。门口附近人不多，看到罗莉提起裙子蹲在鞋柜前翻找时，几个熟悉的同事道："罗莉？这么快就要走了吗？"

罗莉蓦地回身，尴尬地点头："我……头疼！想先回家了。待会儿如果其他人问起，就麻烦你们帮我说一声。"

"没问题。"一口答应后，同事想想还是发挥一下骑士精神，"头疼得厉害吗？不然我送你回家吧。"

想不到她好似被踩了尾巴的猫咪，急慌慌拒绝道："不用不用，我直接打的回去，不必麻烦了。"

说完，罗莉一套鞋，打开门就要往外跑。

"罗莉！"

忽然从身后传来熟悉得可怕的低冷男音。

罗莉努力催眠自己：我没听见！什么都没听见！她头也不回地继续往外跑。

由于严熙冬的车库从别墅下方延伸而出，因此大门位置挑高，连接一条半长不短的楼梯，沿着两排的花圃向前数十米，才能出正门。

裙子太长，脚踩高跟鞋跑动时遮蔽了视线。罗莉听到身后的 Boss 又唤了一声，冷不丁地想起了那倒霉的灰姑娘，穿着长裙踩着高跟鞋下楼梯时，该怎么丢完一只鞋后，还能踩着高跟鞋一边高一边低地继续奔下楼呢？王子这样都追不上，太不给力了吧！

事实证明童话果然是童话，关键时刻走神最要不得。

还差最后两级楼梯时罗莉忽然一脚踩空……

当严熙冬奔出来时，只看见一只高跟鞋在空中划过一道优美的弧线，今晚的女主角以倒栽葱的姿态趴在地上，半身在花圃，半身在楼梯。

而那身飘逸的波西米亚长裙，正飘逸地撩到腰间，露出……半边草莓内裤……

罗莉：“……”

苍天哪大地呀！要么让我死，要么就让他死了吧。

“你不想说什么吗？”

当严熙冬在一片兵荒马乱中利落地横抱起她，直接送回自己的卧室时，罗莉垂着头，看着肿成山东馒头的右腿，讷讷地说不出话来。

对比她的一身狼狈，他此刻依然衣冠楚楚，纹丝不乱。

“你不想跟我说话？”见她只是一味沉默，严熙冬凝眉，单手按在她腰侧，压下身，压迫感十足地俯首逼问她。

这阵仗，叫担心得一路尾随而来的铁娘子看得一头冷汗。

哥哥哎，拜托你这是谈恋爱，不是刑讯逼供！

不过铁娘子深信，总会有一个女人是为受头儿的折磨而来到这个世上的。小罗莉，保重！

“李经理，医生什么时候过来？”严熙冬转头看到铁娘子后直起身，隐含关切地道。

“大概十分钟就能到。”幸好离这儿最近的诊所并不远，医生出诊也方便。

“好，你先在这里照顾她一下，我去跟外面说一声。”严熙冬厉眼又扫过罗莉，看她知错地缩了缩肩膀，才收回目光。

等 Boss 走远，铁娘子忍不住戳了戳罗莉的脑袋：“怎么这么毛躁！方才看到严总心急火燎地把你抱进来时没把我们吓死。”

罗莉沉痛地低头：“我错了。”

“知错就好，”铁娘子摸了摸她的头，欲言又止道，“其实呢，严总是个好人，你不用那么怕他。”

“我没说他是坏人，”罗莉小声吐槽，“可是好人，不代表不吓人啊。”

“嗯，我怎么就不觉得严总吓人，那都是错觉。”

罗莉幽幽地转头："您真的从没觉得过？"

"……"违心话真是难以说出口啊！

原本今晚与女友约好去逛公园的，林医生无奈地抱着医药箱敲开这幢别墅的门。

看样子这家人先前在开派对。林医生毫不费力地从大开的后门看见一片狼藉的后花园，大厅还有三三两两几个人面带忧色地看着楼上。男主人正冷着脸让他们放心地先回去休息，等发现他后，男主人便抛下宾客，径自过来带路。

跟随男人到了二楼的主卧后，推开门，林医生忍不住眼前一亮——

噢噢，看那身段，看那小模样，再看那澎湃汹涌的……嗯，林医生悚然一惊，有杀气！

"医生快过来给她看看，"铁娘子忙不迭召唤着差点被 Boss 冻成冰块的可怜医师，"刚才她脚上突然没有感觉了！"

林医生闻言忙快步走到罗莉跟前，蹲下身仔细检查。

严熙冬："怎么样了？"

铁娘子："有没有伤到什么要紧的地方？"

林医生默了一秒，淡定地收回手："她只是脚麻了。"

"……"

林医生继续淡定地开了三天份的药："这里是内服，这两瓶是外用的，上药时配合按摩效果会更好。"

"按摩？"严熙冬突然打断他，"怎么按摩？"

"好的，我示范一下。"只见林医生挽起袖子，双手开始朝罗莉的小嫩腿伸去。

啪！

半途杀出一只手狠狠拍掉狼爪，严熙冬一扶眼镜，长腿一跨，直接搁在林医生面前，轻启薄唇："示范吧。"

林医生揉着被拍红的手，心中泪流成河。

等铁娘子跟林医生前后出门了，罗莉小心翼翼地再待了一会儿，眼看快到十一点了，她低声嗫嚅道：“我该回家了。”

Boss又冷冷扫了她一眼，突然来一句：“今晚就别回去了。”

罗莉大吃一惊！

严熙冬抓着药酒坐在她身边，开始慢条斯理地挽袖子，扑克脸依然绷得紧紧的，气场全开：“你这样怎么回？晚上就睡在这儿吧。”

罗莉此刻完全被笼罩在Boss的强烈气场下，没敢多问，只条件反射地“哦”了一声。

严熙冬睨了她一眼，缓缓补了句：“我睡隔壁。”

“啊！好痛。”

“轻点，轻，轻一点。”

“不要！住手，好疼啊。”

砰！

在一片娇吟中，严熙冬黑着脸将药酒重重往桌上一摁！

世界瞬间安静了。

“严，严总？”好半晌，罗莉怯怯道。

而迎接她的，是一条毛巾。

“咬着。”

严熙冬言简意赅。

罗莉：“……”

好不容易熬过了磨人的上药，罗莉默默地背过身想装死，严熙冬却直接绕到床的另一边，将一套干净的男式睡衣放在她面前。

“上周刚买的，我还没穿过。”他有些洁癖，习惯在衣柜里多预备一套睡衣，以防突发情况。

罗莉接过睡衣，艰难起身：“那我去浴室换。”

“别动。”严熙冬蹙起眉，直接弯身再横抱起她，“才刚上了药，就安分点。”

罗莉默然。严熙冬将她抱进浴室后绅士地反身退出，关门。

伴随着咔嗒一声响起，严熙冬背身抵在门外，惯常严谨冷肃的扑克脸瞬间爆红！

对于一个大龄老处男而言，心爱的女人将要穿上自己的贴身睡衣，这个画面，不要太刺激哦！

“我好了。”

当罗莉套在“严熙冬”牌的麻袋睡衣里打开门后一愣，是错觉吗，出现在眼前的其实是一颗番茄吧？

Boss 淡定地顶着张番茄脸继续横抱起罗莉往大床走，淡定地道：“天气太热了。”可是 Boss，你的手不太淡定地颤抖了。

“太热了？”罗莉疑惑道，明明室内空调已经开到最低了。

严熙冬垂眸看着怀中的小娇娃，只暗恨卧室与浴室的距离太短。当他将罗莉轻轻放上床塌时，她直接一个懒驴打滚儿，利落地滚进床的最深处，“严总晚安！”

“你真没有什么要跟我说的吗？”严熙冬没有走开，板着脸坐在床沿，朝她倾过身道。

罗莉避无可避，努力地跟他保持距离：“没，没有啊。”

“那为什么之前在楼上叫你，满厅的人都听见了，唯独你不理会？”

“哦？什么时候？”罗莉死不承认，“我什么都没听见。”

“真的？”

罗莉点头如捣蒜。

“那看来是风太大了。”

罗莉继续点头。

“还是你在故意躲着我？”

罗莉再点……不对，她紧急刹车，忙不迭摇头。

她的一再逃避，让严熙冬罕见地有些挫败。他爬梳一下头发，原本整齐服帖的发型瞬间被揉乱，散落而下遮住了一半眼镜，令他整个人显得稚气了许多，Boss 气场也崩塌了一半，只是严熙冬本人毫无所觉。为弄清两人之间的真正障碍，他单刀直入道："罗莉，你讨厌我吗？"

Boss，你真的没发现最大的障碍里也有你的一半功劳吗？

"不讨厌啊，"罗莉对着削除一半Boss气场的严熙冬终于鼓起了勇气，"坦白说，其实我很怕你，甚至完全没有办法将你代入恋人的位置想象。"

严熙冬如心口中刀一般！

已经怕到连想象都排斥了吗？

"真有那么可怕？"其实严熙冬觉得面对罗莉时，他简直称得上平易近人了。

或许是周遭罕见的和平氛围，罗莉也有胆对Boss小声吐槽："河豚是不会被自己的毒毒死的。"

"那么在你眼中，我是什么样子？"

"嗯……你要听实话？"

严熙冬毫不犹豫地点头。

"好吧。"罗莉耸了耸肩，趁着Boss难得好脾气时一口气倒苦水，"从前我以为严总你很讨厌我。"

严熙冬震惊了："你怎么会这么想？"

"因为不管我说什么，好像总会惹你不高兴，可是不说话，你一样不满意。我不知道该怎么做，只好躲着你，但躲着又不行，你看起来更加不高兴。"罗莉绕口令一般说到这儿，对着Boss越来越黑的脸，明智地迅速扭转了话题，"不过现在我知道啦，一切都是误会嘛，嗯！就是这样。"

严熙冬沉默了片刻，再爬梳一把头发："你具体怕我什么地方？"

"啊？"还要具体回答吗？罗莉秀气地掩着嘴打了个呵欠，"能不能等我睡醒了再答？"今天一整天提心吊胆，再加上惊吓之后躺在暖融融的被窝里，着实难以集中精神。

严熙冬冷着脸，直接拒绝："不行。"

"你看，就是现在这样，"罗莉从被窝中探出小小的头来，"这眼神这嘴巴这口气这表情，无处不恐怖。"

严熙冬："……"

罗莉继续道："其实是我这样的小市民没眼光，欣赏不了精英人士。

实际上，这些日子我都仔细想过，除了模样还不错，我也找不到什么闪光点能让人紧追不放的。真要说我有什么特别，特别呆，特别迟钝，算不算？”

严熙冬忍不住破功，笑着摇头：“算了，你还是去睡吧，明天我叫你起来。”

罗莉重重“嗯”了一声，背过身将薄被拉到头上：“晚安！”

严熙冬起身，隔着被卷成蚕茧的被子也道了一声晚安。

不管怎么说，横竖终于让他找到了问题的症结。

严熙冬站在落地镜前，试着柔化自己的表情，半晌无果。

她那样活蹦乱跳的性子，接受不了他的严肃古板，也是意料中的事。

可是他却很希望能接近她，再近一点，更近一点。

她总是笑眯眯的，对谁都是一副好脸色，每天都过得很纯粹很开心，仿佛从来没有过什么烦心事一般。只是单纯地看着她，沉郁了一天的心情也会忍不住明朗起来。

想起手机还落在卧室没拿出来，严熙冬站在卧室门口，迟疑了下，到底轻轻敲了敲门——屋内一片沉静。

于是他便慢慢旋开门，没有开灯，借着身后走廊的微弱灯光，来到床头柜前，将手机收入口袋……

床上扭成麻花的姑娘微微张着嘴，从被单中露出半张脸来。

严熙冬静静凝视了她片刻，眼神静谧而温存，他摘下眼镜，俯下身一点点凑近她的脸。

薄冷的唇在她嘴角轻轻掠过，慢慢划过她的鼻子，直至额头。

男人微阖上眼，带着怜惜的余韵，轻轻吻了吻她的额头。

Good night, my angel.

对于罗莉而言，最可怕的噩梦莫过于此——

伴随着一句硬邦邦的“起床了”，罗莉睁开眼，第一个映入眼帘的画面，便是Boss那张竭力温柔却用力过度，最终导致皮笑肉不笑的脸。

原本还赖在她头上不走的瞌睡虫们痛苦地纷纷自爆，罗莉默默地扭头，不忍卒睹。

严熙冬继续皮笑肉不笑地道："早餐想吃什么？我去准备。"

罗莉的嘴巴瞬间张成大大的O字形，受宠若惊道："那个随意就好，随意就好。"

"那要不要我抱你去厕所？"严熙冬继续僵着脸嘘寒问暖，"昨晚你好像喝了不少水。"人有三急，天经地义，体贴入微也不是很难，他一定没问题！

罗莉："……"

吃完一顿食不知味的早餐，罗莉自觉地朝严熙冬伸出双手。

"怎么了？"

罗莉敬业地道："那个，上班时间要到了。"

"既然受伤就别逞强，我准了两天假。"严熙冬直接拍板。她摔得不轻，医生临走前特地嘱咐，至少要隔天才能下地走路。

既然已经决定准假，为什么还要这么早把她叫起来？

严熙冬一看便知她在腹诽，回了她七字真言："早睡早起身体好。"这才是健康的生活态度。

罗莉："哦。"

"不过就算休假，也别忘了看盘，"严熙冬将自己的笔记本电脑横在罗莉面前，打开桌面的文档，"这里有我昨晚刚整理的选股技巧和入门笔记。"

罗莉没等他说完便感动地道："谢谢严总！"

严熙冬无视，不疾不徐地径自说完最后一句："所以今晚我要抽查，没达标要扣月底奖金。"

晴天霹雳啊！

罗莉呆呆看着严熙冬上班时间已过，也依然镇定自若的模样："严总今天不用上班吗？"

严熙冬再度挤出那个干巴巴的体贴僵硬笑容："我要留下来照顾你。"

"啊……"要么被雷死，要么被拍死。

罗莉在他杀与自杀中勇敢地选择了自杀，坦白道：“严总，有没有人跟您说，您不适合这样的路线，还是原来的风格最适合你。”原来的Boss虽然很恐怖，但胜在自然啊。

严熙冬镜片一亮，默然不语。

罗莉手一抖，再不敢去捋虎须。

为方便罗莉翻阅参考资料，严熙冬干脆将她安置在书房，书柜全开，任她取用。

书房的桌子极大，一整个早上和下午，她与严熙冬各占一边。她腿脚不便，因此坐在更靠近书柜的左边，遇到难解的题目时，她便召唤Boss。

而不知不觉中沦为召唤兽的严熙冬，自然毫无疑义地随时候命解惑。这一整日相处下来，第一次没有你追我跑的暧昧浮躁，彼此都觉得时间过得飞快，充实而平和，竟也有了种岁月静好的错觉。

趁着七点后，严熙冬去弄晚餐，罗莉摇了摇被塞得满满的脑袋，随手从严熙冬的桌案上就近抽出一本杂书打发时间。

这是《顾城诗集》？

想不到惯常古板严肃的Boss，也有着一颗文艺敏感的心。

她单手托着腮，漫不经心地翻开诗集，序言后的空白页上是熟悉的苍劲有力的笔迹：

我的心，
是一座城，
一座最小的城。
没有杂乱的市场，没有众多的居民，
……
只能住一个人，
只能住一个人。
我的梦中人，我的心上人，
我的爱人啊——

为什么不来临？

罗莉打了个大大的冷战，浑身鸡皮疙瘩！

这是什么东西？

罗莉默默颤抖着迅速往下翻过这页，视线胡乱地在诗集上扫过，啊，原作在这里：《我是一座小城》。

Boss，对不起，我一直以为你是诗意文艺的绝对绝缘体。精英的世界果然不是我等凡夫俗子所能领悟的。

罗莉以前所未有的速度飞快地将这本《顾城诗集》放回原处，正襟危坐，目不斜视地重新打开文档。当严熙冬进门时，便看见罗莉这副心无旁骛、埋头啃资料的勤奋模样。

“可以吃饭了。”

严熙冬暗暗欣慰地点头，轻轻叩了叩门唤回罗莉的注意力。

罗莉长长地“哦”了一声，别扭地不敢抬头去看严熙冬的脸，努力挥开脑中的大龄文艺男青年残像。

不明所以的严熙冬弯身横抱起她：“吃完饭后再听一个钟头股评，我送你回家。”

罗莉眨巴一下眼睛：“那，今晚的考核？”

严熙冬难得网开一面：“明早抽查。”

“哦。”

罗莉所居的民宿只有四层楼，罗莉就住在四楼。路灯昏暗，最重要的是——没有电梯！

考验一个男人的时刻到了。

严熙冬第一层还算轻松，第二层还可坚持，第三层已经乱了呼吸，憋得面上微红，第四层……当微微颤抖的手放下罗莉去摸钥匙时，严熙冬以迅雷不及掩耳之势擦掉了一头薄汗，保持轻松的面部表情，事关男人的自尊啊！

“实在是辛苦你了。”

“不辛苦，”停顿了一秒，他想起女性最爱情话排行榜中的名句，“你轻得就像羽毛一样。”

罗莉脸一红，磕磕巴巴道：“骗，骗人的吧。”

严熙冬默默地咽下到嘴边的那句——当然！其实你真的该减肥了。

进罗莉家门后严熙冬没有多坐，十分正人君子地告辞了。

罗莉原本满脑袋都在想着如果对方说“好累啊，能不能留下来喝杯茶”时该怎么拒绝，见Boss这么上道，不由暗愧自己以小人之心，度了君子之腹。

第二天一大早，严熙冬又开着车过来送早餐。

“严总，实在太麻烦你了。”罗莉看着袋子里中西合璧的早餐，过意不去道，“太多了，那个如果你早餐没吃的话，就一起吧？”

“我已经吃过了。”严熙冬拒绝道，出了玄关后，他突然又转过身再补充一句，“今早有案子，我得去公司。”

“啊……”为，为什么突然对她交代行程？

罗莉下意识地朝他弯起一个笑容：“嗯，那祝你顺利！”

严熙冬关上门前又沉声道：“别乱跑，中午就叫外卖，晚上我会早点带晚餐过来。”

罗莉万分过意不去，刚想说“不用麻烦了”，可没等她开口，严熙冬就干脆利落地关上门，于是她只好默默地继续过意不去。

严熙冬发动车子离开时，看见熟悉的窗后隐隐有个人影朝他挥手道别。

他望了一眼，车子驶离后忍不住又望了一眼。

这就是他所做的努力，不断地偶遇，一点点靠近，虽然很笨拙，但终于，走进了她的生活。

第五章

我会对你负责

随后将近一个月的恢复时间，罗莉上下班几乎都被严熙冬一手包办了。

平心而论，大家都不是中学时还在懵懂纯爱时期的少男少女，罗莉即便再迟钝，也不会领悟不到这是 Boss 对她还贼心不死。

不管她如何明示暗示、婉言谢绝，严熙冬给她的答案，永远都是不容拒绝地将一瘸一拐的她直接丢上车。好吧，罗莉长长地吐出一口气，人在异乡，除了严熙冬，也没有其他人能够这样全程接送照顾她这个伤患。

她既困扰又感动，随着伤处一日日痊愈，人心毕竟非铁石。对于严熙冬，虽然谈不上以身相报的动情，但潜意识中对于他的排斥和腹诽，不免也渐渐减少了许多。只不过随着时间一天天过去，伴随着伤势的好转，公司内关于他们两人的桃色绯闻，愈演愈烈。

当着严熙冬的面，自然没人敢多说，但当对象转换成罗莉后……

“罗莉啊，听说严总昨晚又送你回家了？”隔壁的小珍挨过来。

罗莉点头，没等她再说什么就抢先一步道：“实在是我运气好哪，租房跟严总家是一个方向，最近借了不少光。”

“不对啊，我怎么听说严总还包了你的早晚餐呢？”

罗莉心虚地大声道：“去去，道听途说这事最不可靠了。”

前排的小林神秘兮兮地凑过来：“那你说，Boss 这样是不是对你？”

“没有的事，”罗莉大力摇头，“怎么可能啦。”

“怎么不可能，严总不管怎么看也不是那种热心助人的类型啊。”

不论周围人如何旁敲侧击，罗莉都把嘴巴咬得死紧，愣是摇头到底，就连 Jucy 背地里也悄悄试探着问她："是不是跟 Boss，发生了什么事？"

言多必失，罗莉除了摇头还是摇头，把所有好奇的探询隔绝得严严实实。

紧跟其后的铁娘子李经理，在午休后把她叫进办公室。

"这些天，严总都接送你回家？"

罗莉讷讷地"嗯"了一声。

铁娘子八卦之魂蠢蠢欲动："那他，有没有对你说什么？"

罗莉疑惑地飞快瞟了她一眼，低声道："没说什么，基本都在教我看盘。"

真是恨铁不成钢啊。

铁娘子暗暗叹息："好吧，那如果以后你还有什么问题，尽管来找我。不是工作方面的也不打紧，我都很欢迎。"

啊？罗莉云里雾里地点头："谢谢经理。"

铁娘子依然保持着高度热情："不用这么客气，叫我李姐就可以了。"

"嗯，好的，李姐。"

"行，没事了，你去休息吧。"

一个月的恢复期过去后，罗莉又恢复了每天挤地铁，早晚餐自力更生的生活。

虽然先前被伺候得太好，偶尔也觉得有些不习惯，但相较于不再铺天盖地的蜚语流言，罗莉已觉得十分满意。

而严熙冬在她的恢复期结束后也重新开始了每周下午跑电台，早会上偶尔露个脸的赶场日子。先前顾及罗莉搁置了一个月外出行程，如今一股脑儿全补上，不免分身乏术。

如此一来，罗莉大部分时间都只是隔着银屏看到他的身影，极少会在公司遇见他，即便是遇见了，严熙冬也只是行色匆匆地朝她点个头，便擦肩而过。

至于八卦女们暗传的私下邀约，午夜后爱的辅导，更是子虚乌有。

难道先前是自己误会了？

罗莉托着腮，盯着屏幕内那张熟悉的严厉面孔发呆。他不像别的嘉宾那样侃侃而谈，但用词简洁而犀利，直取重点，与主持人风趣调侃的风格形成鲜明对比。在这些时日打来电话咨询的股民中，人气一路攀升。

随着栏目宣传效果愈发显著，这些日子的业绩也相当给力。罗莉在业绩表上数了数，估算了下这个月能分到的提成。哇，老板我爱你。

或许是金钱的魅力，她隔着屏幕再看看 Boss，是倍加顺眼，魄力魅力齐飞。

告别了繁忙的十月，这个秋季的收益额无疑令 Boss 极为满意，在十月的最后一天，Boss 慷慨无比地包下一层酒店，大开庆功宴。

酒会时间在下午六点，秋末的夜晚已渐渐起了凉意。罗莉打开衣柜，在风度和温度之间毫不犹豫地选择了温度。她穿着一件七分袖的真丝衬衫，搭一条咖啡色的 A 字裙便出发了。

同一时刻，严熙冬握着手机在会场正接受来自大洋彼岸的家庭教育，或者说家庭批斗。

“大哥，不是我说，你这行动效率是不是惨烈了点？”电话那头的严熙秋摇头再摇头，“好在终于春心萌动，我跟熙夏都做好心理准备，你将来会带个男嫂子进门。”

“你胡说什么呢？”严熙冬拧起眉，目光往场内的铁娘子身上挪，事情未成功之前他原本不打算通知家人，现在看来八成是她走漏了消息。

铁娘子对上严熙冬的眼神后回一记笑容，迅速闪人。她跟了严熙冬这么多年，早与他们家混得烂熟。在此不得不提及她的另一个身份，她乃是严熙冬的二弟——严熙秋的未婚妻。

严熙冬摇头，电话那头严熙秋已经继续道：“大哥，加油啊！这次一定要摆脱处男之身！”

严熙冬：“……”

“怎么不回话？难道大哥其实已经先下手了？”严熙秋震惊地道。

严熙冬狠狠一咬牙：“你就非要提这个吗？”

“啊，我就知道还没有，”严熙秋鼓励道，“大哥，你行的！”

严熙冬这次直接挂了电话。

提前十分钟到场，罗莉刚入场，便被守在门口的铁娘子迎面逮住了。

“咦，你今天怎么穿这身衣服？”

“啊……”

罗莉闻言探头往场内的女宾看去，一分钟后泪流满面地缩回身，大家都是清一色的礼服。

铁娘子早有准备地一把拉过她：“没事，我这还搁了一套备用，今晚还有个最佳着装奖，横竖你也给我挣个礼品回来。”

最重要的是——务必将头儿迷得死去活来！

罗莉疑惑道：“为什么你会多备一套？”

铁娘子话头转得极快：“当然就是为了给像你这样的菜鸟们准备的，毕竟在一些场合没注意要正装出席的新人每年都有不少，以防万一，有备无患不是。”铁娘子说风就是雨，快走几步取了礼服就将罗莉推进更衣室，“酒会要开始了，动作快一点哟。”

罗莉从衣袋里取出一条火红的纱裙，好像，有点眼熟？

罗莉从更衣室走出来时，铁娘子已经不见踪影。

酒会早已开始，舞曲悠扬地响起。这次庆功宴上也有两家曾经合作过的广告公司一同出席，一眼望去，皆是黑压压的人头。

她站在边缘地带，不自在地往上拉了拉略低的前胸，金属吊带贴着肌肤的触感凉飕飕的，但场内有暖气，并不冷。她踌躇地站在角落左顾右盼了一会儿，一只蓦然伸向她的手拉回她的注意力。

“小姐，能请你跳支舞吗？”一个陌生的男人彬彬有礼道。

“嗯，谢谢，我现在不想跳。”她谢绝后迅速转移阵地，努力游走在偌大的会场寻找认识的姐妹。

一头微卷的长发，随着急促的脚步妩媚摇摆的纤腰，火红的纱裙摇曳如莲，一路上惊艳注目的眼神无数，罗莉不自在地侧脸，避过那些灼热的视线，接连又谢绝了数个邀舞的男士。

当她看见严熙冬时，他身旁正伴着一个高挑的女子。

罗莉好奇地打量她，那女子长眉秀目，绾着发，一袭黑色的高衩礼裙，冷艳逼人。

下一刻，她的目光正与严熙冬对上。

只见他凝了眉，冷了脸。罗莉一见他这样的鬼畜系表情立刻条件反射地扭头想跑，可惜踩着高跟速度不够，才走出了三两步手腕便被一股大力抓住。

“你跑什么？”严 Boss 的表情，显而易见的不满。

“没有啊。”罗莉眼观鼻鼻观心，努力挣了挣被抓住的右手。

“熙冬，怎么了？”立在一边的高挑女子款款走来，目光在罗莉那张欺骗性极强的妩媚脸蛋上转了一圈，眉心不着痕迹地皱了皱，当视线扫到那波涛汹涌的 E 罩杯时暗暗咬碎一口银牙。

真是令人发指啊。胸那么大，腰还那么细！脸竟然只有巴掌大。

罗莉成功挣出她的右手，朝两人挤出一个礼节性微笑，对着严熙冬的黑面，不知道要说什么才好。

悲剧了，好想撤啊。

“不介绍一下吗？”冷场了一分钟之后，那女子态度亲昵地挽上严熙冬的手。

罗莉震惊地瞥向那只手，勇气可嘉！

严熙冬面无表情地避开，简略无比地给两人做了介绍。“这是盛世公司的何经理，”接着再一比罗莉，继续对何经理道，“她是罗莉。”

同样是介绍，人家都有前缀，她就只有这简单的两个字。罗莉很内伤，不过也没忘了先礼貌地伸出手：“你好，何经理。”

何经理伸手与她矜持地一握，随即一触即分：“罗小姐，你好。”

然后就是一段长长的沉默。

罗莉与这位一看便强势无比的何经理没有共同语言，而对方似乎也没有主动搭话的打算，于是两双眼同时望向独立于外的严熙冬。

严熙冬瞬间感受到一股莫名的暗潮激涌。

罗莉率先撤出战场："严总你们继续谈，我就不打扰了。"啧，她以为每个人都有舍生取义的精神吗？

何经理几乎是迫不及待地跟她挥一挥手，挽上严熙冬就要往反方向走，谁料挽着的手一空，便看见他竟然罕见地主动去追逐一个女人。

"你今晚穿的是什么衣服！"露胸又露背。严熙冬忍了又忍，到底压着眉追上她，面色不悦地脱下身上的西装外套，兜头罩在她肩上，"不准脱下来。"

罗莉愣愣地抓住快滑下肩膀的大号外套："啊？"

没等她反应过来，严 Boss 早已挥一挥衣袖，留给她一个高挺的背影，回到何经理身边并肩而行。

身上这件外套几乎快包到她的腿弯，衣上残留着的淡淡男子气息包裹住她，热烘烘的，就仿佛是被他所拥抱一般。

她不自在地微微赧红了脸，身上罩着这件男装未免太吸引人眼球，不过她本身也没有兴致继续在场内乱转，便就近选了个休息区坐下，顺便去果盘里取了些小点心吃。

休息区内的长桌上除了肉食蔬果之外，还摆放着一排色彩缤纷的果酒。估摸着酒精浓度应该不高，罗莉便挑了几杯颜色尤为绚丽的果酒来配菜，她到现在还没吃饭，腹中正饥渴着呢。

虽然罗莉身上的男式西装暗示着佳人似乎有主，但一旁犹有些不死心的男士过来搭讪，罗莉这次就干脆举了举果盘，耸了耸肩，示意自己对食物的热忱大于一切。

一晚上她几乎都耗在休息区胡吃海喝，铁娘子曾过来陪她小坐片刻，惊讶地瞥了她身上的西装一眼："怎么回事？"

罗莉充满怨念："因为严总啦，之前那身衣服被他批了。"

铁娘子给予安慰："切，他向来口是心非，你刚走出去时，我发誓他眼睛都直了。"

罗莉大惊，这种事她一点也不觉得欣慰啦。

铁娘子没陪她多久，就被另一家广告公司的主管叫去了。可怜罗莉无人作陪，好不容易看到小珍和Jucy时，却发现她们身边都伴着一个男士正春光烂漫，舞步翩翩。

坏人姻缘会被驴踢啊。

罗莉只得默默坐冷板凳，努力满足自己的口腹之欲，伴着几盘麻辣炭烧，不知不觉已将两瓶果酒下了肚。

虽然果酒的浓度不高，但混合之后不知节制的后果就是——

“醉了？”

散场后，铁娘子蹲在罗莉身边已经呼唤了大半天。

“是睡了。”严熙冬捞起半个身子几乎都蜷缩在沙发软椅上的罗莉时，她依然紧闭着眼，没有醒来的迹象。有些人酒后是大闹天宫，严熙冬很欣慰，罗莉是属于一醉睡死的类型。

今晚他与铁娘子没少应酬，两人身上都酒气弥漫，怎么也不好开车回去。

两人面面相觑了一秒，看来只能在这儿过夜了。严熙冬直接在酒店楼上开了间套房，他单独一间，罗莉和铁娘子宿在隔壁。

累了一天，安顿好罗莉后，铁娘子一躺下就进了黑甜梦乡。

一切都很平静，只除了第二天醒来，发现屋内只有自己一人的铁娘子。

罗莉呢？！

洗漱后上了床，严熙冬在陌生的环境向来浅眠，睡至半夜，他突然被一阵捶门声吵醒。

“妈，开门啊，妈。”

门一开，一团微带酒气的娇软身躯扑入怀中，温柔无比地喊：“妈妈！”

严熙冬瞬间黑了脸……

怀中人披头散发，只顾着迷迷瞪瞪地抱着他喊妈，九成九是起夜后摸错了地儿，他头大如斗，拧着眉努力想拉开两人的距离将她送回去。

可她浑身绵软，重心直往下滑，两只小手如八爪鱼一般，又娇又蛮地紧紧攀附在他身上磨磨蹭蹭。

“你，你清醒一点。”严熙冬狠狠深吸口气，暖玉温香在怀，尤其这还是自己心慕的女人。不行，必须忍住，他用力甩甩被酒精侵蚀的脑袋。

闭了闭眼做好心理建设，严熙冬吐出一口气，以着圣人的理智低头想再劝解时——他的在室身受到了巨大的考验。

只见佳人身上的红纱裙在挣扎中滑落一半，好一派活色生香。

他瞬间捂住鼻子，失去抵抗的身体随即被她的冲力抵得往后跌退几步。

啪——

不知哪里触到开关，下一秒，屋内被黑暗笼罩。

头好疼。当阳光透过窗扭捏地攀入房中时，罗莉正阴郁地用双手抱着脑袋，面壁而坐。

她头疼胸疼腰疼哪里都疼！当视线斜斜扫过正一脸严肃、衣冠楚楚地端坐在床头的严熙冬时，她扶着额，脑袋疼得越发厉害了。

一套全新的衣服默默被摆在她身边。严熙冬扶了下眼镜，冷静地递给她一个衣袋。

见她没有接，严熙冬用着平静得仿佛只是去菜市场买菜的口气说：“这是我今早去附近的内衣店买的文胸和内裤，36E，你一会儿试试尺码合不合适，”停顿了下，他继续冷静补充，“因为昨晚那些衣物，已经碎得不能穿了。”

“……”

罗莉在这一瞬间死的心都有了。

是的，严熙冬说的每个字她都认识，可组合起来的潜台词让罗莉的大脑内有一百头神兽正呼啸着狂奔而过。

昨天晚上。

她捧着头努力回想，却是徒劳无功，脑中朦朦胧胧地闪过几个模糊的片段，还来不及捕捉，转瞬便逝。

好吧，那就让我们将拉灯后的场景片段回放一下。

“妈妈……”

……

黑暗中，她紧紧抱着严熙冬，发觉他只僵硬着身子没有搭理她后，罗莉将毛茸茸的脑袋撒娇地埋进他胸前不住地蹭来蹭去：“理我嘛，理我嘛。”

“衣服，衣服快穿上。”严熙冬艰难地阻止，惯常冷冽的声线不自觉中变得暗哑。

“衣服？”她坐在严熙冬腰上，低头懵懵懂懂地看着快要掉落的衣服，皱着眉摸索着细细的衣带……

几次摸空，又扯痛了缠在衣带上的卷发后，她挫败地噘起嘴，娇气地抱怨：“妈妈，你帮我穿！”

啥？！

严熙冬愣了一秒。

下一刻，一只柔软的手抓住他扶在她腰上的大掌，直接摁在自己傲人的前胸上——

男人的脑中那根名为理智的弦首次不受控制地崩断！

“你不要后悔……”

当太阳慢吞吞地爬到午后。

“你想起来了吗？”严熙冬的动作依然没有变，他正襟危坐，等待她的回答。

罗莉阴郁地抱着被子，搜遍大脑，她也只想起他那句“你不要后悔”，还有便是，便是那瞬间难以启齿的疼痛。

思及此，罗莉下意识地挪了挪身子，掀开被单朝下看去。

一个洞。

是的，一个圆圆的大破洞赫然出现在身下。

她的视线开始发飘，控制不住地飘向一脸道貌岸然的严熙冬。

他，他剪下了那块床单，是要贴身收藏吗？！

罗莉被自己的想象瞬间雷得言语不能。

严熙冬清了清嗓子，淡定沉着地开口："我祖籍浙江，父辈起都定居在F市。我爸爸已退休在家，每月有固定养老金，母亲是老师，再过两年也要退休了。目前我打算在上海定居，房子你已经看过了，房贷还差六十万，但对我而言问题不大。我还有两个弟弟，严熙夏和严熙秋，他们都有固定工作，没有养家补贴的压力。我今年三十岁，无任何不良嗜好，曾经有过两任女友，一个交往了四天，一个不到半个月，无感情负债，还有什么你想知道的吗？"

罗莉："……"

"如果你没有任何疑义的话，不知道你觉得年底办酒席怎么样？"严熙冬认真地询问。

罗莉："什么？！"

罗莉几乎是落荒而逃般地回到家。

她不想去上班，也没有请假，不想知道铁娘子的反应，更没有勇气想象酒店的服务生回头打扫房间时，会不会看到那床诡异的床单。

步履蹒跚地进屋，身体深处那股令人无法忽视的酸疼让她第一时间奔赴浴室。直到再次躺回被窝，罗莉披着一头湿润的发，抱着头以被覆脸，闷闷地在被窝中尖叫了将近十分钟。

OK，清醒了。

不用再考虑其他，辞职是必须的了。

罗莉从没有一刻比此时更坚定。

乱成一团的脑袋在理智的强制干预下渐渐梳理整齐，罗莉越想越憋屈，越憋屈越觉得火大！

兔子都知道不吃窝边草，他这是知法犯法，罔顾她的意愿行罪恶之实！

难道，难道他以为求婚就能抵消掉他的辣手摧花吗！

不能！

难道打了一棒子，给个甜枣就能够解决了事吗！

不能！

被吃干抹净了一次不够，难道还要再上赶着让对方取得免费试吃一辈子的资格？

不能！

求婚并不能掩盖他的罪行，他，他这是未征得她的同意出手，还妄图借此逼她就范！

罗莉狠狠握拳，热泪长流："我的贞操！我的清白！啊——"

这是一个月朗星稀的晚上。

自从各自工作以来，郝萌已经有几个月没与死党罗莉联系了。于是在这个深夜接到罗莉的索命连环 Call 时，被那高分贝的"呜哇啊啊啊"吓了一大跳。

"怎么了？出了什么事？"

"我、我……"电话那头，罗莉抽抽噎噎了老半天，绞着被子努力思忖着该以什么词来形容这一错综复杂的惨案。

酒后乱性？不对！办公室恋情？怎么可能！霸王硬上……那什么？好像也没有，那就，那就职场性骚扰？

变态色情狂上司罔顾柔弱女职员的意愿伸出魔爪辣手摧花，勉强符合。

找到了词，罗莉抽噎着努力深吸口气，打了个嗝，继续哀号道："我，我被职场性骚扰了！呜哇啊啊啊——"

郝萌："……"

她着实有些词穷，只能努力扮演知心姐姐，柔声安慰她先别哭，放宽心来。事情都已经发生了，难道要说：身为一个美艳的性感波霸，被职场性骚扰是很正常的，所以要努力以平常心对待？

罗莉哀号了大半天，突然道："萌萌，我不要在上海工作了，我回来投奔你吧。"

她点头说好，不过还是加了个但是："那个不管如何还是要提醒你，猥琐男这种生物不是地域性，是全球范围的分布，那个你明白？"就算回 F 市也照样会遇见。

又是一个高亢的"呜哇啊啊啊"，罗莉坚定握拳："那我还是选择回去阉了我老板吧。”

“不，不要冲动啊！”

罗莉不等她说完就破釜沉舟地一吼，直接挂上电话。

“严总，关于这一季的营业额比上期增长了近5个百分点，目前的销售捆绑方式还是继续沿用……”

严熙冬十指交叉抵在颌下，沉默。

这是什么意思？

策划组组长小心翼翼地问：“不知道严总对本期销售企划的看法？”

严熙冬持续沉默。

“严，严总？”

“严总，严总？？”

“严——”在他扯起胆子准备唤第三声时，严Boss扶了扶眼镜，竟然露出一个亲切的微笑：“很好，继续保持。”

“啊？”

严熙冬淡定挥挥手，宣布：“散会！”

“严总今天的心情好像很好？”被严熙冬在公司百年难得一见的笑容震到，策划组组长偷偷抚平手臂上莫名立起的鸡皮疙瘩。

铁娘子心领神会地点头，春天到了嘛。

要不要给她打电话？

严熙冬坐在办公室内，手扶着键盘，严肃认真地发呆。

很想见她。安静的办公室能清晰地听见挂在墙上的时钟一点点移动的嘀嗒声。

他就像一个刚刚初恋的青春期小毛头，满脑袋不受控制地转动着那张娇颜，红唇，锁骨，细腰，丰……咳咳，好了，到此为止。

严熙冬摘下眼镜，狠狠抹一把脸，起身在偌大的办公室内踱了几圈，努力沉淀心情。

她昨天没来上班，今天早上看了看出勤表，也没有她的名字。

思及那天晚上，是不是，真痛得厉害？

对照了下行程表，今晚刚好没有饭局，严熙冬想着下班之后买只乌鸡上门给她补补，顺便再探探她的口风，继续上次未完的求婚话题。不知道她打算定在什么日子。

与此同时，罗莉捏着拳气势汹汹地正走上电梯。

路上碰到组里的同事小珍，见她过了工时才姗姗来迟，忙一把把她拉出门外："哎呀，迟到了你还到处晃，如果碰到经理就死定了！说起来你这两天上哪儿去了，怎么不说一声就消失？"

罗莉破釜沉舟道："我今天是来辞职的。"

"什么？！"

Jucy 闻言惊诧地靠过来："怎么了，怎么这么突然要辞职？"

罗莉摇头："别问了，我心意已决。"她挥挥手，留下一个沉重的背影，一鼓作气继续往严熙冬的办公室去。

叩叩——

听到敲门声，严熙冬正了正色，提起声："进来。"

想不到门一开，踩着高跟鞋气势汹汹地走进来的——正是罗莉！

严熙冬忙起身迎上前，对着那张板着的俏脸沉声道："怎么来了？不再多休息一天。"

严 Boss 积威已久，罗莉在他走上前时下意识地后退一步，心头紧张得怦怦急跳，糟糕，不能泄气啊！

她握了握拳，在心中给自己狠狠鼓劲，憋住了气势大声道："严熙冬，我要辞、职！"

严熙冬原以为自己与爱情这两个字无缘。

仔细想来，他从未有过所谓的叛逆期和被荷尔蒙所支配的发情期，早在青春期来临时，在周围同伴们的嗷嗷骚动中，他就以挑剔的、一丝不苟的态度按部就班地规划好自己的人生，从未体会过为一个人患得患失的感觉。

罗莉就这样突然地出现，犹如他早已完美规划好的人生路线的 Bug 一般，令他不知所措又乱了分寸。

他终于挫败地发现，即便他能成功地 chroot 掉许多系统，却无法成功 chroot 到妹子的心。

“严熙冬，我要辞、职！”

面对一天前刚刚求婚的对象，严熙冬挑起眉：“辞职？”

他不疾不徐的语调甚至可以称得上温和，但罗莉不知道为什么在 Boss 的目光封锁下开始有些气弱。

夫战，勇气也。一鼓作气，再而衰，三而竭！

不行！不能向恶势力妥协，她今天一定要把话说清楚！罗莉绕过严熙冬将手中的辞呈强硬地往他桌上一拍：“没错！我要辞职！不单单辞职，为了我的清白，我还要，还要……”罗莉的目光瞪着 Boss 腹下三寸处，突然发现如果要替天行道斩断祸根，耻度破表压力山大。

严熙冬顺着罗莉的目光也低头看去：“还要什么？”

“不要问！总之，”罗莉强撑气势昂起头，“我今天辞职，这个月的余款一结我就走！”

严熙冬双手环胸，镜片后那双锐利的眼睛自上而下地审视着她，薄唇轻启：“为什么辞职？”

罗莉每次一看到 Boss 这标准的训导主任架势就有些发怵，忍不住又后退一步后反应过来，羞恼地立刻朝前又跨了一大步：“你，你还好意思问为什么？”

话一出口觉得不够有气势，她加强了语气：“反正！我是绝对不会嫁给你的！就算你求婚了，也改变不了这件事情的本质！你这是职场性骚扰！你乘人之危，趁虚而入，用心险恶，强取豪夺……”

眼看话题越偏越远，严熙冬忍不住皱眉认真地纠正：“没有记错的话，那天晚上是你敲开我的门，也是你主动推倒我，并且还拉住我不放我走的。”难道只有他单方面以为他们已经在一起了？

罗莉还没等他说完就猛摇头施展了“我不听我不听”大法：“你还强

词夺理！呜哇啊啊啊——我不管，就是你！都是你的错！我就是不喜欢你，你赔我清白你赔我！”

严熙冬目光柔和了下来，他犹豫了下，伸手轻轻按在罗莉的肩上：“不是说了吗，我会负责的。”

罗莉用力甩开他的手，嫌弃道：“你技术这么差，我才不要你负责！”

严熙冬：“……”

Boss 遭遇迎头一击！

罗莉气鼓鼓地继续补刀：“而且你还比我老那么多，三岁一个代沟，懂吗？我们之间横着差不多三条沟，没有共同语言，从生理到心理我们都不合适！总之，我是不会嫁给你的，我辞职后，你也不准再来找我！”说罢，她抬头挺胸撞开血条被瞬间清空的 Boss 往外走。

严熙冬抿紧了唇，在擦肩而过的瞬间下意识地抓住眼前气势几乎要熊熊燃烧的小罗莉的手。

罗莉猝不及防被握住手腕，似曾相识的熟悉动作让她脸一红，脑中闪过的一排马赛克画面令她瞬间爆怒，反应强烈地迅速抽回手。

力的作用是相互的。

只听咚的一声！

下一刻，站立不稳跌坐在一旁待客沙发上的罗莉双手撑在身后，手肘抵住扶手，随着急促呼吸上下波动的伟大前胸，埋着被一并带倒的严 Boss 的头！

罗莉：“……”

迅速正襟危坐的严熙冬：“……”

一声清脆的巴掌声紧接着响起！

罗莉捂着胸口嗷嗷地跳起来，愤怒值爆表：“严熙冬，你这个变态，变态，大变态！”

怒气奔腾的罗莉冲出门时差点撞上正扒在门外偷听的铁娘子。

暗暗关注事态进展的铁娘子尴尬地站直身体：“那个我最近在练习贴墙塑身运动。”

罗莉头也不回，继续奔走！骗子！你们都是一伙的，一群骗子！

铁娘子：“……”

一阵秋风吹过。

铁娘子小心翼翼地从半开的门缝向内望去，只见向来稳若泰山严谨自持的 Boss 顶着个鲜红的巴掌印挫败地靠坐在椅背上，支着下巴，意气消沉，那张冷若冰霜的脸上，一颗小纸团很不华丽地塞住鼻孔。

铁娘子悚然一惊，迅速无声地阖上门：啊，一定是我眼花。最近的工作强度太高了，我需要放飞自己。

第六章

天生丽质的烦恼

秘书？ NO！

前台？ NO！

业务员？ NO！

……回去继续读书？

NONONO！

帅不过三秒，辞完职后举步生风回到家中的罗莉翻了翻存款，重新感受到现实的沉重。

扣掉房租和最基本的生活费，剩下的钱她只够再支撑两个月了啊！罗莉惊恐地捧颊，当务之急，必须重新找工作！

怀着对前 Boss 越发深重的怨念，再次坠入找工作地狱的罗莉分秒必争地趴在电脑前开始新一轮漫天撒网。不知不觉，夜幕在鼠标嗒嗒声中降临。

肚子好饿啊。罗莉摸着肚子想下楼觅食前，警觉地扒开窗缝看了看楼下，很好，没有看见那辆熟悉的黑色奔驰。

天生丽质真是令人烦恼啊！

烦恼着还是决定不下楼的罗莉移驾到饭桌前开始嚼干脆面。伴随着咔嚓声，她食指蘸了蘸不小心洒在桌面的开水，漫无目的地在桌上点点画画，寥寥数笔，一个 Q 版严熙冬飞快地出现在她指下，并很快遭到惨无人道的蹂躏。由于专业不太给力，她在大一结束后申请了副修广告设计。然而理想是美好的，现实她就是个学渣，每次上广告策划课她都想死，那是对智力的无情碾压！倒是基础的素描速写电脑绘图她还算得心应手。实在不行就试试美工？薪水低就低吧，总比没有的强。

只是一没有经验，二奖项也有限，她连当年参加了广告比赛荣获的谢谢参与奖都厚着脸皮写进去了。可就算是美工都有点悬。为什么找个工作就那、么、难！

捏着瘪巴巴的钱包，罗莉越发觉得时间就是金钱啊！半个多月一无所获，罗莉都快要开始怀疑人生了。这时，一家广告公司 MXM 突然向她抛来了橄榄枝。

这家 MXM 广告公司总部在荷兰，这个月刚搬来上海，急需招聘大批新员工，罗莉看着他们家招聘 FA（Finish Artist 完稿、画师）的条件：

1. 具有本科以上学历。

2. 具有扎实的美术绘画基础，构图手绘能力强，擅长绘制各种符合广告传播需要的卡通形象、插画等；能够根据文字描述自主进行漫画创作。

罗莉眼睛一亮，啊！这就是专门给我量身定制的工作啊！

3. 具有手绘创意艺术素描油画两年以上工作经验者优先考虑。

罗莉瞬间瘪了，我就知道。

不论如何，只要还有一线机会她也要努力争取。

面试时间是在三天后，罗莉鼓起劲儿，翻箱倒柜地找出一份还算满意的课堂作品后，又打开电脑厚颜无耻地把之前参加比赛的参赛作品一并凑上对！就是那个谢谢参与奖。

糟糕，还有她的 DIV+CSS 和 JS、XML 的水平，真的很差啊。

她向来对编程头疼，奈何现在是网络时代，再怎么样网页制作也要上手。大学期间的兼职实习她就因此撞得满头包，然而代码就仿佛她的命中克星一般，她看一眼头晕，看两眼就能让脑回路打结。也正因如此，当初找工作时她识相地绕开这块儿，免得又临场崩盘白费功夫。此刻摸了摸钱包，弹尽粮绝的压力让她决定拼了！

罗莉在剩余两天内重新摊开课本苦练编程和切图技巧。出发这天她特意选了件宝蓝色衬衫搭配白色高腰阔腿裤，裤子的侧面是精致的百褶纹，极具设计感，行走时越发显得她腰身婀娜纤细，只是同时也更凸显出那令人望之血液加速的火辣胸襟。

罗莉烦恼地对着镜子左顾右盼，突然灵机一动，她又抽出一条柠檬黄条纹丝巾打了个活结，在胸前细细整理好，既能稍作掩饰又会显得俏丽大方。

当由于心虚反而越发努力虚张声势、故作镇定的罗莉走进会客厅时，明显能感觉到连续数天面试，原本已经审美疲劳漫不经心的雄性 HR 们瞬间亮起了眼，精神大振。

……

“罗小姐，请问你之前那份工作离职的原因是什么？”

罗莉对这个问题早有准备，她谨记离职后绝不能抱怨上一家公司的基本准则，顺便努力向新公司示好：“因为上一份工作和所学无关，我还是希望在能够发挥自己所学的公司工作，当我看到 MXM 的招聘启事后，我就知道，我一直等待的公司就是它。”

食色性也，没有什么比一个美人在眼前示好更美妙的体验了。

面试官满意地点头，神色越发柔和，继续下一个问题：“好的，那请问罗小姐是否擅长 CSS 和 HTML？”

一直强撑自信侃侃而谈的罗莉窒了下，心虚地咬了咬唇：“还……可以吧？”

HR 将一份图表递给她：“那么，请用符合 WEB 标准的 HTML 标签完成以下布局，并简要写出 HTML 标签和 CSS 代码。”

罗莉眼尾小心地瞄了瞄图纸，完蛋了！要死了死了。见她迟迟没有拿笔，另一位面试官提醒：“罗小姐？”

“哦！我在思考。”罗莉深吸一口气，视死如归地握起笔开始磕磕巴巴地写代码。

十分钟后。

当收到那张堪称乱码猜想图的答案后，面试官们集体沉默了下，再看看已经紧张得涨红了脸，眼巴巴地盯着他们的小罗莉——

美人总是能获得更多宽容的。再说，有这样的美丽风景在公司坐镇还愁招不到更多 IT 男精英?

他调出罗莉的作品看了又看，最后还是选择再给她一次机会："请问你能以未来科技世界为前提，创作出一位格斗型女性的游戏角色吗？武器设定没有限制，只要能充分体现出该角色的职业特点，背景的话，可以进行一些配合角色设计的气氛烘托和简单的环境交代就好。"

这个她在行!

罗莉闻言立刻精神焕发："好的，我没有问题。"

"现在是十一点，给你六个小时，下午五点前交，可以吗？"

"没问题！"

等罗莉干劲十足地离开后，HR 们互相交换了下眼神。

"罗莉，名字蛮特别，一听就适合我们公司！"资深宅男张组长捂着鼻子巴望着那个远去的前凸后翘玲珑有致的背影，他的梦中女神已经出现了!

还有几分理智的同僚白了他一眼："但你的女神代码和切图技巧只能用惨不忍睹来形容。"

"没关系，她面试的 FA 不仅是完稿也是画师，这次招的名额多，如果她的画工和创意能达标，可以专门负责创作这块，关于代码和网页设计那块差点也不要紧，完稿师和程序员又不是摆设。"

"唔，这样说也是。Alun，你怎么看？"

球最后被抛到完稿组组长 Alun 手里，毕竟是他的组招人。Alun 好笑地看着在座的单身同僚齐刷刷朝他投来的期待眼神，打开罗莉之前上交的作品后，他把屏幕转到众人面前。

"等下午她把作品交上来再决定，如果成品跟这个差不多的话，我们组就要了。毕竟有她在能调动大家的工作积极性，我就当是造福群众！"

紧赶慢赶地在四点四十五分结束最后一笔，罗莉退开一步审视自己的作品：

在底色为深蓝的夜空下，一个白色短发蜜色肌肤的成年女子跨坐在城市废墟前。她将半透明的棕色头罩搁在膝上，脸上并没有伤口，但身上碎裂的防护服已血迹斑斑，不知是自己的还是敌人的。

她的脚下随意地踩着敌人的标志，身后的天空中，有着同样标志的敌舰正虎视眈眈地朝她逼近！然而已陷入绝境的她并没有回头，视敌军如无物，仿佛知道真正的敌人来自画卷的另一端。她犹如小憩时被惊动的母狮，侧过脸，单手按住膝，另一只手上巨大的断剑杵地，蓄势待发！那双锐利如刀的双眼透过垂落额前的碎发，冷漠地注视着正在看这篇作品的人。

“有点意思啊。”Alun 摸着下巴，“这个神态和构图画功都没有什么好挑剔的，明天正式来上班吧！”

“真的？！”罗莉雯时惊喜地从等候椅上跳起来，“好！好的！我明天一定会准时来！”

Alun 忍不住笑了：“你也不问问薪资待遇？”

“哦，那个只要不是太低的话，我没有关系的，完全服从公司安排！”

竟是与美艳惹眼的外表截然相反的好说话，或者可以说是好拐带。

这让见惯了脾气骄纵的美人的 Alun 更加深了对她的好印象：“试用期是一个月，工资二千五，转正后底薪三千五加提成。有周休，如果加班的话会按小时补贴加班费。”

“好！我没有问题！”

见她这么干脆利落 Alun 也不多说，直接拍板：“我是 Alun，完稿组组长，办公室在 301，你可以先在公司转转熟悉一下环境，明早九点直接向我报到。”

罗莉兴奋地走出公司时，脚步轻快得如踩云端。

今晚必须要好好庆祝一下！

嗯，上次路过的泰国餐厅垂涎好久了，终于敢松开钱袋子犒劳自己一番！

罗莉默默叨念着菜名边从包里掏出电话打算向死党们报喜，目光无意间扫过路边一辆眼熟的黑色奔驰时，她僵住了。

怎么办，怎么办?

罗莉捏紧手中的包包，做好了随时夺路而逃的准备。

如果 Boss 突然出现在她面前要怎么破?

不，他已经是前 Boss 了，她就把他当成陌生人好了!

要是他再纠缠，她就义正词严地拒绝，要是拒绝无效，大不了，大不了她再赏他一巴掌!

罗莉这段内心戏持续了整整三分钟才磨磨蹭蹭地走到了黑色轿车跟前，然后，直到三秒后她梗着脖子走过了车子。

依然什么事情也没有发生?!

难道是车内没人?

松了一口气的同时，罗莉又怂得没有勇气回头确认。

或许是之前脑补得太多，当剧本完全不按牌理走时，她在庆幸之余，竟有丝似有若无，说不清道不明的失落。这复杂难解的情绪犹如陷入死循环的代码，她只能继续梗着脖子，在热烈得仿如幻觉一般的被注视感中，头也不回地快步走出车内人的视线。

严熙冬单手握住方向盘，凝视着那个僵硬得同手同脚的娇小身影渐渐远去，直至消失。

他摘下眼镜，沉默着偏头叼起一根烟，点燃。

袅袅烟雾在车内散开。

天色渐渐暗了下来，在明明灭灭的星火中，男人摇下车窗，修长的食指夹着烟，随意搁在窗外。晚风吹乱了他惯常整齐服帖的发，他皱眉斜靠在驾驶座上，强烈的反差有种平日难得一见的颓废性感。

他已经许久没有吸烟了，平日备在车中的烟多是为客户准备的，然而此刻遥望着她头也不回的背影，竟又有了抽烟的冲动……

弧度优美却常常吐出不近人情得近乎刻薄之语的嘴唇微微张开，仿佛能将胸口难以排遣的郁气一并用力吐出一般，在最后一截烟灰落地前，严熙冬终于下了决心。

他重新戴上眼镜，踩下油门。

黑色的轿车如蛰伏于水下的猎食者，敏捷而无声地驶向反方向的路口……

在一个万众瞩目的清晨，罗莉踩着深秋的尾巴进入MXM。一干闻风而来的宅男同事们纷纷表示自己又重新爱上了上班，事业焕发了第二春！

从进入公司的第一天起，罗莉就当之无愧地被封为部门之花。吸取了在上一家公司的教训，她决定这次要走高冷路线，锋利的高跟鞋毫不留情地踏着一地破碎的芳心，绝不给那些蠢蠢欲动的雄性生物出手的机会。

“你好，罗小姐，我是客户部的GAD（Group Account Director客户群总监）尤远，不知道今晚你有没有时间？”

罗莉头也不抬，继续对着电脑绘图：“和客户部的brief研讨是菲尔负责，她的办公室在隔壁。”

尤远有些尴尬地清了清嗓子，力持从容潇洒地继续话题：“不是关于brief的，是我的个人邀约。”

久经沙场的罗莉同学连个多余的眼神都没有施舍，公事公办地说：“不好意思，上班时间我只谈公事。”

“那下班后呢？今天下班以后我能请你吃饭吗？”

罗莉冷酷无情地拒绝。

“对不起，我减肥。”

KO。

铩羽而归的客户群总监经过完稿组的大门，收获同情的眼神无数。

“早就跟你说过她很难追，果然被拒绝了吧！”

要知道，从女神第一天上班到现在，眼瞅着就要过年了，就没有一个勇士能成功将她约出去过！

罗莉也确实没有心情出门约会。

MXM公司的节奏非常快。简单来说，当接到企业的需求后，客户部整合完资料就和策划部开始统筹会议，等他们意见达成一致后就下brief给创意部，而FA就属于创意部。

罗莉所要做的，就是努力开发大脑，和创意部各组的诸位同僚一起尽可能多地想idea，画草稿与设计图，由创意总监把关，在最短时间内将几套比较满意的方案上交，参与内部提案。

但这仅仅只是跨出的一小步，因为这个方案也会提交给客户总监和策划总监，若他们不满意，就需要再打回修改!

而当几经修改，终于完善的内部提案OK了，最终将由客户总监与企业约定时间，进行正式提案。

若运气好，能一次通过，那自然一切根据方案进行，FA只要执行提案做细节设计和最终完稿。

若是基本通过，那也不错，只要做部分修改，再进行二次提案就好。

可要是不通过，那么一切就要推倒重来，或者就干脆被客户解约，白忙活一场。

想当然，MXM不可能一个月只靠一个单子过活，尤其现在正值年尾，新入职的FA菜鸟小罗莉，在上班的第一天就充分体会到什么叫忙得陀螺转，根、本、停不下来!

为了追赶上前辈的脚步，罗莉这几个月不是在加班就是在加班的路上，尤其她的租房离公司太远，而公司每天早上九点开工。最丧心病狂的是打卡使用的是指纹验证，杜绝一切代签钻空子的可能性。真是令闻者伤心听者落泪啊!

至于约会?

总是奔走在迟到边缘，永远也睡不够的罗莉同学捂着E杯表示，有这个时间约会，她还不如去补觉。

就这样，时日一长，也不知是打哪儿来的流言，这朵扎手的高岭之花被认为是目标远大，等闲凡夫俗子不看在眼里。

只有她身边少数几个好友知道，这个披着美艳性感心机girl外皮的部门之花内在就是个傻白甜，纯的！

暴殄天物啊，真是白瞎了这魔鬼身材和妖艳心机的脸！

上帝造人果然是公平的啊。

直到大街小巷开始放起了《新年好》，罗莉从忙碌的工作中得闲喘了口气，才恍然发现不知不觉，新年的脚步近了。

又过了一年啊。

公司所放的年假只有一周。除夕这天，罗莉提着大包小包挤进火车，她的铺位是在最下层，行李直接塞在床底下就好。

在热闹嘈杂的车厢内一路披荆斩棘，罗莉终于搞定一切后气喘吁吁地坐在自己的铺位上，从包里掏出一瓶矿泉水。离到站还有十几个小时，希望这段时间同一个车厢的乘客们不会太难相处吧？

随着对铺的乘客徐徐走进车厢，罗莉手中的矿泉水砰然落地，一路滚滚滚，滚到来人光亮的皮鞋前，停住了。

一只修长而骨节分明的手捡起这瓶水。

男人逆着光站在对面车窗前，黑色的大衣下依然是笔挺整洁的白色衬衫，扣子一丝不苟地扣至领口，打着同色系领带。

无框眼镜后，那双细长的眼睛冷淡而居高临下地俯视着她。

罗莉："……"

神啊，你今天一定没有上班！

她以为他已经放弃了。

从那天见到疑似 Boss 的座驾之后，他便彻底消失在她的生活中。

人与人之间的联系既顽固又脆弱。

当一方不再坚持不断地出现在对方的生命中时，两人之间的羁绊就仿如朝露般，在快节奏的都市生活中，曾经留下的痕迹就这样被时间迅速蒸发。

他对于她而言，是她年轻而单纯的人生中，一个急欲删除，不愿回顾的羞耻记忆。在刻意的遗忘下，罗莉已经许久没有再想起他。

直到此刻再次见面。

在一片尴尬的沉寂中，罗莉接过严熙冬递来的水，讷讷地说："好，好巧啊。"

严熙冬面无表情地点了点头，简洁道："好巧。"

这世上巧合的事情有很多。

当然，这并不是巧合。

严熙冬提着一个小型行李箱走进车厢，在周遭皆是堆积如山的大件行李包袱的衬托下，轻简得不可思议。那是因为他早就把大件行李先托运回去了。

从严熙冬身后走过的大叔偷偷斜着眼瞄到车厢内的罗莉后，露出会心的笑容，在走过车厢后突然又返回来，探出头大吼一声："后生仔！要加油啊！"

他就想这个衣着打扮得光鲜的后生仔怎么跑来跟他用两倍价钱换个车厢，明明位置都是在下铺啊！

哎呀，年轻真好！

严熙冬："……"

面对小罗莉一头问号的脸，严 Boss 熟练地端出高深莫测的表情，成功吓退她的疑问。

两人很有默契地在接下来的时间里保持着熟悉的陌生人的距离，至少在罗莉看来，Boss 的这个态度让她觉得安心了许多，紧绷的心弦也稍稍放松了下来。

火车在出发时微微震荡，缓缓开往南方。

阳光隔着透明的玻璃窗洒进车厢，冬日的阳光似乎也带着能治愈人心的温暖。在火车咔嚓咔嚓开往家乡的旅途中，旅人们望着车窗外奔跑的群山，疲惫的脸上不知不觉露出笑容。

罗莉托着腮一样在凝望着前方回家的路，心中却莫名多了几分感慨。

由于路途遥远，也还有几分跳出父母的管束，享受自由的新鲜感，大学头两年的假期她不是在兼职就是去旅游。一切都是那么新奇，五光十色的新世界在对她敞开，她迫不及待走出家门去感受，去追逐，留给家中的时间并不多。

然而，在踏入社会的第一年，仿佛时光被按了快进键，她终于模模糊糊地感受到长者们对于落叶归根的牵绊，在远离家乡的日子里，似模似样地起了淡淡的乡愁。等年假一批，她连夜收拾好行李，第二天一早就迫不及待地踏上回家的旅程。

“香烟啤酒矿泉水烤鱼片了啊！白酒饮料方便面火腿肠了啊，麻烦大家让一让啊！”

临近饭点，火车售货员推着餐车一边大声吆喝着，一边开始在各个车厢间游走。

罗莉在前一天就准备好面包和泡面，远远听到声音后她没有动，依然靠坐在桌前凝视窗外，眼角的余光看到对面的男人抽出牛皮钱包，站起身。

叩叩！

那双修长的手在她桌前轻轻敲了下，罗莉吓了一跳，呆呆地仰起头看他。

他不动声色地俯视着她，语气平淡：“需要帮你带些什么吗？”

她慌忙摇头：“不用了不用了，我自己有带的。”

他没有再多说什么，转头出去。

随着 Boss 离开，那股笼罩着她的无形压迫力也随之远去，罗莉在吐出一口气的同时，发现车厢内的其余三位乘客也不约而同地吐了口气，大家面面相觑后，不由笑出声来。

对面中铺的阿婆拍着胸口：“啊呀，第一次见到气势这么强的后生仔，刚刚都不敢说话。”

罗莉心有戚戚：“对啊，我第一次见他时也是一样。”

操着川普口音的上铺大姐八卦道："女娃子长得好乖哦，刚才那是你的男朋友？"

罗莉悚然一惊："不是，不是！绝对不可能！"

"可他从上车到现在最少看了你十次，大姐绝对没看错，一定是钟意你的咧！"

罗莉："……"姐姐，求别提！

头顶中铺的大婶约莫是大姐的朋友，笑着摇手："莫问莫问，女娃娃害羞了……"

"啊哟！女娃娃脸皮子太薄可不行，你要悍起来才制得住汉子……"

话匣子一打开，天南海北不同口音的乘客开始了热聊，川普大姐热情地开启了驭夫教程，罗莉窘迫地全程保持严肃脸。

当严熙冬重新走进车厢时，原本聊得热火朝天的众人仿佛集体被按下了暂停键。他淡淡地扫视了下突然安静的车厢，将手中的热牛奶放在罗莉桌前："给你的。"

"啊？"罗莉同学瞬间被各色微妙的视线包围！她下意识地去摸口袋，"多少钱？"

Boss 高冷地瞥了她一眼，这个视钱财如粪土的眼神让她的手僵住了。只见他薄唇轻吐："不用了，只是顺便。"

罗莉迟疑地捧着热牛奶，犹豫了下，小声道："那谢谢了。"

就着八卦杂志，将最后一口热牛奶喝完，胃里暖烘烘的，罗莉将目光悄悄从手中的杂志移到对面桌。

严 Boss 不改工作狂的本质，就算在火车上也仍然没有放下工作，此刻他握着笔，正皱着眉半点不耽误地开始批阅报表和文件。

他看上去似乎没有想跟她进一步搭讪的欲望。

她以为他们不会再见面了，最后那次不欢而散的辞职仿佛是上辈子的事，再次面对他，她既生疏尴尬又不知所措。

她不知道该怎么处理这复杂微妙的感情，想将他当成是一个陌生人，然而他又在不经意间超出她划下的安全距离。

“满意你所看到的吗？”

正在批阅文件的 Boss 突然眼也不抬，平静地问。

罗莉这才发现自己的目光还停留在 Boss 身上，她拼命摇头后抱着脑袋迅速躺下，装死。

她决定还是不继续为难这颗学渣大脑，挑战高难度的 EQ 问题了。

严 Boss 笔下停了停，他扶了扶眼镜，认真地往下又挪了挪文件夹，从被移开的报表中渐渐露出一本小说的封面——《霸道总裁追爱记》。

“所以您把这些书都给严总寄过去了？”

铁娘子李亚楠艰难地让自己的目光从眼前那堆小说上移开。

严妈妈朝她促狭地挤了挤眼睛：“还叫什么严总啊，这么生疏，都是自家人，叫大哥就好！”

李亚楠木着脸看着面前的准婆婆，做了几十年的老师，即使此刻不在学校，手上也没有拿着教案，严妈妈穿着合身的灰色套装，端庄而不失亲切的笑容依然散发着浓浓的祖国园丁范儿：“我们要因材施教，老大都三十了，难得遇到一位想结婚的姑娘，结合你对那位姑娘的描述，我觉得这些书特别适合给老大做参考素材！”

李亚楠僵硬地低头看向被严妈妈塞进手里的书——《霸道总裁爱上我》。

不远的桌上还整齐摆放着《冷酷总裁的甜心小秘》《总裁独占小娇妻》《腹黑总裁纯情妻》……

李亚楠：“……”

婆婆，对不起，我刚刚才发现原来你有一颗粉红色的少女心！

严妈妈正满腔母爱，热情高涨：“来来！你也看，看完我们再合计合计，拟一份追求计划给老大！”

亲，亲妈？！

李亚楠擦去额上的冷汗，捧着手中的《霸道总裁爱上我》，坚定而沉重地说：“这个还需要从长计议，等严大哥回来，我们再来好好商量！”

放下那本书，我们还能做婆媳！

吃完泡面后肚子还是很空虚啊。

罗莉趴在铺位上忍了又忍，最后还是捏着钱包往餐厅走去。

火车餐是可以跟大学食堂媲美的存在，饶是如此，冬天热腾腾的米饭诱惑还是让罗莉咬了咬牙，掏出二十五块来一份豪华三菜一汤。

交钱时罗莉不忘重点强调：“师傅，不用太多菜，饭多打一点！”

“好咧！”

上菜后她定睛一看，大师傅诚不我欺，确实没有太多菜。

一份几乎没有牛肉的青椒炒牛肉，一份西红柿炒蛋，最后是一团黑得看不清原形的小鱼干？至于汤则是西红柿炒蛋后的渣渣兑上热水，算是西红柿蛋汤？

叹了口气，舀一勺青椒炒牛肉的酱汁浇在米饭上，埋头开吃的小罗莉没有注意到危险正在向她渐渐逼近。

“美女，你的皮肤很好哦！”

“头发光泽也很好，美女你是哪里人啊？”

罗莉疑惑地抬起头，终于迟钝地发现，她已经被一群神情兴奋的大婶包围了。她们眼中洋溢着传教士般的虔诚，对一脸懵的罗莉展开了连珠炮式的轰炸！

“你看，虽然你的头发光泽很好，但是发尾有些干枯分叉，你可以试试我们的 ×× 夜间修护精华乳，这款护发乳免冲洗，只要在睡前涂在头发上，发尾多涂一些，可以让你边睡边保养头发！”

“再搭配同款的 ×× 滋润调理洗发露效果更好，头发会像丝绸那样光滑柔顺！”

“我们家还有 ×× 光感焕白乳霜，能滋润美白提亮肤色，特别适合像你这么漂亮的年轻姑娘。”

罗莉艰难地从五百只鸭子的噪声中发出疑问：“什么，什么东西来着？”

当头的大婶微微一笑，充满了责任感与使命感——

“你听说过 ×× 吗？”

“……”

“你在这里干什么？”伴随着冷漠的男低音，高大的男人仿如摩西分海一般穿过人群，来到罗莉面前。

拥挤嘈杂的人群令他神色有些不快地拧眉，气势更盛，但在这一刻，被纠缠多时的罗莉瞬间 get 到了 Boss 那张万年扑克脸的帅点，第一次感激他的到来！“严总，我们走我们走！”

慑于严 Boss 修炼多年的威势，带头大婶在 Boss 的冷眼下讪讪地停住了攻势，但身边一群老姐妹正在看着她啊！不行，大婶决定再争取一下！

“小姑娘别急着走啊，虽然我们的产品价格贵了一些，但绝对物超所值！”浓妆艳抹的大婶顶住压力，往前一拦，“你们可以看看我，我这几年一直都在坚持用 ××！你猜猜看我今年多大了？我们 ×× 的可贵就在于恢复青春，其实我今年——”

Boss 垂眼一瞥，打断：“五十。”

“已经四……”正滔滔不绝的大婶终于慢半拍反应过来，石化——

五十？五十？！

但是她才四十岁啊！

入睡前罗莉小声地说了声：“谢谢。”

严熙冬低低地“嗯”了一声。

“那个……晚安？”

“晚安。”

罗莉原以为隔着不到一米的过道旁就是 Boss 自己会失眠，事实上也没有。再次睁开眼时天已大亮，伴随着火车特有的震动韵律，来往的旅人们的谈笑在睁开眼的刹那扑面而来，隐隐有婴儿的哭闹声从隔壁车厢传来。罗莉揉了揉眼睛，慢慢地从卧铺上爬起。

“醒来了？”严熙冬正在桌前看文件，淡淡地朝她投来一瞥。

他没有穿西装外套，也没有打领带，那件简单的白色衬衫经过一夜后虽然不再那么挺括，却有一种居家的温暖味道：阳光穿透他身上的衬衫，勾勒出宽大的肩胛骨轮廓，令人不由遐想被那双肩膀紧紧拥抱在怀中的感触。

停！

小罗莉惊恐地疯狂摇头打断思绪。

严熙冬疑惑地看着面前的摇头狮子：“你怎么了？”

“那个，”罗莉干笑着，“我的意思是，早上好！”

Boss 冷静地指出：“下午了。”

“啥？”

“再过两个小时火车就到站。”

“啊？！”

由于担心白长一张精明脸的漂亮蠢女儿被拐带，罗妈妈会不定时打来电话确认行踪。无奈罗莉这次睡得太死，调成振动的手机原本电量就所剩无几，在罗莉看到被母上大人刷爆的电话和信息后，终于完成使命地闪了闪屏幕，关机。

关键时刻，一个天籁般的声音传来：“用我的吧。”

“严总，谢谢你！”罗莉感动得眼泪汪汪。

“没关系，”Boss 拿出手机，没有先递给她，镜片后精光一闪，“阿姨的电话号码是多少？”

罗莉未知未觉，乖乖报上了电话号码，而后，便眼睁睁地看着 Boss 清了清嗓子，以春风细雨般的和蔼可亲，开始和母上通话：

“阿姨您好，我是罗莉的朋友，严熙冬。对的，罗莉今天睡过头，手机又没电了。好的，好，我让她跟您说两句。”

罗莉接过电话，不出所料地迎接母上大人一顿劈头盖脸的数落，忙不迭告饶：“是！是，我错了，都是我的错！妈，千万别生气，生气伤身容易老。我错了错了！”

末了，手机又被 Boss 接了过去：“阿姨，我们不到两个小时就要到站了，阿姨今天有来接罗莉吗？好的，我们是一路的，好，那一会儿我们就这个手机联系，阿姨还有什么要嘱咐？”

罗莉挠了挠头，看着一路和母上相谈甚欢的 Boss。

总觉得有什么地方不对？

火车在即将到站的广播声中缓缓减速，驶入站台。

罗莉从铺位底下艰难地拖出行李箱，身边的严熙冬直接大手一提，轻松地将另外一个大包拎走了。

“那个……”默默地拉着粉红行李箱，跟在Boss身后想道谢的罗莉刚刚起了个头，突然从头顶罩下一只大掌，严熙冬轻轻地摸了摸她的头，“不需要跟我一直道谢。”

罗莉脸一热，只得继续默默地过意不去了。

被裹挟在汹涌的人流中出了站口，早已守在出站口外的罗妈妈立刻迎了上来。

“妈！”将近一年没见，罗莉一头扎进妈妈怀里，“妈妈我想死你了！”

原本还打算见面之后再数落一番的罗妈妈顿时母爱爆棚，怜爱地把罗莉一头蓬松的长发揉成了狮子头：“都这么大了还那么粗心，这次要不是小严一路照顾你，看你怎么回来！”

“小，小严？”

小严？！！

罗妈妈完全没感应到怀里的女儿瞬间炸起的汗毛，暗示地推了推她，对着严熙冬热情亲切地招呼：“我家妹妹还不懂事，这一路劳你照顾了，你瞧着，天色现在也晚了，今晚就来我们家吃饭吧！”

严熙冬既不答应也没有拒绝，道：“阿姨您太客气了。”

罗莉被母上使了一记眼色，只好干笑着配合地客套道：“没事儿啊，严总你就来我们家吃饭吧。”

Boss立刻答应：“好啊。”

“啥？！”罗莉大惊，她真的只是在客套啊！

然而一切都已经太迟了。

罗莉只能恹恹地看着前方两人谈笑风生的背影，已经提前预知了带着Boss回家吃年夜饭的悲催下场。

她不要在三姑六婆们的刺探八卦中度过这个年假啊！

“哦，小严是妹妹上一家公司的老板啊，难怪刚刚听她叫你严总，啊哟，年纪轻轻就前途无量啊。”罗妈妈捂着嘴笑得花枝乱颤。

严熙冬礼貌地微笑着说：“阿姨过奖了。”

“是你太谦虚了！在上海几年了呀，一个人在外面打拼一定很辛苦吧。”

“啊，已经在上海买房子了吗！罗莉也去过了？上海房价出了名的贵呀，真是厉害。”

“哦，家里还有两个弟弟，妈妈是老师啊，还在一中教书吗？哎呀好巧，我有个侄女也在一中教书。”

罗莉冷漠脸看着面前两人从回家的路上到饭桌还在持续热聊，罗爸爸则是貌似淡定实则伸长脖子听得一脸专注。

等罗妈妈把 Boss 就差祖上三代的信息全都打听出来后，这场心累的饭局终于结束了。罗妈妈心满意足地把小罗莉往虎口一推：“年轻人吃完饭就躺在沙发上像什么样子！妹妹带小严出去逛一逛，消消食。”

被推出门外的罗莉犹做最后的挣扎：“妈咪，我今天脚酸。”

砰！

大门无情地在她眼前被关上。

……亲妈？！

严熙冬看着罗莉耷拉着脑袋无精打采地跟在他身后，突然伸出一指在她脑门上轻轻一弹：“送我出小区就可以了。”

罗莉捂着头：“啊？”

“不是说脚酸？早点回家休息吧。”

Boss 罕见的温柔让罗莉也有些不好意思，默默地又跟了两步后，她忽然想起刚刚在家里那顿尴尬的饭局，生怕因此又让 Boss 有了什么误解，期期艾艾地解释道：“我妈妈她这两年年纪大了，特别喜欢唠叨八卦，千万别多想，她对谁都这样的。”

Boss 又是一个简洁的“嗯”。

罗莉遂鼓起勇气，继续表明态度："那个，这两天也谢谢你的照顾，不过以后还是和从前一样，不要再见面了吧。"

Boss 没有回答。

罗莉咽了下口水，委婉地道："我的意思是我们还是重新做回陌生人，好吗？"

Boss 依然不回答。

罗莉小心翼翼地抬起头偷看，倏地，视线和镜片后那双锐利的眼睛撞上！

严熙冬抿紧薄唇，表情高深莫测，他猛然长腿一跨，向前一逼，她便不由自主地后退一步，整个身体被男人逼到墙边。

退路被封锁，罗莉紧张地越发往后缩起身子，将自己紧贴在墙上，色厉内荏地瞪着他："你干，干什么？"终于要露出真面目了吗！

只见严熙冬慢悠悠地从她的头发上拿下一片碎屑，在她面前示意了下，却也没有马上守礼地退开。

"别紧张，"那稍显冷淡的声线，带着一丝缠绵的喑哑，"我只是想看看你……"停顿了下，他又认真地补上一句，"你这个磨人的小妖精。"

罗莉："……"

一个小时后，严家。

听完了最新战报的李亚楠沉默了片刻，颤抖着唇："所以头儿，你真的那么说了？"

阴郁的 Boss 言简意赅："说了。"

她小心地一窥 Boss 的脸色："然后呢？"

越发阴郁的 Boss 转过头，露出另一边脸上的巴掌印："然后，就没有然后了。"

李亚楠："……"

拿什么拯救你？我的 Boss！

"大哥，你被妈坑了，霸道总裁那套过时了！"二弟严熙秋沉痛地拍了拍大哥的肩。

“大哥，节哀啊哈哈哈……咳！”努力憋笑的三弟严熙夏原本也想凑过去表达一下自己的兄弟爱，不过在瞄到大哥那张生人勿近的黑脸后，他又默默把手缩回来。

正在遭遇惨无人道的群嘲的 Boss：“……”

唯一不离不弃的只有得力下属铁娘子，李亚楠拿出工作时的干劲儿，魄力十足地推开碍事的两兄弟，双手大力一按桌面：

“头儿，如果想成功，接下来你最好还是把那本霸道总裁扔掉，听我的。”

第七章

绅士的品格

F 市地处沿海，冬季虽然罕有下雪，却是典型的南方湿冷天气，而它同时也是有名的温泉之都，每到冬季，携着家人朋友一起去泡温泉无疑是极为惬意的享受。

罗莉也不例外，她在回家当夜就迫不及待地约了死党任金笙隔天一起去泡温泉，放下电话后，她犹豫了下，咬了咬唇又拨了另外一个号码。

“笙笙！久等啦，不好意思我来晚了！”看到久违的死党，罗莉大老远就蹦蹦跳跳地扑过去。

任金笙无奈地被抱了满怀，白了她一眼：“早就习惯了，对你，十次见面有八次迟到是常态。”

“笙笙我错了错了嘛！”罗莉抱着任金笙不撒手，把头抵在死党肩上蹭啊蹭讨饶，“待会儿我好好请你去搓一顿，你就原谅我吧，走吧走吧！”她撒起娇来简直甜得令人发指。

任金笙气笑地一拍她的头：“走什么，木木还没到呢。”

“木木。”

是啊，差点忘了木木呢，不知道她在医学院怎么样了。

视线在触及街角正在向她们缓缓走来的女人时，罗莉露出大大的笑容亲热地迎向好友：“木木！这次你可比我还晚，要罚要罚！”

王木木拍了拍她的肩，勾起嘴角：“小罗莉，你想怎么罚？”

温泉山庄在离城区一个多小时车程远的郊外，刚刚苏醒的山林透着早春的勃勃生机。罗莉兴致高昂地一马当先走进山庄："再也没有什么比冬天泡温泉更舒服的吧！"

王木木若有所思的目光定格在任金笙身上："不知道这么多年来有没有长大了一点啊。"

任金笙迅速双手环胸，忍不住羡慕嫉妒恨地看向了罗莉。

只见换完泳衣后，罗莉身上原本只是基本款的红色连体泳衣，瞬间被撑出一把令人血脉偾张的大 S 形。她的肤色极白，在红色泳衣的衬托下，越发显得性感娇媚，在一众火辣辣的视线中，罗莉微微酡红了脸，害羞地把披在身后的长卷发拢到胸前，娇嗔道："你们这样看着我干吗？"

任金笙泪流满面地摇头："别问了，离我远一点就好。"

穿着黑底粉樱泳衣的太平公主任金笙，站在前凸后翘魔鬼身材的波霸罗莉身边，这是何等鲜明而残酷的对比。

王木木镜片一闪，精准地评断："真是一根完美的干煸四季豆啊。"

任金笙："……"

友、尽！

走向浴场的路上到处是穿着各色浴衣、如游鱼般穿梭的男男女女，穿过长长的通道，走上木质台阶，拉开暗红色木格的活动移门，扑面而来的是浓浓的硫磺味道。

眼前是一个露天浴池，还是男女混浴。池水是清澈的碧蓝色，池子四面各趴着一头雕刻古朴的石兽，泉水从石兽张开的大嘴中奔涌而下，蒙蒙水汽霎时蒸腾而起，当空弥散开来。

在浴池周围环抱着中式的亭台楼阁，高高翘起的屋檐像梯田，层层叠叠，从山上导引的水流顺势而下，直至漫过屋顶边际，流入山涧，秀美的水榭楼阁氤氲在烟波中，仿若仙境。

"很漂亮吧！"罗莉邀功地拉着两个好友到温泉边，回头见任金笙还是把浴衣拢得紧紧的，不由嗔道，"你包那么紧干吗？"伸手就过去扒她的浴衣。

任金笙左右抵挡，不果，索性把心一横，主动脱了浴衣！

“真是，真是迷你啊。”罗莉讷讷地扭过头，“没关系，所谓小巧玲珑，你那个，那个配合你整个人来看真是娇小可爱的最佳代言人。”

任金笙：“……”

靠在一角置身事外的木木同学突然开口：“真巧，熟人来了。”

从浴场另一头走来一个身着黑色浴衣的俊美男子，他有着一双东方韵味十足的凤眼，在看到任金笙之后，他的眼中仿佛只剩下她一人，目光灼灼地朝她大步而来。

任金笙也倏然变了脸色，明悟地瞪向罗莉。罗莉连忙心虚地低头，朝王木木打了个眼色，两人默契十足地快速撤离！

临走，王木木以迅雷不及掩耳之势，把任金笙放在旁边的浴衣迅速一抄，一并带走！

罗莉默默伸出拇指：算你狠！

说来也是孽缘，那个黑色浴衣的青年是陈曦，她们仨的小学同学，出了名的学霸男神。

关于他和同样是学霸的任金笙缠绵悱恻的过往就不提了，作为笙笙十几年的死党，她知道她心底其实一直都没有放下他，就当是成全陈曦的一片痴心，也为了让笙笙解开冰封多年的心结，罗莉便偷偷设了这个局，给他们一次敞开彼此心扉的机会。

“木木，要是明天笙笙杀到我家里，你一定要救我！”

王木木冷酷地拒绝：“我什么都不知道，这件事是你拿的主意，我是无辜的。”

“好无情嘤嘤嘤，”罗莉双手从背后环住王木木的肩被一路拖着走，“你就这么狠心地抛弃了我，难道你忘了我们俩十几年的感情了吗！”

王木木回过头，露出标志性的惊悚阴影式微笑：“我最近喜欢上了福尔马林浸泡过的肉体质感，要不，你先试着泡两天我们再重燃爱火吧？”

“你还是继续抛弃我吧，谢谢。”

达成目的的两人在温泉山庄玩了一下午，踩着落日的余晖准备回家。

罗莉一边等车一边给任金笙发短信，告诉她，她们先走啦！反正有护花使者在，她们这两个电灯泡就不留下来打扰了！

只是等罗莉发完短信，又等了半个多钟头，平日温泉山庄门口络绎不绝的出租车，今天竟然一辆都没有停！

怎么回事？

天色越发暗了下来。

罗莉忍不住打了个寒战，摸了摸肚皮，明智地决定还是先回山庄吃完晚餐再做打算。

“木木，不然我们先回去。”

话才说一半，前方便有一辆车子减速，慢慢靠近她们。

罗莉迅速往旁边一退，伸手挡了挡车灯直射的光线看向来人。摇下的车窗后，是 Boss 那张不苟言笑的脸。

罗莉心中一惊。

“天都黑了，你怎么在这儿？”严熙冬拧眉冷声道。

刚说完又想起铁娘子的再三告诫，严熙冬有些懊恼，他强迫自己露出亲切的皮笑肉不笑的笑容，尽量温柔地再补上一句：“女孩家家的，入夜了最好别在野外逗留。”

罗莉还记得上次的不欢而散，但听出他有些求和的口气。她噘了噘嘴，不情愿地回道：“我和朋友一起泡温泉不行啊，我也想早点回去，可是一直打不到车。”

严熙冬直接开了中控锁，简明扼要道：“上车，我送你回去。”

罗莉摇了摇头：“不用了，你们也才刚到，我打算和朋友再玩一会儿。”

严熙冬最后再看了她一眼：“如果要回去就打我的电话。”

罗莉有些脸热，胡乱地点点头后，拉着木木转身吧嗒吧嗒地跑开了。

“啧啧，我看你面带桃花，是红鸾星动之相。”

坐在温泉旁的食肆内，罗莉从菜单上抬头，斜睨了木木一眼：“拜托，泡过温泉后有几个人脸上不红。你准备改行当神棍了？”

“不要再挣扎了，要珍惜这次做女主角的机会，早点谈恋爱。”木木镜片一闪，提出忠告，“最近流行坚强清纯不做作，要么就是腹黑隐忍心机深的女主角，像你这种类型本来只能做万年女配……”

罗莉：“……”

温泉馆的菜色偏日系，精致而清淡，罗莉一直到吃完还觉得自己没吃饱，不过想想结账后美好的价格，罗莉觉得自己还能再克制一下：“木木，你打算一会儿回去，还是在这里过夜？”

“你呢？”木木投来阴森森的一瞥，“如果你打算跟那位男士共度春宵的话，建议你再回居酒屋买个套套。”

罗莉抓狂道：“木木！”

说曹操曹操就到，手机铃声忽然响起。

罗莉掏出手机，看到电话上的备注名“Boss”之后，犹豫了下，接起电话。

“你现在在哪儿？”

“我……”不知道是不是被木木的话影响，罗莉拢紧了浴衣，迟疑着该不该报出位置。

都是成年人，罗莉也是经受过五花八门的追求磨炼的，再怎么迟钝，此刻的女性雷达也能感受到 Boss 对她依然贼心不死。

但既然打算要搭 Boss 的便车，用完就丢是不是太不好了。

电话那头传来他平静的声音：“我看到你了。”

“啊？”罗莉一愣，她茫然地转头四顾，却没有发现那个熟悉的身影。

那个平日显得理性过头的声线此刻却压得极低，带着一丝悦耳的磁性：“抬头看。”

罗莉觉得耳窝也被那声音勾得微微酥麻，忙不迭把手机远远移开，仰起头。

眼前是一家和风居酒屋，严熙冬临窗倚坐，穿着深蓝色斜纹浴衣，露出半片结实的胸膛，平日一丝不苟地梳到脑后的发微微湿润地垂落额前，显出几分稚气却又难掩属于成熟男性的诱惑力。

或许是因为喝了酒，他唇色殷红，见她已经看到了他，严熙冬勾起嘴角握着酒杯遥遥对她举了举杯。

“好一个鬼畜眼镜攻！”王木木感慨，“真是一树梨花压海棠啊。”

罗莉涨红了脸：“木木！”

电话里传来 Boss 不疾不徐的声音：“上来。”

罗莉抿了抿唇。

“你不是有话要对我说吗？”

罗莉抹一把脸：“好吧。”

待她放下电话想找木木一起上去壮胆后，木木呢？

手机突然震动了下，罗莉看向最新来信：

我先走，你们慢慢聊，过夜记得要买套套哦——BY 木木。

罗莉：“……”

严熙冬放下手机后也同时转头看向严熙夏。

严熙夏正惊叹地盯着楼下如聚光灯般吸引过往所有人注目的罗莉，前面在黑暗中没看清，现在在灯火通明下细瞧，真是难得一见的尤物：“好辣！大哥，我以为你会找个小清新……原来你是这样的人。”

严熙冬忍耐地闭了闭眼，简洁道：“出去。”

“不要，我还没正式见见嫂子呢！”

严熙冬没有说话，只是冷冷地看着这个愚蠢的弟弟。

这个眼神终于让严熙夏回忆起少年时期每次放学补课被大哥支配的恐惧：“好啦好啦！我滚了就是！”

严 Boss：终于可以开始愉快的二人世界！

“我来就是想告诉你，我们是不会有结果……”

“想吃炸虾吗？”严熙冬推去一条手掌长的椒盐大虾。

罗莉忍不住咽了口口水，努力拉回理智：“你不要恶意干扰，我之前都已经说得很清楚了，我们不合适……。”

“烤生蚝和烤带子也很鲜美。”严 Boss 继续推去两个盘子。

“我都说我不喜欢你这种类型。”

“铁板蛏子要试试吗？”

“……”

这还让不让人好好说话了！

严熙冬不为所动：“其实我觉得他们家做得最好的就是这盘咖喱蟹。”

五分钟后。

罗莉捧着椒盐大虾和咖喱蟹坐在 Boss 对面，吃得不亦乐乎。

女人都喜欢绅士，要表现出绅士风度必须体现在细节上，比如用餐。

铁娘子的告诫再次划过脑海。

严熙冬眯起眼盯着罗莉吃完咖喱蟹和烤带子后，小手开始摸上大虾。终于有表现的机会了，他霍地出手一抢：“我帮你剥！”

罗莉呆呆地看着 Boss 用着飞一般的速度剥掉虾壳，去尾，断头。扑哧！

虾头内丰沛的汁水以着更快的速度溅回罗莉身上。

罗莉：“……”

严熙冬：“……”

罗莉抹一把虾汁，坚定地站起身：“谢谢招待。”

严熙冬忧郁地吸了一口烟：“然后，就没有然后了。”

李亚楠深深地叹了口气，安慰 Boss：“没关系，我还有一招，保证一定能打动佳人的芳心。”

一周的时间眨眼而过，感觉自己才刚到家没几天就要重新踏上返程的火车。

过完年重回公司的头几天总会特别烦躁，或者该说是年假综合征？

罗莉夹着又被打回来的设计图垂头丧气地回到自己的座位。

邻座的 May 扭过头：“组长那儿还是不过？”

罗莉摇头，老实说：“是我的原因，我这几天很烦躁，集中不了精神。”

May 表示理解："过完年回来就上班多少都会有烦躁的心情，你可以找个时间和朋友去聚聚餐，或者约个会，看完电影后唱唱 K 发泄一下，能早点适应年后的节奏。"

罗莉感动地道："谢谢你 May，我会试一试的！"

"这有什么好谢。" May 笑眯眯地拍了拍罗莉的肩，"对了，刚好这周末我们公司就有内部联谊会，你可以一起来啊！"

罗莉一口答应："好啊，没问题。"

May 暗暗舒了口气，转过头，朝对面几个伸长脖子等候音讯的男同事们比了个 OK 的手势。

看在众多贿赂的购物券的分上，我只能帮你们到这儿了。

罗莉压根儿没注意到身后的暗潮汹涌，她看了看手中的废稿，舍不得一键删除，最后决定注册一个新的博客，将这些废稿也一并传上去。

这次的客户是一家床垫公司的老板，他希望能用最简单直接的方式突出他们家的床垫舒适好眠。

舒适，好眠……

罗莉捧着脑袋冥思苦想了一下午，临下班前再上交了一张底稿：

在阳光直射的房间内，墙上的钟表走到了九点，西装革履的男主人闭着眼睛，双手抱紧床垫，下半身已经踩在地上，上半身却依然撅着屁股趴在床上不愿意离开，在他身后的墙壁上印出妻子挥舞着锅铲怒气腾腾的影子。

组长 Alun 支着额审视了几分钟，最后挥挥手："还可以吧，不功不过。这个案子你也盯了一星期了，不然今晚你先回去吧，今天就不用加班了，休息一晚，看看明天是否会有更好的 idea。"

"好的。"

罗莉沮丧地走在回家的路上，她知道 Alun 让她今晚不用加班的意思并不是因为她这次的稿子能过了，恰恰相反，其实是他对她并不满意。

或许我并不适合做这行？这么平庸的自己，就算侥幸进了一家好公司，幸运女神也不会一直在身后眷顾。

伴随着各种消极的想法，罗莉提着去快餐店打包的晚饭，有气无力地上了楼梯，而后一愣：

“你怎么来了？”

回到上海后每晚她都会收到来自Boss的晚安短信。不管她是拒绝，抑或干脆无视，他都依然坚持每天睡前向她道一声晚安。

时间长了，见他除了道晚安也没有再发那些奇怪的话——是的，那句“你这个磨人的小妖精”已经成为她挥之不去的阴影——罗莉便稍稍放松了警惕，听之任之，谁知严Boss立刻得寸进尺，下一步就直接上门！

严熙冬在她警惕的目光下有些不自在地扬起右手示意：“我有一件礼物……想送给你。”

他的手中提着一个袋子和四方形的铁丝笼，笼顶罩着一条遮光布，看不清里面是什么。

罗莉好奇地看了看那个笼子，先打开门把手上沉重的公文包和便当盒放在玄关，嘛了嘛嘴：“进来吧。”

女人容易对有爱心的男人有好感，你可以表现出自己很喜欢小动物，最好在她的面前，能与那些可爱的宠物玩成一片，像孩子般追逐嬉笑，这样温馨美好的画面一定可以打动她，还可以显示出您的青春与活力——BY狗头军师李亚楠。

严熙冬在心上人期待的目光中拉开遮光布——

一只巴掌大、灰白相间的苏格兰折耳猫乖巧地坐在笼中，毛茸茸的头上扣着一只小巧精致的水手帽，娇小的身躯围着同系列的蓝色制服。

对上两人的目光，小猫娇滴滴地“喵呜”了一声。

“好可爱！！”罗莉瞬间被萌得不要不要，她捂着脸围着笼子转来转去，“我的天，真的好可爱哦！”

严Boss心下暗喜，但脸上依然保持冷静，微微弯了弯嘴角，伸手去开笼门：“我第一眼看到它的时候就想到了你，想不想摸摸它？”

她就像它一般娇憨可爱又引人注目，令他忍不住想带回家好好——修长的手指在碰到乖顺的小猫那一刻，被一口咬住了。

严熙冬保持淡定，又伸出另一只手：“啊哈哈，它只是在跟我玩闹。”

小猫依然不松口，举起爪子毫不客气地狠狠一挠！

罗莉：“……”

严熙冬面不改色，继续坚持把它抱出笼子：“你看，它真是活泼啊。”

下一秒，出笼的小猫犹如猛虎出匣，嗷呜一声跳上 Boss 的脸。

喵嗷嗷嗷嗷！

严 Boss 艰难地在狂风骤雨般的袭击中挤出笑容：“你，你稍等，我陪它玩一会儿。”

喵嗷嗷嗷嗷——

一场大战结束，小猫神气活现地离开战场，得意地喵喵叫着去视察自己的未来地盘。

罗莉小心地坐在 Boss 对面：“那个，你真的不要紧吗？”

发丝凌乱衣服勾丝的严 Boss，微笑：“没关系，我很好。”

“真的吗？”可是，她一点也看不出哪里好？

严 Boss 坚定地点头：“真的！”

于是罗莉只好不安地目送着 Boss 告辞后摇摇晃晃的背影，突然，脑中灵光一闪！

她想到设计稿该怎么画了！

深夜的房间，窗户大开。

从敞开的窗外能看到对面沉睡的大厦以及一条钩在窗棱上的攀登索。

带着口罩，穿着黑色夜行服的小偷正趴在窗台下的床垫上，与屋主——单身男青年紧紧相拥，睡得耳鬓厮磨难分难舍！

“很好！”Alun 眼睛一亮，“就选这张。”

罗莉惊喜不已：“一次过了？太好了！”

“主题很突出，入室行窃的小偷忍不住和屋主一起睡倒在床上，这个角度有创意也不失趣味性，”Alun 赞许地说，“罗莉，这段时间你进步很大，让我刮目相看啊。”她证明了自己不仅仅是一个漂亮的花瓶。

罗莉微微赧红了脸：“是，是吗？我其实对自己不太有信心。”

Alun 笑着鼓励她：“自信一点，你做得很棒！虽然，嗯，一开始起点会比同期的新人稍低一些，但你的进步是最快的，这几个月你的努力我也看在眼里，不是有句俗话‘笨鸟先飞’，所以要对自己有信心，你证明了自己是可以胜任这个位置的。”

被夸了呢！

罗莉捧着脸，直到回到自己的座位时脑袋还是晕乎乎的，她真的做得很棒吗？

她雀跃得简直就想变成一只鸟儿，从办公室的窗口飞出去！打开博客，罗莉想偷偷地在上面分享自己喜悦的心情，突然有一条评论跳出来，映入她的眼帘。

不想上班：哇！这些都是博主画的吗？好厉害啊，博主我已经变成你的粉丝了，希望能看到更多好看的作品！

我的天！

她，她也会有粉丝吗？

罗莉激动地涨红了脸，手足无措地点开这条评论，对着电脑思考了整整一分钟该怎么回复？

最后，她怀着虔诚的心情，认真地一字字敲上：谢谢你！我一定会努力的！

她一直觉得自己不是一个出众的人，从小到大，按部就班地学习、工作，一直被动地跟随着大家走上被规划好的人生，永远都是站在中流，从来就够不上优秀。

就算读完了这十几年的书，她也不知道自己要什么，擅长什么，能做什么。

她不像笙笙，脑袋那么聪明，好像什么事情都难不倒她。她也不像郝萌，有着自己的想法和性格，还有对事业不逊于男人的闯劲儿。

她甚至不知道那些嘴里说着喜欢她的男人究竟喜欢她什么，是这个皮相吗？但女人的青春短暂，当青春美貌不在后，这样本质平庸而笨拙的她，真的还能让他们继续喜欢吗？

她就这样迷茫而随波逐流地走在自己的人生道路上，找不到前进的方向。

但现在，仿佛有一道阳光刺破迷雾。

这是她第一次在个人能力上被肯定，被夸奖，甚至还有了喜欢她的粉丝！

胸口暖融融的，第一次有一种名为骄傲的感觉从心中升起，她喜欢这样的感觉，她想要一直一直地拥有这份骄傲，她终于找到了自己想要走的方向。

在罗莉找到光明的同一时刻，Boss，陷入灰暗。

“头儿，这不是你的错。你只是，只是运气不太好，对，这不是问题，我还有一个办法！”

Boss 幽幽地从阴暗的墙角投去一瞥。

李亚楠擦了擦额上的冷汗：“有一句话叫认真的男人最有魅力，你可以想一想你最擅长什么？”

“工作。”

李亚楠惊恐地阻止：“不，认真的工作狂就算了！还有没有别的擅长，要能够在妹子面前显摆的。”

严熙冬认真地思考了片刻：“数学，围棋，编程？”

李亚楠：“竟然完美规避了所有妹子会感兴趣的领域啊。”

Boss 沉默了，不知道是因为震惊还是打击太大。

"没关系没关系，让我想想，嗯，有一样或许可以靠得上边。"狗头军师再次出招，"大部分的妹子都是电脑白痴，头儿，你可以找个机会帮她修理电脑，好好表现一下自己，让她为你认真起来的魅力倾倒！"

严熙冬闻言，淡淡地说："这个简单，我明天就去。"

李亚楠舒了口气："这么巧，真是天助我们也！"

"不，"Boss扶了扶眼镜，镜面闪过一道亮光，"因为我现在就去放病毒。"

"……"千言万语，只汇成对罗莉的一句保重！

于是在这个罪恶的晚上，罗莉家的上空，久久回荡着她的哀号：

"小电，你不要死！"

"小电！小电你怎么又死了啊啊啊！"

"喵喵喵？"

心力交瘁的罗莉折腾了半个晚上，无果，第二天早上给王子，对，就是那只厉害猫，留下一盆猫粮后，夹着她的小电郁郁地上班去了。

May好奇地凑过来："怎么今天带着笔记本来上班？"

罗莉欲哭无泪地抱着小电："昨晚不知道为什么电脑系统突然崩了，不停地自动重启，我还有几个重要的文档在里面啊啊啊！等下班后我打算背去电脑店看看还能不能再抢救一下。"

"你怎么舍近求远，"May好笑地道，"我们公司的程序员那么多，没必要再跑到外面找啊。"

"真的？"罗莉惊喜地看着她。

"走吧，我带你去！"May自告奋勇地先行带路！

这么好的机会，一定要再狠敲那群宅男一笔！哼！让你们这么多年都没发现老娘的美好。

"那个，可以重装系统吗？"

一连问了三个程序员，他们皆是先欢天喜气地偷瞄罗莉一眼，预备大显身手地打开笔记本电脑十分钟后，面露难色："这个是新型病毒，一时半会儿不好破解，最好是重装系统格式化硬盘才能彻底杀除。"

罗莉喷泪："不行啊！我有重要的资料在里面，不能重装的！你还有没有其他的办法？"

"这个……"羞愧的宅男们默默地退散了。

Boss在远方抚摸着眼镜投来杀气一笑：呵呵，这可是他连夜改良针对心上人的爱之病毒！不是谁都能轻易灭掉的！

下班后罗莉饭也来不及吃，夹着被蹂躏了一天的笔记本电脑急匆匆地出了公司，准备赶去电脑店再让专业人士抢救一下。

她看了看手机时间，加快速度走出大门，踩上人行道，忽然一声喇叭从身边响起！

蹲点已久的严熙冬从摇下的车窗后探出头，惊喜的表情略生硬："好巧，我正准备找你。"

幸好罗莉没有注意到Boss浮夸的演技："有事吗？我现在要去电脑城，估计没什么时间。"

Boss继续僵硬地露出疑惑状，毫无情绪起伏的对台词："怎么了，去电脑城做什么？"

罗莉郁闷地扁了扁嘴："我的笔记本崩溃了，哎哟不跟你说了，我得赶时间！"

严熙冬立刻抓紧机会："这个太简单了！找我就可以，我来帮你！"

这一天受过无数打击的罗莉怀疑地一瞥："你？谢谢了，不过我觉得还是找专业人士保险一些。"

被触犯了专业领域的严熙冬直接把车一拦："上车。我保证没问题。"

因为这个毒，是我放的。

再次进驻佳人的小香闺，忽略那只忘恩负义，一看到他就发出哈哈恐吓的王子，严熙冬怀着十二万分的虔诚打开电脑，十指如飞！

罗莉眼巴巴地在旁边蹲守："怎么样？可以吗？"

严熙冬自信沉着："交给我，你放心。"

罗莉咬了咬唇，看着严熙冬在笔记本的蓝光映照下沉稳冷峻的侧脸，他的大掌握着她的粉红色小巧笔记本电脑，游刃有余地敲击键盘的姿势流畅而帅气，竟然很有几分可靠的安全感，平日不苟言笑的距离感仿佛都被拉近了许多……

哎呀！她在想什么啊！

"我去给你倒杯水！"罗莉连忙掩饰地低头啪嗒啪嗒地跑开。

严熙冬望了一眼她的背影，在犹豫是要迅速解决，还是放慢速度，培养感情？

鱼与熊掌不可兼得，要是速度太慢被她以为自己技术不佳就不好了！

打定主意，接过罗莉递来的水，严熙冬捏着鼠标问她："差不多再过半小时就好，你要保留的资料放在哪个盘？"

"D 盘吧。你一会儿做好了，能帮我下一个杀毒软件吗？之前的杀毒软件根本防不住病毒，你能不能帮我推荐一款？"

"瑞星或者卡巴斯基都不错。"

罗莉撇撇嘴："卡巴斯基超级卡的！我被卡巴斯基卡得只能按电源。"

"卡巴斯基会卡应该是软件冲突，你是不是装了两款以上的杀毒软件……等等！"严熙冬转过头严肃地看她，"按电源？你不会关机？"

"会啊，但是不是很卡嘛，点了关机键都要等半天，还是按电源比较快！"懵懂的罗莉不知道自己无意间触发了 Boss 的教学系统，危机开始向她逼近。

Boss 慢慢扶了下眼镜，镜片一闪，地狱教学模式——开启！

"遇到这种情况，你可以先找到 HKEY_CURRENT_USER Control Panel Desktop，把 Auto End Tasks 的键值设置为 1……"

罗莉一脸懵："？？？"

Boss 浑然不觉，继续侃侃而谈："在这个分支下有个 Hung App Time out，把它的值改为 4000，或者更少……"

罗莉："？？？"

“……最后将 Wait To Kill Service Time out 设置为 4000，确认后重启一下电脑就可以了。是不是很简单？”Boss 求夸奖地看向心上人。

罗莉：“……我还是按电源吧。”

“所以你就这样对着她念了一晚上电脑经？”

李亚楠无语凝噎。头儿，活该你单身啊！

“不，”严熙冬还是要捍卫一下自己的情商，顺便带着一丝喜悦的显摆，“我只教了一个小时，然后她说要请我吃饭作为感谢。”

李亚楠大喜：“很好！然后呢？”

严 Boss 大义凛然道：“然后我说这点小事不用请客，就回来了。”

李亚楠：“……”

Boss，注定孤独终生。

对上一脸“我已经没法再教你”的李亚楠，严熙冬很是莫名其妙，他迟疑地道：“我是不是错过了什么？”

李亚楠恨铁不成钢：“这种时刻不拉近距离共进晚餐，那今晚忙活了半天表现自己还能为了什么？”

严 Boss 领悟了。

半晌，他幽幽地道：“不然，我再去把电脑黑一次吧。”

满头黑线的李亚楠：“……”

真是令人感动得泪流满面的爱情啊。

这个深夜，罗莉楼顶的上空再度盘旋着她的哀号——

“小电！小电你醒一醒，不要死啊啊啊！”

罪魁祸首严 Boss，又开始新一轮一本正经的胡说八道：“对，就是这样，因为上次杀毒还不够彻底，所以病毒又复发了。”

“那该怎么办呢？”罗莉担心地问。

严 Boss 胸有成竹：“没关系，现在我已经发现了问题的根源，可以很快就解决！”然后我们就共进晚餐吧！严Boss这次一不耽搁，二不教学，动作神速一气呵成地解决完电脑后扭过头，期待地看着她。

罗莉在Boss炽热的目光下怯怯地道：“怎，怎么了？还有哪里有问题吗？”

“没有，现在你的系统已经非常完美了。”所以快和我一起共进晚餐吧。

“真的！谢谢你。”

还有呢？Boss婉转地提醒：“……我今天，还没吃晚餐。”

“哦，从我这个小区出去，往右拐再走五分钟就有一家很棒的料理店！”

“……”

严Boss终于幽怨地投去目光：“那，你呢？”

罗莉没有接收到，她起身欢快地收拾包包：“我也要赶紧出门，今晚公司有联谊会呢！”

联，联谊会？！

严熙冬：“……”

Boss再度遭受迎头一击：KO！

“我想，大哥或许真的要孤独一生了。”严熙秋沉痛地道。

李亚楠：“你大哥在你背后。”

“大哥！你听错了！我刚刚是说你真的不会孤独一生，大哥这么英俊潇洒英明神武怎么可能会……啊呀！”

第八章

怦然心动

罗莉由于出门时间太晚，还没到会场就接到 May 的索命连环 call。她夹着手机急匆匆按下联谊会场的楼层后，对着光亮如镜的电梯门迅速点了点口红，再伸手胡乱爬梳一把蓬松的头发。

叮——

电梯门忽然开启，走进来一个身穿浅咖色风衣的文雅青年，他双手插在口袋里，风衣前三颗扣子敞着，露出里面的蓝色格纹毛衣，显得闲适而潇洒。正对着电梯门举着粉扑补妆的罗莉僵住了，她赧红了脸用最快速度把掏出来的口红粉饼一股脑儿塞进包包，板起脸努力做若无其事状。

那青年侧头看了眼目不斜视故作镇定的罗莉，忍不住露出一个笑。他的牙齿很白，唇色鲜润，生动的眉眼与唇线勾起的柔和弧度让这个笑容显得分外清爽，令人不由生出几分好感。

罗莉也忍不住回了一朵小小的不好意思的笑容。

青年看了看罗莉的楼层："你也是 MXM 公司的吗？"

"啊？"

"我们楼层一致，那一层都被公司包下了。"他转向罗莉，伸出手，"你好，我是贺致远，制作部的制作经理。"

罗莉迟疑了下，伸手回握："你好，我叫罗莉。"

两人手心相触，贺致远绅士地一触即放。

叮——

电梯门再度开启，这次真正到了目的地。

贺致远潇洒地比了个女士先请的姿势，罗莉点了下头，夹着包包率先出了电梯，在即将走进会场的前一刻，从她身后突然传来贺致远含笑的声音——

“其实我早就见过你了，罗莉，当初面试时我也是你的主考官之一。”

罗莉惊讶地回过头。

贺致远扬起声，目光专注地凝视着她：“我告诉你，只是因为不甘心自己像路人甲一样，被你这么轻易就忘记。”

贺致远也确实给罗莉留下了比较深刻的印象。

他不像其他男人，或许是因为她的美貌太具有攻击性，也容易令人产生一些暧昧的误解。普通男人要么会担心 hold 不住她，尝试两次后就知难而退；要么就是有少数自我感觉良好的土财主或富二代，财大气粗地在她面前甩甩手：“多少钱你直接说吧。”

贺致远没有掩饰对于她的兴趣，坦诚而直接地朝她当面放出话来，至少就这一点而言，罗莉还是有几分欣赏的。当然，那张清爽俊秀的脸也加了不少印象分。

所以放话也是要分人的，要是对象是个气质油腻的猥琐男，那就没有然后了，就是这么残酷无理取闹的世界！

不过欣赏归欣赏，罗莉暂时还没有开始一段恋情的打算。

贺致远放完话也没有再继续没完没了的甜言蜜语攻势，他很聪明地把握好了殷勤和亲密的距离，只在罗莉有需要时伸出手。

“够不着菜吗？我帮你。”

没错！对付一个吃货，刷好感度就是这么简单。

“致远，罗莉，你们什么时候认识的？”在一旁虎视眈眈已久的尤远找了个机会，故作熟稔地挤进两人中间，好哥们儿式地用力拍了拍贺致远的肩！

当场内伤的贺致远：“……”兄弟，你是不是偷偷练了大力金刚掌？

罗莉仔细打量他，迟疑地开口：“你是？”

下一刻也内伤的尤远，有些尴尬地试图唤醒她的记忆：“我们前阵子还见过，我是客户部的 GAD 尤远。嗯，上次想请你吃饭的那个尤远。”虽然被狠狠拒绝了，但是他是不会轻易就这样放弃的！

罗莉立刻做恍然大悟状地“哦”了一声，其实还是想不起他是谁。

贺致远带开话题挽回僵持的局面：“昨天问你今天要不要来，你不是说要陪佳能的客户？”

“没关系，我们改约时间了。”开玩笑，听到女神要来怎么也得排除万难过来！倒是这群没义气的家伙，一个个收到风声都暗暗地不开口，害他差点错过。

说好的公平竞争呢？人与人之间的信任呢！

贺致远暗暗活动了一下被重创的肩膀，体贴地微笑：“真是辛苦啊，客户部常常需要应酬陪客，能腾出一点时间确实不容易。”

“是啊，比不上你们制作部舒服，还能常常接触到媒体那些嫩模，真的是艳福不浅哪。”来啊！互相伤害！

贺致远与尤远对视一眼，火星四溅：大家各凭本事。

再低头，罗莉呢？

对话题不感兴趣的罗莉耸耸肩，趁他们俩寒暄时直接带着一碟三文鱼撤了。

会场内其余几个蠢蠢欲动的男士早就看到跟随在罗莉左右的贺致远和尤远这两个重量级大咖，掂量掂量自己后，讪讪地止住了脚步。这才得以让罗莉在接下来的时间里终于能心无旁骛地满足她的口腹之欲，要知道身为厨房杀手，又没有足够天天吃美食的票票，这顿大餐真是可遇而不可求啊！

揣在兜里的手机突然嗡嗡震动，罗莉掏出手机，上面闪烁着死党郝萌的大名：“萌萌？”

“罗莉，我，现在在上海。”电话那头，郝萌的声音有些艰涩。

“真的！太好了，我们赶紧约个时间出来。等等！”兴高采烈的罗莉话说到一半终于反应过来，“你们公司现在给你休假吗？怎么有空跑来上海。”

郝萌轻轻吁了口气：“我辞职了。”

罗莉震惊地问：“辞职？为什么？那份工作你不是做得好好的吗，之前还听你高兴地跟我说你升职了呢！怎么回事啊？”

那边沉默了片刻，低声说：“不要问了，以后有机会的话，我会告诉你的。”

“那，好吧。”罗莉识趣地不再追问，“不过你以后有什么打算？是要在上海工作吗，你现在住在哪儿？”

“我在旅馆，这两天跑人才市场碰碰机会，等工作确定了我就搬到公司附近吧。”

“既然这样，你要不就试试我们公司？”罗莉灵光一闪，“我们公司最近一直在招人，像我这么废柴都进来了，你的工作能力那么强，一定没有问题的。”

郝萌有些不确定：“可以吗？”

“你先来试试呗，要是面试过了咱们就能在同一家公司，那真是棒呆了！”罗莉极力怂恿，“来嘛来试试嘛，我现在租的房子离公司太远，到时候我们还可以一起去公司附近合租一套房子，省钱又省心，多好呀！”

“唔，我考虑一下吧。明天还有三家公司的面试要去，我后天再去你们公司试试吧。”

“嗯！”

等罗莉挂上电话，时间已经九点半了，她起身向 May 告辞。

贺致远在她出了电梯后追上来：“这么晚了，我送你回家吧。”

罗莉有些不好意思：“那你的朋友呢？”

贺致远眼也不眨地说：“他还想再玩一会儿，他自己也有车，没关系的。”

向西装被倒了一勺千岛沙拉酱郁闷地去洗手间清理的尤远，隔空致以亲切的问候!

白色的雪佛兰在夜色中滑入小区门口，稳稳地停在罗莉家楼下。

贺致远先下车绅士地拉开罗莉那边的车门。

罗莉扶着车门起身客气地道："谢谢。"

贺致远似玩笑般道："如果真要感谢，能不能赏脸让我请你吃一次饭？"

忽然从角落一隅响起车子的鸣笛。

"你回来了。"

隐在楼房树丛阴影处的黑色奔驰亮起车灯，醒目地昭告存在。

严熙冬扯开领带，不疾不徐地打开车门，长腿一跨，直直走向怔忡的罗莉。

随着离两人越来越近，严熙冬不动声色地扫了罗莉身边的贺致远一眼，眉心微凝。

贺致远在看清严熙冬后也同样在心里咯噔一下，第一时间判定这是个强大的对手。对上他的目光后，贺致远主动打了个招呼，温文有礼地道："你好。"

严熙冬简短地回："你好。"而后径直转向罗莉。

"你怎么又来了？"罗莉在Boss的阴影笼罩下不由自主地往后缩了缩身子，诡异地从心底漫出难言的紧张，还有心虚。

贺致远敏锐地觉察到这两人之间弥散着一股紧绷却微妙的暧昧情愫，难道她已经有男朋友了?

"这么晚，我不放心你。"严熙冬弯起嘴角试图露出一个亲和的笑容——失败。

更加紧张的罗莉："没事，我公司的同事可以送我回来。"

"我还是想亲自确认你到家才安心。"

罗莉干巴巴地回了一句："哦。"

贺致远不着痕迹地试探："是罗莉的朋友吧，今晚是她第一次答应参加公司聚会，平时管得很严哪。”

严熙冬气场全开，站在罗莉身边俨然其所有者一般，没有回应他的刺探，直接对贺致远道：“谢谢你送她回来，现在你可以走了。”

贺致远没有动，他微微一笑，望向罗莉：“真可惜，刚刚你还没答应我的邀请。”

严熙冬面无表情地向他跨前一步，气氛在瞬间剑拔弩张起来。

罗莉强忍着掩面逃跑的冲动，小心谨慎地回答：“如果有时间的话。”

糟糕！ Boss 的表情好恐怖！

罗莉迅速地补上后半句：“不过我最近比较忙，恐怕没有什么时间了。”

“那可真是遗憾啊。”贺致远的表情却并不太遗憾，他朝严熙冬点了下头，保持风度翩翩地退场，“我先走了，有什么事你就打我电话。”

昏黄的路灯下，很快只剩下他们二人。

罗莉忙不迭地也想溜：“那我也回去了。”

一只手臂，蓦地从后面勾住她纤细的腰肢，将她往楼墙上一抵。

严熙冬瞬间欺近这个可恨的娇娃：“你究竟想要我怎么样？”

罗莉惊慌失措：“什么，什么怎么样？”

“难道我做了这么多都打动不了你吗？你就对我一再狠心拒绝，对别的男人的邀约却能那么轻松简单就答应！”从看到贺致远那一刻起，严熙冬便觉得心底仿佛潜藏着一座即将爆发的火山，燃点随时都可能会被触发。

“什么别的男人，我答应什么了？”罗莉莫名其妙。

“就是刚刚那个，”严熙冬深吸了口气，将一直耿耿于怀、罗莉当初拒绝他的择偶标准说出口，“你不是说你喜欢年轻、温柔、幽默、绅士、脾气好的书生型男人？”

也因此在乍见贺致远那刻他便失了分寸，如临大敌。

早就把当初的敷衍托词忘光光的罗莉，局促地道：“哎，这个……”

“那种小白脸究竟哪里比我好？你还对他笑得那么甜？”心里极度不平衡的严 Boss 表示很受伤，不敢置信！

罗莉弱弱地提出异议：“等下，我并没有觉得他比你好。”

严 Boss 心情依然难以平静："那种虚有其表的男人，搞不好只有三秒！你嫌弃我技术差，难道他就能满足你吗？"

罗莉抓狂："严熙冬！"

"怎么，你还舍不得我说他？"抱醋狂饮得欲罢不能的严 Boss 偏过头，捏起罗莉小巧的下巴，不由分说地就想堵住她鲜嫩嫩的小嘴。

啪——

伴随着忍无可忍的罗莉一记超级大锅贴，严 Boss 的眼镜啪叽一声摔到地上，裂了。

"你都没有带备用眼镜吗？"

一肚子火气的罗莉没好气地将暂时性失明的严熙冬领回家里。

"这副就是备用眼镜。"严 Boss 无奈地摊手，上一副也阵亡在她掌下了。

罗莉烦躁地"啊——"了一声，拉着高度近视的 Boss 的手坐在沙发上："今晚你就睡沙发，明天一早我带你去配眼镜！"

知道错误的 Boss 十分配合："好的。"

罗莉遂愤愤地洗漱去了。

等她从洗手间出来，发现严熙冬依然端端正正地坐在原地，保持不动。听到声响后，那散光而没有焦距的细长双眼立刻投向她，迷蒙的眼神削弱了他身上冷肃精英的气质，却显得有几分稚气的可爱。

原本打定主意再也不要理他的罗莉，忍不住在这样的目光下心软了，她心不甘情不愿地迎着 Boss 的视线走过去："你，想不想吃夜宵？"

严熙冬关键时刻想起了罗莉的手艺，保守地先问："有什么东西吃吗？"

罗莉如数家珍："速冻鱼丸、饺子还有泡面。"

严 Boss 沉默了片刻，嫌弃："算了，我不饿。"

罗莉气咻咻地扭头去厨房："你不吃就算了，我自己吃。"

严爸爸开始苦口婆心地劝导："少吃一些速冻食品和速食面，高盐高脂富含食品添加剂还没有营养……"

“啰唆啦。”

挑剔的严爸爸最终还是什么都没吃，幸好罗莉家里还有一把备用牙刷，至于毛巾就暂时用一张湿巾代替。

刷牙洗脸后回到客厅的严熙冬迎面接住罗莉抛来的棉被。他脸上犹带着水汽，额发微微湿润，嘴唇淡红，那双雾蒙蒙的眼睛微微眯起，直勾勾地盯着她时，竟不由自主地令她的心跳漏了一拍。罗莉倏地冲回自己的房间，猛地关上门，双手往脸上用力一拍：“醒醒！快醒醒！”

没有戴眼镜的 Boss 为什么会给人这么可口的错觉，这不科学！

关门的声音震天响，严熙冬不知自己哪里又招惹了她。微微摇头，他脱下笔挺的大衣挂好，只着衬衫在沙发上缩起脚度过一夜。

天色刚亮，罗莉就哈欠连天地穿着居家运动服跑到楼下的早点铺，带回豆浆油条和肉包。

早已梳洗整齐精神奕奕的严爸爸接过早餐，继续叮嘱：“给我豆浆和肉包就可以。另外油条你也最好少吃，油条中含有的铝元素是低毒，过量摄取铝元素容易引发老年痴呆……”

罗莉幽幽地道：“你可以闭嘴了。”

幸好他只在家住了这一夜。

罗莉胆大包天地翻了个白眼。等等！她突然发现自己曾经对 Boss 的敬畏之心都随着他摘下的眼镜而消失了，莫非眼镜才是 Boss 的本体？

而且，而且老实说，不戴眼镜的 Boss 看上去还挺秀色可餐的。

怀着不可告人之邪念，罗莉红着脸决定——干脆就拐 Boss 去配隐形眼镜吧！

“再配一副隐形？”

严熙冬和罗莉坐在眼镜店内，验完光后，店员们殷勤地绕着他们花式推销镜片镜架，然而罗莉径直带着 Boss 先往隐形眼镜的柜台走。

“你可以试试呀，感受一下久违的没有被镜框框住的世界多美好，眼镜戴久了偶尔换一下口味，还不用担心镜片再摔坏，再说……”罗莉一下子低了声，晕红了脸嘟囔道，“再说你不戴眼镜的时候，其实……也挺好看的，还显年轻。”

严熙冬所有注意力都放在罗莉的最后一句话上，他眯起眼高深莫测地看了罗莉一眼，矜持地点头：“好，那我就试一下隐形。”

于是罗莉终于第一次见到泪流满面的 Boss！

想不到 Boss 的眼睛超乎想象的敏感，明明选用的是最柔软舒适含水量高的隐形，奈何只要一掰开眼皮接触到镜面，就立刻泪流不止。

折腾了快一个小时也只戴上了一边隐形，帮严熙冬戴隐形的柜员大冬天都快飙出一头汗：“严先生你放松，不要这么紧张，再放松一点。”

“还要多久才好。”严熙冬挺直脊背，十指扣在身前忍耐，周身压抑的低气压几乎快具象化了，只可惜那红着眼眶梨花带雨的样子着实给杀气打了对折。

罗莉看着这样的 Boss 忍不住在心里惊叹：怎么办怎么办，为什么内心涌上一股强烈的怜爱之情！

心生怜惜的罗莉握住 Boss 冰凉紧扣的手：“算了算了，我们不戴隐形了，还是配眼镜吧。”

“可以。”严熙冬暗暗回握住罗莉的手……

终于解脱了。

废了九牛二虎之力才戴上隐形，又要为 Boss 再花一个小时摘下的店员无语了。

当配好眼镜重新恢复 Boss 雄风的严熙冬走出眼镜店时，已经是正午，他低头看着罗莉头顶小小的发旋：“不然我们先吃了午饭再回去？”

摸着肚子的罗莉立刻一口答应：“好！”

这附近就是商场，今天是周末，商场内的人很多，两人在商城三楼走了一圈，挑一家排队人数最少的进去。

严熙冬直到走进去才发现这是家烤肉自助店，他还记得罗莉曾经说过她喜欢吃烤鸡腿，第一时间就给她夹了个大鸡腿。

罗莉脸颊微热，小声说了“谢谢”。

严爸爸再推去一碗生菜沙拉：“也多吃些菜吧，营养均衡。”

“是。”

严熙冬对肉类并没有太多偏爱，面前的餐盘以牛、羊肉为主，店里含有香精的速溶果汁和碳酸饮料他也不喜欢，杯子里是让店员额外续上的开水。吃到八分饱时他便放下叉子，开始专心致志地欣赏罗莉吃饭。

桌前堆满了各式各样的烤肉，一口可乐一口草莓汁的罗莉：“你这样看我，我就吃不下了。”

严熙冬平静地扶了下眼镜：“你可以无视我。”

罗莉悲愤道：“戴上眼镜的你让我怎么无视！”

Boss 一脸疑惑。

顶着 Boss 的目光吃完这顿午饭后罗莉觉得自己要消化不良了。严熙冬毫无自觉，饶有兴致地提议：“要不要去逛逛街？”

罗莉阴郁地道：“我想回家。”

严熙冬大掌握住她的手腕将她带了个方向，面向购物中心，诱惑地轻哄：“刚才你吃了那么多，也需要走一走帮助消化。要不要买买买？”

是女人都抗拒不了买买买的诱惑！——BY 铁娘子

罗莉挣扎着：“不行，这个月再买买买就要吃一个星期的泡面了。”

严 Boss 加大力度诱哄：“我有购物券，就当是我送你一份礼物，谢谢你昨晚收留我。”

“不行！你刚才已经请我吃过饭了，无功不受禄！”

罗莉最后还是坚定地顶住了诱惑，维护住岌岌可危的节操。

其实是因为她想买买买的只有内衣，每次看着各种可爱心怡的内衣却没有自己的号码是多么令人心痛的体会！

为什么合适又好看的内衣这么难买?

回去的路上罗莉跟在Boss身后亦步亦趋地走着，突然发现不对："咦，去地铁不是这个方向呀？"

严熙冬走到公交站牌前："我们搭公交车。"

"啊？为什么呀？"

严熙冬瞥了她一眼，轻松自若："情怀。"

罗莉一头雾水："啥？"

他们刚一上来车子就发动了，严熙冬拉着穿着细高跟摇摇晃晃的罗莉，往车厢后面走。他们运气不错，刚好后排双人座有空位，严熙冬站定后扶着罗莉坐在里侧的座位，自己坐在她身旁。

这对成熟精英男士加美艳波霸的组合无疑极为养眼醒目，两人落座后，周遭的乘客忍不住一再偷瞄。镇定自如的严熙冬和早已习惯被注目的罗莉皆视若无睹地望向窗外，在这个忙里偷闲的午后，微微松下往常绷紧的神经，欣赏沿途老城区的风景。

严熙冬垂眸凝视着罗莉的侧颜。

八年了，再次一起乘坐公交车，他终于不再是隔着一臂的距离遥望着她，而是光明正大地坐在她身旁。

那时候的他原以为，两人再也不可能见面。

只是恰好在特定的时间同乘一班车的陌生人，下车之后原本也不会有更多的羁绊。

然而命运是如此神奇，时隔多年后宽容地将她再次送到他面前。她是他深藏在心底最虚幻最不真实的梦，跨越这八年的距离，他笨拙却竭尽全力地向她攀爬、靠近，终于触手可及。

"怎么突然用这种眼神看我？"罗莉偏过头难为情地道。

他露出浅得稍纵即逝的笑容："并不突然，我在八年前，就这样看着你。"

"骗，骗人的吧！"

被那样温存的笑容迷惑的罗莉，晕乎乎地陪着 Boss 坐了一下午公交车，傍晚下车时感觉脚步都还在发飘。

"晚餐想吃什么？"

罗莉有气无力地摇头："不，我现在什么都不想吃……"

"好的，那我们就回去熬粥。"

罗莉郁郁地斜了 Boss 一眼："既然你都决定好了还问我干吗？"

严熙冬无视之，脚步不停地走向超市："那就做海鲜粥吧。"

"喂！不要老是自顾自地说话啊！"

一前一后的背影在经历一整天美妙的约会后，最后一站居家地选择了超市。

Boss 表示非常满意：提前体验婚后生活真是幸福呀！

说实话，这其实是严熙冬第一次做海鲜粥。

虽然他事先已将食谱背得滚瓜烂熟，但当自信满满地将活跳跳的鲜虾和螃蟹放在灶台上时，他愣住了。

书上写着：将螃蟹清洗干净，揭去蟹壳，去掉鳃切成小块。鲜虾清洗干净后挑去虾线即可。

是不是很简单？

然而当他解开被五花大绑的螃蟹后，那对气势汹汹地挥舞着两只硕大蟹钳的海螃蟹，究竟该怎么揭壳啊！

一旁的对虾不甘寂寞地忽然凌空蹦出流理台，啪叽一声摔在严熙冬的脚面上。严 Boss 连忙俯身去抓，奈何那只虾战斗力惊人，掉下地后愣是又坚挺地跳了快一分钟的桑巴。

当严熙冬终于成功地将这只越狱虾扔回流理台后，望着这袋跃跃欲试的鲜虾和那两只耀武扬威的大螃蟹。

心好累。

“虾可以用牙签穿过第二节壳，直接挑出虾线。螃蟹的话，不要被它们的气势震慑，你可以先让它们吹吹冷气，降低它们的行动力，然后用筷子从它的两眼中间直接插入。”李亚楠一边炒菜，一边兢兢业业地夹着手机为 Boss 提供技术支援。

“直接插入？”严熙冬低头看着那两只螃蟹，它们也立刻不甘示弱地竖起眼睛回击，他迟疑地道，“会不会，太残忍了。”

李亚楠：“……”怕残忍你还煮什么海鲜粥！

严熙冬清了清嗓子努力保持住威严，为海鲜们争取换个死法：“还有没有什么不那么痛苦的死法？”

“没有。”李亚楠冷漠道，“或许头儿你可以考虑把它们放归大自然？”

好吧。

放下电话，严 Boss 充满杀意的目光转向那对张牙舞爪的螃蟹，缓缓挽起袖子。

只听厨房一阵乒乒乓乓，罗莉小心地将头探入厨房：“需要帮忙吗？”

严熙冬正举着铁盆试图将螃蟹赶进去，奈何两只大螃蟹不配合，举着蟹钳夹住铁盆边缘就是不进去！见怎么也没法把它们装走，严熙冬决定跳过吹冷气这步骤，直接下筷。

“等很久了吗？我现在就杀。”严熙冬捏着筷子，瞄准其中一只螃蟹，咬牙准备下手。

厨房杀手罗莉看着 Boss 手中的筷子：“用筷子杀吗？”

严熙冬遂露出一副专业人士的样子：“是的，用筷子从螃蟹的双眼中间直接插进去，很快就好。”

“听起来好痛啊。”罗莉缩了下肩膀，终于第一次跟 Boss 思想同步，“可以换一个死法吗？”

正中下怀的严熙冬举起锅把：“那就先把它蒸熟再和粥一起煮？不过

这样粥会不够入味。”

“没关系啦。”

终于在八点半艰难地吃到了第一口海鲜粥，早已饿得前胸贴后背的罗莉发誓，以后绝不要再被 Boss 所迷惑，她才不要养生不成反被饿死。

还沉浸在为心上人下厨，让她吃到自己的爱心晚餐的严熙冬目光闪闪地看着她：“好吃吗？”

罗莉咬着筷子用力点头：“好吃！”

不知道是不是饥饿带来的错觉，虽然对 Boss 还有着嫌弃，但是海鲜粥真的好好吃！

严熙冬满足地看着她继续埋头吃饭，这才低头浅尝一口。嗯，虽然步骤出错，但味道却意外的鲜美啊。他终于肯分心照顾同样抗议已久的肚子，不再只看着罗莉一个人吃，心上人满意的表情令他觉得就算再饿一顿都是值得的。

两人有一搭没一搭地说着话，不知不觉间合力消灭了整锅海鲜粥。

吃饱喝足后罗莉摸着滚圆的肚子，累了一天，现在放松下来她脑袋钝钝地只想睡觉。

眼角一瞥墙上的时钟，快十点了，然而 Boss 似乎没有告辞的打算，罗莉抿了抿嘴，清了下嗓子，委婉地开始下逐客令：“明天是周一，你要不要早点回去休息？”

严 Boss 毫不犹豫地拒绝：“不需要。”

“我需要！”罗莉索性直接点明，“我现在好困了，想早点休息，明天还要上班呢。”

“好。”

被无情赶走的严 Boss 恋恋不舍地和罗莉道了晚安，发车前他忍不住又回头眺望那扇亮着一盏小灯的窗口，最后才踩下油门。

汽车行驶在依然拥挤的马路上，夜已深，然而对于一些酷爱夜生活的人而言，重头戏只是刚刚开始。

等待红绿灯的间隙，严熙冬漫不经心地听着收音机里电台主持人的插科打诨，不感兴趣地又换了几个频道，一个柔缓抒情的声音吸引了他的全部注意。

“和恋人在一起，最浪漫的事情莫过于一起看星星，我们现在所看到的每颗星星，都是他们几年前甚至是数千万年前发出的光芒，一眼万年莫过于此。今晚是难得晴朗无云的好天气，还有什么比和恋人一起坐在天台上遥望同一片星空，为她细数每一个星座，更浪漫动人？”

背景音乐是周杰伦的《星晴》。

“手牵手一步两步三步四步望着天，看星星一颗两颗三颗四颗连成线，背对背默默许下心愿，看远方的星是否听得见？”

严熙冬犹豫了下，或许是昨晚最新情敌带来的刺激，又或许是这一天的约会太过美好，在音乐声中，黑色奔驰在下一个路口利落地转弯，用比来时更快的速度，原路返回。

背对背默默许下心愿，远方的星如果听得见，它一定实现。

罗莉躺在床上不到三秒就睡着了，梦中有无数个大鸡腿围绕着她妖娆起舞，正待她搓着手磨刀霍霍地要扑上去之时，突然一阵高亢的手机铃声冲入耳膜！

“谁啊！”罗莉闭着眼摸到手机，不情愿地道。

“是我。”

电话那头熟悉的冷淡声线犹如一盆冷水泼下，罗莉瞬间清醒了：“严，嗯，严熙冬？”她不习惯地叫着他的名字，连名带姓虽然生硬，但去掉姓氏，总感觉太亲昵了，叫不出口。罗莉别别扭扭地道：“有什么事吗？”

Boss 在电话那头很有礼貌地道：“我现在在你家楼顶的天台，你可以上来一下吗？”

“啊？好的，你等我一下。”罗莉一头雾水地挂了电话起身穿衣，是有什么重要的事情吗？

五分钟后，天台。

“等一下，你说你大半夜叫我起床就是为了和你一起，看星星？！”

这是在耍我吗？罗莉感觉快要控制不住体内的洪荒之力了！

严熙冬理所当然地摇头，认真补充：“不仅仅如此，我还要教你辨认星座位置。”

罗莉深吸了一口气，艰难压下饥渴难耐的右手，冷静！Boss 现在还没有备用眼镜，她绝对不要再继续收留他！“你自己慢慢看星星吧，我先回去睡觉了。”

大受打击的严 Boss：“你不喜欢看星星吗？”

小罗莉坚定地说：“不！一点也不！”

心口中刀的 Boss 犹在挣扎：“你不觉得这样很浪漫吗？”

罗莉狠狠地磨牙：“一、点、也、不！”

严熙冬终于惨痛地意识到，或许，他真的是异性绝缘体？

“可以让开了吗？我要回去了。”

严熙冬下意识地在她绕过身边的一瞬间握住她的手腕，挫败地挽留：“不行，我还有话要对你说。”

罗莉用力地抽回手：“请你不要再戏弄我了好吗？我真的没有那么多时间陪你玩爱情游戏。”

严熙冬倏地压下眉，镜片后锐利的双眼紧锁住她：“你以为我这段时间是在干什么？戏弄你？难道你看不出我已经为你神魂颠倒了吗？”

罗莉瞪大眼。

严熙冬双手撑在她身后，高大的身子几乎快要笼罩住她，沉声道：“这是我第一次学着去追求一个女人，努力想讨她的欢心，为她做了这么多从没想过的事，做了这么多我以为这辈子都不可能会去做的蠢事，甚至愿意继续这样做下去，一点都没有后悔过。你以为我这是为了什么？难道只是为了戏弄你吗！”

原本还带着起床气的罗莉被 Boss 突然爆发的恐怖气势完全压制住，她有些紧张地眨了下眼睛，半梦半醒的脑袋努力运转着：“我，我不是说过了吗，你不是我喜欢的类型。”

“但我并不这么认为。”严熙冬却在此时将手按在领口上，唇角微勾，而后缓缓地解开紧扣着的第一颗黑色领扣，停顿了下，又解开第二颗。

罗莉警戒地后退半步：“你干吗！”

严熙冬没有回答，他只是伸手随意拨乱了原本梳理整齐的额发，最后那根修长的食指，停在眼镜上——

慢条斯理地摘下了眼镜。

简直是厚颜无耻了！！

罗莉内心在惊恐地尖叫，但再次对上那双微微失焦的迷蒙双眼时却控制不住心跳骤乱的节拍。

“你似乎，很难抗拒我现在的样子？”在严熙冬模糊的视线中，只有罗莉脸上如胭脂般瑰丽的色泽，他眯起眼，俯下头，将罗莉脸上的每一个表情看得更清楚。

“我才没有！你胡说八道！”罗莉色厉内荏地否认。

“你曾经说过，接受不了我是因为太害怕我，完全不能想象和我在一起的生活。但现在，你想你也发现自己已经不再怕我了，其实我想说的是，我只是近视，并没有瞎。两米之内的范围，我还是看得见的。”

罗莉惊慌失措地伸出手去推他：“我不知道你在说什么！”

严熙冬不让她再逃避，挡住她的去路，他已经等待了太久，容不得她在此刻逃跑。“你从昨晚到今天早上，只要一有机会就会盯住我不放，还一直鼓动我去配隐形，你很喜欢我这个样子吗？”

“我没有！没有！”这样赤裸裸地被点破，罗莉羞耻得简直快要崩溃了。

“脸都红成这样了，还在说谎，你知道自己掩饰的功夫有多差劲吗？”严 Boss 终于在她羞得快逸出哭腔时停下了逼问，“承认自己对我有好感，就那么难吗？如果你是因为那天晚上我的表现令你不满意，我可以为了你好好再练习。”

“停！够了够了！你不要再说了！”罗莉从耳根到脖子都红透了，整个人都快要燃烧起来，她被完全困在这里无法逃走，只得拼命扭头躲避他的视线。

耳边听到他呵的一声低笑，那裹挟着纯男性的侵略气息令她越发涨红了脸，但他也跟着侧过头，更逼近了几分，牢牢地锁紧她的视线。

她被迫又对上他灼灼的目光，心跳快得要炸开一样，她努力伸手去挡那双犯规的眼睛，却始终没有办法，最后只得用手捂住自己的脸，紧闭上眼睛："你太过分了！不要这样看我呀！"

这样羞成一团的她让严熙冬终于再也无法忍耐地低下头，轻轻吻了吻那甜蜜的双唇。

这个吻仿如蝶翼，一触即放。

他生怕又惹怒了她，在情不自禁地碰触之后便克制停下，只有骤然加重的呼吸泄露一丝痕迹。

罗莉蓦然睁开眼，捂住自己的唇，又羞又恼："你，你不要老是这样随随便便就亲我呀！"

"好的。"严 Boss 配合地道，"请问我现在可以吻你吗？"

罗莉双手都捂紧了唇，用力摇头："不可以！"

"好吧。"严熙冬遗憾地道，"那下次吻你时我会记得询问的。"

罗莉语塞，被 Boss 的不知廉耻震惊了。

"既然你也默认了，那么我们就从今天开始正式交往吧。"

"等下！我什么时候默认了？"

严熙冬重新掏出眼镜："还要让我再继续说下去吗，如果你心中对我完全没有好感，就不会在那夜之后继续给我机会接近你，再次亲吻你，还是你对那天晚上……"

罗莉彻底被这种严刑逼供臭不要脸的告白方式打败，羞耻万分地捂着脸阻止："别说了！不要再说了！我答应和你试试还不行吗？"

第九章

山雨欲来风满楼

罗莉这一夜睡得不太安稳，好不容易又继续之前做到一半的鸡腿梦，然而这次扑到一半大鸡腿突然变成了 Boss！

他对着自投罗网的她恶狠狠一笑，猛然摘下眼镜后变身：“是时候展现真正的技术了！”

罗莉满头冷汗地惊醒，再一看时间，已经七点半了，连忙迅速起床。

她心不在焉地过了一上午，直到中午下班后收到郝萌的来电：“罗莉，我面试过了！”

“真的？太好了！”罗莉精神一振，终于重新打起劲儿。

“什么？你面试的是业务拓展员？”

早上还有份图表没做完，罗莉只好一边和郝萌继续吃餐后甜点，一边抓紧时间开着电脑赶工。听到死党选择了销售部罗莉简直要捶胸顿足：“业务拓展员就是业务员，累都能累死你！好好的办公室不坐，非要自讨苦吃。再说，你看看你这张脸，合适吗？哪个客户能和你长久发展？”

一身黑白灰经典性冷淡风的郝萌冷冷地扫了她一眼：“忙碌点生活才充实。”

“你是做了什么，要这么充实！”罗莉翻了她一眼，悻悻地继续蹂躏她的电脑，她每天的时间都不够用！

郝萌没有说话，只是微微提起嘴角，勉强算是一个微笑作为回应。

罗莉瞥见这个笑容，冷不防道：“萌萌你最近失恋了？”

郝萌脸上没有露出什么端倪，嘴角甚至又更上扬了一些：“笨蛋，你在想什么呢！”

“也是哦，”罗莉摸了摸脑袋，应该是她想歪了，“没道理你谈恋爱还会瞒着我啊哈哈哈！以后你要是看上谁记得告诉我，我给你参谋一下。”

“好啊，”郝萌轻松自然地一口答应，“不过我可没有你这个部门之花抢手，你有得等咯。”

“喂喂！别提了好吗？”

“害臊什么，连我这样还没正式上班的新人都听过你的名字，我们家罗莉真是艳名远播啊。”郝萌想到她那群层出不穷的追求者，八卦地勾着她的肩，“最近有没有什么浪漫的追求攻势分享。”

罗莉充满怨念：“这段时间就别在我面前提浪漫这两个字。”

“怎么啦？”

说到这儿罗莉就忍不住满腔的吐槽欲了：“萌萌你相信吗！竟然真的会有人在大冬天半夜把你叫醒，就是为了去天台看、星、星！还要教你认、星、座！这是人干的事？”

“噗！”正在喝奶茶的郝萌差点喷了，“哈哈哈哈，你从哪儿认识的这么有想法的追求者？其实，其实也蛮有创意的，大冬天，半夜，去天台看星星哈哈哈，好吧，是挺浪漫的，后来这位仁兄把你感动到了没？”

这下触到了罗莉的伤心处，她单手捂着脸，虚弱地道：“哎，一失足成千古恨，别问了。”

说曹操曹操就到。放在桌上的手机突然震动了一下，主界面闪烁着最新信息：今晚我去接你。

罗莉在看到信息的瞬间如临大敌地抢过手机，以最快速度按掉界面。

“怎么了？”郝萌瞥了她一眼，“慌慌张张的，是不是有什么情况瞒着我？”

“没有啊！”罗莉霎时心虚地提高了嗓门，“没有的事！”

她没脸说这个信息就是她们正在吐槽的对象发的。

Boss 等不到心上人的回信，于是很快，罗莉的手机再次震动：

看来你是希望我现在就来找你。

罗莉大惊，赶紧将手机藏在桌子底下偷偷地回复：不用了！我今天要加班的，没有时间。

郝萌视线玩味地朝她再一瞟，罗莉迅速坐直，若无其事地招呼："萌萌还要不要吃什么，我请。"

Boss 那边又发来短讯：那么明天晚上就去泰古吧。

啊！泰，泰古！

她最爱的泰国餐厅，可是太贵，原本还打算再多攒一个月零钱去的。不过泰国菜味道偏重，以酸、辣、甜为主，Boss 不是喜欢清淡的口味？

罗莉惊讶地回：你怎么知道这家餐厅？

收到信息的严 Boss 扶了扶眼镜，笑而不语，他会说在放爱之病毒的时候顺便将她记录的最爱餐厅名单拷贝了一份吗？

"大哥这个表情很是荡漾啊。"严熙秋小鸟依人地靠在未婚妻铁娘子的肩上，贱贱一笑。

严熙冬收起笑容，冷冷地看着在他面前恬不知耻秀恩爱的二弟："午休时间快到了，闲杂人等可以离开公司。"

"好好好，我就不在你面前碍眼。"严熙秋耸耸肩，亲了亲李亚楠的脸，"看来不需要我们再帮忙，大哥已经搞定了。"

李亚楠面无表情地把脸上的口水擦掉："快点滚吧，再待下去头儿会给我安排加班的。"

"不会吧，我相信大哥不是这么小心眼的人啊哈哈。"

小心眼的严 Boss 慢慢眯起眼。

于是，这一晚严熙秋和铁娘子的约会地点改在公司，对着一系列的男装最新款，加班。

严格来说，这次才是他们真正的第一次约会。

严熙冬很是重视。

就像雄孔雀会在喜欢的雌孔雀面前开屏，三十多年来从未注重过外表的 Boss 在年轻的恋人面前终于第一次开始注意起自己的形象。

晚上临睡前，翻阅蠢弟弟和铁娘子物色的几款本年度流行男装精品图，他挑出一套最合意的，翌日一早，这套全新的衣服便送到家中。

舒展手臂套上黑色高领毛衣，严熙冬的肩膀宽厚，脖子修长，被黑色细针织高领包裹出流畅的脖颈线条，显得优雅而神采飞扬。

他侧了侧头，整理好衣领，披上已经挂烫笔挺的浅灰色羊绒大衣。这款大衣长及膝盖，柔软而挺括，个头不够的男人绝对无法 hold 住。不过这对于严 Boss 来说并不是问题，身材高大宽肩细腰的 Boss 轻松驾驭，双排金属扣的设计更显得别致而不呆板。

严熙冬对着镜子戴上银框眼镜，挑剔地最后再打量一番自己，调整好袖口和肩线后终于出了门。

“哇哦！”

“今天的 Boss 感觉不一样啊？快告诉我，我不是一个人！”

“你不是一个人，我终于 get 到 Boss 的美貌了。”

君安金融的员工们在精心打扮满面春风的 Boss 进门时差点被集体闪瞎了眼，忍不住交头接耳小声议论。

巡视的铁娘子轻咳一声，拉长声：“都围在一起做什么，是不是想被扣工资？”

犹如老房子着火一样热情的 Boss，看了伤眼睛。

下班时间到。

罗莉提前跟郝萌说声今晚就不回去吃饭了。算了算时间，Boss 应该还没这么快到，罗莉先去离公司最近的一个小区打听租房情况。

现在郝萌就暂时和她一起挤挤单身公寓，这几天她们也开始留意公司附近的租房信息，希望能尽快找到新房子。

罗莉还没走到小区门口，Boss 的电话就到了。

“我到你们公司了，你下来吧。”

好快！罗莉不好意思地说：“我现在不在公司，我在公司附近的金源小区，你等我一下？我马上过去。”

严熙冬淡淡地说：“不用了。我去找你。”

不到三分钟，黑色奔驰准准地出现，罗莉站在原地，看着一身长风衣的严熙冬长腿一迈，关上车门，走路带风气势汹汹地朝她大步而来。

“嗯，衣服挺好看的。”罗莉第一眼注意到严 Boss 今天穿的不再是平时的西装标配三件套。没有穿西装打领带的 Boss 抛却了因此带来的刻板严肃的形象，还是很有几分绅士魅力的。

“是吗。”严熙冬故作轻松随意地说，“只是随手套的。”开心！

远方，整晚约会都在挑衣服中度过的严熙秋与铁娘子投去鄙视的一瞥。

“你最近在找房子？”

严熙冬索性陪罗莉去小区门口的看板寻找租房信息。

“嗯，我住的地方离公司太远了，想在公司附近看看有没有合适的房子。”

严熙冬思忖了下：“没关系，我有个认识的客户好像在这附近也有房子，我回头帮你问一下。”

“真的！”罗莉惊喜道，“那太谢谢你了。”

“嗯？”严 Boss 从鼻腔压出一个沉沉的鼻音，语调却很平静地说，“以后你每说一句谢谢，我就默认你是要我吻你。”

罗莉霎时绯红了脸，讷讷地不敢再说。

“先生，要给你的女朋友买花吗？”

两人身旁恰好是一家花店，阅遍无数痴男怨女的店主一眼看出面前这对洋溢着粉红泡泡却没有长在一起的情侣正处在恋爱初期，再看男方身上裁剪精良的大衣简直就是在显示“我很贵，我的主人是肥羊快来宰”，忙不迭出门招呼肥羊，哦不，是生意！“自古鲜花配美人，你看你的女朋友这么漂亮，正需要一束鲜花相得益彰！”

罗莉脸上还没消的热度在店主大叔的赞美下又复燃起来，说起来，这其实还是她的初恋呢……罗莉忍不住偷偷瞥了严 Boss 一眼。

严熙冬听完低头问罗莉："你想要花吗？"

这，这个问题叫人怎么回答！

罗莉实在不好意思喊着"我要我要"，于是矜持地嗔道："才不要呢。"

"哦，好吧。"严熙冬直接毫不留恋地转身，"那我们走了。"

罗莉："……"

店主："……"

Boss，你这样一定会孤独一生的，好吗！

泰古位于繁华的陆家嘴，门口是一对典型的泰国木雕大象，穿着蓝色泰式纱笼的女侍在前面领路。绕过雕花屏风，眼前的大厅被一扇金色的珠帘分为室内与露台两个部分，室内的色调以暗金为主，头顶悬挂着斑斓的吊灯，随处可见的壁画与浮雕应和着一身泰服穿梭往来的女侍们，显得极具异域风情。

严熙冬扫视一圈大厅，被这满室的土豪金刺伤了眼，但偏头看了看身旁一脸期待的罗莉，他默默垂下眼选择坐在靠窗的位置。

"想吃什么？"落座后严熙冬将菜单转到罗莉面前，虽然不知道为什么她突然陷入低气压，不过只要喂饱了她，相信她的心情一定会好起来！

憋屈了一路的罗莉抬起头看着依然不明所以的 Boss，吁出一口气，算了！吃了这顿饭就不跟他计较了，反正她胸怀广阔。

"我比较喜欢冬阴功汤、虾酱空心菜还有柠檬鲈鱼，这三样都是泰古的招牌菜，你要不要也试试？"

"我都可以。你喜欢就好。"Boss 坚持不懈地刷好感度。

罗莉害羞地捂着脸："也，也不用都迁就我，你也点自己喜欢吃的菜吧。"

"好吧。"Boss 这才满意地转向女侍，"有没有清淡点的菜色？"

"嗯，"女侍内心忍不住吐槽，泰国菜就是以香浓为主的好吗，想吃清淡的来重口味的泰国餐厅干啥？

好气哦，可是还要保持微笑："不好意思，那就只有椰汁糕。"

"那就椰汁糕吧。"严熙冬也不多挑剔，"主食呢？"

"您可以试试我们招牌的海鲜菠萝咖喱饭。"

"好，那就来两份。"严 Boss 从善如流，"我那份不要海鲜不要咖喱也不要菠萝，谢谢。"

"……"

看着 Boss 对着满桌红艳艳、黄澄澄的菜目不斜视，一心只扒白米饭的样子，罗莉有些不安，犹豫了下，她心痛地把心爱的限量龙虾片推到 Boss 面前："如果不习惯泰式酱料的味道，就直接单吃，味道还是很鲜美的。"

有什么比让一个吃货主动献出心爱的美食更能表达诚意？

"我会好好品尝的。"严爸爸感动不已地飞快吃光了龙虾片，决定回去就拟好将来喂养小罗莉的科学健康食谱。

"啊？！"真的都吃光了，一片也不留。

可怜的罗莉不知道未来的她即将陷入养生餐的围剿之中。

饭后的约会由 Boss 做决定。

乖宝宝罗莉："我明天公司开晨会，我要在十点前回家早做准备。"才不是，她要快点回家，再晚怕会被 Boss 吃掉。

那就只剩下两个小时了啊。

严熙冬直接 pass 了看电影这个选项，他想和罗莉再多相处一会儿。看星星已经被否决过了，情侣之间的约会除了看电影、逛街、买买买，似乎也没有更多的选项，于是严 Boss 最后毫无创意地道："要不要去公园散散步？"

"好啊。"

两人一前一后漫步在繁华的街头，明明已经认识许久，也不是第一次一起逛街，然而在捅破了那层窗纱之后，仿佛又到了一个新起点。

在蠢蠢欲动的沉默中，严熙冬下意识地又把铁娘子的叮嘱在脑内无限循环。他想表现出最好的自己，却有些束手束脚。他偏头看向罗莉，尽量自然地想去牵她的手——然而罗莉恰好在此刻将手勾在挎包上。

于是严 Boss 伸出的手努力自然地画了个半圈插入自己的口袋。好尴尬，不过，如果这么简单就放弃那也不是 Boss 了。

在走到下个十字路口的时候，严 Boss 再次伸手，坚定地将罗莉勾在挎包上的小爪子捉下来牢牢握在掌中，平静地道："过马路小心一点。"

"啊？"其实罗莉也同样有着隐秘的紧张和羞怯，突然被一只热腾腾的大掌包握住手，她脑袋一乱，直到被牵过马路后她才反应过来，"那个，公园好像不是这个方向？"只要按原来的路线直走就到了啊。

"是吗，那看来是我记错了。"严 Boss 镇定自若地将她想要挣脱的小手握紧了，两人又再次手牵着手回到马路对面。

然后？当然就顺理成章地再也不放手了。

同路的大叔忍不住钦佩地侧目：年轻人，有前途！

公园镶嵌在五光十色鳞次栉比的摩登大厦群中，犹如一颗被拱卫的明珠。沿着湖畔漫无目的地往前走着，Boss 对罗莉致以亲切的问候："你现在的工作还习惯吗？"

差点条件反射回答"谢谢领导关心"的罗莉思考了下："一开始确实不太适应，但是现在还好，已经习惯这个工作节奏了。"

"那你，还愿不愿意回来？"严 Boss 希望每天都能看到自己的心上人，而不是等罗莉有空闲了才能翻他的牌子。

罗莉几乎没有迟疑，很快回答："我不回去了。"

严 Boss 有些受挫："为什么？"

"因为我不喜欢办公室恋情。"罗莉想起上一份工作最后那段时间周遭别有意味的眼神，她并不想成为办公室绯闻的女主角，不论是贫穷灰姑娘遇上王子，还是美艳心机女终于上位，再说……

"我很喜欢现在这份工作，它让我发现原来自己也是一个有才能的人，并不只是一个胸大无脑的花瓶或者是吉祥物，我也能够证明自己，我的能力也会被人欣赏。”这些话还是罗莉第一次对人诉说，那张明艳的脸上焕发的光彩令人越发移不开视线，她认真地又重复一次，“我喜欢这个工作。”

严熙冬定定地凝视着她，直把她看得难为情地垂下眼，他方才倾下身：“我……可以吻你吗？”

气氛正好，罗莉忍不住结巴了下：“不，不要总是问这种让人没有办法回答的话！”

严熙冬停了下来：“可是你上次不是让我不要随便亲你？所以我觉得还是先征求一下你的意见。”

不等严熙冬说完，羞窘难当的罗莉就用力甩开他的手逃走：“你这个混蛋！我的意见就是不可以不可以不可以！”

一头雾水的严熙冬深感女人果然是难以理解的生物，三两步又轻松捉回小罗莉，严 Boss 投降：“好吧，那我下次还是选择不问了？”

“你什么都不要说了。”罗莉无力地扭过头，那天晚上自己的脑袋一定是被门板夹了，她撅起嘴，“我先声明，那晚我只是说愿意和你试一下，不表示试完就，就一定会怎么样的。”

严 Boss 危险地挑眉，食指扶在眼镜上：“然后呢？还要再说你对我没有感觉吗？”

感受到 Boss 无声威胁的罗莉瘪了瘪嘴：“好吧，我承认，我承认我对你是有好感，但是要说到喜欢，我也不能肯定有没有到这一步。”

“这不重要，”逼问出自己想要的答案，严熙冬分外温存地俯首亲了亲她乱翘的额发，“只要你不再抗拒我，我有信心，能获得你的心。”

新年伊始，似乎一切都在往好的方向走。

不论是开年持续上扬的股市，还是终于在他的攻势下动摇，愿意正视他的伊人。

在严 Boss 踌躇满志要获取佳人芳心的同时，翌日，离股市上证指数突破 3000 点整数大关的喜讯不到十天，大盘暴跌 8.84%，创下十年来单日最大跌幅。

这次突如其来的奇异暴跌仿佛多米诺骨牌一般，全球各地股市也开始了接力般的暴跌。

然而这次金融爆炸不过是一个开始，一场恐怖的席卷全球的金融大风暴正在酝酿，蓄势待发地咆哮着预备登场。

严熙冬从毕业就投身于金融这个高收益伴随着高风险的行业，屈指算来，已经有八年。

八年的时间，从一个初出茅庐的校园学霸成长为一家证券投资公司的CEO，除了他本身就是个爱岗敬业的工作狂外，过硬的实力和对数字的高度敏感性占一半，而另一半原因，离不开这几年市场经济的飞速增长。

以共同基金为例，从0到1万亿用了将近八年，而从1万亿到2万亿只用了半年，至于现在，从2万亿到3万亿竟只用了令人匪夷所思的三个月时间！

这个利率翻倍的速度足以令人疯狂。

一夕之间仿佛凭空冒出了无数平民股神，在大盘上市的个股，十个里有七八个都能一路飘红至涨停，在这个连平日的垃圾股都能涨的大环境下，就算闭着眼睛随便选都能摸到绩优股，一夜暴富似乎也不再是梦。

国内外各大媒体开始竞相报道中国全民炒股的狂潮，在这场狂潮中，新年伊始将近9%的大盘暴跌，终于让陷入狂热的人们清醒了一些。

“头儿，报纸也出来了，”李亚楠指着报纸左下角一个豆腐块大的小文章，“说这次暴跌是‘倒春寒’，啊哈，看来全球这次都一起倒春寒。”

严熙冬双手顶在桌前，十指交扣，在两人面前的大屏幕上，新闻频道连线的财经专家正在侃侃而谈：“牛市还在继续，这次大跌正是抄底的好时候……”

李亚楠见Boss的表情依然很凝重，她迟疑了下：“怎么了，头儿你觉得以后的形势不太妙吗？”

“不，”严熙冬缓缓地道，“恰恰相反，这次暴跌后继续增长的幅度估计不会小。”

铁娘子不解："那这是好事啊！"

严熙冬眉头深锁，脸上依然不见轻松："但你不觉得，这样的形势未免也好得太不同寻常了吗？"

"头儿，你就是操心得太多，形势不好你担心，形势太好你也担心！再这样操心下去老得更快，赶紧先把小罗莉拐到手才是正经。"

提到罗莉，严熙冬紧皱的眉心终于微微放松了一些，他扬了扬手机："我正打算约她周末聚餐。"

"早日成功啊！"

日子平静地一天天过去，股市在暴跌后短暂的震荡期结束，又继续以惊人的速度重新向上攀登。

或许人都是善忘的，又或许是利益太动人。

还不到一周，交易大厅又恢复了往日的人山人海，客户部一扩再扩，打来的加单电话依然应接不暇。

严熙冬站在二楼的主控室内，隔着玻璃窗居高临下地看着一楼人头攒动的交易厅，神情莫测。

李亚楠站在他身旁，随他一起看向窗外："营业厅早上八点排队拿号，这几天不少客户六点多就过来了，接待处已经忙得人仰马翻，这两天公司人手最好再扩一扩。"

"可以。你去通知人事部准备一下。"严熙冬语气平淡。

"头儿，笑一个嘛，今年公司的资金已经飙升到了五千万，这才开年多久啊，日进斗金还没法让您老高兴一下？"

严熙冬也确实高兴不起来，虽然形势前所未有的好，但仿如海啸即将来临前的宁静，那股如临悬崖的战栗感令他无法安心享受眼前胜利的硕果。

他走到主控室那面巨大的 K 线图荧幕前，执着笔轻轻一敲走势图："这世上不会有永远上扬的直线。"

当一条抛物线到达巅峰的同时，也就是它坠落悬崖的时刻。

严熙冬不想再等了。

走出主控室，他径直前往地下停车场，黑色奔驰如闪电般开往母公司——申安证券。

申安证券是国内早期成立的老牌全国性证券公司，即便近年来券商如雨后春笋般遍地林立，也冲击不了它的地位。不论是证券交易额、营业收入还是利润总额，它的排名均位于前列，是当之无愧的金融界大牛。

当年严熙冬一毕业就进了申安，跟在申安的总裁关至圣身边五年。关至圣极为欣赏严熙冬的才干，在随后扩建子公司君安金融的时候，更力排众议指定由严熙冬接管。而严熙冬也不负他的信任，在这三年间，一年比一年漂亮的业绩让所有针对他的质疑争议通通闭嘴。

“哟，怎么今天这么早来？”关至圣虽然已年近六十，但看上去不过四旬许，他一身宽松的藏青色中式禅服，手中执着紫砂壶正在不疾不徐地泡茶，“既然来了，就尝尝我刚收下的新茶。”

关至圣好茶，专门在他的办公室外又辟了一间茶室，闲暇之余他便坐在茶室内自斟自饮，独享自在。

“关叔的茶是一定要喝的。”严熙冬点了下头，有礼地坐在关至圣对面的红木椅上，双手恭敬地接过他递来的茶汤。

杯中茶叶细扁而卷曲，状如雀舌，香气如兰。严熙冬垂下眼浅啜一口：“是毛峰？我不善饮茶，说错了别见怪。”

关至圣笑着摇头：“你呀，和我还要见外？”

严熙冬缓缓将茶喝完，将空杯放在桌前，郑重地道：“那我就不见外地说几句话吧。”

关至圣捏着紫砂壶轻松写意地为他再续了杯茶：“你说。”

“最近申安在推进‘西部计划’，预备再追加投资？”虽然是问话，但严熙冬用的是肯定句。

“看来你是有备而来啊。”关至圣半开玩笑道，“响应国家的号召，西部开发是个难得的机遇。你要是也希望加入的话，只要资金能到位，我保你一份名额。”

“关叔，谢谢您。不过我今天来，并不是为了争名额。”严熙冬再次饮尽手中的茶后，将空杯捏在掌中，歉然而慎重地道，“我接下去的话，或许会令您不悦，我先在这里向您道歉。”

关至圣脸上轻松的表情也随之敛起，他沉稳地道：“没关系，既然你来了，那就说吧。”

“就我所知道的，申安在这次西部计划之前已经有几处铁矿投资，今年下半年还要试行海外投资，这些投资项目所需已经远超公司内部资金。我知道关叔最近又继续增资扩股，招募更多新股东，但这么高昂的财务成本全靠目前的股市运转，是不是风险太大了？”

关至圣沉吟了下：“我明白你的意思。申安这两年扩张的速度确实很快，但这也并不仅仅是我的个人意志，是全体股东的意愿，也是快速爆发的市场在推动。在所有人都正全力加速前进的情况下，不进则退。”

“但要是前面就是悬崖呢？”严熙冬道，“现在的所有项目都是维系在当前市场火热的前提下。那如果……市场再次崩盘了呢？”

关至圣侧过头凛然地盯着他：“你被上个月底的崩盘吓破了胆子？这不像你，你的自信和冲劲就随着一次崩盘也跟着崩溃了吗？”

“我的自信和冲劲还在，但我的理智也在。”严熙冬在关至圣凌厉的目光下，依然坚持选择把话说完，“上一次的崩盘，就当成是一次跌停调整，但现在这个连昔日的垃圾股都能上涨的市场，您真的觉得正常吗？”

关至圣定定地看着他，严熙冬不再说话，只是双手平按在膝上，沉默地回视他。

半晌，关至圣为自己倒了杯茶，一口饮尽后终于露出淡淡的苦笑：“是啊，有这种感觉的不仅仅是你。但我们已经陷入太深，无法后退，只能随着市场起舞。你也不用再试图叫醒这群装睡的人。现在唯一能做的，只有祈祷那一天晚一点到。”

严熙冬走出申安的时候，天色尚早。

他一时也不想回公司，放纵思绪随意开着车，不知不觉才发现自己到了 MXM 公司门口。

看了下时间，离罗莉下班还有半个小时。严熙冬索性停下车，开着车窗燃起一根烟，等待罗莉下班。

郝萌今天要加班，罗莉只好和May约好下班后一起血拼。

两人手挽着手一起走出办公楼后，罗莉冷不防看到那辆熟悉的黑色轿车，她三步并作两步跑到车窗前，语气带着连自己也没有察觉的惊喜："你今天怎么来了？什么时候到的，干吗不早说？"

严熙冬在这半个小时内已经整理好心情，他打开中控锁："我也是刚到，上车吧。"

罗莉面有难色："今天，不行哎，我已经和May约好了……"

察言观色技能满点的May赶紧摇头："没事儿没事儿，我们可以下次再逛，这位是……你男朋友？"

"啊？嗯。"在大Boss面前罗莉不敢否认，含糊不清地应道。

"真的呀！有男朋友平时怎么不说？"May仔细打量了下严熙冬的车，小声八卦地道，"你男朋友是做什么的呀？"感觉不像是普通人。

罗莉犹豫了下，老老实实地说："是做金融的。"

"哇哦！"May瞬间亮起了眼，"好厉害啊，金融这两年很赚钱的！"

见她们还在磨蹭，严Boss扬起声："上车再聊吧。罗莉，你的朋友想去哪儿，我直接送她过去。"

"真是谢谢了！"May赶紧搭上顺风车。

罗莉顿了下，没有坐副驾驶座，而是陪着May一起坐在后座。

刚一入座，罗莉就闻到车内淡淡的烟草味，她惊讶道："你刚才抽烟了吗？"从认识Boss以来，她从未见过他吸烟，就像哥伦布发现了新大陆，她第一次发现原来Boss也会抽烟。

严熙冬一边开车一边道："偶尔会抽一些。"

May在上车后终于看清部门之花这位神秘男友的庐山真面目，他有着一张只要见过一次就绝不会忘记的脸，并不是说他的模样有多么英俊，而是他个人风格鲜明的强大气势在面对面时极具压迫力。

May瞬间感觉自己回到了少女时代，正面对着全校最威名赫赫的老师。

简直佩服罗莉佩服得五体投地!

罗莉看着噤若寒蝉的 May 仿佛也看到了一年前的自己，这样想来安慰许多了。

将 May 送回家后，严熙冬掉转车头，开往郊外。

“我们现在去哪儿？”罗莉疑惑地发现这是出城区的方向。

从前方传来 Boss 低柔的声音——

“今晚不要回去了，留下来陪我，好吗？”

第十章

你还愿意嫁给我吗

今晚不要，不要回去?

“什，什么？”罗莉希望是自己听错了，然而她很确定这不是幻听。

“是不是，有点太突然了？我，我还没有准备好……”罗莉支支吾吾地道，心怦怦地狂跳着，她下意识地揪紧坐垫，一时间脑袋里的马赛克画面满天飞。

“嗯？”严熙冬一开始还有些没反应过来，待他从后视镜看到罗莉低垂的脑袋上那对通红的耳朵，他才蓦地明白过来，不自在地轻咳了一声：“不是你想的那样。就是单纯的，字面上的意思。”

“啊……”字面上的意思，“只是，陪你聊聊天吗？”

“也可以不聊天，只要你待在我身边就好。”仿佛罗莉身上的害羞窘迫能传染一般，严熙冬的耳根也不觉微微发热，他说完后停了停，低声补上一句，“不过如果你想的话，也可以做一些别的事情。”

“我才没有想！”罗莉火烧屁股般几乎要跳起来，她再次大声强调，“我一、点、也没有想！”

失望的严 Boss 只好把跑歪的话题又拽回来，认真地问：“那就什么也不做，陪着我，好吗？”

罗莉鬼使神差地在他的目光下张了张嘴：“也，可以啦。”

车子在郊外一处占地面积颇大的农场停下。绿草如茵，穿过早春盛开的花树，能依稀看见青砖黑瓦错落有致的庭院，一弯月牙状的湛蓝湖水环绕着别苑，恰是小桥流水人家。

“真漂亮啊。”罗莉下了车，拂面而来的风中夹着幽幽的花香。

“我弟弟曾经带我来过一次，这边的农家乐味道不错。”严熙冬领着罗莉走进中间最大的三层庭院。

“请问先生包住宿还是单吃饭？”门口的接待小妹问道。

“住宿。”

“请问是一间房还是两间？”小妹仔细地再问。

严熙冬垂眸看了罗莉一眼，淡淡地说：“一间。”

罗莉心中一惊。

“请出示身份证。”小妹瞄了瞄浑身不自在的罗莉，确定这对应该是交往不久的情侣，“好的，请问二位是在大堂吃饭还是送餐到房间？”

小妹的眼神让罗莉心里毛毛的，急忙道：“去大堂就好。”

“好的，大堂右手边直走就到。”接待小妹在他们准备走的时候叫住严熙冬，递给他一个粉红色小纸盒，“先生，这是我们情侣套房赠送的特别礼物，祝您今晚过得愉快。”

“谢谢。”严熙冬接过粉红色小纸盒，转手递给罗莉，“给你吧。”

“想不到住宿他们还有送小礼物！”罗莉开心地边走边拆纸盒。

“不用急着拆，注意看路。”通往大堂的路上要经过一座小木桥，严爸爸伸手扶住罗莉的肩。突然罗莉惊叫了一声，把拆开大半的纸盒塞进严熙冬手中，头也不回地跑开。

不明所以的 Boss 摊开手，只见掌心中粉红色的小包装上写着：

杜蕾斯粉红凸点螺纹装，超刺激！超愉悦！

石化的严 Boss 内心呐喊：亲爱的，不要走！听我解释啊！

“事情就是这样，我上次只是来吃顿饭，真的没有收到过他们的特别礼物！”节操被深深质疑的严 Boss 整个晚餐时间都在努力挽回自己的形象，证明自己真的没有别有用心。

“那，那你把那个特别礼物收下了吗？”

严 Boss 微不可见地停顿了下，在小罗莉怀疑的目光中义正词严地道："当然第一时间就扔了。"

藏在桌下的手不着痕迹地将口袋捂得更严实，Boss 暗暗展望未来。

这属于善意的谎言，他只是精打细算地为将来做准备！

"想不想划船？"

入夜后农场四处点起了风灯，在星星点点的明黄灯光下，不少前来游玩的情侣纷纷泛舟湖畔。

罗莉点了点头。两人租了一条脚踏船，船身并不大，有一个小小的棚顶，只能够让两人并排而坐。

小船随着水浪上下浮动。严熙冬先上船，站稳后牵着罗莉的手一起进入船舱，顺理成章地不放手了。

月光下徜徉在波光粼粼的湖水中，有种在陆地所没有的安然静谧。或许是失重感所带来的错觉，在水浪规律的轻轻摇晃中，仿佛时间也在这一刻放慢了脚步，就算彼此什么话也不说，也是带着愉悦安心的沉默。

"你今天，是不是有什么心事？"

虽然严熙冬将自己失控的情绪掩藏得很好，与罗莉的相处也和平日没有什么两样，但或许第六感是每个女人的天赋，罗莉在此刻突然发问，令他有些措手不及。

"为什么这么说？"严熙冬不答反问。

"就是一种莫名的感觉。"罗莉也不知该怎么解释，还想再追问时忽然响起的手机铃声打乱了她的阵脚。

"喂？老妈？"罗莉夹着电话小声说，"有什么事情吗？"

"没事不能打你电话哟，你个不孝女！"罗妈妈的嗓门在幽静的湖面上就算没有开免提，也依然响亮无比，"晚饭吃了吗？现在在干什么？"

"刚吃完饭，现在的话，"罗莉瞥了一眼身旁目不斜视的 Boss，有些尴尬地更低了声，"现在和朋友在外面。"

罗妈妈没听清："你在说什么？大声一点。"

"我说，我和朋友在外面！"

"和朋友在外边又不是做贼，说话偷偷摸摸的。"罗妈妈嘀嘀咕咕，突然灵光乍现，“等下，你现在是和男的朋友，还是女朋友？几个人哪？”

罗莉咬着唇，乖乖招认：“男的，就是，两个人。”

“是谁啊，我认识吗？”

“就是过年前来我们家的那个，严熙冬。”罗莉窘迫地背过身，因此没看见身后的 Boss 在未来丈母娘面前被提名后瞬间昂首挺胸。

“哎，是小严啊！小严很好啊，节假日都会经常发短信问候祝福，人长得斯斯文文，做事又成熟稳重，妈妈很喜欢。”一提到严熙冬，罗妈妈立刻赞不绝口，Boss 老谋深算，早已在丈母娘面前刷爆了好感度。

她是不是错过了什么？罗莉捏着手机震惊地转头看向严 Boss，严熙冬扶着眼镜朝她微微一笑。

妈妈你被骗了，Boss 他是衣冠禽兽啊！

罗莉默默泪往心里流，然而母上大人没有接收到，她在电话那头依然喋喋不休：“你要好好把握他，不要太任性。你爸爸找人打听过他的公司了，生意特别红火，天天早上客人都是排着长队等，新闻报纸不是都在说，现在股市行情特别好，像他这样年轻有为，对你又用心的男人错过了就再没有了。”周围的亲戚朋友听到她家妹妹有这么一号追求者，都羡慕得直说她要有个金龟婿了，大大满足了罗妈妈的虚荣心！

罗莉窘迫地赶紧打断：“妈！还没影儿的事情好不好！你要是没什么事的话就这样了。”

“哎等等，”罗妈妈抓紧时间，“你抽空帮我问问小严，最近买哪只股票比较好呀？你二婶婶家的幺妹去年年底买了一只股票，现在已经翻了三倍了。我和你爸爸商量一下，也想买一只试试，要是能赚钱，就给你买套房子当嫁妆。”

“老妈——”罗莉无力地拉长了声，“行了行了，我挂了啊。”

罗莉合上手机。不知何时，严熙冬脸上的笑容渐渐敛起，她知道 Boss 又再次将他的所有情绪都隐藏起来。她，她不喜欢这种被排除在外的感觉。

罗莉亦步亦趋地跟在严熙冬身后，满脑袋想着该怎么突破 Boss 的心防，不知不觉走进了情侣套房。“你先洗澡，还是我先？”严熙冬将外套挂在衣柜里，好整以暇地转身面对她。

“我，我先吧！”慢半拍终于感觉到紧张的罗莉迅速蹿进了洗手间。

镜子中倒映着一颗红彤彤的人形番茄。罗莉磨叽着洗完澡后，由于没有带换洗衣服，她懊恼地看着丑兮兮的肉色秋衣几秒，瞬间反应过来！

啊啊啊！她又在想什么呢！

反正，反正她本来就不是想穿给他看的，丑不丑有什么关系！

罗莉纠结地在秋衣外又披回了外套，终于哆哆嗦嗦地开了门出来。

“好了吗？”靠坐在房间中央醒目的大床上的严熙冬转过头看她。

罗莉感觉到自己好不容易才降温的脸又快要开始冒烟了，她胡乱点了个头，几乎是贴着墙根儿绕到床的另一头爬上去，飞快地整个人都钻进被子里。

隔着被子似乎听到 Boss 呵的一声轻笑，床的另一头吱呀一声，Boss 起身走向了浴室。等等，浴室？

罗莉蓦地想起她洗完澡后顺手晾在通风口的内衣！

苍天哪大地啊！她已经不敢想象当 Boss 走进浴室看到迎风招展的内衣时的表情！

还是让她先死一死吧。

这是额外福利？

不，应该是她在考验他的自制力！

严 Boss 捂着鼻子看着眼前上下舞动的黑色蕾丝内衣，以惊人的意志力压制住躁动的心情，用最快速度洗完澡后冷静地逃离现场。

罗莉忐忑不安地在被窝中听到了浴室门打开的声音。

快，快想想一会儿要说些什么啊！

罗莉急得直催促乱作一团的脑袋，随着沉稳的脚步越发接近，直至在床头停下，随后一只手掀开了被子，头顶传来男人的悦耳低笑：“你躲在里面都不需要呼吸吗？”

罗莉直到 Boss 真正躺在她身旁，混沌的脑袋才终于给力地稍稍恢复了清醒："那个，我之前洗澡时……"

"我刚刚什么也没看到。"严 Boss 镇定自若地道。

"哦。"充满说服力的表情要不是内衣就是她挂的，她也要信了。

罗莉安静了一会儿，又想起之前困扰了她一晚上的事情。她抿了抿唇，"你，最近要是有什么烦心事的话，可以告诉我。"说完她又小心翼翼地窥着 Boss 的脸色，"要是，要是不方便的话就算了。我知道自己也帮不上你什么忙，你也没有必要对我说。"

"不，你已经帮了我很大的忙了。"严熙冬翻过身面对她，摘下眼镜后那双迷蒙的眼睛，一眨不眨地凝视着她，"你在我的身边，总是能令我的心情最快恢复起来。只要你能陪着我，就是最大的帮忙。"

罗莉有些受宠若惊，却又不知所措："我，我不知道，我对你有这么重要吗？"

严熙冬没有再说话，他只是无言地朝她摊开手。

罗莉犹疑着，身体却仿佛有了自己的意志，一寸寸慢慢地依偎过去，她轻轻地伏在他怀里，将头靠在那宽阔的胸膛，静静地陪伴着他。

在睡眼蒙眬中，她似乎隐隐约约地听见 Boss 的低语："如果我一无所有了，你还愿意嫁给我吗？"

怎么可能呢！罗莉迷迷糊糊中还不忘反驳自己，他可是无所不能的大 Boss！

乍现的天光从窗缝爬进房间，紧闭的眼睫毛在光线的刺激下微微颤动了下，罗莉缓缓睁开眼……

她下意识地想要伸手揉揉眼睛，身体却沉重得无法动弹，在发现行动受阻还有一股温热的鼻息喷吐在耳畔后，她愣了下，僵硬地一点点侧过头往后看去……

"早。"几乎将整个人都压在罗莉身上的罪魁祸首朝她露出灿烂的笑容。

心情不怎么灿烂的罗莉使出吃奶的劲儿在他身下扑腾着想出来："你

是想要压死我吗！”

严 Boss 坏心地不动，任凭她努力挣扎，促狭地道：“不，我只是让你早日习惯我的重量。”

“你！”罗莉气咻咻地道，“欺负我很好玩吗！”亏她昨晚那么用心地陪着他。

Boss 默默吞下即将到口的“是很好玩”，再逗下去小罗莉就要开始暴走了！

他就像好不容易得到心爱的玩具却还没有玩尽兴的小男孩，终于不情愿地挪开了一条大腿，再送上一记甜言蜜语：“一会儿就要送你去上班，我只是舍不得和你分开。”

罗莉狠狠磨着牙从胸前拔出 Boss 的大掌：“你只是舍不得和我的胸分开！大色狼！”

恋恋不舍地将臭着脸的心上人送回公司，心满意足重新充电完毕的严 Boss 深吸一口气，将车子开往君安交易大厅。

人越长大，才越明白现实的强大。

在末日狂欢的市场面前，个人力量不过是沧海一粟。他置身其中，早已身不由己地一道被狂潮推着走，无法独善其身。

然而，君安是他多年的心血，就算是螳臂当车也罢，他不会就这样束手就擒。

“什么，降低委托理财的交易额？”铁娘子忍不住道，“头儿，你是认真的吗？”

“就从今天开始。”严熙冬不容置喙地做下决定，他打开电脑调出文档，“最早到期的那批委托是几月。”

“按照半年和全年划分，最早也要到今年的六月。”

“那么除了之前已经签订的还没到期的协议，从今天开始冻结委托项目。”严熙冬看着满脸不赞成的李亚楠，终于轻轻叹了口气，“你已经被持续了快两年的牛市冲晕了头吗？”

“头儿你的意思是，未来股市还有可能再度崩盘？”对于上个月底的那次暴跌，虽然跌幅巨大，但她认为这不过是正在暴涨的市场自身的调整需要，也正如她所想，在短暂的震荡后大盘又继续直冲向上，现在的3500点上证指数，已经比暴跌之前的3018点还要高了！

“在我看来，现在的市场前提下，暴涨会带来暴跌，也算是正常。”李亚楠打开文件将今年的委托报表摊在严熙冬面前，“现在才开春，我们公司的委托交易额已经破两亿了，这在一年前我们根本连想都不敢想。目前每天交易厅的成交量就有数百万。头儿，你真的不再考虑一下？”

“我已经想得很清楚。”严熙冬将李亚楠手中的报表合上，冷静地道，“还记得一句话吗？欲使人灭亡，必先使其疯狂。”

消息一经贴出，一石激起千层浪。

当天下午交易厅便连出了几场纠纷，原本松散在各处的安保人员纷纷提起精神，肃然地据守在营业前台两侧。

严熙冬下楼时看到神情最激动的是一个年轻男人，他背着鼓囊囊的单肩包用力拍着前台的桌子，怒骂不休：“你们还想不想做生意？上个月还能委托，等我去找同学借了钱又套现信用卡，现在你们又突然说不能加单了？会不会办事啊！事先一点风声都没有。”

“他是这附近的大学生，去年下半年来公司开户的。”客户组组长跟在严熙冬身后小声道，“去年年底赚到钱后，今年开学他连学费和生活费都拿出来买了。”

严熙冬“嗯”了一声，冷淡地收回视线：“再过五分钟，要是他还在闹事你就直接报警。”

“是。”

那位年轻的大学生最后骂骂咧咧地走了，走前和几个一起闹事的客户嚷嚷着：“再也不来这破公司！以为就你们公司能开户能委托了，德行！”

对外界充耳不闻的严熙冬阖上眼，食指在桌面轻叩，接下来还有硬仗要打。

放在桌上的手机突然响起，严熙冬拿过手机，看了看联系人，有几分眼熟。

“喂，是熙冬吗？”电话那头的男音显得十分热络。

“是我。”

“哦，我是刘铭啊，你的高中同学！还记得我吗？”刘铭热情地道，“哎呀，想想上次同学会都是四五年前的事了，以前我们还做过两年同桌呢，同学会时都不敢上去认你了。”

严熙冬也终于想起此人，对他的印象原本就单薄，加上多年不曾往来，于是他也只是客气地“嗯”了一声：“确实好久不见了。”

“啊呀，我可比不上你这个大忙人，要是你在F市，我肯定做东请你。”

严熙冬不耐烦再继续这些无意义的应酬，直奔主题：“你找我有什么事？”

刘铭顿了下，暗暗埋汰这个老同学真不会说话。他打了个哈哈：“是这样，最近股市不是正热乎嘛，我老婆也想买几只股票，我也不懂那些什么红筹股蓝筹股的，这不是，就想到你的君安金融这里开个户，请教一下你们委托理财该怎么做？”

严熙冬公事公办道：“抱歉，我这里已经不办理委托理财。”

刘铭急了：“哎，怎么不办理了？大家都是老同学，要是收益不错，我肯定介绍我和我老婆公司的人都去你那边开户。”

严熙冬公式化地又重复一遍：“跟这些都没有关系，我现在是真的停办了。”

刘铭失望不已，又悻悻地讨好道：“好，那不办就不办吧，要不你能不能推荐两只股票？”

“我没有什么可以推荐的。”严熙冬失去耐心，在挂电话前看在曾经的同学情谊上最后忠告一句，“股市有风险，最好还是不要轻易去尝试。”

刘铭挂上电话后忍不住骂娘：“嘁！什么人！有钱了不起，捧你两句你还真当自己是股神，股市有风险你还入什么行，开什么公司啊？我看你能得意到什么时候。”

君安金融突然叫停委托理财的消息一经传出，其他业内同行也忍不住在心里直嘀咕：这严熙冬葫芦里卖的是什么药？还真没见过主动把钱往外推的主儿。

难道是提前得到什么内部消息？

随后不到一个月股市又突破新高，连续涨了20%的沪指让严熙冬成为业内的笑柄。

同行是冤家，原本就眼红君安这个蹿升速度飞快的后起之秀，其他券商一边接收从君安分流来的客户，再次扩充资金投入市场，一边在见到申安总裁关至圣时打趣道："年轻人就是年轻人，没见过几次风雨就被那次暴跌吓破了胆，君安交给他真是浪费了。"

关至圣呷了口茶，悠悠道："是我们老了啊……"

四月底，中国证监会宣布，在首发增发中停止国有股出售。

然而一周之后，股市上证指数再创新高，突破4000点，连垃圾股都开始被疯炒。

五月中旬，在股市持续上涨后，管理层开始给市场降温。证监会发布《关于进一步加强投资者教育、强化市场监管有关工作的通知》，并提出"买者自负"的原则。

然而并没什么作用。

于是五月下旬，央行又再来一发调控组合拳。利率、汇率、准备金率，三剑齐发！

可是大盘在低开了3%后再次被顽强地拉起，收盘时竟然还涨了1.04%。

等到了五月二十九日这天，一路加速攀升的大盘最高点已经到达了4335.96。

这是个疯狂的时代，也是不可复制的时代。

有无数人在这段时间内一夜暴富，走向人生巅峰。也有无数人在这短暂的狂欢过后，一夕之间，倾家荡产。

严熙冬看着日历，再过两天就到六月，届时占了资金总额一半的第一批委托合约就要到期了。

心情难得松快了一些，这段时间忙得脚不沾地，想想已经有将近半个月没有约会了。

刚一拨通电话，罗莉浓浓的鼻音透过电话线传来。

“你生病了？”严爸爸不自觉拧起眉，沉声道，“昨天通话时不是好好的。”

“只是小感冒啦。”罗莉不好意思地说，“可能是昨晚睡前在天台喝酒吹风着凉了，休息几天就好。”

“天台？喝酒？最近有什么好事吗？”严熙冬想着自己是不是忽略心上人太久了。

“也，也不是什么大不了的事情啦。”虽然嘴巴是这么说，但罗莉的眼睛在瞬间闪闪发亮，“就是我们组长说，我当初面试的作品被他的朋友无意间看到了，他的朋友最近在开发一款手游，他很欣赏我的作品，希望我能以这个为原形，为他的游戏设计女主角！”

Alun 说这个是他朋友的私人委托，不算公司业务，不收取抽成。她看着合约上的数字，觉得世界也在这一瞬间亮起来了！

能够接私活，也是从侧面证明了她的能力吧？罗莉美滋滋地想着，只是乐极生悲，拉着萌萌去天台喝酒庆祝时不幸中招，好在萌萌没关系，不然她更愧疚。

“下班后我去接你。”严熙冬打算亲自照顾病患。

“你的事情已经忙完了吗？”罗莉怕自己会给 Boss 添麻烦，“不用太在意，真的，我头好壮壮身体好！明天就又是一尾活龙。”

严熙冬直接给出选项：“一会儿去我家，还是你家？”

罗莉想起家里的萌萌，哪里敢让 Boss 登门，忙不迭道：“你家，去你家。”

严熙冬载着罗莉到粥铺买了两份山药粥回家，罗莉的感冒来势汹汹，一整天头晕眼花，等吃完了热腾腾的山药粥眼皮子就开始打架。

严爸爸抱着罗莉进卧室，当然是自己的卧室。

而后挽起袖子进厨房煮了一大碗姜汤，过了半小时后，硬是让半梦半醒的小罗莉灌了下去。

或许是姜汤起了效果，发了一身热汗后，罗莉觉得身体松快了许多，她隐约记得入睡前好像 Boss 也陪着她一起躺在床上，但再次醒来，身边的枕头已经冰凉。

她疑惑地看了下时间，半夜三点过十分。

奇怪，Boss 去哪儿了？

让我们把时间往前拨三个小时。

就在这晚的午夜零点，一条震撼全国的特大重磅新闻，令人吃惊地出现在国内三大门户网站上。

这条新闻是：证券交易印花税税率由现行 1‰调整为 3‰。

更令人匪夷所思的是，这条对股市极具杀伤力的爆炸性新闻，不仅没有在新闻中播出，居然连当天出版的三大证券报，都没来得及在第一时间报道，而是播出在翌日午夜零点的经济新闻。

严熙冬在接到铁娘子的紧急电话后，第一时间召集全体公司高管商讨第二天应急措施。结束会议回到家中时，已经四点，明明身体在释放疲惫的讯息，然而严熙冬却了无睡意。

“你，怎么这么晚还出去？”

左等右等终于等到 Boss 回来的罗莉听到楼下传来了开门声，原本躺在床上想兴师问罪的她迟迟不见 Boss 回房间，便干脆起身来找他。

大厅的吊灯没开，只在墙角一隅亮着昏黄的小夜灯。

罗莉一进大厅又闻到淡淡的烟草味，从她的角度，只能看到严熙冬冷漠的侧颜。他偏着头，食指与中指夹着烟凑近唇角，深深一吸后支着手，一点橘红的星火在他指间明明灭灭。

不知道为什么，在看到这样的他后，原本一脑袋想说的话都不见了，明明他此刻的脸上没有什么表情，她却有种想要上前紧紧拥抱他的冲动。

罗莉遵循着这股冲动，像颗小炮弹一样一头扎进严熙冬怀里，用自己最大的力气，紧紧地，紧紧地抱着他，耳畔却传来那天依稀听到过的话：

“如果我一无所有了，你还愿意嫁给我吗？”

这一日开盘，股指从前一天的4335点，一路下滑至最低点3858点，一日接连击穿五个整数关，跌幅高达477点。900多只个股跌停，这个跌幅超过了上一次十年一遇的暴跌，创下本年度中国股市暴跌之最！

然而，这一切仅仅是个开始。

这场席卷全球的金融大海啸才刚刚开启狰狞的序章。

第十一章

我想为你，变得更优秀

“怎么会这样……”李亚楠看着大盘上惊心怵目的绿色数字，“就在上星期财政部的官员才出来说没有上调印花税的事，怎么能出尔反尔！“

正是因为这个消息让投资人吃了颗定心丸，股指才会一路上扬，昨天又出现了新高，今天已经是 30 号了，后天就到六月了。

公司的委托理财亏损安全线是 10%，就算六月份到期的合约金额只有总金额的一半，也过亿了，更不用说要是下半年的市场行情持续走低，那么年底另外一半到期的委托合约，需要赔付的钱足够压垮公司。

“天哪，”财务部经理喃喃地道，“怎么就在这个时候……”

早已有所预感的严熙冬反而是人心惶惶的高层中最镇定的，只是他虽然预感到危机要来临，却没料到会来得这么快，这么惨烈。

“不要乱，现在最重要的是先稳住客户，”严熙冬有条不紊地开始安排各部门的任务，“如果客户不撤资，还是有坚持的希望。”

李亚楠抱着一丝期望：“总公司那边，可以提供援助吗？”

严熙冬心下一沉，没有立刻回答。申安此刻怕是已经自顾不暇了。

就他所知道的，申安单单是委托理财这项，虽然关叔这几个月竭力控制，但资金总额已经超过七十亿，尤其申安的委托合约还是违规保底协议，在牛市时，这样的保底属于潜规则，大家不过一笑置之，然而在金融风暴来袭的现在，需要赔付给客户的高昂本金再加上申安在外的其他投资、融资、扩股……这些已经远远超过申安的总资产。

申安与君安的关系犹如唇亡齿寒，一旦申安倒下，作为子公司的君安，也逃不过这场厄运。

严熙冬最后也只是背过身，不去看其他人期待的表情："过几天等公司稳定下来，我会去一趟申安。"

度过煎熬的两天，时间终于到了六月一日，在所有人的祈祷中，这一天尾盘跳水，近 700 只个股跌停，只是短短的两天，大部分个股的跌幅已经超过了 30%。

收市后财务部的经理面色苍白，冷汗津津，客服部接到的谩骂电话和退回委托金的喊声一直持续到入夜。

连续暴跌四天，三大证券报坐不住了，四日这天齐发评论：管理层调整印花税并非要打压股市，牛市不会随着这个市场调整而改变。

然而随后就被大盘啪啪打脸！

这一天收盘时，上证指数的跌幅达到了 8.26%，超过了 800 只个股跌停，投资者终于蜂拥出逃！

"莉莉啊，这几天小严那边的情况怎么样？"罗妈妈在电话里小心地问，"最近新闻报纸都在报道股市连续暴跌的消息，还记不记得上次我跟你提的二婶家的幺妹，这才几天呢，之前赚的钱全赔进去了！啊呀，还好我和你爸爸没去买，差点也要亏钱呢。"

"有这么严重吗？"罗莉惊讶地道。

"还有比这更严重的，咱们对门的老姚把儿子的婚房钱都赔进去了，他儿子的女朋友气得要分手，这几天两家都吵翻天了。"

罗莉喃喃道："竟然会这么糟糕？！"

"他都没跟你透过口风？"罗妈妈知道接下去的话不好听，但是为了女儿她还是必须要说，"你找时间偷偷去打探一下小严的情况，不是妈势利眼，要是他只亏了些钱这倒没什么，怕就怕他欠了一屁股债，到时候你难道要陪着他一起去背债？"

"不会的！他才不会！"罗莉下意识地反驳，但脑中却又想起 Boss 几天前的话——

“如果我一无所有了，你还愿意嫁给我吗？”

那天他说完这句话后就再没有提过这个话题，这些日子以来他也从未在她面前表露过什么。罗莉曾经想过是不是Boss的事业遇到什么危机了，但从未想到会这么严重。

“不管你觉得他会不会，你都要把这件事打听清楚了。你现在还年轻，可能以为爱情就大过天，有情饮水饱，等你经历的事情多了，你会知道妈今天这些话都是为了你好，妈妈不想看你以后吃苦受罪。”

“我知道的，妈。”罗莉也软了声安抚老妈，坦白道，“其实我和他现在还没到您说的那一步，您也别瞎操心，在人生大事上我不会那么莽撞的。”

挂上电话，罗莉心烦意乱地站起身踱了两圈，她掏出手机调出Boss的电话号码，在即将拨出的前一秒又停下。

罗莉摇摆不定地瞪着手机屏幕上Boss的名字，半晌，她还是按下了通话键。

“罗莉？”

严熙冬有些惊喜，她主动打电话给他的次数屈指可数，电话中总是略显冷淡的声线在此刻很是温柔：“有什么事情吗？”

“我，想问你……”罗莉握紧手机，反复斟酌着该怎么开口，但话到嘴边就怂怂地变成了，“最近，最近有空吗？”

严熙冬以为罗莉终于想他了，算来，他们已有一个多星期没见，但是——

“我这阵子比较忙，腾不出时间约会。但是我保证，只要一有空，我就会来找你。”

罗莉只得讷讷地说：“哦……”不知道接下来要怎么办。

严熙冬见她半天不回话，耐心地问：“还有什么事情吗？”

听到严熙冬身边似乎有很多人在争论的声音，罗莉生怕自己打扰到他，连忙道：“哦，没有，没事，你忙吧。”

到最后，还是没有问出口。

实际上，没有得到答案，罗莉心底也有种说不清道不明的庆幸。

要是 Boss 真的一无所有了该怎么办？罗莉默默地问自己。

该，分手吗？

不对不对，是 Boss 那句话太狡猾了，他现在还只是在试用期，离谈婚论嫁的阶段还早着呢！

罗莉嘟囔着，试图再小小地诋毁一下 Boss，拉低他的分数，让自己早点做出正确的决定。

是的，她觉得自己对 Boss 最多只有好感，应该也没有多喜欢他吧？但是，但是一向听话的乖宝宝小罗莉，第一次不想听话。

就算理智在告诉她，妈妈说的是对的，但她仍下意识地在妈妈面前隐瞒了 Boss 曾经说的那句话，害怕会让妈妈因此反对他。

她想，她真的完蛋了。

喜欢上一个原以为一辈子都不会喜欢上的人，之前还不停地在他面前立 flag，想到这儿，罗莉懊恼地捂着脸，脸被自己打得好疼。

“罗莉，你在这里啊！害我好找，再不去食堂连剩菜都没了。”May 在阳台捉到罗莉后不由分说就拉着她走。

完稿组最近正在加班，整个午休时间全拿来开例会了，他们干脆就近在食堂解决午餐。

MXM 的食堂在顶楼，窗明几净环境整洁，还有前后两台悬挂电视。但全世界的食堂或许都是共通的，虽然菜色丰富，不过味道也说不上好，公司员工平时除了加班，或者月底经济紧张，基本不来食堂。

两人刚走进食堂，也在排队的贺致远便迎面走来：“罗莉？你今天也来食堂。”

罗莉心事重重，看见贺致远后生疏地点了个头：“你也在加班？”在联谊会后他们也在公司见过几次，算是点头之交。

贺致远无奈地摊摊手：“这两天制作统筹罢工，大家都在填他的空子。”

May 惊讶道：“怎么会罢工？”

贺致远比了比悬挂电视上正在播出的股市新闻：“最近不是大盘暴跌，

他把家里的积蓄都赔光了，他老婆气得带着孩子回重庆娘家，所以他这几天请了假去重庆负荆请罪了。”

“唉，现在股市这么惨哪。”May 感慨，说完后察觉到罗莉脸上沉重的表情，懊恼不已。

是了，罗莉那位神秘的男朋友就是搞金融的，这次肯定也损失惨重。

May 欲言又止地看着罗莉，最后还是闭上嘴，目光移到电视屏幕后突然大声道：“罗莉！你快来看！”

和罗莉结束通话后，严熙冬对着身后正在与财务部和客户部统计结算的李亚楠道：“我去一趟申安。”

“头儿，”李亚楠叫住他，“总公司那边，拜托你了。”

严熙冬扯出一个浅得几乎看不清的笑，转身离开。

等他到了申安之后，却发现门口警戒，所有工作人员惊惶地往楼上走。

严熙冬询问一个认识的接待：“发生了什么事？”

她掩不住脸上的惊慌：“早上有个之前在公司融资的股民被强制平仓后来闹事，打了部门的经理，后来保安过来，他，他就跑上楼顶，要跳楼。”

“什么？”严熙冬从脊背蹿上一股凉意，发生这样的恶性事件，无异于雪上加霜。

他按下电梯直奔楼顶，楼上已经围满了人，在拥挤的人群中还看到几架闪烁的摄像机。

最糟糕的情况出现了，媒体已经闻风而来。

站在天台上的是个中年男人，他没有理会台下所有人焦急的劝阻，摇摇晃晃地踩在栏杆边沿。在他前方站着两个劝导的警员，但只要他们一有靠近的动作，他就作势欲跳，几番之后，再没人敢靠近他。此刻他赤红着眼，表情麻木，嘴里翻来覆去地叨念着：“八百万……没了，没了，全完了……”

由于天台是独立的，申安的楼顶位于三十层，墙面光滑找不到附着处，危险性太大，警员也无法绕后救援，场面一时僵住了。

“关总呢？”严熙冬在人群中找到客户经理。

“关总前天去西藏铁矿场视察项目了，现在不在公司。”客户经理已经面色灰白，要是真让他摔死在公司门口，申安这个招牌也完了……

天台上的中年男人沉浸在自己的世界，对前方警员的谈判喊话完全没有反应，口中念念有词，怕是死意已决。

不行，决不能让他死在这里！

严熙冬试图靠近，在一旁维持治安的警察立即驱赶：“退后，退后！不要妨碍公务。”

突然，中年男人将一只脚伸出天台，围观的人群忍不住惊呼出声！

严熙冬盯着男人摇晃得更厉害的身体，蓦地眼底一沉，对客户经理低喝一声：“跟上我！”随即用最快速度往楼下跑。

客户经理不明所以地跟在他身后：“怎么了？怎么了？”

严熙冬不答，直奔位于天台正下方的办公室，由于发生了这起突发事件，办公室的员工们也在楼顶，严熙冬径直冲进去拉开所有的窗户！

客户经理莫名其妙：“你在干什么？”

“赌一把！”

严熙冬正要探出头观望头顶的情势，突然从上方集体传来一声惊叫！

完全没有任何思考，严熙冬本能地伸出手在半空中用力一拽——

咔！

虎口忽然坠住重物的撕裂感伴随着令人头皮一麻的骨裂声，剧烈的疼痛霎时席卷全身！

严熙冬疼得脸色煞白，却艰难地露出一个微笑：“抓住了。”

“罗莉！快来看啊！”

May 指着电视新闻直播中那个抓住跳楼男子的人：“你快看！”

罗莉抬起头，一眼看到拥挤的人群中，正扶着肩膀虚弱地靠在墙上的严熙冬，但镜头很快就被一只手遮住，申安的安保人员围成一圈，严肃地拒绝记者的后续采访。

虽然只是一闪而过的镜头，但罗莉已经坐不住了。她迅速起身，朝 May

急匆匆道：“拜托你，帮我向 Alun 请假，我先走了！”

罗莉走到半路才发现由于出门太急，手机还忘在桌上，等赶到申安后，她只得一个个去问：“你好，请问你知道严熙冬在哪儿吗？就是前面新闻里那个救了跳楼自杀的股民的那个人。”

由于严熙冬不在申安工作，底层大部分员工并不清楚这号人，听到罗莉提到新闻，他们瞬间警觉起来，纷纷冷淡地说着“不知道”，迅速走开。

好不容易，终于让罗莉拦到一个知情的高层，他皱起眉，警惕地打量着她：“你是谁？”

“我是他的女朋友。”这是罗莉第一次亲口在外界替 Boss 正名，可惜他没机会见证。她咬了咬唇：“我叫罗莉，你可以给他打电话确认一下。”

那人将信将疑地走出去几分钟后又满面笑容地回来：“罗小姐，请稍等一下，我让司机送你去中山医院。”

罗莉站在 VIP 病房门口，刚要敲门时，门突然被从内打开。罗莉一愣，恰好和一个身材高挑的冷艳女子打了个照面。

两人视线短暂相接了几秒，那女子微不可见地朝她点了下头，转身离开。

罗莉没有多想，她惴惴不安地小跑进病房，直到看见坐在床上吊着手臂的严熙冬，心里紧绷的弦才稍稍松了些。小心避开那只手臂，她哭哭啼啼地把头硬塞进他怀里：“混蛋，你吓死我了！吓死我了！”

严熙冬忍不住笑，他单只手揽住罗莉：“你怎么跑来了？也不给我打电话。”

“我一看到新闻就慌得跑来找你，手机忘在公司了。”罗莉只羞愧了一秒，想到在新闻瞬间回放时看到他半个身子都被拽出窗外的样子，要不是身边还有人帮忙抓住两人，后果不堪设想。后怕不已的罗莉迅速切换问罪模式：“你怎么那么大胆子！这么危险的事情也做！要是有什么万一……怎么办？你，你不是还要我嫁给你吗？！”

严熙冬眼神柔软了下来，他摸了摸罗莉的头，轻哄道：“这次是我不好，都是我的错，你放心，为了你以后我会好好保重自己。”

罗莉脸颊微热，难为情地想退出他的怀抱：“什么为了我，身体是你自己的，和我又没有关系。你下次再这样，我可不管你了。”

“怎么会和你没有关系？”严熙冬别有意味地眨了下眼睛，“我的身体可是关系着你下半生的幸福。”

被调戏的罗莉霎时脸红到脖子根，她羞恼地挣扎着想起身：“看来你已经没事，不需要人照顾了。”

“嗯！”挣扎中严熙冬突然闷哼了一声，表情痛苦地捂着手臂。

罗莉惊慌得不敢再动，连连问道：“你怎么了！是不是哪里痛？怎么办怎么办？要不要叫医生！”

“不用叫医生，”严 Boss 一脸虚弱状地将头靠在她颈窝，“我被你碰伤了，要你亲亲才能好起来。”

罗莉：“……”

这个道貌岸然的大混蛋！

严熙冬继续逗弄她：“快点儿，我可是伤患。”

罗莉深吸一口气，双手捧起他的脸，在他惊讶的目光中，轻颤着将柔软的双唇缓缓迎向他……

这次不再是一触即放。

在双唇贴合的瞬间，严熙冬眼眸转深，他揽住她的手一紧，将她牢牢地钳制在胸前，偏过头，用舌头顶开那甜蜜的红唇，吸吮诱人的芳香。

罗莉轻轻“嗯”了一声，心跳快得让她以为下一秒就要昏厥，仿佛周身的力气也被他吸走一般。她虚软地依凭着那只强健的臂弯，双手不自觉地揪紧他肩上的衬衣，柔弱地逸出甜美的鼻音。

如果现在不是在医院，严熙冬就算拼着两只手都被吊起来也要做到底。

在失控的前一秒，严熙冬用尽此生最大的自制力退开身，他脸上的神情克制而隐忍，只有微微急促的呼吸泄露了他并不如表面看上去的冷静。

罗莉依偎在他胸前小口地喘息着，慢慢睁开眼，被吻得红艳艳的嘴唇和迷蒙的星眸几乎要令严 Boss 再度把持不住。

“你喜欢我。”严熙冬用的是肯定句。

罗莉低垂着眼帘，不敢面对他灼热的目光，不情愿却又无可奈何地坦白心意："是啊，真糟糕，我好像喜欢上你了。"

"但对我而言真是再好不过的消息了。"严熙冬轻轻抚摸着她的头发，将她的头按在怀中，"在这个时候喜欢上我，真是个笨蛋啊。"

由于严熙冬要留院观察两天，罗莉的晚饭也在医院的食堂陪着他一起解决，严 Boss 就算在住院也照样带着一叠文件，手机更是每隔半小时就响一次。

罗莉看着他忙碌不停的模样，生怕打扰到他，自觉滚到一旁的会客椅上发呆。

忙碌间隙瞥见这么懂事的小罗莉，严爸爸忍不住怜惜地道："不用陪我了，早点回去吧。"

"不要，我今晚还要守夜呢。"

严熙冬忍俊不禁："好啦，有这份心就够了。我只是小伤，又不影响行动，用不着守夜。早点回去休息，明天我还有其他重要的任务要交给你。"

罗莉好奇道："什么任务？"

"晚餐啊。"严熙冬郑重其事地嘱托，"明天下班后帮我带一碗上回吃的山药粥，我最多只能再忍耐食堂两顿饭，这个重要任务就拜托你了。"

罗莉："……"住院的时候还这么挑剔的 Boss 也是够了。

回去的路上，罗莉在自家楼下看到一个陌生的漂亮少年，他背靠着墙壁，目光幽远地向上眺望着她们家的方向，明明年纪不大眉眼却很是凌厉，浑身散发着拒人于千里之外的凶恶气息。

奇怪，他们小区有这么一号人吗？

罗莉忍不住多看了他几眼，隐隐又觉得他的眉宇之间有几分眼熟。难道是最近太累了？罗莉拍了拍自己的头，这么年轻的男孩子，要是有过交集她肯定会记得。

"喏，你的手机。"郝萌将手机抛给她，"你的同事让我转交给你的。

什么事让你急成这样？手机也不拿就跑出去了。”

罗莉接住手机，支支吾吾地道：“等以后，我保证以后有机会一定会告诉你。”

在她想好该怎么对死党说，这个对象就是当年她画圈圈诅咒职场性骚扰的Boss之后。

第二天下班后第一时间买了山药粥，罗莉马不停蹄地赶往医院，一扭开门把手，室内霍然转头的七八个来客齐刷刷看向她。

“啊，你们继续。”罗莉迅速地又关上门。

病房的隔音效果并不是很好，坐在门口等候椅上的罗莉模模糊糊地听到了盛世公司、并购、融资、重组等零星的字句。

她对这些一窍不通，只能隐约明白Boss遇到了重大的危机，却什么忙也帮不上，甚至连他们讨论的那些专业术语也听不懂。

罗莉心情有些低落，她双手捧着山药粥，原本热腾腾的温度在等待中变得温热，在她犹豫着要不要再拿去加热时，门开了。

当头走出的又是昨天看到的那个冷艳女子，她穿着合身的紫罗兰西服套装，高腰修身的西装裤搭配银色高跟鞋，勾勒出一双诱人的大长腿。看到罗莉后她目光停了停，却没再多说什么，继续大步离开。

哼，个子高了不起啊，娇小星人的罗莉同学下意识地挺了挺傲人胸襟，绝对不会承认自己羡慕嫉妒恨那双大长腿！独属于女性之间的微妙感应，令罗莉莫名在意那个女子。

“久等了啊。”严熙冬靠坐在床上，散落的文件已经被收拾起来整齐地叠放在床头。

“没关系。”罗莉毫不在意地摆摆手，打开盖子贤惠地舀了一勺粥递到他嘴边，“快趁热吃，再晚就凉了。”

严熙冬侧了侧头，没有马上吃而是先问：“你呢？晚饭吃了吗？”

罗莉抿了抿唇，大声说：“吃了！”

“说谎。”严熙冬轻敲了下她的头，“一起吃。”

于是罗莉就捏着调羹，你一口我一口，亲昵无比地吃完了这顿饭，只是末了，她在吃完后故作不经意地问：“之前那位女士应该不是君安的员工吧，还是说是在我走之后新招的？”

罗莉无师自通地开始打探敌情，好吧，这似乎也是每个女性的天赋技能。

饭后又打开文件的严 Boss 完全没在意，漫不经心地道：“不是，她是盛世金融公司的经理何琳，在你走之前的公司酒会上，她也来过，跟你也算是有一面之缘吧。”提到那次酒会，严熙冬支着下巴，歪头促狭地看向罗莉。

蓦地反应过来就是那次悲催的初夜，罗莉红了脸，恼羞成怒地道：“看我干什么，看你的文件啦！”

严熙冬不动：“但我觉得你更好看怎么办？”

罗莉羞窘地道：“你再这样我明天就不来了！”

“明天我就出院了，你当然不用来，”严 Boss 露出邪恶的笑容，“什么时候才能让我再次证明技术呢？”

被 Boss 一再戏弄的罗莉嗷的一声：“我回去了！”

门砰的一声被关上。

严熙冬慢慢敛起笑，他将手中的文件丢开，仰靠在床上，脑中浮现一个小时前何琳与他的对话。

“你以为这样就能救得了申安？”

“我知道不能，要是市场持续低迷，这最多也只能让申安再多喘口气。”

“申安已经积重难返，既然你心里清楚这一点，为什么不考虑再换一条路？”何琳倾身将一份提案放在他面前，“虽然在这次风暴中我们盛世也有所损失，但还在承受范围之内，你将君安一直经营得很好，我来这里只是想告诉你，盛世已经开始着手并购君安的提案，接下来的决定，就要看你了。”

时间以令人煎熬的缓慢速度走到十月，大盘在短暂的回温之后，又再度加速下挫，跌幅深达 21.6%。

被强行续命后跌跌撞撞又强撑了四个月的申安终于撑不住了，谁也没料到昔日的业内大佬竟会倒下得那么快！

十月底，证监会和政府发文宣布，停止申安公司及其所属分公司、证券营业部和证券服务部的证券业务活动，撤销申安证券公司的业务许可。

关掉电视新闻中主持人正在滔滔不绝地深度报道申安破产系列专题，严熙冬站起身，对着想要跟上的罗莉摇了摇头，低不可闻地道："让我静一下，我想一个人待着。"独自走进房间。

客房的门被轻轻关上。

被拒绝陪伴的罗莉犹疑着徘徊在紧闭的房门口，心底沉甸甸的，酸涩而落寞，既心疼他又有一丝受伤。半晌，她垂着头默默地走回主卧室。

这几个月正式交往以来，由于Boss越来越忙，所以罗莉体贴地不再要求出去约会，改去君安等他。

直到有一次罗莉在他的办公室等到睡着，严熙冬在下次见面时就将家里的备用钥匙交给了她。

"这个是什，什么意思？会不会有点太快了？"罗莉像捧着烫手山芋一般捧着那串钥匙。

严熙冬有些无奈："暂时不是你想的那个意思。"

"哦，"罗莉僵硬地粉饰，"我，我才没有你想的那个意思啦。"

拿到钥匙并不意味着接下来就是甜蜜蜜的二人世界，来的次数多了，罗莉干脆也在Boss家备几件换洗的衣物。大部分时间，罗莉只是把等Boss回来等到睡着的场地从他的办公室改成卧室。偶尔如果严熙冬回来得早，他们就能共享一顿夜宵和睡前卧谈，也只有这个时候，两人才有一点点短暂的时间温存。

但就算在这段短短的时间，严熙冬在她的面前也依然对他的困境和压力绝口不提。

罗莉在临睡前故意敞开房门，她孤单地蜷缩在大床上等待着，情绪低落而消沉，然而直到凌晨三点，也没有等到期待的脚步声向她走来。在拥堵着心口的满满失望中，不觉昏睡过去……

再次睁开眼，已经天光大亮，严熙冬衣冠整齐地坐在床头，热热的大掌轻柔地摩挲着她娇嫩的双颊，也不知道他来了多久。

看着已经重新整理好心情，面上一如既往冷静自持的Boss，独守一夜空闺的罗莉委屈不已地投进他怀中，哭哭啼啼地用头用力撞他！

最难消受美人恩。被撞得差点内伤的严熙冬终于明白了这句话的重量。

将罗莉送到公司，严熙冬回到君安时发现整个营业厅都被股民们包围了。

他们有的愤怒，更多的是惊恐，几十个人团团围住大门不让任何人进来也不让其他人出去。安保人员没有涌进来的股民多，而且也不想在这种关键时刻又闹出暴力冲突的新闻，只能赤手空拳地与他们对峙。值得庆幸的是，虽然场面火药味十足，但好在双方还没有发生进一步肢体冲突。

不管面前的接待员和经理的劝阻，他们一个劲儿地扬起声："你们的话没用，新闻现在都播了，申安连同分公司一起被冻结，君安不也是申安的子公司吗，我们之前投的那么多钱现在怎么办？让你们的老板出来说话！我们要亲自向他讨个说法！"

"我就是君安的CEO。"严熙冬出现在他们面前，沉着镇定地道，"子公司与分公司不一样，子公司有自己的独立法人，就算申安连同他旗下的分公司倒下，也不会影响君安的运营。"但申安占有君安最大的股份，唇亡齿寒，因此若申安倒下，君安也在不远处了。

"我不关心你们还运不运营，我只想知道我股票账户里的钱还能不能拿回来！"当头一个性急的大妈三步并两步挤到严熙冬面前。

"当然可以。股票账户的钱是通过第三方的银行存管，不会被挪用或消失。就算到最后，君安破产了，也会有证监会来进行公司重组和托管，你可以将股票转移到别家证券公司继续操作。"

这个问题刚回答完，另一个男人挤上前："那委托理财怎么算，合约设10%做保底线，现在都跌成这样了，超出10%的钱你们什么时候赔！"

“赔付款按合约到期时间结算，从六月到期的合约开始，依次类推，绝不会少一分钱，要是拖欠赔款，你可以提交法院审理。”

“还有我之前在你们公司融资……”

客户们七嘴八舌地开始询问，严熙冬被围在中间，有条不紊地逐一回复他们的问题。终于，骚乱持续了近一个小时后，人群渐渐散了。

一直紧揪着心观望的李亚楠终于松了口气，但想到高达数千万的赔款，不由心中发凉：“头儿，财务部算完了，从六月到现在的赔付款刚好和公司目前的总资金相抵，这还不包括年底那批到期的合约，要是再跌几轮，资不抵债，我们只能申请破产了。”

严熙冬凝眉：“先把这一批赔款发出去，后面，我会想办法。”

李亚楠有心想询问什么办法，但看着头儿此刻疲惫而紧绷的神情，还是听命走出办公室。

严熙冬阖上眼，休息了不到十分钟，手机又再度震动起来，他扫了下联系人，见是之前被他拒绝过开户的老同学刘铭，直接按掉电话。

原本就不是一路人，平常也没有更多联系，接起电话最多也只是浪费时间满足他的八卦欲和窥私欲，指不定还要被秀一下优越感，严熙冬并不认为他会真心为他担忧难过。

从昨天到今天，各色打探或是隐隐幸灾乐祸的电话层出不穷，一开始严熙冬会耐着性子虚与委蛇一番，几次之后便失了耐心，干脆一概拒接了。

银白色手机在掌中翻转了两圈，终于在一个号码前停住，严熙冬盯着这个号码，沉默了片刻后按下电话：“喂，何琳。”

罗莉发现这段日子 Boss 回来得越来越晚，身上总带着浓浓的烟酒味儿。

她知道 Boss 向来不喜欢应酬喝酒，就算是烟，也是极少抽的。她猜他是不喜欢那些过于浓烈的气味，又或者是在刻意维持他的自制力，不喜欢那些干扰因素。

但现在他都是在外面喝完酒才回来，洗漱之后也是疲累得不到半个小时就睡着了。他们已经很久没有一起吃夜宵，也很久没有好好说说话了。

于是罗莉又重新恢复了到严熙冬公司蹲点等他的生活，接着便发现那位盛世公司的何琳，来的频率也太高了点吧。

“所以债务这边我可以帮你牵线，但是能不能说服他就看你了。”何琳边走边与严熙冬交谈，“你最好能向他证明自己的价值和潜力。”

眼角瞥到在大厅百无聊赖地等候的罗莉，她微微挑起一边眉：“一会儿你要带她去饭局？”

“不了，我先送她回家。”严熙冬对何琳道，“你们先过去，我晚一步到。”

罗莉乖乖跟在严熙冬身后出了大厅，他的步子很大，罗莉的手紧紧抓住他的衣角，努力跟上他的脚步：“你，一会儿还要继续去夜场吗？”

“是啊，估计又会很晚，你别等我，先去睡吧。”

罗莉突然想到：“你喝酒了，怎么开车回来？”

“何琳有车，可以顺路载我回来。”

罗莉忍不住酸溜溜地噘起嘴：“哦，好热心啊。”

严熙冬嗅到酸味，耿直道：“你吃醋了吗？”

“哼，怎么可能！你也别太晚了。”罗莉到家后恋恋不舍地看着严熙冬离去的背影，她开始有些失落了。

对比什么都不懂的她，何琳能帮 Boss 做的事，有那么多。

而她除了在家里等待之外，对于 Boss 的困境无能为力。

Boss 现在会不会也有点后悔，没有选择一个更优秀的女性作为贤内助呢？或许他更适合娶一个事业型的女性，能帮扶他，随着他一起开疆辟土，现在这样的人选已经来到他身边了，他会不会开始动摇呢？

恋爱中的女人就爱胡思乱想，罗莉脑洞一开，就为自己补好了一出悲情大戏，完全停不下来！

好在严 Boss 及时在两个小时后回家，关门声打断了罗莉的思绪。她倏地从被子里爬起身，像个小妻子一般围着他忙前忙后地递水脱外套。

严熙冬摸摸她的头：“怎么还不睡？”他说出的话也带出一股酒气，

还没等罗莉有什么表示，他自己就已经不满地抿紧唇，力持平稳地走向洗手间先去洗漱。

当然，平稳只是他自己的错觉。

在罗莉的眼中，严熙冬的前进路线简直要画出一条双抛线：“你不要紧吗？要不要我扶你？”

“不需要。”严 Boss 的话音刚落，从浴室内传来砰的一声闷响，听上去就好疼。

罗莉再次道：“真的不要紧吗？”

严 Boss 硬气地重复：“真的不要紧。”

对着总是爱逞强的 Boss，罗莉只得无奈地随他去，等额上顶着块红印子的严 Boss 走出来后，拿着药油给他揉额头，不然等明天这块印子变青，就要等好一阵才能消了：“你呀，真的不用在我面前一直维持完美的模样。”

闭着眼睛将头枕在罗莉的大腿上享受五星级服务的严熙冬或许听见了，但他没有吭声，侧过头蹭了蹭罗莉白嫩嫩的大腿，顺便埋了个胸！

“你！”罗莉满脸通红地将他的头用力推开，“臭流氓！”

酒醉后的 Boss 仿佛年轻了十岁，哦不，或者是十五岁？在遭遇罗莉拒绝埋胸后咕哝了一声：“真无情啊。”扶着抽痛的额头半坐起身。

罗莉从宽松的浴袍间隙看见他从颈后蔓延到前胸起了一大片红疹：“你胸前是怎么了？”

“酒疹。”严熙冬拢起了松开的浴袍，“没关系，我喝了酒就会这样，再过几个小时就会自动褪了。”

“会疼吗？”罗莉隔着浴袍轻轻戳了下他的胸膛。

严熙冬抓住她的手，握在掌中：“不疼，只是有一点点痒，但是不要紧的。”

罗莉忍不住小小地埋怨：“既然不能喝酒又不爱喝酒，最近还天天去酒会。”

“因为生活呀，”严熙冬将她揽入怀中，“所以不得不妥协。也为了能早日有资格把你娶回家啊。”

罗莉依偎着他，将头挪了个舒服的位置，下巴抵着他的肩膀。当他弯下腰将头低下来，埋在她的颈窝时，她的脸刚好贴在他耳畔，闻得到他身上的纯男性气息混合着洗完澡后的清新皂荚香气。

怎么办呢，第一次喜欢上一个人原来是这种感觉。

酸软又甜蜜，就算被惹恼了，也无法对他生起气来，于是只能对着不争气的自己生闷气。

如果，如果她能再优秀一点点，能帮得上他一点点忙就好了。

第十二章
风波迭起

第二天醒来 Boss 已经不在身边。

今天是周末，不过看样子对 Boss 而言，周不周末都是一个样儿。

这种醒来后只剩下自己一个人的感觉并不好，罗莉闷闷不乐地拖着脚步来到厨房，桌上早已摆好了一碗粥和一叠花生酱菜。

罗莉嘴角不由微微上扬了三毫米，又连忙将上扬的弧度再压下去。

“哼，就算这样，也不能原谅你丢下我一个人。”罗莉喃喃叨念着，吃完饭准备洗碗时，发现一张便利贴被贴在流理台前的墙上。

她好奇地拿下来，就看见一行简洁潇洒的字迹：

今晚我会早点回来，明天一天好好陪你。

真的假的？已经几个月没有出门约会的罗莉兴奋得简直要跳起来，她在屋子里转悠了几圈，忍不住雀跃地开始计划明天的约会行程。

吃饭逛街看电影都已经重复了好几次，罗莉决定这次难得的约会要换个有新意的，她打开电脑开始搜索情侣约会攻略。

1. 看星星——第一个选项就是个叉。

2. 游乐园——真是遗憾，她和 Boss 都过了充满童心的年纪。

3. 去旅游——罗莉这次是真遗憾，只有一天的时间，太仓促了呀。

4. 野外露营……等等！

深感兴趣的罗莉开始搜索周边适合情侣露营的圣地，在查了大量攻略和性价比好评率后，罗莉选择去山野露营。现在是秋季，再没有比一起赏枫景，在灿烂红叶蓝天白云下露营更浪漫的事了。

罗莉怀揣着一颗少女心，时间在等待中也越来越漫长，再也坐不住的她决定去找好姐妹消磨一下午的时光，顺便再去买一件漂亮的内衣。咳。

“原来你只有在没人陪时才会想起我，女生外向啊。”这段时间经常独守空房的郝萌揶揄道。

罗莉不好意思地捧着脸：“我也是在给吕梁上门提供机会啊，我这叫舍己为人。”

吕梁是公司的CGH（Creative Group Head，创意组组长），和郝萌也交往了大半年，但不知道为什么两人之间温温吞吞的，似乎总也燃不起火花。每次他们出门约会，身边的人都为他们俩出谋划策操碎了心。

郝萌斜了她一眼：“真是劳烦您了，每天日理万机还能拨冗照顾臣妾。”

罗莉干笑着说：“应该的，应该的。”

“那走吧，想逛哪儿我悉听尊便。”郝萌服务态度满分。

罗莉瞟了她一眼，小声说：“我想买内衣。”

郝萌意味深长地看她：“是为明天的约会准备的吧。”

“才，才没有呢！”

“再啰唆一句，安全措施要做好！”郝萌戳了戳罗莉的脑袋，“不然以后先上车后补票，丢不丢脸。”

“我都跟你说没有啦！”罗莉捂着脑袋泪汪汪地瞪她。

“没有，没有什么？都睡了那么久，还没有？”郝萌压低了声，“这样很不一般哪，你那位无良Boss也年过三十了吧，没道理这么快就不行啊？总不能放着你这样娇滴滴的性感美人在旁边当摆饰吧。”

罗莉大汗，支支吾吾地替惨遭污蔑的Boss正一下名：“他，他行的啦……”

郝萌顿时犀利地将目光集中在她脸上：“你什么时候试用的？”

罗莉捂着脸：“你这样说我很不好意思哎！”

“不要转移话题！”

“就是，就是去年给你打电话的时候。”

郝萌倒吸一口气："好啊！你胆子这么大，这么重要的事情都瞒着我。"随后凑到她耳边低了声，八卦兮兮地问："那你对初夜感想如何？"

已经没有太多印象的罗莉沉默了片刻："啊，一针见血。"

回到别墅的时候尚早，罗莉兴冲冲地去超市采购了食材，预备大餐。只是等她拎着一大堆食物进门，才倏地想起Boss只说会早点回来，但是这个早如果相对于他平日的时间，也要过十点了。

怀着一丝期待打电话给Boss："那个，你今晚回来吃饭吗？"

严熙冬抱歉地道："不行啊，我现在已经在饭局上了。"

罗莉听着电话那头觥筹交错的热闹声，闷闷地道："那，没关系，就这样吧。"

挂上电话，罗莉也没有什么心情做大餐了，她意兴阑珊地将堆在流理台上的食物放进冰箱，打了个电话叫外卖。

双手托颊地坐在一楼大厅上边看肥皂剧边等着恋人回来，墙上的时钟指针嘀嘀嗒嗒地走到十一点，大门终于开了。

原本等得快要睡着的罗莉顿时精神起来，一头撞进Boss怀里！

最近总是胸口疼的严Boss摸了摸胸前毛茸茸的脑袋，抓到了罪魁祸首。

"你怎么这么晚呀！还说今天会提早回来，我从下午四点等到了现在！"罗莉委屈地控诉。

严熙冬抱着她轻哄："都是我的错，全是我的错，好不好？"

"那你明天要好好补偿我！"罗莉撒完娇就懂事地不多做纠缠，开始兴高采烈地对他说出明天的计划，"我们明天去野营好不好？现在正是赏枫叶的好季节，秋高气爽，风景也美，我已经有好几年没有看枫林了。"

"罗莉，真的，真的对不起，我明天临时有很重要的事情要办。"严熙冬看着罗莉脸上期待喜悦的神色在一刹那黯淡下来，他抱紧她，俯首在她额前歉然地亲了又亲，"我保证，这个月内一定会陪你去看枫林，好吗？"

“既然，你是有正事要做，那你就去忙吧，我什么时候去都没关系的。”罗莉强忍住排山倒海而来的失望，艰难地开口。她告诉自己不要生气，不要任性，要做一个体贴懂事的女朋友。在这种时候，既然自己帮不上 Boss 的忙，也不能给他拖后腿，增加负担。

这样乖巧的罗莉让严熙冬更是怜惜，爱不释手。他从进门后就像抱着一个大型洋娃娃一样，一直抱着她，不管是吃夜宵，还是接电话，就算偶尔起身，黏人的 Boss 一只手也要搭在她身上不离开。然后，悲剧来了。

又一个电话响起。

严熙冬穿着家居服慵懒地靠在沙发上，一手搂着罗莉，另一只手随意地接过电话，趴在他怀中的罗莉瞥见了来电显示人是何琳，出于某种不可言明的心思，她竖起耳朵努力捕捉着电话中的讯息。

直到听见了电话那头几个零星的字句：明天、生日会、几点到？

罗莉僵住了身子，怒气值瞬间爆炸！

严熙冬这晚总觉得似乎有什么地方不对？然而被酒精麻痹的大脑让他无法多想，接完电话没多久就迷迷糊糊地睡着了。

直到第二天醒来，发现自己依然躺在沙发上，睡衣皱成了咸梅干，连条裹身的毛毯都没有，严熙冬打了个喷嚏，环顾只有自己一人的大厅，疑惑地扬起声：“罗莉？”

没有回应。

“罗莉？你在哪儿？”严熙冬起身往卧室走去，然而叠得整整齐齐的床铺和大敞的门窗明白宣告了罗莉并不在这里。

严熙冬揉着抽疼的太阳穴顶着宿醉的头痛又走下楼梯转了一圈，依然不见罗莉的身影。

奇怪，今天是周日，往常难得的周末时间她都是乖乖待在家里等他，怎么今天会不见人影？

走到玄关前严熙冬瞥见一张熟悉的便利贴被贴在大门上，他走过去撕下来一看，顿时当胸一堵——

既然你今天没空，那么我就找其他人陪我露营，再见。——BY 罗莉

他皱着眉快步回到三楼，在沙发底下找到昨晚不知是怎么掉进去的手机，对，是怒气冲冲的罗莉扔的。

拨通电话后信号断断续续，但并不妨碍他听到罗莉身边有男人说话的声音。严熙冬捏了捏眉心，平静地道："你在哪儿？"

"你看到我的便利贴了？"罗莉谢过贺致远递来的饮料，有种做坏事终于被发现的快慰，"我当然是在山路上啊。"

严熙冬努力平复住语气："你现在回来。"

罗莉干脆利落地拒绝："不要。"

"别再任性了好吗？现在回来，我可以当作没有这回事。"严熙冬耐着性子道。

"我回去了，你呢？还是要去那个谁的生日会把我一个人丢在家里吗！"罗莉一想到这儿就怒从心起，"哦，你没有空陪我，我努力理解了，结果你倒是有空参加那劳什子的生日会？那你现在让我回家干什么，当花瓶摆设吗？"

"我不想跟你吵架，"严熙冬在沙发上坐下，扶着抽痛的额头疲倦地试图解释，"我这是去应酬，你以为我是去玩乐？我现在正在争取盛世股东对公司的拨款融资，所以必须尽一切可能地交好他们。你能不能不要在这个时候任性？"

原本怒气稍减的罗莉听到这句话后又炸了："我任性？我任性了吗！我从跟你交往到现在，我都在努力体谅你，事事配合你，尽力去做一个称职的女朋友，我什么时候任性过了？再说，你为了何琳的生日会推掉了我们几个月才有一次的约会，我还不能生气了？还要我微笑着说慢走不送吗！要不要干脆把你也打包送给她，才不叫任性！"

"我们之间的事，你提何琳干什么？"严熙冬莫名其妙，觉得今天的罗莉简直不可理喻，当然，跟醋海翻腾的女人谈理性也是个艰难的命题，"不要再闹了，我最近真的很累，没有精力继续陪你闹下去。这个月我保证，会尽量挤出时间，陪你去露营，现在回来，好吗？"

罗莉原本是打定主意不回去了，而且她一大清早把贺致远叫出来开车购物做足了准备，现在就这样悻悻回去，她又拉不下脸。可是听着电话那头严熙冬无奈又疲累的口吻，她不禁又有一丝心软，于是不甘不愿地嘟囔着："那我回去的话，你今天还会不会陪我？"

严熙冬耿直道："不会，我不是说过，要去参加生日会。"

罗莉瞬间怒气复燃："既然这样那我还回去干什么，你陪何琳去吧，我有的是人陪！"

贺致远听着罗莉一路的电话也大概明白两人的争吵原因，他简直不敢相信竟然还有人放着这朵娇艳的部门之花独守空房，选择陪别的女人。

虽然很遗憾这朵高岭之花已被人抢先采撷，但他不介意让对方感受一下危机，明白暴殄天物的话可是会有人来替天行道的："快到枫林了，你希望今晚是在山顶还是山腰扎营？"

严熙冬静静听完这两人的一唱一和，贺致远的话犹如最后一根稻草，胸中最后一丝耐心耗尽，他站起身："好，既然你不想回来就随便你吧。我先走了。"

"……熙冬？熙冬！"

盛装打扮的何琳绾着半头，其余垂下的长发全拨到左侧，妩媚地垂落胸前，她穿着红色挂脖连体裤套装，纤腰束着一串皓石珠链，显得潇洒吸睛又女人味十足。她瞥了眼身旁心不在焉的严熙冬："你是有什么心事吗？今天感觉不在状态。"

"没事。"严熙冬礼貌地道，"潘老什么时候到？"

何琳递给他一杯牛奶："寿星当然要最后到，你先喝点牛奶垫垫，一会儿再喝酒不会太难受。"

"谢谢。"严熙冬接过牛奶，"也谢谢你替我引荐潘老。"

何琳垂下眼，耳尖微红："我们认识这么久，更何况你确实将君安经营得很好，我也只是举手之劳，能不能争取到资金还是要靠你自己，不用对我说谢谢。"

严熙冬没有再说话，他看了下时间，决定尽可能快地结束这场酒会。

“到了。你饿了吗？需不需要先吃点什么？”

贺致远将车停好后，递给罗莉一份火腿三明治。

“啊，我不饿，你先吃吧，我去那边赏枫叶。”罗莉扯出笑容拒绝后，走向枫树林。

枫叶如火，映衬着蓝天白云，漫山红遍美不胜收，然而看到眼前这个期待已久，热烈而鲜艳的美景，罗莉却无法高兴起来。

原本她希望陪在身边一同分享的人不在，虽然她也赌气地找了个替代者，但站在这里，就算周围再热闹，心中始终充满着孤单。

这个下午，严熙冬再也没有打来电话，想到他最后那句话，难道他生气了吗？罗莉愤愤不平地念叨着，要生气也应该是她呀，他就不能，就不能再哄哄她吗？

年轻的时候，我们总有着各式各样的骄傲和倔强，虽然彼此都深深感受到了难耐的重负，却不肯互相表露、妥协，仿佛谁先开口谁便输了一般。

郁郁寡欢了一整天的罗莉在黄昏时分终于看到了期待的来电，她盯着电话号码，故意等到第五声才接起电话，表示自己并没有一直在等待他的来电。

“我已经提前回来了，你在哪里？”一出会场，严熙冬立刻打电话给她。

罗莉故作不在意地道：“我在枫林赏枫呀。”

“还没回来？很好。”对面那头，严熙冬平淡得近乎冷漠道，“我对你很失望。”

“贺致远，我想回去了。”

正在扎营的贺致远察觉到身后的衣角被轻轻揪了一下，仿佛有只手也在他的心上悄悄揪了一下般。他回过身，面前是罗莉沮丧着低垂的头。

他看着那小小的发旋，忍着想抚摸的冲动，放柔了声：“怎么啦？是因为和男朋友吵架了吗？”

罗莉忍住绞紧手指的冲动，她飞快地抬头看了他一眼，嘴唇颤动了下，低低地道：“对不起。”

“不要对我说对不起。”贺致远像怕吓着了她一般，声音放得极低，“也不要有什么愧疚感，我没有你想的那么无辜。”

“可是，是我赌气把你叫出来。现在又后悔了，想回去。”早上接到她的电话，他连考虑都没有，毫不犹豫地随叫随到，她当然知道这是为什么，也正因如此，冲动过后，罗莉觉得自己的行为很卑劣，愧疚得不敢迎视他的眼神。

“你以为我不知道你为什么会突然找我？明知道你已经有了交往对象，但还是随你出来，是因为我也想要乘虚而入啊。”贺致远俯下身与低垂着头的她平视，“所以我们是周瑜打黄盖，一个愿打一个愿挨。”

罗莉咬了咬唇，微微向后退了半步，面对这样直白的告白，她有些无措地率先移开视线：“不管怎么说，都是我先起的头。对不起，你送我回去吧。”

贺致远道：“你现在还要回到他身边吗？”

“不了，”罗莉摇摇头，“你送我回住的地方吧，就在公司附近的金源小区。”

贺致远弯起嘴角：“真好，不然要我亲自把你送回他身边，真的很不甘心啊。”

罗莉讷讷地不说话。

贺致远将地上的营帐又搬回车里，发车前，他侧过头望着副驾驶座的她：“我还有机会吗？”

罗莉回避他的视线，小声说：“对不起。”

“呃，真讨厌这三个字啊。”

听到久违的开门声，正在整理企业黄页的郝萌抬起头，看见呆呆站在玄关的罗莉：“你怎么回来了？”

罗莉强颜欢笑道：“什么嘛，这么快就嫌弃我啦。”

郝萌突然伸出手捏了捏她的脸颊，“既然不想笑就别笑了，笨蛋。”

充溢在胸口的委屈难过被凿开了一条裂缝，再也忍不住倾泻而出，罗莉哇的一声，扑到郝萌怀中哭出来!

“怎么了，怎么了？谁欺负我们家罗莉了，嗯？”

罗莉抽抽噎噎地道：“就是一个大混蛋！”脑中又响起那句冷漠的“我对你很失望”，罗莉抱紧了郝萌，“萌萌，我讨厌死他了！最讨厌最讨厌他了！”

郝萌瞬间明白过来，她抚摸着罗莉的头，柔声安慰她：“是和你的Boss吵架了？你们今天不是一起去露营吗，要不要跟我说说是怎么回事，会不会中间有什么误会？”

“没有误会！”罗莉用力擦去脸上的泪，像个去找母亲告状的小女孩，委屈兮兮地要她主持公道，“露营他说有事要忙就取消了，结果原来是去别的女人的生日会，是他自己不陪我的，我才不稀罕，我也有的是人陪，结果他还在电话里凶我！”

“等一下，你说你有的是人陪的意思是？”

罗莉有些心虚地顿了下：“就是，就是贺致远。”对上郝萌不赞同的目光，罗莉捂着脸，羞愧地道：“我知道把别人拖下水是我不对，这件事情是我做错了，我也马上向贺致远道歉了。可是，可是就算我错了，也是他有错在先啊！就算我错了，他就不能，就不能哄哄我吗？”

郝萌安抚地拍拍她的背，努力做和事佬：“好啦好啦，你知错就好，但是你也要理解，当他发现你和别的男人出游，不高兴也是正常的呀。”

罗莉想到这儿依然怒气难平：“那也必须要哄我啊，他就不能理解我知道他去别的女人的生日会，也会生气的吗！还对着我从头训到尾，我又不是他的员工！”

郝萌倒真的有点好奇那位无良Boss的危机处理究竟有多差劲了：“他怎么不哄你了？”

“不要闹了，别再任性，我对你很失望。”严熙秋敬佩地看着大哥，“厉害了我的哥！吵架时最不能说的三大金句你全说了。真是，真是天赋异禀啊！”

刚从酒会回来，昨夜宿醉未消，今天又和小女友吵了一天架的严熙冬靠在沙发上，叼着烟，身心俱疲的他腰背终于不再挺直，在不速之客上门后，消沉地瞥了这个蠢弟弟一眼，拿起手机继续按下那个倒背如流的号码。

拨号声只响了一声，下一秒又是："您好，您所拨打的电话正在通话中，请稍后再拨。"

严熙冬烦躁地丢开手机，没有说话。

"是不是又被拒接了？"原本只是顺便来串门却意外撞上正值感情危机的大哥，严熙秋觉得这是命运的安排，上天派他在此刻拯救这个情商为负的大哥免于再次被甩的厄运。

"大哥，我告诉你，不管是什么样的女人，吵架都是要靠哄的！"严熙秋俨然是专业人士，"在女人生气的时候，你就不要跟她讲道理，也不要一板一眼地跟她讨论对错，反正最重要的就是先认错！"

严熙冬终于把目光投向他，森冷道："你的意思是她和别的男人去露营，我还要先认错？"

"那也是你没有陪大嫂去啊，当然，大嫂的行为肯定也有错，但是大哥你要分清楚事情的轻重缓急，我就问一句，大哥你还要不要娶嫂子了？"

严熙冬收回视线，又燃起一根烟，紧绷着脸，简明扼要道："娶。"

"那不就成了！所以大哥你第一件事，就是先稳住嫂子，把嫂子哄回来！等你们和好了，再跟嫂子把事情的利弊分析清楚，那时候嫂子对你绝对是只有内疚，感动满满。"

严熙冬夹着烟，却没有抽，只任由香烟在指间燃烧，半晌低声道："但是她现在不接我的电话。"

"那就发短信呀！"严熙秋简直恨不得凿开大哥这榆木脑袋，"嫂子不回也不要紧，你就每隔半小时发一条，认错态度诚恳一点，肯定能打动她！就是哄回嫂子后大哥你一定得好好教育她，不然……"按大哥这情商为负的表现，他担心就算拐到嫂子结婚了，以后大哥的头顶也容易长出一片草原。

严熙冬也明白蠢弟弟的言下之意，他扔掉烟，招手示意不明所以的严熙秋靠过来后，二话不说地直接在他肚子上狠狠一拳！

"她是个对感情很慎重很用心的人，这次也是我没有跟她解释清楚，她冲动之下才会故意气我，再让我听到这种玩笑，自己掂量掂量。”

严熙秋捂着肚子倒在沙发上，气若游丝道：“好好好，是我嘴贱，大嫂是全天下最好最完美的女神可以了吧。”

“我错了，这次是我不好，我不该跟你吵架，不要再生气了，原谅我好吗？”

罗莉狠狠关掉严 Boss 再次发来的认错短信，喃喃自语道：“哼！我才不会这么轻易就原谅你！”

发了一晚上短信也得不到心上人垂怜的严熙冬度过了这个孤单的无眠之夜。

然而，一直努力对手机视而不见的罗莉这晚睡得也不太安稳。

郝萌在起床时看到罗莉眼下淡淡的青色，洞悉地道：“如果真的不想再理他直接拉黑了不是更好？真是个不坦率的家伙。”

罗莉哼唧一声，讪讪地打上粉底遮黑眼圈：“反正，反正我要考察他的表现。”

出于某种微妙的心理，虽然窗外正下着雨，但化完妆后罗莉依然精心选了条宝石蓝及膝裙搭配黑色一字肩上衣，圆润的香肩小露，锁骨线条优美，戴上珍珠耳钉，她犹豫了下，食指从梳妆台上的三支口红中跳过粉色和橘色，最后停在复古红上。

大红唇并不是每个人都能 hold 住，在能 hold 住的美人手中，别名直男斩。

她的容色原本就属于攻击性强烈的娇艳，她也清楚自己侵略性的美貌对于人际关系的影响，因此平日都是裸妆或淡妆，服饰也低调得多为浅色，努力弱化这份攻击感。虽然美人依旧是美人，可其实最适合她的是火红、孔雀蓝、阳绿这些浓丽的主色调。

罗莉抽出一张纸巾在红唇上抿了抿，再薄涂一层，令口红更加显色持久，随意拨动了下蓬松如云的秀发，镜中的尤物简直美得动人心魄。

就像即将要上战场的士兵擦拭着他们的武器，女人在想要掳掠猎物的芳心时，也会下意识地再三妆点美貌这个杀器。

从女孩成长为女人，这个过程漫长却又短暂，罗莉懵懂地在这辗转反侧的一夜中领悟了。或许是她太懂事了，从交往以来便一直压抑着自己去迎合对方的脚步，生怕会打扰到他变成他的负担，把那些消极的情绪全掩藏在心中，但也因此，让他忽略了自己的感受。

那么，既然他说她任性，她就让他知道，真正任性的她，是什么样子。而就算她再任性，她也不是只有他这么一个选择。

郝萌对着难得盛装打扮的她轻佻地吹了一声口哨："如果我是 Boss，绝对不敢放这样的你出门。"

罗莉扬起下巴，要的就是这个效果。别以为只是交往，就吃定了她。她可没说一定要嫁给他！

天公也作美，舍不得打湿佳人的衣裳，在罗莉准备出门时风收雨歇。她亲昵地挽着郝萌的手，两人一道走出小区时，看见那辆眼熟的黑色轿车停在路边，车身水迹点点，也不知停靠了多久。

严熙冬穿着深蓝色西装，敞着扣，露出的衬衫上有细微的折痕，眼底的红血丝和唇边未刮的青色胡茬，令他此刻显得极为狼狈而疲惫。

"早安。"在见到罗莉后，他也不由晃了下神，没有问她为什么不回他的短信，严熙冬拉开车门，由于一夜未眠又抽了许多烟，嗓音低弱沙哑，"我送你去公司？"

"不敢劳烦，我和萌萌坐地铁就好。"罗莉不假思索地拒绝。

摇曳生姿的身影从他身旁毫不留恋地走过，严熙冬没有再跟上，只靠在车门上沉默地目送她们离开。

走出老远，郝萌好奇地回头望去，严熙冬依然在原地不动，叼着烟，一直望着罗莉的背影。

"感觉你的 Boss 也挺可怜哎。"同样是事业型女性的郝萌倒是能理解严 Boss 的一些想法，"过犹不及，你也别太欺负他了。"

"不许胳膊肘往外拐啊，你要站在我这边。"罗莉知道郝萌只有一张阴沉面瘫脸唬人，是纯正的刀子嘴豆腐心，尤其怜弱心泛滥起来，连邻居家的叛逆少年都能捡回家养到大。但罗莉这次打定主意要冷处理，不再轻易原谅。

艳光四射地出现在公司，一路走来，身具杀气和凶器的罗莉同学是真正的人形聚光灯，所过之处，宅男们捂着鼻子义无反顾地纷纷拜倒在女神锋利的高跟鞋下。

“你今天很不一样，是有约会吗？” May 简直没有勇气坐在精心装扮后的罗莉身旁。

“没有，只是心情好，心血来潮地捯饬一下。” 罗莉恹恹地单手托腮，看起来心情一点也不好地翻弄着资料。

“好吧。”勉强接受这个解释的 May 还没忘了身负重任，试探道，“既然没有约会，午餐你要不要一起出去聚餐？”

“也行。”

中午罗莉和 May 在前，身旁簇拥着一群暗暗上交贿赂的宅男。May 一出公司大门就望见前方双手插在口袋，面无表情的严 Boss，心虚地缩在罗莉身后。

虽然大家隐约知道部门之花似乎有了交往对象，但只是一起吃个饭献献殷勤再刷个存在感，也，也不算什么吧。

罗莉瞥了严熙冬一眼，他上午回公司后似乎又重新收拾了下自己，衬衫熨平了，胡茬也刮干净了，头发更是一丝不苟地全梳在脑后，除了泛红的眼睛和掩不住的黑眼圈，看上去依然是往日那般古板而严肃的模样。

两人视线短暂相接了几秒，罗莉骄傲地昂起头，视若无睹地领着众多仰慕者们越过他，脚步没有停留。

除了 May 之外，其余人并不知道这个陌生的男人就是他们的女神终结者，因此只是在路过时好奇地打量了下这个生面孔，便继续追随女神的脚步。

严熙冬看着她众星拱月般离开，不自觉捏成拳的手重重击在车窗上，旋即开车离去。

罗莉午休回来后没有在公司附近看到那辆黑色奔驰，她咬了咬唇，成就感顿时消失了大半，心不在焉地回到了办公室。

窗外的天空仿佛也在呼应着她的心情，没过多久，便淅淅沥沥地下起雨来。原以为也会像早晨那般过会儿就停，谁知雨却越下越大，等到下班时，直接变成了瓢泼大雨，天地间水茫茫一片。

郝萌下午在外面跑业务，May 也被新男友接走了，办公室没几个人带伞。罗莉只觉屋漏偏逢连夜雨，郁郁地在门口徘徊了下，顺便拒绝几个要脱下外套为她遮雨的男同事。

猛然想起储物室好像还有件雨衣，不想淋雨花妆后吓到花花草草的罗莉果断往走廊尽头走。

下雨天，储物室停留的人并不多，罗莉找到自己的号码低头寻找钥匙时，突然从背后贴上一个热烫高大的身影！

罗莉吓得张嘴就要叫人，下一秒，一只大掌捂住她的嘴，来人俯身亲了亲她小巧的耳垂："别怕，是我。"

浑身僵硬紧绷的罗莉这才稍稍放松了下来，而后奔腾的怒火，以更快的速度涌上心头。

罗莉转过身，用力捶打面前宽厚的胸膛："你在干什么！吓我很好玩吗？再不松开我，我就叫保安了！"

男人只得无计可施地低声哄着："如果不这样，又要眼睁睁地看着你离开了，我不想再看着你的背影。"

怒气稍减了些，罗莉依然气咻咻地道："离开不是更好，你可以再去找个不任性，又懂事，能让你满意不失望的女朋友！"

严熙冬谨记弟弟的忠告，诚恳地认错："是我不好，都是我的错，你要我怎么做才会原谅我？不要生气了好不好？你一生气，我就心慌意乱，满脑子想的都是你。"

罗莉摇头："我才不信！你明知道我有多期待那次约会，结果你还是选择去别的女人的生日会，一点儿都不在乎我的感受！"

严熙冬终于抓住了重点："生日会是盛世的大股东潘老的，他已经年过六十，我没有去别的女人的生日会！"

"那何琳你又怎么解释！"

"我想找机会结识潘老，何琳是替我牵线引荐的……"

话到一半，储物室的门忽然咿呀一声打开，有一群人结伴进来了。

严熙冬一看就不是公司的人，好在她的储物柜在最后一排，随着交谈声越来越近，罗莉不自觉噤声，冷不防肩膀一紧，卑鄙的严 Boss 摘下眼镜，趁此机会将她按在储物柜上，低头亲了下来。

他的嘴唇干燥而温暖，但吻着她的时候却充满了渴求，唇舌牢牢霸占住她的口腔，压迫着她，侵略着她，卷着她的小舌头强迫她一起共舞。

紧张的刺激之下，她觉得她的心跳得太快，要喘不过气来了！

然而他却紧紧地箍着她，令她左右挣扎也逃不出这方狭小的臂弯，只得揪紧他的发，娇喘吁吁地任他采撷。

也不知那些人是什么时候走的，当周围重新安静下来，严熙冬缓缓松开她后，罗莉捂着怦怦乱跳的心脏，狠狠赏了他一记锅贴，甩头就走！

"等等。"严熙冬追上前，将一把黑色的木柄大伞塞进她手中，"拿着。"

罗莉抱着这把大伞，还没等她再说什么，严熙冬便已松开手，大步走进门外的倾盆大雨中。

第二天早上严熙冬并没有来，中午的时候罗莉在办公室加班，隔着玻璃窗又看到那辆黑色轿车，她三两口迅速吃完外卖，拿起大黑伞跑下楼要还给他时，却发现那辆车已经不见了。

她心神不宁地回到办公室，傍晚下班后特意朝楼下张望，寻找那辆熟悉的车子，然而那个道貌岸然的家伙依然不在。

要打电话吗？

不行，要是她主动打不就输了吗？

罗莉强忍住冲动，将手机牢牢按在包包里，回到家中打开电脑，明明脑中想的是游戏人设图，最后却瞪着笔下戴着眼镜板着脸梳着大背头的 Q 版 Boss 恶狠狠磨牙。

心烦意乱的罗莉索性丢下画笔伏在电脑前耷拉着脑袋发呆，忽然她猛地坐直身体——

对了！

罗莉打开QQ，找到铁娘子的QQ号后查看空间，很快，她的视线在最新的一条动态上停住了：

头儿已经三天没有休息好，昨天不知怎么，明明带了伞却又淋了一身雨回来，今早发起了高烧，下午还在医院打吊瓶，晚上接到客户的电话又拔掉针头出去了。真的很担心，再这样下去就算铁打的身体也受不了。

罗莉的心忍不住揪起来了。

她试图告诉自己就当作没看见这个动态，然而接下来每分每秒，她都坐立不安，目光总是不由自主地停留在被自己刻意藏在抽屉的手机上。

就，就打一通电话，问问他现在有没有好一点了？只是普通的问候而已，又不代表什么。

罗莉给自己心理建设完毕后，慢吞吞地按下了严Boss的号码——

"对不起，您所拨打的号码已关机！"

电话那头机械的女音给好不容易鼓足勇气的罗莉泼了一头冷水，呆呆地放下电话。

也许他只是去睡觉了，没发现手机没电？罗莉安慰自己，她躺在床上试图睡觉，然而各种各样的脑补却完全停不下来。

也许他现在一个人病得完全起不了身，连起来给手机充电都做不到了？要么就是他高烧得不省人事，孤苦伶仃地一个人在家，却没人能联系得上他！

罗莉想着想着，终于再也坐不住了，匆匆起床换了身衣服，赶去Boss家。

到达别墅时，将近午夜一点，罗莉急慌慌地打开大门走进玄关时，愣住了。

玄关前的地毯上躺着一双紫色高跟鞋，造型很优雅，但罗莉很确定这双鞋不是自己的。

她不自觉屏住呼吸，手中的钥匙不小心摔落地面，在寂静的夜里，发出响亮的金属碰撞声。

屋内人听到声响，迅速循声而来——是何琳！

在看到何琳出现的刹那，她脑中霎时一片空白。

第十三章
只想独占你的温柔

罗莉不知道此刻自己的脸上是什么表情，下意识地吐出一句：“不好意思打扰了！”

她用这辈子最快的速度，低头捡起钥匙仓皇地冲出门外！

直到坐上出租车，司机大叔回头问她：“你要去哪里？”

罗莉终于定住神，这才意识到自己满脸的泪。她狼狈地抬起手背用力擦拭通红的眼角，竭力控制着自己不失态：“我要去，去附近最大的音乐酒吧，麻烦了。”

司机大叔应了声，却没有马上开车，而是担心地从后视镜小心地观察她，劝道：“我说，这么晚了，女孩子一个人在外面不安全，还是回家吧。”像这种大半夜吵架后哭着跑出来的小情侣，他也见得多了，但哭得惨兮兮的，却还这么漂亮的女孩倒是头一次见。

罗莉深吸一口气，力持平静地道：“谢谢大叔，我喝一杯酒散散心就回家了，没关系的。”

见她主意已定，司机大叔便也不再劝了，黄色的士在五光十色的霓虹下迎着夜风驶向远方。

车子在一座灰色的尖顶小屋前停下。罗莉下车时已经整理好心情，她抬头看了下爵士酒吧的招牌，隔着酒红的厚重幕布，从洋溢着老上海风情的木质窗台里透出讨人喜欢的昏黄灯光。

罗莉慢慢走进酒吧，推开门。驻场的黑人女歌手浑厚的唱腔像是酒心黑巧克力，裹挟着动人的余韵迎面而来。吧台和桌椅都是木质的，墙面上挂满了爵士名伶的大幅黑白照片，穿着金色短旗袍的丰腴黑人女歌手站在宛如旧时代歌剧院的红色幕布前演唱，充满了浓郁的怀旧气息。

酒吧内半数是外国人，但美丽是共通的，罗莉一路走来，惹来无数惊艳的目光和磕磕巴巴夹着英文的半中文搭讪。她无动于衷地通通摇头拒绝，点了一份鸡尾酒和芝士条。

“请问需要哪种鸡尾酒？”穿着黑色马甲的瘦高酒保问道。

这是罗莉第二次去音乐酒吧，第一次是和公司一大群人来，酒水小食都是前辈们点好了，真正意义上来说，这还是她第一次单独来。她合上满是英文的酒水单，推回酒保面前：“来一份适合女孩子，度数不高的鸡尾酒就好。”

“那就 mojito，酸甜口感，我想你应该会喜欢。”

付钱的时候罗莉才发现手上依然紧紧攥着 Boss 家的备用钥匙，真没志气啊！罗莉想起自己跑出去还不忘低头捡 Boss 家的钥匙，懊恼得恨不得捶死自己，还要捡回来留作纪念吗！

眼眶控制不住地又隐隐发烫，罗莉拼命忍住不争气的眼泪，快步绕过吧台附近高歌舞动的喧闹人群，走到相对安静的靠后位置。

歌声、酒精还有空气中香水混合的味道陌生却又热闹得恰到好处，罗莉摇了摇酒杯，绿色的酒液上方浮着一层碎冰，柠檬和薄荷叶的酸甜沁凉很搭配，酒精浓度不高，却也令人渐渐放松了下来。

“美女，一个人？”昏暗的灯光中，一个打扮时尚的年轻男人凑过来。

罗莉支着下巴，消沉地啜饮着鸡尾酒，毫不客气地道：“不要来打扰我，没见过借酒浇愁吗？”她现在不想回家，可就算是借酒浇愁也不敢放纵自己。

“怎么会有人舍得你忧愁？”来人没有被罗莉的臭脸吓退，依然热情地道，“我可以陪着你，逗你开心啊。”

“但就是有这么个大混蛋！”被触到伤心处，罗莉蓦地转过头盯着他，

“你觉得我美不美？”

男人吓了一跳，不明所以地说：“当然，你很美，这里百分之八十的男人都在看你。”

“对啊，我也觉得自己挺好看。”虽然对自己的能力没有自信，但说到拼脸，罗莉还是有点信心的，“所以男人都是混蛋！吃着碗里还看着锅里，吃完了大鱼大肉还想换清粥小菜！”

“等等，”男人还是试图为整个群体挽回一下印象分，“会不会是误会？就算有，那也只是一两个害群之马，我们大部分的男人还是很专一的。”

对着不过片刻后就各奔东西的陌生人，不需要避讳，罗莉猛地拽住他的领口逼问他：“那你说，这个时间点，如果还有个女人在你家里，是不是纯洁的革命友谊？”

男人悄悄打量了一下罗莉，感慨好白菜都被猪拱了，忙义愤填膺道：“真有这样的事？那确实该好好教训一下他。啧，真是个败类，如果你是我的女朋友，这辈子我绝对不看别的女人一眼。”

罗莉直接无视了他后半句献殷勤，又重新喝起了酒：“我没有进去教训，我害怕。”害怕看到更多不堪的画面，害怕自己第一次全心全意的付出所托非人。

他误以为罗莉是害怕对方的武力威胁，女神当前，展现他的男人气概的机会到了！要是运气好，搞不好还能抱得美人归。他连忙把胸口拍得砰砰响：“怕什么呢？你不要怕，需要帮忙就直接说，其实我是个热心肠又专一还身手敏捷乐于助人的好男人……”

话还没说完，女神突然站起身，一口喝光了剩下的酒后，下定决心般道：“你说得对，怕什么呢！我不能再当一个没用的胆小鬼，不应该再做逃兵了，就算死也要死得清楚明白！”

重新站在铁门前，离她走之时才刚刚过了一个小时。罗莉咬着唇，捏紧了钥匙一鼓作气地迅速打开门。

死就死吧，她越过紫色高跟鞋，长驱直入地走进大厅，惊动了正在厨房收拾的何琳。

“罗莉？”她惊讶地走出来。

属性傻白甜的软妹罗莉，平生除了Boss从未与人吵过架，但看着此刻俨然一副女主人姿态的感情入侵者，她也不由冷了声道：“既然知道我的名字，那你为什么还在这里？”

何琳完全没料到罗莉跑出去后又会回来，顿了顿，终究指着一楼的客房道：“熙冬在里面，他在酒宴上喝醉了，我留下来照顾他。既然你来了，那我就不打扰了。”

罗莉忍不住嘲嗤道：“真是谢谢你呀，放着我这个正牌女友不通知，亲力亲为地留下来照顾。”

何琳困扰地道：“我想你是误会了，熙冬的手机有密码锁，后来又没电关机了，我真的不知道你的电话。”

看着她在见到她后一系列罕见气弱的表现，罗莉终于对严Boss恢复了一点点信心，她毫不留情地揭开何琳的掩饰：“那李经理呢，你们合作多年，我不相信你没有她的电话。”

何琳顿时狼狈地说不出话来。

对峙中罗莉走近她，但是很快，发现由于身高差距，她还要仰头对着情敌放话，气势大打折扣。她不动声色地又暗暗后退了两步，重振气势地辛辣道：“他是什么时候醉倒的？是他发话让你留下来照顾他了吗？”

被一再揭开遮羞布的何琳脸色一阵红一阵白，却也清楚是她自作自受，才将自己置于这个狼狈羞耻的境地。

她也算是天之骄女，年轻貌美又能力了得，从来不缺少爱慕者，但严熙冬是她人生中遇到的第一块铁板。他们相识多年，她原以为像他这样的工作狂事业第一缺乏私人感情是正常的，滴水穿石，他早晚会知道她是最适合他的女人，结果却凭空被半路杀出来的罗莉摘了桃子。

她很不甘心！

凭什么她会输给这种胸大无脑的女人？她告诉自己，他毕竟也是男人，只是贪一时新鲜，谁知他却认真地对她说，那就是他想要共度一生的女人。

为什么？为什么！

她究竟是哪里输给了她？何琳不能接受这个失败。她在大厅的实木长沙发上坐了下来："虽然这样说很卑劣，你们最近吵架了吧，所以他这两天状态很不好，这还是他第一次在酒宴上喝醉了。"被她和同事们叫醒后，他青白着脸让他们把他送回家，等进了家门他已经没什么意识了，鬼使神差的，在同事离开时她主动请缨，留下来照顾他。

她还记得这个同事惊愕又洞悉的眼神，仿佛鞭子抽在她脸上一般，火辣辣得灼人。

在罗莉跑出去时，她心底忍不住有几分窃喜，紧跟着便是难以言喻的羞愧，她悄悄地安慰自己，要是他们因此分手了，只能说是彼此的信任太薄弱。

如今面对着他的正牌女友的质问，她所有卑劣的心思被毫无遮掩地摊开，脸上再度泛起灼人的痛楚，"为什么是你？"何琳泪流满面，不甘心地道，"为什么我会输给你？明明是我先喜欢上他的！我比你更能帮助他！我比你更爱他啊！"

"可是感情就是这么没道理啊，"罗莉不懂为什么问着问着，她竟然哭得比自己还要伤心，她摸了摸鼻子，"我不知道他究竟为什么会喜欢我？我只知道我也很愿意陪着他一起走下去。"

等情敌离开之后，罗莉推开客房的门，就着大厅的灯光看到侧卧在床上，早已陷入昏睡的严 Boss。

倒是睡得够安稳，她想了想一晚上的乌龙，气不打一处来，双手捏着严 Boss 的脸颊，怒道："严熙冬！你快起来！"

"严熙冬，醒来！快起来！"

头昏沉沉的，伴随着晕眩和恶心，耳中听到的声音仿佛来自千里之外，飘忽而渺远。

食指微微动了动，严熙冬挣扎着，慢慢睁开眼："是梦吗？"

他喃喃着，凝视着眼前宜喜宜嗔分外动人的娇颜，伸出手想抚摸她的脸："真的是梦啊。"她怎么会主动来找他？

若是梦，他不愿醒过来。

罗莉挥开他伸来的手，气恼地再摇了摇他的肩：“严熙冬，你快点醒来呀！我要被你气死了，大混蛋！”

还未退的酒意又涌上来，强烈的晕眩感冲上脑髓，他原本青白的脸色更白了几分，捂住胸口低头干呕了两声，吓得罗莉迅速缩回手，不敢再动：“你怎么了？有没有关系？”

她见他难受得顾不上说话，撑着摇摇晃晃的身子对着床下又干呕了几声，连忙跑去倒了一杯开水又飞快回到他身边：“你要不要喝点开水？家里还有没有什么解酒药？”

这时严熙冬也意识到方才这一切并不是梦，他闭了闭眼，竭力忍住铺天盖地的眩晕和头颅胀痛，再次睁开眼，他又回到了往日镇定自若似乎无所不能的样子：“罗莉？你什么时候来的？”

见他没有主动去接她手中的水杯，罗莉心下隐约猜到，或许是因为此刻的他已经虚弱得拿不稳这杯水了，然而在她的面前，他依然下意识地想维持住自己完美的形象，似乎只要这样做，就能割裂几分钟前，他在她面前暴露的脆弱和狼狈。

心底说不出是什么滋味，好像被无预警地泡进之前喝下的鸡尾酒中，酸酸软软，却又携着恼怒的气泡。她是个单细胞生物，这样纠结又复杂的感情，却只有在面对他时才有。

好不甘心啊！明明他从来不是她喜欢的类型，既不温柔体贴也不善解人意，还有着这样那样的缺点，可为什么这样不完美的他，却总能这么轻易地牵动她的情绪，扰乱她的步调？

罗莉试探着，将手中的水杯凑到他唇边，严熙冬定定地看了她几秒，终于愿意示弱般，低下头含住杯沿，就着她的手缓缓开始喝水。

罗莉犹豫着轻轻拍了拍他的背，指下大块突出的肩胛骨和薄薄的肌肉令她不由一愣，忽然发现这段时间以来他竟然瘦了这么多。可是在她面前，他总是掩饰得那么好，高大挺拔的身姿从未在她面前弯下，像一座不可逾越的城墙一般，坚不可摧。

原本想发难的话，到口中终于变成了一声轻叹：“我一个多小时前来过。”

严熙冬喝完了水，脸色似乎好了一些，靠在枕头上静静地看着她。

罗莉继续道：“我看到铁娘子的QQ动态，上面说你生病了，我担心得连夜赶来看你，结果我来的时候看到了何琳。”

“什么？”严熙冬脸上的平静碎裂了，他急急地坐直身体，“她怎么会在这里？！我今晚喝得太醉了，我不知道她为什么会留在这里，但是我可以发誓除了你之外，我真的没有和任何女人有关系！”

罗莉转过头，不去看他焦急解释的模样，怕自己又会心软：“老实说，你这次真的让我很生气。”

严熙冬攥住罗莉的手，认真道：“你相信我好吗？再说我醉成这样，根本就不可能再做什么。”

罗莉抽回手：“有句话叫酒后乱性，我不相信男人的节操。”

严Boss耿直地出卖了全体男同胞：“真正喝醉后是不可能乱性的，所谓的酒后乱性，其实并没有醉，只是借口罢了。坦白说，我现在的状态，就算对象是你，我也动不起来。”

“……你也不要这么坦白呀！”罗莉简直想捂住耳朵了。

严熙冬再次拉住她的手，没有戴眼镜的细长双眼，专注地盯着她：“我只是想让你明白，我并没有背叛你，也不可能会背叛你。你不要生我的气，好吗？你一生气，我就不知道该如何是好。”

罗莉咬着唇想再次抽回手，但他握得很紧，她只好坐在他身旁，扭过脸不看他：“可是我还是好生气！你知道我当时看到她的心情吗？恨不得自己从来就没有出现过，后悔自己为什么要遇见你，我这辈子都没有这么伤心过！你怎么赔我？本来我都已经打定主意，以后再也不要见到你。”

严熙冬后怕地将她更拉近自己，试图去拥抱她：“你冲进来打我也好骂我也好，就是不要不见我。”

罗莉扭过身，继续拒绝他的拥抱：“你根本就是从头睡到尾，我后来又跑回来跟何琳对峙，把她赶走了你还没醒来！”

童话故事中，睡美人只要负责躺好，自然有王子披荆斩棘地冲进来唤醒她。结果轮到她时，王子睡得天昏地暗，留下她一个人单打独斗去找他。

严 Boss 不免气弱地低了声：“我真的醉了……”

罗莉怒道：“我不管！都是你不好，反正我还是好生气。”

严熙冬轻哄着年轻的恋人：“是，是，都是我的错。”

罗莉继续气咻咻地指控：“当然是你的错！你还说我任性，对我很失望！”

“是，是我不好，我不该被嫉妒冲晕了头。”

“那你说我任性吗？”

“当然不，罗莉最懂事了。”

“那你还对我失望吗！”

“绝对不！我对自己最失望了。”严熙冬开动大脑，恨不得瞬间点满甜言蜜语技能。

“那你以后还会推掉我们的约会，跑去陪别的女人吗！”

“我不是去陪别的女人。”严熙冬觉得自己还是很有必要再重申这一点。

罗莉耍赖道：“我不管，你就回答我会不会？”

“我不会去陪别的女人，不过，”本该在表忠心的重要关头，严熙冬停了下来，诚实回答，“如果有很重要的公事，我不能保证不推掉约会，但一定会记得提前通知你。”

罗莉扁着嘴，不甚满意地斜睨了他一眼，猛然注意到此刻的他没戴眼镜，顿时怒意复燃，跳脚控诉道：“你竟然还让别的女人看到你没戴眼镜的样子？！”

严熙冬终于无辜地摸了摸眼角，迷蒙失焦的眼睛很是委屈地望着她：“我不知道是谁帮我摘的。”

“这不是重点，重点是——你这副样子被除了我之外的女人看到了！”罗莉坐不住了，她气恼地站起身来回转圈，仿佛独属于自己的珍藏被其他人发现了一般。

“但你从前不是还想带我去配隐形吗？”严熙冬是真的无辜。

“我……”罗莉语塞了，在惊讶于自己这股熊熊燃起的无名之火时，这才慢半拍地发现，不知从何时起，她竟然这么不愿意和别人一同分享Boss 特别的一面。

既然大家都认为他是个严肃刻板的工作狂，那就继续这样想吧，觉得他无趣又充满距离感也没关系。

摘下眼镜后，这样可爱又带着稚气的Boss，只要她一个人知道就好了。

罗莉涨红着脸结结巴巴地道："因为，因为我之前说你摘下眼镜很好看是骗你的，你不戴眼镜的模样傻乎乎的，其实很破坏形象，看上去一点威严也没有，谈判的时候会让人觉得你能力很不行呀，我只是口味特别才会喜欢，你还是戴上眼镜显得更有气势和说服力。"

她说谎了。

罗莉知道不应该这样，却还是着了魔一般开口。

因为想独占他的可爱与温柔，所以她说谎了。意识到这一点之后，她竟然一点也不后悔，她很庆幸当初由于眼睛敏感，他放弃了去配隐形。

"好，我都听你的好吗？不要再生气了。"严熙冬并没有深思，脑袋昏昏沉沉的他不吝于满足恋人这个小小的要求。

"别以为这么简单就能过关，我先去休息了，接下来要看你的表现！"罗莉心虚地急急起身离开。

是她变了吗？

初识情爱的罗莉一步步走出了象牙塔，恋爱是女人必经的成长，走向成熟的路上总有许多磨砺，重要的是，此刻身边的那个人不会为别的风景停下脚步，而是认真地陪着你一起跌跌撞撞地走到终点。

波折重重的一夜终于过去，毫不意外地，虽然并没有睡在同一个房间，两人醒来时也早已过午。

罗莉比严 Boss 稍早一步起床，她打着哈欠先煮一锅粥后再去梳洗，等压力锅发出急促的气音，严熙冬也揉着眉头走出来了。

"转小火，先别关掉，再压一会儿就当是吃白粥吧。"罗莉从洗手间探出头。

严熙冬倒也好伺候："冰箱还有些配菜，你喜欢豆腐干和花生吗？"

“我喜欢豆腐乳。”

严爸爸否决：“豆腐乳中盐和嘌呤含量偏高，发酵过程中也容易被微生物污染，还是不要吃太多为好。”

“……你好啰嗦。”

值得庆幸的是，虽然昨天还在生病，但不知是不是有年轻恋人回到身边的强力加持，今天严爸爸没有再发烧，甚至还吃了两碗饭，这对于严格遵循养生之道每顿只吃八分饱的 Boss 而言很是难得了。

罗莉吃完饭看着 Boss 主动去洗碗的背影，冷不防问：“你今天感觉好点了没，需要休息一天吗？”

“好多了，我过会儿要去公司。”

“那你顺路把我送回家吧。”罗莉并不打算继续住下来。

严熙冬明白她还余怒未消，停顿了下，说：“好。”

推开办公室的门，正在对报表的铁娘子站起身：“头儿。”

“怎么了？”严熙冬见她欲言又止的模样，问道。

“我们最后一批年底的理财委托，到期了。”

严熙冬心中有数，直接道：“把公司所有资金都填上的话，还差多少？”

李亚楠深吸一口气：“还差两千万。”

严熙冬沉默了半晌，在占据办公室整面墙的巨大 K 线图前坐下：“我知道了。”

“头儿，你争取得到潘老的投资了吗？”

严熙冬揉着眉心：“我会尽力而为。”

“那，那盛世那边的何琳？”李亚楠吞吞吐吐地道，都是女人，这么多年，何琳对头儿的感情她也隐隐有所察觉。然而感情的事，并不能单纯以时间和个人意志来衡量，她知道头儿对罗莉的感情很深，但公司也需要盛世的支持，如果掏不出赔款，被股民起诉的话，公司就不得不宣布破产，被证监会强制托管或重组整合。

“我会给她打电话。”严熙冬没有再多说，只是朝后挥了挥手，“你出去吧。”

何琳盯着手机，那个曾经心心念念的电话号码亮起时，她头一次没有第一时间就接起。

终于，在号码第二次亮起时，何琳手指轻颤着，接起了电话。

“我已经知道了。”电话那头的冷淡声线就像他平日的为人处世一般，毫不婉转，单刀直入不留情面。

她曾经欣赏这点，现在却忍不住痛恨这一点。

“我知道的。”何琳不觉捏紧了手机。

“对不起，如果我曾经给过你什么错觉的话，希望你能明白我们之间是不可能的。”

严熙冬只是在平静地陈述事实，但他的话却像巴掌一般狠狠扇在她的脸上，何琳忍不住落下泪来：“我明白你的意思，是我自作多情，你放心，我不会再纠缠你了。”

“谢谢。”严熙冬礼貌地道谢，“那么以后不要再见面，确实会比较好。”

这个冷酷的回答让何琳的心伤成碎片，她擦去眼泪后力持冷静地道：“严熙冬，你就这么讨厌我吗？你不怕我说服潘老放弃君安的投资吗？”

“我不讨厌你。”严熙冬不带好恶，有一说一地回答，“我只是不喜欢你，也不喜欢你昨晚的做法，这是个人原则问题。就算潘老因此停止投资的话，我也不会妥协。”

傍晚的时候，罗莉打来电话，“喂！”她不甘心地生硬道，“你几点下班呀？”

严熙冬惊喜又疑惑：“再过十分钟下班。”

“那你今晚，还有应酬吗？”

严熙冬保守地道：“没有突发情况的话，应该没有。”

“必须没有！”罗莉直接一锤定音，“下班后来接我。”

严熙冬到罗莉公司楼下时，见她手中提着两袋东西早已等在门口。

“你想吃什么？”严熙冬脑中已经开始计算附近有名的几家美食店路线，“去你最喜欢的那家料理店怎么样？那里离这儿比较近，现在赶过去应该还有座位。”

“吃什么料理，回家煮香菇粥啦。”罗莉斜睨这个总爱逞强的病号一眼，举起手中的袋子示意了下，“午休时专门去附近超市买的新鲜香菇，这个就是我们的晚饭。”她才不信昨天还在发烧，晚上又醉得一塌糊涂，今天他就能活蹦乱跳地继续工作奔波。对于病号来说，还是粥最好消化。

严熙冬意外之余又有些感动：“你不用迁就我，去你想吃的店就好。其实你今晚还愿意见我，我就很开心了。”对于现在的他而言，能与她见面，就是最好的消息。

罗莉有些难为情地扭过头：“啰唆啦，我饿死了，你还不走。”

今天的主厨是罗莉，她将香菇洗干净切好之后，和葱段姜片一起快速翻炒，原本一直担心她的厨房杀手属性的严爸爸闻到从厨房漫出来的浓香后，终于稍稍放下心。

罗莉努力回忆着萌萌教她的步骤，接下来只要加入水和珍珠米，等着煮开后转文火慢炖就好，真简单。

于是当严熙冬毫无防备地喝下第一口咸得发苦的奶白色香菇粥时，神情变幻莫测。

“怎么样怎么样？”罗莉双手支着下巴眨巴着眼期待地望着他。

“很，很好吃。”耿直的 Boss 违背了人生信条，“只是我不忍心见你这么辛苦下厨，以后还是我来吧，好钢要用在刀刃上。”

“真哒？”罗莉害羞地低下头，“你一定是在骗我。”

严 Boss 强忍住到嘴的“是，我就是在骗你”，一边迅速将罗莉面前的碗也移到自己身前，“家里备有送餐电话，你还是选一家点餐吧。这么好喝的粥，我要多吃一碗。”

这一刻，毋庸置疑，Boss 绝对是真爱！

罗莉起身走向厨房：“不用啦，锅里还留了一碗。”

“等等！”严熙冬抓住她的手，迎着她惊讶的目光沉痛地道，“我突然感觉我今晚能吃三碗饭。你还是点餐去吧。”

“哦，那好吧。”罗莉疑惑地去点餐，奇怪，添个饭为什么要用这么视死如归的眼神看着她?

这段甜蜜的折磨持续了一周，虽然罗莉并没有留下来过夜，但每天下班后都会板着脸监督他好好吃饭休息，不准再去喝酒应酬。

只是欢乐的时光总是短暂，离委托理财到期时间只剩下两天，潘老那边依然没有任何消息。铁娘子的脸色一天比一天严峻。严熙冬和她一起站在楼上眺望一楼门可罗雀的交易大厅。这几个月几乎没有再来开户的客户，偶尔过来的，也只是询问前台什么时候能拿回委托的钱。

电视中新闻主持人在面无表情地播报着：在全球金融危机的冲击下，以出口为主的日本企业遭受了沉重打击，预计明年年底，单是日本的汽车制造业就将有十万员工要被解雇。

君安内部也早已裁了半数员工，留下来的人并没有多欣慰，总公司申安已经倒下，大家都清楚，君安也不过是在苟延残喘，就等着两天之后的第二只鞋掉下来。

在这一年中，他们所有人与投资者一起，共同经历了兴奋、狂喜、疯狂、恐惧，最后只剩下深深的绝望。

谁也无法预料，短短不到一年的时间，竟出现了近十次千股跌停，上个月李亚楠打电话给做了配资的VIP客户，他的账户里的六百万被强平后，只剩下了五十二万。这个往日总是一脸和善、笑眯眯的老大爷咆哮着骂得她狗血淋头。

等到这周，她打电话给另一位融资五十万的客户，告知他的账户已经接近了平仓线，有可能会被强平时，这一次对方只是麻木而绝望地平静道：“随你们的便吧，我不管了。”

李亚楠每每想起，心情都沉重得无法入眠。这些客户很多都是跟随了数年，一起谈笑风生的朋友，但她现在只能眼睁睁地看着他们或是咬牙割肉，或是彻底自暴自弃，难过得无以言表。

她抬头看着头儿依然挺拔的背影，作为直面这场风暴的人，也是所有债务的承担者，他心中应该比她更难受吧。但他从不抱怨，在人心惶惶的现在，他犹如定海神针一般，仿佛无论多大的压力也永远无法将他压垮。只要看到他惯常的从容不迫的样子，他们就好像找到了主心骨，有了前进的动力和方向。

第十四章

我愿意，陪你度过寒冬

“严总！李经理！潘先生刚刚打钱了！”财务部经理狂喜着冲上来，连最后一层楼梯都来不及看，踉跄了下差点摔倒。

“好！好！”李亚楠精神一振，“可算是打来了！”

严熙冬忍住激荡的心情，语调平稳地问：“有多少资金？”

“一千万。”

“一千万？”李亚楠错愕道，可是之前潘老答应出两千万啊。

严熙冬阻止她再去追打电话：“没用的，至少潘老还愿意出一半不是吗？没关系，剩下的钱我来想办法。”

李亚楠知道这段时间头儿已经把业内该打的电话全都打遍了，然而在整个市场低迷的大环境下，大家都是泥菩萨过河自身难保，愿意伸出援手的没几个。

这么大的金额，要凑的话……

严熙冬取出银行卡预备转账，他从来就不是只把鸡蛋放在一个篮子里的人。一个月前他就申请了房屋贷款，庆幸的是原本还剩的六十万按揭在去年年底行情暴涨时已经还完了。只是按七成贷款的话，也只有三百多万。

严熙冬估算了下将目前手头上的短线股票出清，还能再凑个五十来万。虽然股市下挫，但凭着多年的经验和技巧，严熙冬还是能靠短线在股市里冒险周旋，只是这样的绝顶高手毕竟是凤毛麟角，而就算是他，也不能保证自己每次都能全身而退。

临下班前，收到消息的何琳打来了电话。

“严熙冬，潘老的事……”何琳艰涩地道，“不管你信不信，不是我。”

“商人重利，权衡之后不打算冒险也可以理解。”严熙冬冷静地道。

何琳担心地道：“那，君安要是资金不够的话你怎么办？”

严熙冬公事公办地道：“谢谢，关于君安的事务我可以解决，我们和盛世的合作就按原计划进行，我会如期把亏损填上的。”

刻板得不近人情的话也让何琳再次伤透了心：“行了！是我多事，以后不会再打扰你了。”

第二天一早，二弟严熙秋来到公司。

“你来干什么？”严熙冬将目光从面前的日线图移开。

“大哥，”严熙秋和他面面相觑了片刻，期期艾艾地从口袋里掏出一张银行卡，推到他面前，“给你。”

严熙冬拧眉，没有去接那张银行卡：“这是干什么。”

“卡里有一百万现金，是家里紧急凑的。我们都没有大哥赚得多，这点钱大哥要是不嫌少就收下吧。”

“胡闹！”严熙冬训斥道，“你不是打算和李亚楠明年结婚，这笔钱还不快拿去买婚房，我自己会有办法的。”他这段时间都没有告诉家人，严熙秋会知道得这么清楚，也只有通过李亚楠了。

“大哥还没结婚，我们怎么敢抢在您前头结？”严熙秋一改往日的嬉皮笑脸，正色将银行卡朝他又推近了几分，“而且我跟亚楠商量过了，她也很赞成我的做法，大哥你就别客气了。”

严熙秋走后，严熙冬拿起银行卡，只是一张薄薄的卡片，却重若千钧。

从严熙秋上门到现在，一个小时了，李亚楠心虚地躲在办公室不敢出来，严熙冬好气又好笑地按下内线电话：“有胆子说没胆子来见我？”

李亚楠打了个哈哈：“没有啊，这不是太忙了嘛。”

严熙冬和缓了声：“剩下的五百万明天会打进来，你不用担心了，后天就安心地给到期用户还款吧。”

“咦？头儿你什么时候又拉来的投资！”这两天急得火烧火燎的李亚楠顿时喜出望外。

严熙冬没有直接回答，轻斥道：“既然忙就做你的事去。”

因为这笔钱并不是投资，而是他通过潘老的介绍，每月两分利息借来的。也就是说，房屋贷款后每月的按揭加上这笔借款的利息，每月要支付十几万。

破釜沉舟，他已经彻底斩断自己的退路。

只是在此刻，他不免又想起了罗莉，胸口蔓延起难以言喻的悲伤，那样年轻又美好的姑娘，他该拿她怎么办？

这天是周末，罗莉下午大包小包地过来，意外地看见此刻还在家里的严熙冬。她将手中的食材噼里啪啦地堆在厨房的案板上，好奇道：“咦，难得你今天没上班。”

“我提前下班了。”严熙冬放下手中的报纸，见罗莉在厨房忙活的身影，心有余悸地问，“这是晚饭吗？”

“不是，这个是四神汤，能强身健脾，就拿来当夜宵吧。”罗莉打开袋子，取出薏仁、莲子、芡实、茯苓和猪肚，先做准备工作。

据说四神汤调理脾胃效果很好，她看着Boss最近走路都快发飘的劲头，试着做一点。

见严熙冬感动得用肉麻兮兮的眼神盯着她，罗莉搓了搓手臂：“干吗用这种眼神看我！四神汤还有美容养颜的功效啊，我只是顺便而已。”

“嗯。”

“不要一听到美容养颜就这副表情呀。”罗莉可不承认自己是故意的，这一个多星期，Boss的表现都很好，她犹豫着，给他递了个台阶，“喂，今晚我打算去夜跑，你要不要来？”

严熙冬静静地凝视着她，仿佛要将她看进心里一般，低声道：“我一会儿有个酒宴，今晚是不行了。”

“哦。”罗莉故作无所谓地道，“那明天呢？”再给他一次机会吧。

严熙冬收回视线，掩饰地藏在口袋内的双手紧握成拳，淡淡道：“这段时间我都会比较忙，所以我们就暂时不要见面了。”

罗莉瞪大眼，被拒绝后抹不开面子，恼羞成怒地又说出任性的话：“好啊，既然你不陪我，那我就再找别人陪。”她是故意激他，只要他愿意说一句示弱的话，只要他还愿意哄她。

严熙冬垂下眼，将所有的脆弱不甘都逼入心底不让自己露出端倪，忍耐着，强迫自己露出一个微不可见的笑容：“这样也好，你今晚好好玩。”

话还没说完，突然迎面砸来一包薏仁，未系紧的袋子在扔到他肩头时散开，白色的薏仁犹如密集的骤雨般溅射开来，纷纷扬扬地撒落一地。

罗莉咬着唇狠狠地瞪了他一眼，继续抓着案板上的莲子、芡实和茯苓一股脑儿全砸在他身上：“严熙冬！你这个大混蛋！”

她飞快地越过他，用力摔门而去。

随着铁门砰的一声发出巨大的声响，严熙冬怔怔地站在原地，藏在口袋里的双手，手心已经被指甲掐出了瘀痕。看着她消失在他面前的背影，仿佛再也承受不住撕裂胸口的痛楚，严熙冬忍不住倾下身，伸出手撑住桌沿，痛得紧紧闭上了眼。

“以后不能再见面了啊。”越是见面，就越忍不住贪恋着她的温柔。

像他这样严苛又无趣的男人，年纪又比她大了许多，总是不明白她的想法，总是容易惹她生气，又给不了她要的浪漫和陪伴。若单单只是一无所有的话，他或许还能卑劣地继续纠缠着她，但在签订了合约的今天，背着八百多万的债务和每月十几万的利息按揭，站在悬崖边缘的他，再不能卑鄙地哄骗着她拉着她一起跳下去。

那么，该说再见了吧。

即使是用这么不体面的方式，严熙冬眼角微微泛红，单手遮住了自己的脸，也遮住了微微扭曲的嘴角和眼底再也藏不住的深切痛苦哀伤，不让自己去看周围的一切。

大厅、沙发、餐桌、厨房……她是第一个进驻他的家，也进驻了他心门的人，家里的每一处都留下了她深深的印记，到处都是她的影子。然而就连这个家，也已经被他抵押出去了。

许多年前，他意气风发地来到上海，坚信凭着自己的能力和努力，无论是令人艳羡的事业，还是舒适气派的房子，就算是未来要携手一生的妻子，也能靠自己的双手争取到。

他也做到了。

然而温馨舒适的房子会被抵押，苦心经营的事业会一夕崩塌，曾经以你为豪的家人会被你拖累，恩师前辈们会跌落神坛，同事合伙人会算计背叛，朋友老同学会落井下石，深爱的人也将要离你而去。人生啊，永远也不知道在下一个转角等待着的是天堂，还是地狱。

他已经身在地狱，前路茫茫，他找不到出口和方向。

所以就算此刻是如此痛苦，他也绝不能开口叫住她，即便他知道要挽留她只需要一个简单的拥抱，他也强忍着捏紧自己的双手，舍不得将她一起扯下来。

她是个好女孩，她还这么年轻，她还拥有着无限可能，她应该过着没有负担肆意享受青春的幸福生活。

这就是他爱她的方式，不是电视中矫情扭捏的三流剧情，而是经过认真地再三思考后艰难做下的决定。他告诉自己，这就是最好的决定。

虽然，他觉得他的心要坏掉了。

罗莉冲出门后就放缓了脚步，然而身后那扇门没有开。

她踟蹰着，不情不愿地把脚步放得更慢，可依然没有等到严熙冬追出来。

可恶啊！

罗莉索性停住了脚步，站在原地又等了好一阵，但严熙冬就是没有出来追她！

罗莉气咻咻地踏着重重的脚步，真是要气死她了！

他就不懂得挽留她吗，真的就这么呆呆地看着她走了？她简直想撬开他的脑袋塞一叠恋爱手册进去。

那她，就这么走了吗？可是就这样回去，罗莉又恼怒又不甘心。

啊，她究竟是为什么会喜欢上 Boss 的，她大脑中主管智商的三条脑回路神经一定是串线了吧?

矛盾地站在原地进退两难，罗莉越想越火大，不管他了，她自己先回去。等等，她的钱包呢?

看来这是天意。罗莉转过身，捏紧了小拳头，气乎乎地又重新回到了Boss家的别墅前。

等会儿再见到他时，她要说什么?

罗莉在心底酝酿着要挽回颜面的狠话，钥匙打开铁门的声音很清脆，但推开大门后，眼前却空无一人。地板上依然散落着她扔的薏仁、莲子，向来见不得脏乱的Boss竟然没有收拾，就这么任由着它们撒了一地，难道他有急事先走了?

不对，她就在这附近等着，他要是出去了她不可能没见到啊。

难道这么早就去睡觉了?

罗莉疑惑地在一楼转了一圈，又上了二楼查看了下主卧，没人。经过她曾经休息过的客房时，罗莉忽然有所感应地推开门。

眼前的男人正屈起身怀抱着什么一般侧躺在床上。罗莉走近后，发现他怀中紧抱着的是她曾经送给他的毛衣和围巾。他深深地锁着眉，即便在睡梦中也露出痛苦悲伤的神情。

罗莉愣住了，瞬间从眼底涌上无法形容的酸涩。

“笨蛋!你这个大笨蛋在干什么啊!”罗莉伸出手去抢他怀中的毛衣，“为什么不来追我?你只会眼睁睁地看着我走，就不会跑上来把我追回来吗?抱着这些东西有什么用!你真是我见过的最笨最笨的大混蛋!”

被惊醒的严熙冬睁开双眼，他是真的没有料到罗莉竟又再次回头了，原本他还想着下次见面，不知道会是什么时候?甚至他还想着，干脆狠下心来，再也不要见面了。

罗莉毫无预警地回来，打乱了他的全盘计划，也打乱了他的心。

“你怎么回来了?”严熙冬还想继续维持淡漠的表情，但意识到怀中还死死抱着她送的毛衣不放，他僵住了身子，只好强迫自己板着脸，然而紧抿着的轻轻颤抖的嘴角却令这份强撑的冷漠宣告失败。

“你这个混蛋！每次都把别人的心情弄得乱七八糟之后就想视而不见吗？”罗莉恨恨地揪着他的领口仰起头看他，眼底氤氲着水雾，“你不是说你喜欢我吗？你不是说你爱我的吗？招惹完我之后你就想一走了之吗？我告诉你，没有这么容易！”

严熙冬垂着头，嘶哑地道：“但是每一次先走的人，不都是你吗？”

“因为我希望你能追上来啊！因为你总是什么都不告诉我，我没有安全感，想要听到你一再对我表达你的心意啊，笨蛋！”罗莉终于哭出声，她将脑袋硬挤到他怀里，忍着羞耻道，“你快点抱住我啊，在我后悔之前！既然你根本就舍不得我走，你为什么不坦白说出来？你，你是不是真的想要我离开？”

辛苦隐藏的情绪被赤裸裸地摊开，原本已经定下了千百次的决心在她的眼泪面前不堪一击，严熙冬迟疑了片刻，终于缓缓地将手停在她肩上，“原本，还不想让自己显得太难看。”他终归对她坦白了难堪的心情，“我们脚下的这座房子已经抵押出去了，公司也将被盛世并购，我现在，背着八百万的欠款，每月还要付按揭和利息十几万，如果你要跟我在一起就要承受这些，你能明白吗？”

罗莉震惊地张大了眼：“什，什么？怎么会？”

“事情就是这样发生了，而我，只能全盘接受。”严熙冬在心爱的女人面前吐露自己此刻最不堪的境地，短短几句话，仿佛用尽了他所有的力气。他只是退开了身子，镜片后的眼神脆弱如琉璃，一碰即碎，他慢慢地又问了一遍，“所以，你能明白我的意思吗？”

“我，”罗莉张了张嘴，“可是我不想就这样分开。我，我计划过我们的婚礼啊，都是你一再说要娶我！要是你没有说得那么认真，我也不会当真啊。我当真了怎么办？你要怎么赔我！”说到后面，罗莉语速越来越快，她忍不住上前一步重新把自己塞入他怀中，“是你先喜欢上我的，是你让我也喜欢上你，现在你要离开，我怎么办？我该怎么办啊！这一切都是你的错，你必须负责！”

“对不起，都是我的错。”

“那你就负责啊！”罗莉几乎用尽全身力气抱紧他，“我，我不在意！

我想清楚了，如果你怕拖累我，那我们就不结婚好了，我可以等啊，等到你还清债务不会拖累我的那一天！我可以等下去的。”

“但是我在意。不要感情用事，我希望你能回去再冷静地考虑清楚。”

“然后呢，然后甩了你吗？你希望我走吗？”罗莉双手勾住他的脖子将他的头拉近她，“你看着我，诚实地告诉我，我只想知道你真的舍得我走吗？”

严熙冬紧握成拳的双手捏得指尖发白，咬紧了牙关，不发一语。

“说啊，我要听你的真心话！”

罗莉狠狠地在他胸前捶了一拳，仿佛也将他胸中艰难筑起的壁垒狠狠砸破一般：“说啊，严熙冬，我要你说啊！”

他垂下的眼睑不停颤动着，良久，他终于牢牢地回抱住她，沙哑地说出了内心最卑劣最自私的想法：“我不舍得。”

“那么，我就不走了。”

罗莉努力地抬起手，将他的脸用力按在自己的颈窝，一道温热的水痕，悄无声息地渗入她的颈间。

她轻声喃喃着：“真是个笨蛋，不要自责啊。我已经是成年人了，这也是我做的决定，不论结果如何我都不会后悔。”

和你在一起多美好啊，就算最后什么都得不到。

两人相拥而眠了一夜之后，这一天就是委托理财尾款到期的日子。

严熙冬醒来时罗莉还在睡着，他起身时发现衣角被罗莉紧紧地攥在手中，不由心中一软，尽量轻柔地将他的衣角小心地抽出来。

才刚刚一只脚踩下床，床垫轻轻的震颤立刻让罗莉警觉地醒来，视线牢牢地锁住站在床头的严熙冬，不高兴地嗔道：“你要去哪儿？”

“我该去上班了。”严熙冬摸了摸罗莉的头，“乖一点，我会尽量早点回来。”

“才不要再等你，”罗莉双手支着下巴仔细想了想，“我打算回去把王子带过来。”

“是我送给你的那只？”那只耀武扬威总是不给他好脸色的白眼狼猫？

“是啊，毕竟是你送给我的，我不在家时老是拜托萌萌帮忙照顾很不好意思，而且这段时间我会比较经常住在这里，还是干脆带过来吧。”

虽然长着一张可爱的脸，还娇滴滴地爱对她撒娇，但王子是货真价实的公猫。她和郝萌租的两居室毕竟不大，王子没几个月就耐不住寂寞了，扒开窗子就开始上山下海地四处乱窜。

不过每天的午饭和晚饭时间，只要在楼下的老地方放下猫粮，它便会自觉地过来用餐，要是大爷它心情好，晚上偶尔还会赏脸叼着一只活蹦乱跳的新鲜肥老鼠放在她们门口，邀请她们共进晚餐。真是令人感动得泪流满面。

“头儿，有好事？”李亚楠好奇地道。

“怎么？”

李亚楠小心翼翼地比画了下他的嘴角。

是早餐时被什么东西沾到了？严熙冬疑惑地摸了摸嘴角，惊讶地发现唇线正不自觉地上扬着。他赧然地轻咳了一声，重新又压平了嘴角，若无其事般继续打开电脑，调出K线图：“站着干什么，还不开始核实名单。”

这一天不知是大盘年末回调，还是市场跌无可跌终于逆势上扬，大盘低开高走，虽然在盘中时又跌了3%，但至收盘时依然顽强地又攀升了上来，涨了2.14%。

李亚楠直至收市后依然没有回过神来：“头儿，我，我没看错吧？在最后一天，大盘涨了！”

严熙冬没有像她那般喜形于色，将文件轻快地抛入她怀中：“去算算，能收回多少钱。”

欣喜若狂的李亚楠拉着财务部经理准备一起加班，见严熙冬没有留下，而是径直往门口走：“头儿，你干吗去？”

“回家。”严熙冬头也不回地走出大门，“今晚我给自己放假，你们算好了，给我电话。”

李亚楠：“……”

财务部经理：“……”

两人面面相觑了几秒，天要下红雨了？工作狂严判官自己给自己放假？

已经在心底计划好今晚的甜蜜二人世界，等等，还有一只猫。总之，当脚步轻快的严熙冬回到家之后，迎面而来的是罗莉哭丧的脸。

“怎么啦？”

“王子不见了！”罗莉抽噎着说，“王子一进笼子就很焦躁，我把它装进笼子带回来后，先给它打开笼子让它透透气，然后就在我为它准备午餐的时候，它跑得无影无踪了。我找了一下午，都没有找到！”

“既然这样。”没了就没了吧，正好可以二人世界。一点也不喜欢猫的严 Boss 正要说完。

“既然这样，你回来得正好，我们一起去找王子吧！”

严熙冬：“……”

于是这个第一次抛弃了加班的夜晚，严熙冬是在寒风中寻找一只和他相看两厌的蠢猫中度过。这一定是加班之神的诅咒。

在别墅区走了个遍，又嘱咐了巡逻保安帮忙留意一下。夜深了，严熙冬拉着罗莉的手往回走。

“对不起，弄丢了你送给我的猫。”罗莉沮丧地低垂着头。

严熙冬耐心地安慰：“没关系的，我不介意。”其实你可以丢得更早一点。

两人的夜宵是在别墅区附近的一家拉面馆解决。

“他们家的面很 Q 弹筋道，牛肉也放得足足的，超级好吃！”罗莉大力推荐。

严熙冬虽然住在这里，但从没有踏足过附近的小吃店，要不是罗莉推荐，他还真的不知道：“既然是你推荐，那我一定要试试了。”

远远看去，面馆似乎有些年头。

店内是和风装修，门口挂着一串明黄的灯笼，包括墙壁在内，全部铺满了原木，显得很是温馨。陈旧的招牌下，戴着白头巾穿着白色厨师服的店主大叔热情地招呼着往来的食客。

“哟，带着你的男朋友来了？”店主大叔带着四川口音的普通话有种别样的亲切。

罗莉不好意思地摸了摸头，“哎”了一声：“来两碗牛肉面吧。”

“好咧！”

店主大叔一刻不耽误，熟练地就着面粉快速地牵拉翻转着拉面，并没有让他们等太久，拉好的面很快就下锅了。

“好咧！你们的拉面。”店主大叔一手一个托盘，将两碗面放到他们面前，他走得很快，但手上托盘却稳极了，直到上桌也没有洒一滴汤汁。

严熙冬先试探着喝了一口汤，入口的高汤浓郁鲜香，表面应是被刮去了浮油，清而不淡，鲜而不腻。

手打的面条也柔韧弹牙，虽说是细面，但吃到最后也没有泡涨，筋道十足，和大块香辣的牛肉片正是绝配。

“好吃吗？”罗莉看着他先吃之后才动筷。

严熙冬比了拇指：“好吃。”

罗莉仿佛被夸奖的是自己一般开心地笑了起来：“我就知道你会喜欢的！”

离店的时候，罗莉询问店主大叔：“大叔，请问你今天有看到一只灰白条纹的折耳猫吗？大概是这么大，脾气有些不太好。”

“呃，没什么印象。我这里人来人往的，也没有去注意。”

“那，你能帮忙留意一下吗？这是我的电话，如果有看到的话，能不能麻烦你给我一个电话？”

“哦，这个没问题。”

“谢谢你！”

回家的路上罗莉又不死心地在周围呼唤了一圈，依然没有王子的身影，垂头丧气地跟在严熙冬身后进了门。

梳洗后走出浴室的罗莉见他正在阳台上打电话，索性抱着抱枕一只手支着脑袋坐在客厅等待。

严熙冬结束通话后，见罗莉睡眼蒙眬地趴在抱枕上哈欠连天：“怎么不回房先睡。”

“等你呀。”罗莉揉着眼睛道，“这么晚了，刚刚是谁的电话？”

“李亚楠的。”严熙冬揽着罗莉将她从沙发上拔起来轻轻推往房间，“电话是关于今天大盘上涨后，公司的盈额。”

“太好了！”罗莉的瞌睡虫一下子被震光，“那，那赚了多少钱？”

“不多，不到三百万。”严熙冬虽然高兴，却也保守地实话实说。

“三百万还不多！”罗莉用着“土豪你别闹”的眼神看他。

“当然，这部分钱又不是全都归我，这么大的公司，每个月的场地租金、员工薪水、设备管理维护，还有一些必要的打通关节的开销。到我手里，能有一百万也算好了。”

“一百万也好多呀！我感觉我一辈子都不一定能存这么多钱。”人与人之间果然是不同的啊。罗莉跳上床，挂在被子上，“那这笔钱先拿去还债吗？”

严熙冬摇头：“谁也不能保证明天还会不会跌，我每年的按揭和利息就有百来万，这一百万就算全拿去还了也不过是杯水车薪，这笔钱就拿来当备用吧，如果哪个月还不上按揭或利息还能用来周转。”

罗莉失望地“哦”了一声：“好吧，你说得有道理。”

她趴在被子上，摇晃着双腿，宽松型的睡衣在她的动作下被蹭掉了第一颗扣子，细白的后颈暴露出来，犹如无力反抗的天鹅。从他的角度，能看到从脖颈延伸至胸前的衣襟下那片令人血脉偾张的嫩白深沟。

她在他面前实在是太没有防备了。

他眸底的颜色不自觉变深，大掌情不自禁地抚上这片光滑细腻的后颈。

罗莉吓了一大跳，不知所措地僵住了身子不敢再动。

他灼热的掌心轻轻摩挲着这片敏感的肌肤，淡淡的粉红迅速从她的耳根蔓延至整片脖颈，顺着这抹诱人的粉红，他的手缓缓地，往下延伸入睡衣里。

罗莉倏地抓紧领口打了个滚儿避开他的手：“你，刚刚有没有听到什么声音？”

“什么？”严熙冬努力让自己转移注意力，平复住沉重的呼吸，下床后打开房门又细听了片刻，然而周围依旧是一片寂静。

“或许是我听错了吧。”罗莉不确定地道。

严熙冬重新爬上床，罗莉垂着眼不敢迎视他，却一动不动地留在原地没有逃避。他原本不打算再做什么，但她这般羞怯而顺从的模样，令一股灼意从心底升起。

他单身支起身子，忍不住俯下身慢慢侵近她时——

喵嗷嗷嗷!

一只灰白相间的苏格兰折耳猫以一往无前的魄力，气势汹汹地跳上他的头顶挥爪救主!

“王子？王子你什么时候回来的！快停下来，住手啊！”

喵呜！喵嗷嗷嗷。

第十五章

我们私奔吧

所以，他究竟是怎么一步一步沦落成一个铲屎官的？

严熙冬对着粘在沙发和地毯上的猫毛深深叹了一口气，打开专门为王子新买的吸尘器开始打扫卫生。

喵呜。

王子从半开的窗户跳进来，尾巴惬意地甩动着，舔了舔爪子，慢条斯理地一屁股坐在严熙冬面前的地毯上，尾巴勾住了前腿，不动了。

眼瞅着刚刚清理干净的地毯上又被罪魁祸首霸占，严熙冬丢开吸尘器，忍耐地揉了揉眉心："让一下，好吗？"

喵嗷嗷嗷！王子发出威胁的低音。

严熙冬："……"

"好吧，"在看到王子亮起爪子，示威地开始在他面前来回舔舐后，即将要去公司的严 Boss 能屈能伸，"我去给你准备小鱼干。"

王子叼着严熙冬投喂的小鱼干依然没给他好脸色，而是慢吞吞地走到角落的猫砂盆前坐好，喵呜。

铲屎官，快来铲屎啊！

额上不由再次青筋跳动的严 Boss 抹了把脸，挣扎着抽出了一双一次性手套走向了猫砂盆。

忍不住第一百零一次地问自己，我究竟是怎么一步步沦落成一个铲屎官的？

"严熙冬，有你真是太好了，王子有你帮忙照顾这个月又胖了一圈呢。”姗姗而来的小罗莉感动地抱着他的手臂，踮起脚尖在他的脸颊上给了一个爱的吻。

严Boss迅速精神焕发，矜持地推了推眼镜：“没关系，举手之劳而已。”

到达公司时，盛世公司负责与君安交接的负责人换成一个模样和善的年轻男人。他说话很温雅，身上浓浓的书卷气令他更像是一个大学生而非公司负责人。

“你好，我是何群，”他停顿了下，“何琳的弟弟。”

严熙冬一如既往的言简意赅：“你好，幸会。”对负责人从何琳换成了他的弟弟毫无探究的兴趣。

“那么，我只是来通知你负责人的变更，这是我的名片和电话，按照我们之前的协议，盛世不会强硬介入君安的经营管理，关于公司事务通报一切比照申安时期就好。”

严熙冬接过名片，将自己的名片也递给他，朝他微一颔首，依然简洁道：“好的，没有问题。”

何群打量着严熙冬的名片，和他本人有着一样强烈的个人风格，通体黑白两色，没有多余的名号和宣传标语，只有两行简单的头衔和联系方式。

见严熙冬没有再寒暄拉近两人关系的打算，何群索性告辞：“那么，再会。”

“再会。”

走出办公室前，何群抬腕看表，发现他们交谈时间甚至还不到五分钟。虽然早已知道这位严总务实、干净利落的行事作风，但这也太利落了吧。他不由失笑，突然转身道：“还好，你没机会成为我的姐夫。”有这样的姐夫实在压力山大啊。

严熙冬已经打开文件夹开始处理公事，闻言也只是头也不抬地道：“你确实该庆幸。”

何琳的父亲是盛世的大股东兼任高管，也因此他们家俨然把盛世当成家族企业，才会让这个明显只是刚出校园的小儿子负责接管项目。

估计也怕他儿子被一群老家伙做了下酒菜，才先拿君安试试水。

当初和盛世的协议是，只要严熙冬能填补上君安内部的亏空，盛世注资之后可以继续保留君安完整的管理层，不插手经营管理。对于君安而言，只是总公司由申安换成了盛世而已，将高层变动的影响降低到最小，不用再担心被强制破产，这是最好的结局。

毕竟只要不破产，原本成功磨合的公司班底、成熟的运营模式、公司的知名度还有人脉交际大部分都能保留下来，除非无路可走，只要还有一搏之力，绝对要奋命去争！

严熙冬既已赌上全副身家，便是破釜沉舟。若能赢，这场危机即是他事业生涯与感情的一块试金石，也是他力挽狂澜，拯救自己的荣誉勋章。

若是输了，那么，他也无话可说。

愿赌服输。

在持续了一年的全球金融风暴的冲击下，由股市首先引起的崩盘终于扩散到了各个层面。近年来一直持续高速增长的国内经济，第一、第二个季度虽然速度缓慢，但仍然是增长的，到了第三个季度，增速便开始快速回落，十一月时，出口下降 2.2%，进口下降 17.9%。

到了十二月，出口进一步下降 2.8%，进口下降 21.3%，首度出现了负增长，大批农民工开始返乡。严峻的形势终于让中国政府开始了一场史无前例的全球最大规模救市行动。

严熙冬看着报纸头条——中国将启动四万亿经济刺激计划。

这个消息一出，全世界都为之震动。

萎靡多日的股市犹如被注入了一剂强心针，隔日股市收盘时指数劲扬了 7%，创下数月以来最大单日涨幅。

铁娘子看着这个消息也激动得快要不能自持："头儿，我们等到了！我们真的快要熬过去了。"

严熙冬摩挲着报纸的标题，强抑着激荡的心情道："先不要急着高兴，把今年年底的项目统计一下，最终结果没出现，还不能松懈。"

"是，头儿。"铁娘子充满干劲的声音中夹着微微的哽咽。

严熙冬心有触动，叫住士气大涨就要直奔办公室的铁娘子，难得露出一个亲切温和的笑容："亚楠，这段时间，辛苦你了。"

李亚楠瞬间汗毛立起："头儿！有话好好说，千万别吓我！"

"滚吧。"

这一大手笔的救市政策显然极有成效，至少终于平稳下来不再暴跌的市场总算能让依然奋战在金融市场的诸位勇士可以回家过年了。

与此同时，将王子暂托在宠物医院一周，和罗莉并肩坐在列车等候室的严熙冬也吁口气，露出了一个解脱的笑容——终于不用继续给那只小白眼狼铲屎了。

重点是再也不用每次想进一步接触时，都要小心从天而降的护花骑士了！

罗妈妈在他们刚坐下不久便打来电话："已经到车上了没啊？这次手机要充好电！留意一下到站时间，别迷迷糊糊地睡过头了！"

"妈！"罗莉不满地嘟囔了一声，眼尾扫到一旁的严熙冬，她踌躇着，轻声道，"我这次是和熙冬一起回来，路上有他照顾我，别担心。"

在她的话出口之后，气氛凝滞了几秒，随后罗妈妈故作轻松道："那也好，别太麻烦人家了，一会要好好谢谢他。"

罗莉抿了抿唇，鼓起勇气道："那，那就请他过年来我们家吃饭吧。"

放下电话后，罗莉转头看向身旁的严熙冬，两人之间有片刻的沉默，但彼此都能猜到对方此刻的想法。

"那个，"罗莉先开口了，她主动拉住他冰凉的手，抬头看着他的眼睛问道，"你，这两天有空上我家吃饭吗？听老妈说我爸爸今年刚学了一道新菜，要不要来试试？"她询问时有一些迟疑，但拉住他的手，却是很坚定。

她的手就像小太阳一样温暖。严熙冬回握住她的手，缓缓十指交扣，扬起了嘴角："好啊，不知道罗叔叔喜欢什么？我准备好礼物登门拜访。"

"我爸爸不爱喝酒，还有老寒腿，喜欢什么这个，喝茶吧？我老妈就都可以呀，你看着买，也不要太破费了。"

收到情报后严熙冬思忖了下，很快便拿好了主意。

初二一早，严熙秋将一盒金线莲递给他："大哥，你托我找人带的金线莲，野生的，给你。"

严熙冬扫了眼他手中的另一盒，严熙秋顿时如临大敌地把盒子牢牢抱在怀中："不行！这盒我也要孝敬给我的老丈人，就算你是我大哥，我也不会让给你的。"

严熙冬直接给了他一记爆栗："多大的人了，出息！"

严熙秋死猪不怕开水烫："反正我家楠楠不嫌弃我就行了。"

严熙冬可疑地停顿了下："你当初第一次上门送的是什么？"

"就是烟啊、酒啊，然后还有一箱牛奶和水果，不过他们可喜欢我了，一直说买得太多了，千万别破费。"

严熙冬默默点头，决定一会儿再添点水果。

在场的年龄最小的严熙夏默默扭头，天天看着家里两个哥哥秀恩爱，辣眼睛！

傍晚时分，一手金线莲一手红参，再带着一篮子水果，严熙冬穿着剪裁合身的深灰色西装站在罗莉家门前，郑重地又调整了下领带，按响门铃。

"来啦来啦！"紧张地坐在客厅等待已久的罗莉一跃而起，第一时间开了门。

"叔叔阿姨好。"严熙冬进门后先恭敬地问了声好，再把手中的礼物交给罗莉。

"只是吃个便饭还买什么礼物，"罗妈妈摇摇手，见到罗莉手上的金线莲和红参，不由惊呼道，"哎呀这也太贵重了！你还是带回去吧。"

严熙冬坚定地将礼物推回去："金线莲固肾平肝，祛风利湿，红参补元气，能健脾肺。这是我专门为叔叔阿姨准备的礼物，希望你们不要推辞，能收下这点小小的心意。"

话都说到这一步了，罗妈妈也看得出严熙冬的用心，脸上不觉更和缓了些："那我们就收下了，小严你真是有心了。"

严熙冬露出谦逊的笑容。

晚餐是五菜两汤，罗爸爸应罗莉的要求，秀了秀刚学的泥鳅滚豆腐："都是些家常菜，随意吃，别客气。"

严熙冬在看到那盘死相凄惨的泥鳅时眉心不由跳动了下，幸而去年他已经吃过一次罗爸爸的手艺，知道罗莉的厨房杀手体质不是父系遗传，他拿着调羹不着痕迹地在边缘处小心舀了半勺汤。

啊，味道出乎意料的鲜美!

严熙冬的赞美更真诚了些："叔叔的手艺真好，一点也吃不出腥味，很好吃。"

再没有比客人赞美自己的菜更舒心了，罗爸爸有些自得地道："这些泥鳅已经被我用清水养了三天，准备入锅前又泡了半天料酒，当然不会有泥腥味，合胃口的话你就多吃点。"

"好。"

"还有这盘糖醋黄瓜鱼，也多吃点，不要客气。"

"酒也来一杯吧，都是自家酿的红酒，加热了冬天喝最好了，罗莉和她妈妈也喜欢！"严爸爸将温好的酒壶端上桌。

严熙冬含笑推拒了："谢谢叔叔，不过我今天是开车来的，不能喝酒，你们先喝吧。"

罗爸爸理解地点头："哦，这样啊。那你就多吃菜，吃菜。"

国人大抵都有独特的饭桌文化，食已过半，气氛正酣，罗妈妈关心地询问道："小严这段时间是不是很忙，刚刚进门时就发现比去年过来时瘦了很多啊。"

严熙冬也知道，重头戏来了。他坐直了身子，慎重地回话："是的，年底股市终于稳定了些，所以公司在着手重新恢复业务。"

罗妈妈试探着道："股市的话，今年听说股市行情很不好呀，身边很多人都亏了钱。"

严熙冬今天上门，就没有隐瞒的打算，有一说一："确实是这样。今年是有史以来最严重的金融风暴，所以对整个行业的冲击都比较大，包括我的总公司申安在内，不少券商也在今年宣布破产。”

罗妈妈忍不住被这个回答吓了一跳，申安倒闭在上海可是件大事，他们事先都打听过的。真正吓到她的是严熙冬的实诚，她原以为他会掩饰一二，毕竟普通人除非是股民，基本都不会去关注金融方面的消息。而他选择在今天上门，他的来意彼此都清楚，他难道就不怕告诉了他们，他们会更反对罗莉跟他在一起?

“你是个好孩子，”罗妈妈有几分感慨道，“既然你已经这么坦白，那阿姨也不拐弯抹角，直接坦白问了。”

严熙冬诚恳地道：“没关系的，我能理解，阿姨您尽管问。”

“我们就想知道，你现在，财务方面会不会吃紧啊？因为罗莉也曾经提到过你的公司，所以今年下半年金融危机的消息传出来后，我们也留意过申安的消息，现在确实有很多不好的传言。”确切地说，那些有关负责人被巨额罚款啊，名下资产被冻结啊，还有公司内部管理层互相攀咬啊，账目巨额亏空等都吓死人了，跟电视拍的商战片一样，传言一个比一个精彩。

“君安是申安的子公司，和被申安牵连的分公司不一样，有自己的独立法人。所以君安虽然有危机，但是不在被查封清算的范围内，”对上眼前的罗妈妈和罗爸爸明显松了一口气的表情后，严熙冬选择诚实地继续往下说，“君安虽然没有因此倒闭，可是也受到金融海啸的影响，内部亏空很大，我把上海的房子抵押贷款，又借了五百万补上了亏损，目前君安已经由盛世并购，总公司从申安换成盛世了。”

“五百万！”罗妈妈倒吸了口气，这辈子都没见过这么大笔钱。

罗爸爸听到这个数字也沉默了下来。

“是的。”严熙冬毫不遮掩，“我不想去哄骗您，你们都是我很尊敬的长辈。”

罗莉抿紧唇攥紧了衣角，却也知道现在不是她能插话的时候，强迫自己不出声，既感动又焦急地盯着他。

罗妈妈良久没有说话，最后道：“我们只有罗莉这么一个女儿，从小娇生惯养地长大，希望你能理解。”没有哪个父母愿意看到娇宠的掌上明珠一嫁过去，就背上几百万债务。这可是几百万啊，在他们这样的普通人家看，简直是天文数字，这辈子都不敢想的！

严熙冬会意，他回望着罗莉，坦率而认真地说：“我都明白的。我也曾经因为害怕会拖累她，想过要放弃她，但是她真的是一个非常好非常勇敢的女孩，谢谢你们，让我能遇到她。在我人生最低谷的时候她依然陪在我身边不离不弃，所以，只要她没有放弃我，那么，我也不会再轻言放弃她。要是她有一天累了，选择转身离开，那么我也会放手，祝她幸福。”

罗妈妈看着他认真的神情，反对的话在口中辗转了一圈，又咽了下去。

他都已经把话说得这么清楚，在他们两人之间，真正的关键点在自家女儿身上。再说对于小严，她一直很有好感，要不是金融危机闹的，她是真的很中意这个女婿人选。现在人家提着用心挑选的礼物上门，一直以来也关怀备至问候短信不断，人心都是肉长的，她也着实做不到恶言相向。

大家心不在焉地吃完了饭，严熙冬知趣地先行告辞。

罗莉快速地站起身：“我去送你！”

“还不去收拾桌面，洗碗。”罗妈妈训斥了她，对严熙冬道，“我送你出去。”

严熙冬礼貌地道：“不用了，谢谢阿姨，我知道路。”

走出罗家时，夜幕四合，外面起了风，在南方特有的湿冷天气，吹过的风似乎能沿着骨缝渗入心底。虽然早已料到这个结局，严熙冬将双手插入口袋，回头眺望着罗莉家的灯火，但至少踏出了第一步。

罗莉本以为留下来，又会被爸妈长篇大论的老调重弹念叨死，然而他们接下来有志一同地对她施行了疲劳战术，将她一晚上支使得团团转，直到睡觉前都没机会走出家门一步。

第二天一大早，两个姑姑和表姐们来家里做客，罗莉揉着眼睛打起精神开始招呼客人。午饭时分，大姑姑终于笑容满面地推出了正题：“我婆家那边有个后生今年刚刚从国外回来，现在在一家国企工作，中午要不要出来吃个饭，你们都是年轻人，一定有很多共同话题。”

罗莉：“……”

同一时刻，正在舅舅家做客的严熙冬，手机突然震动了一下。看到熟悉的名字，他歉然地朝舅舅点了下头：“不好意思，我先出去接一下电话。”

快步走到空旷的阳台后，严熙冬才按下通话键，就听见电话那头罗莉偷偷摸摸压低了嗓子：

“严熙冬！我们私奔吧！”

远远，开往罗莉家小区后门的黑色奔驰才刚停妥，偷偷摸摸地猫在花坛后的罗莉立刻一个箭步上了车：“快走快走！”

严熙冬望了望后视镜：“怎么跟做贼似的？”

罗莉胆大包天地白了他一眼，却是突然智商上线，没有告诉他家里人安排了相亲，视线游移着转到车窗外：“增加情趣好不好？问这么多干吗，你要不要带我走呀？”

严爸爸宽容地道：“走，走，你说去哪儿就去哪儿。”

“那，那就自驾游？”罗莉一比前方的超市，说风就是雨，“咱们先去采购，吃完午饭就上路！”

年假还剩下四天，罗莉只想出去避两天风头，并不打算跑太远，最后还是要回家负荆请罪的。省内有名的旅游胜地并不多，两人不到一顿饭的工夫就定好了目的地——武夷山。

从市区到武夷山大概五个小时的车程，罗莉出发前给老妈发了条短信，下一秒，手机立刻疯狂震动起来。

她挣扎着，最后还是接起了电话：“老妈……”

“舍得接电话了，啊？你现在人在哪里？”儿女都是债啊！罗妈妈简直要被这个小讨债鬼气晕了头，“你马上给我回来！”

“不要……”罗莉声音微弱却清楚地反驳了她，“我不是在短信上说了，现在已经上高速了，我后天就回家。”

“你！”罗妈妈抚着胸口，“好好，你也长大了，翅膀硬了，我是管不了你了！”

“妈妈，对不起。”这是向来乖巧听话的罗莉从小到大第一次违背家人的意愿，但是……“他是第一个让我想到未来的人。对不起，可是，我是真的想要陪在他身边。”

不论他是站在山巅，还是跌落谷底。

请原谅我，妈妈。无论如何，我都想要留下来，陪着他一起走到终点。

挂上电话后车厢内一片安静，严熙冬从母女俩的只言片语中大概能猜到罗莉仓促地定下旅行计划的缘故。他从后视镜看到罗莉正倔强地紧握着双手努力控制住情绪不掉眼泪，心疼地想将年轻的恋人紧紧拥在怀中，却忍住了冲动，装作毫不知情一般，不去贸然追问，只默默地将音乐调到舒缓的钢琴曲，给她留下空间平复心情。

在下一个休息站停下时，罗莉脸上重新露出淡淡的笑容，她将头探出车外：“我们还有多久能到啊？”

严熙冬站在她的车门边：“还要两个多小时。你要下车走一走吗？”

“好啊！我好像闻到烧饼的味道了。”

她穿着乳白色牛角扣连帽大衣，帽檐裹着一圈细密的白色兔毛，脚上还蹬着双兔毛靴，严熙冬在她下车后拉上她的帽子，低着头左右端详了下：“别吃烧饼了，我带你去吃胡萝卜。”

罗莉牌小兔子哼唧一声，用力拍开他的手走向烧饼铺。

严熙冬慢腾腾地跟在她身后：“还要不要喝点什么？”

“果汁吧。”

于是严爸爸无限爱怜地买好果汁递给她：“给，你的胡萝卜汁。”

罗莉：“……”

现在就回家向爸妈认错不知道会不会太晚？

到达大王峰山脚下的青年客栈时已过傍晚。冬日的天黑得极快，挂着大红灯笼的客栈在黑夜中显得分外温暖。

在这个时节前来的旅人很少，客栈的招待捧着笔记本电脑看韩剧正看得入迷，直到一双手轻轻叩了叩她眼前的桌子，她倏地跳起来：“哦！你好你好！欢迎光临。”

面前的客人是个身材极为高大的男人，他衣着考究，表情矜持而冷淡：“我们住两夜，一间房。”

听到“我们”这两个字才意识到还有一个人，招待小妹仰起脖子朝男人的身后望去，藏在男人背后的女孩也配合地探出头来。

哇哦！招待小妹忍不住在心底低呼一声，在看到女孩的瞬间感觉眼前一下子亮了起来：“那个，请问能出示一下身份证吗？”

仓促出门完全没带身份证的罗莉拉了拉严熙冬的衣角，严熙冬头也没回地将她推回身后，扫了眼挂在后方的价目表，径自掏出身份证和六百块钱递给招待。

她连忙推回三百块钱：“现在是淡季打五折，双人房只要一百五一夜。”

严熙冬收回钱，淡淡地礼貌道：“谢谢。”

“不客气不客气！”等两人走远了，她揉了揉笑僵的脸颊，大大吐了口气，我的妈，这个男人好强的气势啊。

第二天一早，难得早起的罗莉在背包里放了两块面包，和严 Boss 一道兴冲冲地出了门，按着客栈招待的指点，他们第一站选择了天游峰。

果然是淡季，沿途的旅人极少，放眼望去，加上他们二人在内也才五个人，但这份宁静清幽却也正合他们的心意。

一路山花烂漫，行走在宽度仅容一人的窄小栈道上，朝着陡峭的山脊直上，沿途峭壁林立，俯瞰是碧水丹山。罗莉贪看风景，沿路走走停停，严熙冬只得紧跟在罗莉身后，一眼也不错地护着她。

“可惜没有下雨，听说雨后初晴的天游峰云海最漂亮了。”罗莉从峰顶向下眺望，婀娜的九曲溪上已经有人坐上了竹排，她立刻将手朝下一指，“走走！我们也去坐！”

严熙冬提着她的背包将她拎回来：“你才刚爬上来，不多休息一会儿？”

“不要！我才不像严叔叔一把年纪，走两步歇三步，我可是年轻人，浑身有的是劲儿。”

严熙冬挑起眉，按着罗莉一道坐在山岩上，打开保温杯慢条斯理地喝水：“这么快就开始嫌弃我了？”

“好吧，我说错了，”被强制休息的罗莉很是不满，故意专挑严 Boss 的痛脚踩，“你这是老骥伏枥，老当益壮可以了吧。”

严熙冬眼神一暗，修长的食指扶了扶镜框，带着几分别有意味的邪气：“不要着急，我会给你机会见识一下严叔叔的老当益壮。”

“……”

九曲溪自西向东穿过武夷山，溪水澄澈清莹，色如翡翠，被群峰折为九曲十八弯。在九曲溪的码头稀稀落落地停靠着几条竹筏。严熙冬和罗莉到达码头已经是下午时分，乘坐的竹筏要满六人才能开船，不过由于周遭并没有看见几个过往的旅人，严熙冬行事最讲求效率，不愿再浪费时间等待，索性直接包了船。

冬日水温冻人，在上竹筏前两人都买好了鞋套，穿好了防护服。罗莉落座后好奇地四下观望，随着船夫用力一撑篙子，扬起声：“走咧！”

小小的竹筏从浅滩上左右摇晃着进入深水，只微微一沉，随即便顺着水势平稳地向下漂流。

固定在竹筏上的竹椅是半卧式的，离水面极近，水质又极清，在经过浅滩时甚至有种只要伸手就能触到滩底鹅卵石的错觉。

“你想感冒吗？”严熙冬叫住跃跃欲试地想将手伸入溪水的罗莉，“几岁了？”

罗莉缩回手，悻悻道：“我也就是摸一下试试。”

严爸爸拧眉：“摸到了能换钱？”

罗莉扁了扁嘴：“俗气！”

严熙冬将她不听话的手握住掌中：“我这是实际。你也别光顾着玩水，这些奇峰异石，还有石壁上的题字你都可以好好欣赏。”

“看不懂哎。”竹筏顺着溪水绕山而行，罗莉托着腮，虽然没有品鉴奇石题字的细胞，只是单纯欣赏风景，从水中举目四顾，挟水环绕的群山也别有一番奇趣。

严熙冬其实也没看懂，他原本就是毫无文学细胞的务实派，除了数据之外，抽象的情感体验，于他而言是在对牛弹琴。

老实说，这也是他第一次真正意义上的旅行。从前的他总认为哪里的山不是山？江河湖海不都一样只是水吗？犯得着天南海北地浪费精力和时间？

但因为此刻陪伴在身边的人是她，他竟觉得眼前这些山山水水似乎都被赋予了别样明丽的色彩，牵着恋人的手一起看山看水，甚至也不需要刻意去说些什么，只是一起欣赏同一片天地，竟能令心情也不由自主地明朗飞扬了起来。

叽叽喳喳的罗莉发现身边的男人良久没有搭话，她有些生气地转过头，却发现他并没有因为贪看风景而忽略了自己，镜片后那双细长上挑的眼睛此刻正专注地凝视着她。

“干吗这样看我啦。”

严熙冬轻声问：“我可以吻你吗？”

“为什么这，这么突然？”罗莉猝不及防，眼尾瞄到船夫会意地背过身，脸颊瞬间爆红。

严熙冬却不管，再一次问道：“可以吗？”

“不是说过这种问题就不要再问我啦！”她害羞地用力捶了捶他的胸膛，却闭上了眼。

严熙冬大掌托在她脑后，半倾过身子，将她禁锢在座椅和自己的胸膛之间，偏过头，吻着她微启的唇，贪婪地攫取着她的甜蜜。

“别，有，有人……”罗莉只来得及在他加深亲吻时吐出一句，便再也没有机会开口。

许久，她被困在那方小小的天地，气喘吁吁地听见他在她的耳垂边，以着一种充溢着纯荷尔蒙的、顶级攻击属性的声音，缠绵而低哑地再一次问道：“可以吗？”

或许是因为缺氧，她脑袋还有些迟钝：“什，什么？”

他稍稍退开了身，高挺的鼻梁和她的鼻子相抵，大掌却依然停在她脑后，只是暧昧地轻轻摩挲着她颈后那片细嫩的肌肤，慢慢启唇：“回去以后……可以吗？”

直到回到客栈，罗莉也不敢再抬头看身旁的男人一眼。她也不知道自己当时为什么会鬼使神差地点了头。两人的手从下船之后便一直十指交扣着，罗莉感觉自己的手心正不停出汗，汗津津的手要把他的手也濡湿了，很是难为情地想抽回，他却依然紧紧地握着她的手不放。

气氛黏腻又紧绷着，令人留恋却又忍不住矛盾得想逃离。

他们保持着奇异而默契的沉默进了自己的房间。随着房门砰的一声关上，罗莉仿佛被惊吓的小猫，迅速跳起身惊慌地道：“我，我先去洗澡！”

虽然两人平日也有过亲密的举动，但都是点到即止。在她看来，要在另一个人面前毫无保留地打开自己，那种事，虽然早已有过心理准备，但事到临头，却还是忍不住紧张和羞怯。

她对着镜子将身上最后一件衣服剥落，镜中雪白的肌肤，在陈旧昏黄的屋舍内仿佛能发光一般。打开花洒，晶莹的水珠沿着令人血脉偾张的凹凸曲线一路往下滑，恋恋不舍地坠落在她脚下。她仰起头，伸手去够挂在墙上的沐浴露，毫无预警地，浴室的门被打开。

严熙冬身上只披着一件白色浴衣，不紧不慢地走进浴室，一只手按住了玻璃推拉门：“要不要我帮你洗澡？”

“呀！”她发出一声短促的惊叫，随即涨红了脸捂着胸口迅速背过身去，“你，你快出去！”

然而对她几乎是有求必应的严爸爸，这一次却没有再听从，玻璃推拉门被从外拉开，严熙冬若无其事般跨进来：“我想我们可以一起洗。”

低着头将整个人都缩进角落的罗莉，仿佛被逼到绝路无处可逃的猎物，徒劳无功地蹲下身试图将自己藏起来，她色厉内荏地道：“严熙冬，你出去！再这样我就生气了！”

“为什么会生气？”他似乎真的很疑惑，但上扬着微微打着卷的尾音却让这句话很有几分调情的意味，他一本正经地说着谁也不信的鬼话，“一起洗可以更节约时间和资源，省时省水省电。”

“要你环保了，你快走开！”罗莉感觉此刻的他已不再费心掩饰在平日刻板的礼貌严苛下深藏着的攻击性。她不懂是不是所有男人在欲望面前都会暴露出彬彬有礼下的爪牙，越发心慌意乱，“你快出去，我马上就洗好了。”

“有多快？”他贴着她停下，合上了玻璃门，全世界只剩下他们俩，“说谎的孩子要接受惩罚。”

“五，五分钟？”

“太久。”

“三分钟？”

“不行。”

罗莉急红了眼：“那，那两分钟。”

身后的男人忽然溢出愉悦的笑容：“时间到——”

“不算不算！是从现在开始的两分钟。”罗莉犹作挣扎，紧跟着的衣物摩挲声让她明白他正在解开浴袍，她近乎惊慌失措地道，“这不算，你耍赖！你走啊，快走啊！”

没有男人在这种时候能走开，严熙冬也不例外。

脱下的白色浴袍被毫不在意地扔出去。

他赤裸着身子站在罗莉身后，按下沐浴露，俯下身，从那背对着他低垂着的粉红色脖颈开始，热烫的大掌缓缓朝下抚摸，滑过弯成一把惹人怜爱的小弓的脊背，然后是……

“住手！”罗莉全身都快烧起来了，又羞又急，“你在干什么，快住手！”

他用明知故问的口气，无辜地道：“我在涂沐浴露啊。”

“我，我不用你涂！”感觉那双大掌正缓缓探去，从未有人对她做到这般狎昵到羞耻的境地，她的声音终于透出哭腔，“你这个大混蛋、大变态、臭无赖、臭流氓！”

她骂人的词汇不多，翻来覆去也只会这几句。但他不为所动，只是好笑又怜惜地亲了亲她湿润的发顶，强壮的臂弯从后搂着她，依然继续下去。

“呜。”不知何时她才发现自己早已软了手脚，无力地瘫在他身上，花洒被持在他手中，细细地冲刷着她余韵过后敏感的肌肤。

她有气无力地扶着他的手臂，哭哭啼啼地指控：“你，你欺负我。”

“你喜欢我欺负你吗？”他的声音慵懒中蕴藏着危险的紧绷，将湿漉漉的她从地上打横抱起，把浴巾盖在她身上后，大步走出浴室。

罗莉撇过脸，揪紧了浴巾，叫哑了的嗓子还是嘴硬地道：“不喜欢！”

“真的吗？”他俯身将她放在床中央，而后高大的身子覆了上去，带着一丝浪荡的邪恶微笑，“但是我很喜欢欺负你，怎么办？”

在每一个夜深人静的狂野梦境，他都想这样欺负她，对她做这些肆无忌惮的事，想让她哭着不停喊他的名字。“呀！”她的惊呼声随即被他吞没在腹中，只余下压抑着的呜咽。

敏感的身体被再一次打开，强势地侵占，她再次哭泣着求饶说：“呜，不，不要。”

“不要什么？”他在她细嫩的耳廓旁低声说。

“不要，不要这样。”

“这样是怎样？”他逗弄着。

“混，混蛋。”

在顶点来临前，他捧起她汗湿的娇媚的脸：“看着我，你爱我吗？”

世界在摇晃，她累得没有力气睁开眼，只懵懵懂懂地挣扎着点头，娇喘吁吁地吐出破碎的句子：“爱，爱你。”

“我也爱你。”

对于他们的初次，罗莉模模糊糊地记不真切，除了一开始的疼痛之外并没有太多的印象。但在清醒状态下的这一次，于她而言，简直是突破了底线的惊天动地。

她从不知道原来男女之间，竟然能亲密到这种地步。

“早上好。你感觉怎么样？”

第二天醒来之后，浑身光溜溜的罗莉面对着眼前早已经衣冠整齐正襟危坐，衬衫依旧规规矩矩地扣到领口的严熙冬，曾经的禁欲气息在她眼中已经彻底升级成肉欲气息！

她已经无法再直视那张戴着眼镜道貌岸然的脸，斯文败类，衣冠禽兽！罗莉嘴里愤愤地叨念着，发烫的脸颊左扭右扭，就是不肯看他。

“是不是，还会疼？”得不到答案，严熙冬索性屈膝半蹲下身，从下而上地锁住她的视线，“为什么不看我？还是在生我的气？”

罗莉伸手挡住他的脸，抱紧被子努力遮住自己光裸的身子，羞愤地道：“你先转过去，让我穿上衣服再说！”

“好。”

“不准偷看！”

“好。”严熙冬停了停，耿直地继续，“可是昨晚已经看得差不多了。”

罗莉抓狂：“不准说出来！”

“好。”

“等一下！”罗莉衣服穿到一半，突然想到一件重要的事，气势汹汹道，“你的技术，为什么突然变得这么好？”虽然没有经历过人事，但，但仔细回忆，她觉得他表现得这么老司机，很可疑！

“你当初不是嫌弃我技术不好，”严熙冬清了下嗓子，将两人正式交往后蠢弟弟们先后送上的珍藏碟和实战技巧从脑中挥开，用着义正词严的专业口吻道，“因此，我有进行过针对性的系统研究。”

罗莉捂着脸讷讷道：“哦。”

严爸爸又开始了鸡汤时刻：“所以，不管做任何事只要肯努力钻研，就一定会有回报。就算这次你还是对我的技术不满意，但只要给我时间钻研……”

“闭嘴。”

每到这种时刻，她总会忍不住怀疑当初自己的脑袋一定是被门板夹了才会喜欢上他。

罗莉托着腮，深深地叹了口气。

“罗莉？”

郝萌伸出手在罗莉眼前来回晃动了几下："罗莉？罗莉！"

罗莉倏地抬起头："什么！"

"还什么？你在想什么啊？叫你半天都没回应。"郝萌眯起眼上下打量她，"总觉得你从武夷山回来之后，有什么地方不对啊？"

罗莉心虚地站起身："什么地方不对，明天就要上班了，我要去准备一下。"

"准备什么？该做的单子在年假前都交了。"郝萌直接一语道破，"看你眉目含春，心猿意马，是不是已经？"

罗莉捂着耳朵"哎呀！哎呀！"地打断，"不准说！我不知道你在说什么。"

郝萌笑看她掩耳盗铃，半是调侃半忠告地道："不知道我说什么不要紧，你只要记得——没套套不准做！知道吗？"

罗莉："……"

完蛋了，她从头到尾都不敢睁开眼，不知道他有没有戴小雨衣！

第十六章
变身人生导师

“戴了。”

接到罗莉支支吾吾模糊不清的电话，严熙冬以着超常发挥的领悟力明白她想问的是什么，轻咳一声，板着一张脸镇定地道。

“真，真的吗？”

严熙冬犹豫了下，继续用着那张正人君子脸，红着耳根认真地补充：“是真的，我带了三包。”

罗莉在电话那头瞬间噎住了，在震惊又尴尬的沉默中，她蓦地反应过来：“你为什么要带着三包杜蕾斯跟我旅游！”

严熙冬：“……”

“说！你是不是早有预谋！还骗我只是情不自禁？”

“嗯，你听我解释。”

“好！你说。”

严熙冬：“……”说好的“我不听我不听”呢？

罗莉扬起声：“快说啊，我等着听你解释。”

不按牌理出牌的罗莉让 Boss 头好痛。严 Boss 品尝着搬起石头砸自己脚的酸爽滋味：“事情是这样的。那个杜蕾斯，它是赠品，不是特意买的。”

罗莉的声音更危险了：“赠品？严熙冬！你最好更详细地解释是谁要送你杜蕾斯的？”

严 Boss 背心一凉，迫不得已地吐实：“嗯，其实，是去年我们去郊区那家农家乐送的。你要相信我，绝对没有旁的人送这个给我！”

罗莉回忆了下，那个杜蕾斯赠品确实令人印象深刻：“不过，你那时不是说已经把赠品给扔了吗？”

“我只是觉得，浪费可耻。”严爸爸义正词严道。

“那他们只送了一包，为什么你会有三包？”罗莉雷达模式全开！

“如果我说是因为我觉得那个包装挺可爱，又买了两包自我欣赏你信不信。”找不到理由的严 Boss 一本正经地胡说八道。

“不、信！”

严熙冬虚弱地道：“真巧啊，其实我也不信。”

“还有什么理由，你继续掰啊。”

“没有了。”

罗莉哼唧一声，冷酷地道：“这星期我不过去了，这七天你就跟王子相亲相爱去吧，要是被我发现它瘦一斤，以后你晚上就跟王子睡不要找我！”

面对着冷酷无情无理取闹的小罗莉，严 Boss 石化在原地……

挂上电话的罗莉则是扬起下巴，举着手机，食指用力戳着手机屏幕上那张酷炫狂霸的臭脸：“哼，让你骗我！让你骗我！看你以后还敢不敢骗我。”

开年后重返职场的日子就在股市的震荡盘整中匆匆而过。五月底，罗莉所在的部门又新招了一位 FA，莫莉。

莫莉有两年的广告公司工作经验，她留着一头利落的短发，很是活泼开朗，刚来没一天，就与周遭的同事混熟，晚上便相约吃饭一起去唱 K。

由于和罗莉年纪相仿，名字最后也带着个“莉”字，莫莉对罗莉尤为热情。只可惜罗莉为逃避烂桃花在公司走的是高冷路线，面对莫莉的热情罗莉有些不知所措。

午休时莫莉又主动坐在罗莉身边：“罗莉，这周末要不要一起去逛街？看你的穿衣搭配都很好哟，也帮我挑一挑衣服嘛，我的品位向来出了名的差。”

这样的邀请让人说不出拒绝的借口，罗莉慢慢地点了点头：“那，好吧。”

一起逛过几次街后，莫莉俨然将她当成是公司内最要好的朋友，每次要买衣服总会询问她的看法，买到好吃的零食总会带来与她分享，甚至也开始和她聊起公司的内部小八卦。

她才刚来公司不久，就能与各个部门的人混熟，还能知道这么多八卦，只专注做眼前事的罗莉惊讶又佩服不已，自己就算到现在，对其他部门的人大部分连名字都不知道呢。

"今晚要不要去聚餐？"莫莉八卦完又开始邀约。

罗莉为难地道："估计是不行哎。"

"哦，是不是和男朋友有约？"莫莉说到男朋友时拉长了声，随后又亲密地靠过来，"那辆经常来接你的黑色奔驰是你男朋友的车吗？"

罗莉有些害羞地低了声："是呀，怎么了？"

"果然，"莫莉揶揄地道，"像你这样的大美人交往的对象肯定都是非富即贵。"

"没有啦，"罗莉不好意思地摇头，"他其实没有你想象中那么有钱。"

"开奔驰 600 还不有钱？两百多万呢。"莫莉羡慕嫉妒恨。

对车子完全没有研究的罗莉也惊讶地道："原来这么贵啊。"

"还装，"莫莉却是完全不相信，她托着腮心无城府纯然好奇地道，"说起来我只闻其声未见其人，还不知道他真人长什么样呢，藏得这么严实，什么时候叫他出来一起吃饭？"

罗莉觉得这太私密，她不想将严熙冬当成炫耀的工具，更何况他现在正值事业危机，而她与莫莉的交情也未到这个地步，只含糊地带过："以后有机会的话。"

莫莉也知趣地转移话题："好吧，等你哟。"

从这之后莫莉的邀约饭局就少了许多，最要好的对象也换成了隔壁组的瑞娜，不过见面时依然热情相迎，罗莉也乐于她转移注意力，终于不再像连体婴一般如影随形。

下半年罗莉手中的游戏人物设计终于到了尾声，罗莉将整理出来的三十张原创图交给 Alun。

“女性角色如果能更性感一些，会更吸引人，这和女尊的主题并不违背。”Alun 仔细翻阅手中的画稿，“毕竟现在的游戏群体以宅男居多，盔甲可以再适当删减，衣服也可以更贴身一些。”

历经数十次修改，罗莉人生中的第一个私活终于有了雏形。罗莉和游戏方的设计师开了无数次研讨会议后确立，这款游戏以目前市面罕见的女尊王国为主，萨特星系是母系氏族，女人负责前线战斗，而男人则是在后方相妻教女。

游戏背景则是另外一个男权国度凯撒帝国的贵族，在偏远星球狩猎时，偶遇萨特星受伤的女将，并仗着人多势众将女将虏回帝国，引来萨特星人的报复。她们决定要好好教训这些不知廉耻不守夫道的男人。同时，作为隐线的第三方虫族势力，也将成为双方在未来联手的推动力。

“很有意思的设想。”很少玩游戏的 Alun 也被勾起了兴趣，“等开服后我打算选萨特星男性见识一下。”游戏中帝国男性角色和萨特星的女性以 PK 群殴刷等级，而萨特星的男性则是以做任务升级通关为主。

罗莉玩笑道：“那到时候要不要组队，我选萨特星女性带你飞？”

Alun 配合地做娇弱状：“好啊，保护我的重任就交给女壮士了。”

两人说笑间办公室的门被轻轻敲响，Alun 道：“进来。”

见莫莉抱着一叠资料走进办公室，Alun 扫了一眼封面，奇怪道：“怎么是你来送，不是瑞娜组的资料吗？”

莫莉不好意思道：“瑞娜姐正忙着走不开，我顺手帮忙打印送来。”

Alun 对她明显印象不错，夸了又夸。等罗莉走出办公室后发现莫莉还等在外面：“你还在？我以为你先走了。”

莫莉亲热地迎上来：“没有呀，我想等你一起下班吃饭呢。”

“啊，今晚可能不行。”她和 Boss 还有约会。

莫莉噘起嘴：“好吧，知道你要陪男友，那明天呢？”

罗莉向来不太招架得住同性的热情，答应下来：“唔，好吧。”

“话说，前面我在 Alun 那里无意中看到你交的图稿，好像，不像组里最近接的单子？”莫莉似不经意地道。

罗莉也无意隐瞒，大大方方道：“是啊，这是我的私人订单。”

莫莉羡慕地睁大眼："好厉害！这么快就有私活接，你自己接单的话，Alun 还会帮你参谋吗！"

"没有啦，这个单子是 Alun 介绍的，他的朋友开游戏公司，刚好对我的设计图稿感兴趣。"

莫莉小声喃喃："真好呢。"

按照 Alun 的意见，等罗莉再次修改完人物图稿后，却发现 Alun 对自己疏远了许多。平日有问题也不再让她留下来讨论，都是通过 MSN 或是邮件往来，这次的定稿他接过来之后看也不看，便挥挥手让她先回去了。

对罗莉而言，Alun 是她钦佩的上司，也是事业方向的导师。她郁闷失落的同时，却也发现那些平常都围绕在身边的宅男同事们，这段时间也不再出现了。

松了一口气的同时，罗莉总觉得周围的人，看她的眼神似乎都别有意味。一头雾水的罗莉去问 May，May 的眼神有些躲闪，只道："没什么啦，你别想太多，没事的。"

看你的样子一点都不像没事啊。

罗莉总觉得有什么事在她忙得昏天暗地的那段时间发生了，却一直摸不着头脑。直到几天后她大姨妈来闹肚子，在厕所听到隔壁组瑞娜的声音。

"好恶心哦，看看她到现在还一直装得若无其事的样子！想不到 Alun 原来喜欢这种人。"

"男人都是那么肤浅，我们公司喜欢她的男人还不够多吗？ Alun 也是男人，当然不例外。"

稍后走进来的 May 听到她们的讨论："你们这群八婆有完没完！你们是扒 Alun 床底了？污蔑别人的话一套一套的，拿着根本没影的事情到处传。"

瑞娜嘲讽地道："没影？ Alun 和罗莉没有问题他会偷偷帮罗莉拉私活？她连程序都不会编，谁知道她是怎么被招进来的，我们部门哪个人水平不比她好？ Alun这么热心怎么不帮我们也拉拉私活！你跟罗莉那么好，也没见她帮你在 Alun 面前美言几句啊！”

May 气愤道：“你够了没有，她已经有男友了，接私活也是她的实力，跟 Alun 有什么关系！”

“真的是男友？我看是二奶吧，开着奔驰 600，有这样的男友她还遮遮掩掩，到现在都没敢带来公司。”

罗莉听得霎时气冲云霄，她用最快速度穿好衣服，恨恨地开门——

空无一人。

拔剑四顾，四下皆空，人世间最憋屈的事莫过于此。

“俗话说得好，捉奸见双，捉贼见赃。”郝萌一只手按住罗莉的脑袋，“无凭无据，你想用胸埋死她吗？”

罗莉捂住咪咪：“不要！”

“那就等待机会。”一身黑色性冷淡风的郝萌点了点罗莉的头，“没有无缘无故的爱与恨。那些见面不久就热情洋溢掏心掏肺的人，十之八九是有所求。”

罗莉用力点头：“知道了。”

“你有没有对她讲过什么私密话？”

“怎么可能！我和她又不是很熟啊，她跟我讲那些八卦的时候我都是‘嗯嗯嗯’地带过去。”罗莉表示自己对说人是非道人长短毫无兴趣。

“还好还好。”郝萌斜了她一眼，“好在你还没有傻透，不过对方也有可能会捏造事实，你先别冲动，我明天帮你打探一下她的情况，再制订下一步计划。”

“好。”罗莉乖乖地再点头，想到了 Alun，她又急忙问，“那 Alun 呢？我，我需要找他解释吗？”

“解释什么？”郝萌对着眼前还摸不清楚状况的傻白甜叹了口气，真是白瞎了这张美艳精明脸。“没看人家正跟你避嫌呢，在解决了罪魁祸首之前还嫌事不够多？”

“萌萌！”罗莉感动得眼泪汪汪，一把将她的脸按进自己波涛汹涌的伟大前胸，“没有你，我都不知道该怎么办。”

“快，快住手，我快要不能呼吸了！”

郝萌不愧是高效率搜集敌报小能手，两天后的傍晚，她就把莫莉进公司以来的主要动向摸得清清楚楚。

“现在的年轻人真是不简单哪。”绾着发髻穿着黑色职业套装的郝萌感慨。

罗莉不给面子地吐槽：“如果我没记错的话，她跟我们同辈。”

郝萌一脸沧桑：“我在心理层面上已经千帆过尽了，你不懂！”

“除了天天穿着一身黑，打扮得比我还老一辈，你千帆过尽在哪儿？”

“我这是成熟！稳重！黑色还耐脏！你这个花瓶懂神马？”

“重点是耐脏吧。”

“我说，你到底还要不要听我的分析了？”郝萌恼羞成怒道。

“好好，我的错，我错了，萌萌大爷。”

“你知道 Dick 吧？”郝萌睨了罗莉一眼。罗莉连忙说：“这个我知道！我们创意部的老大。”她所在的 FA 就属于创意部。

“还有救。”郝萌舒了口气，“你看看人家，多有上进心啊，进公司还不到一个月就借着公司酒会跟 Dick 认识，这段时间 Dick 出差，她自告奋勇帮他照顾他们家的狗，和其他部门的人关系也不错，见面都能聊三分，就算在 FA，也跟你们隔壁组的瑞娜打得火热，周末还跟瑞娜带她的侄子一起去游乐园。你再看看你，进公司也有两年了，到现在也只跟一个 May 有交情！别提 Alun，那是你上司。贺致远也不行！那是追求者，还失败了。”

“怎么被你说得好像我人嫌狗不理似的。”她一直觉得自己人气还不错啊。

“那你再列几个亲近的人选？”

“……”罗莉摸着头，默默地思考了三秒，“好吧，是因为我走高冷路线的原因吗？”

“这个问题最好让你的无良 Boss 解答。”郝萌决定让出人生导师这个位置，戳了戳罗莉的胸，“你呀，可长点心吧。”

“你知道这件事你最大的错误在哪里吗？”即便是工作狂，在百忙之中严 Boss 还是推掉了一个小时的公务，倾听小女友的职场烦恼。

罗莉不确定地道：“是告诉她这个私单是 Alun 介绍的？”

“聪明。”严熙冬不吝于鼓励她，引导她思考的方向，“那你说为什么这是错误的呢？”

“因为她没有？所以嫉妒了？”

严熙冬洞悉地道：“但如果不是发现她在外面造谣，你并不觉得这有错，是吗？”

罗莉慢慢地“嗯”了一声，有些闷闷不乐地道：“我已经告诉她了，这个单子是 Alun 的朋友看到我的作品感兴趣，Alun 才会牵线。而且这么久以来，Alun 也没有让我保密的意思，我原本还很开心，觉得这代表我自己终于不再是花瓶，也是有实力，也有能力，才会有私单找上门，这是挺值得骄傲的事情。我以为这不需要遮遮掩掩，结果……”从大学这个象牙塔毕业，出了社会的第一份工作是在严 Boss 的默默护航下度过，罗莉这只纯种小白，平日也只顾着埋头做事懒于交际，终于第一次接触到职场的灰色地带。

“不患寡而患不均，这是人之常情。”严熙冬安慰地将她揽在怀中，继续引导，“她难道一开始就没有在背后中伤过你吗？为什么谣言最近才发酵呢。”

罗莉一怔，她终于反应过来，难过地低了声：“是因为大家现在都讨厌我了？”他们原本并不一定都相信莫莉的话，可现在都乐于传播她的话。

“不，”严熙冬道，“是因为利益。”

抚摸着罗莉毛茸茸蓬松松的头发，严老师谆谆教导：“也别因此觉得职场就处处有小人，毕竟这种主动造谣生事，唯恐天下不乱的小人只是少数，识别他们有个最简单的方法：就是看看他们面对新来的人时的态度。通常这种人会走两个极端：过分热情或者过分冷淡。相对而言，大部分人都是可以和睦相处的同事，在没有发生利益冲突的时候，基本无害。”严熙冬捧起罗莉沮丧的脸，“所以，你的同事们并不一定都是讨厌你，只是在关系到自己利益的时候，下意识地想排挤掉你这个不合格的插队者。”

罗莉不服气地道："但我是凭自己的实力拿到订单的！"才不是什么不合格的插队者！

"很明显，其他人并不是这么认为。"严熙冬毫不客气地打击年轻的恋人。

"……"罗莉闷闷地道，"你就不能在这种时候安慰我一下吗？"

严熙冬看了下腕表，道貌岸然地申请："可以留到今天晚上安慰吗？"

这个衣冠禽兽！

罗莉羞恼地一口咬住他为她顺毛的手："你再捣乱今晚就跟王子睡！"

好吧。严熙冬重新坐直身子，继续把人生导师这个闪亮光环戴回头上："既然发现了症结，接下来你想怎么做呢？"

罗莉握了握小拳头："我想在大家面前，跟她对质清楚。"

"然后呢？她是乖乖知难而退还是不甘示弱地跟你针锋相对，继续纠缠？"严熙冬拍了拍她的小拳头，"如果不能保证一击即中，那么这样率先公开矛盾，将战火升级的后果，就是无休止的办公室争斗，也会影响周围人的工作状态。这也是身为老板最不愿意看到的情况。要是你想在公司长久发展，那么这不是个好方法。"

"那要是我直接找上司澄清呢？"

"你的直属上司是 Alun，让他出手只会令你们的绯闻越演越烈，肯定是要与他保持距离的。而再上一级部门上司是 Dick，就你之前所说，他与莫莉的关系比你更亲近。人心都有本能的偏袒，你去找他，反而容易令他觉得你爱搬弄是非，恶人先告状。"严熙冬将人际关系一条条掰碎了给她分析，"至于最上头的老总，距离太远，你眼下的情况在他眼中也不过是小事，说句不中听的话，这些事还没有资格能越到他面前提。因此，这条路是行不通的。"

罗莉抓狂地道："那这也不行那也不行，难不成要我忍吗？"

"你能做到忍气吞声，静观其变吗？"

"不能。"罗莉憋屈地扁着嘴，"我忍不住！"她心里向来藏不住事，没办法装作什么事都没发生，继续跟莫莉虚与委蛇。息事宁人这个选项就更别说啦！她更做不了包子，也憋不下这口气。

“所以针对人的做法行不通的话——”严熙冬朝她眨了下眼睛，狡黠地拉长了声提醒。

罗莉眼前一亮：“那就针对事？”

“乖。”严熙冬继续给予爱的鼓励，勾了勾手，让罗莉附耳过来，“你们公司每个季末不是都会有酒宴，这个季度的酒会还有半个月，接下来最重要的一环……”

罗莉心急地追问：“是什么？”

衣冠禽兽严老师两指轻佻地托起怀中人的下巴迫使她仰起头，镜片一闪，低哑地道：“不先付一下咨询费吗？”

罗莉被男人抵在桌前，双手按在他不知不觉间沉沉倾压下来的胸膛上，慌乱地移开眼装傻道：“我，不知道你说什么。”

“你知道的。”严熙冬一只手从她的肩头往下直划到腰间，大掌不容抗拒地探进那条窄裙，暧昧而充满暗示性地捧着那柔嫩的翘臀按向自己，另一只手慢条斯理地摘下眼镜，放进口袋，而后将桌上的文件通通扫到一边，“我可不做赔本交易，现在该轮到你支付报酬了。”

“呜……”

一年四个季度，MXM 的季末酒宴要属年底的庆功宴最热闹了。不单单是本公司的中高层，只要是与 MXM 合作过的大公司都会派代表一起参加这场盛会。

今年的季末酒宴刚巧遇上圣诞节，本季的业绩不菲，MXM 便专门包下两层酒店，大肆庆祝。

“罗莉还没来？”瑞娜今晚穿着淡紫色裹胸裙，妆容精致。

而莫莉则是选了一条红色丝绒露背短裙，意外地有着一副好身材，不同于平日女汉子的作风。她今天卷起头发，特意露出的半裸后背在红色交叉丝带的衬托下越发白皙，性感却不情色。

莫莉与平日大相径庭的形象，让在场不少男同事忍不住将目光停留在她身上。她活泼地远远朝 Dick 打了个招呼，没有谄媚地挤进围在他身边巴结的人群里，令 Dick 对她的印象更好了些。

莫莉微微侧了侧头调整一下姿势，露出自己最好看的角度："今晚不是圣诞节吗？或许她要陪男朋友？"

"男朋友？就是金主吧。"瑞娜瞟了眼站在会场边缘，明显心不在焉地一直看向门口的贺致远，语气不忿地道，"反正公司的季末酒会她原本就经常缺席，平时的联谊也是不见人影，金主把她看得可紧了。"

身边人嬉笑着道："我猜八成是个中年已婚的老男人。"

"但公司的男人就是喜欢她那一型啊。"莫莉一直暗暗注意瑞娜看向贺致远的目光，只做不经意地道，"连制作部的贺经理都一直对她穷追不舍呢！"制作部拥有整个公司人脉最广的媒体渠道，是所有广告公司的顶层阶梯。

瑞娜越发嫉恨："这种只有外表能看的肤浅拜金女，等过几年人老珠黄了，你看还有谁会包养她？为了几个臭钱，连那种中年猥琐老男人……"

"她来了！"

"罗莉来了！"

门口突然传来的骚动打断了她的话。由于她们在会场前半区，距离比较远，但当周围的人群犹如摩西分海般分开，露出中间那个众星拱月的红色耀眼身影时，发现自己与罗莉撞衫的莫莉脸色骤变！

同样是火红的交叉露背丝绒短裙，罗莉并没有特意盘起长卷发露出裸背，但行走间如海藻般蓬松摇曳的深栗色长发微扬，流泄出的莹白肌肤更令人目不转睛地盯着她，急欲一窥春光乍泄的美景。

魔鬼身段，丰润柔媚的大红唇与鲜丽深邃似混血儿的五官，踩着锋利的高跟鞋气场全开的罗莉从进入会场的那一刻起，不管你愿不愿意承认，她站在那儿就已经彻底夺去所有人的注意力，也将精心打扮却不幸与她撞衫的莫莉彻底碾压！

这真的只是一个倒霉的巧合吗？

依然是一身经典黑色套装的郝萌在人群中朝罗莉心照不宣地举了举杯，对她这个出场打十分。人无完人，虽然智商着急，但罗莉万幸还有一张脸可以唬人。

“好巧，想不到我们英雄所见略同。”罗莉故意走到躲在会场边缘的莫莉面前，上下打量着她的裙子，惊喜地扬起声。

“是啊，好巧。”感受到周围同时投注而来的别有意味的目光，身上的裙子如红色的烙铁，在罗莉身旁相形见绌的莫莉脸色难看得已经快要维持不住勉强的笑容，她只想第一时间飞奔回家，换下这身该死的衣服。

瑞娜忙赶来声援：“难得大忙人今晚会来，还以为你又是在家陪你的‘神秘男友’呢。”

在提到“神秘男友”这四个字时她意有所指地低了声。罗莉却浑然不觉般接下了话头：“是啊，他平时很忙，所以为了能尽量多跟他在一起，我有空就会去陪他。”

瑞娜嘲嗤地轻笑：“原来如此，难怪我们一直都没机会见到他的庐山真面目呢。”

“现在就有机会呀，”罗莉抬了抬手机，俨然是一副恋爱中的小女人状，甜蜜地道，“今晚他专门抽出时间陪我参加庆功宴，刚刚他去停车，现在应该快到会场了。”

周遭一直留心听罗莉说话的人不由自主地都将目光投向大门。瑞娜与莫莉交换了下眼神，想不到罗莉这回竟然敢公开男友。

瑞娜对莫莉小声耳语：“别生气了，等一会儿那个老男人出现，看我怎么帮你报仇。”

同一时刻，“你好，请问这层是 MXM 的创意部会场吗？”这是一个有着金属般冰冷质感却依然动听得连同性也忍不住陶醉的冷淡男音。

门口负责接引的服务生忍不住抬头，在看清眼前将头发全部整齐梳理在脑后、手臂挽着灰色长风衣、垂眼注视着他、气势强得惊人的男人时不觉又迅速低了头：“是的，先生，我这就送您进去。”

第十七章

不攻自破的谣言

部门之花传说中的那位神龙不见首尾的男友即将出现!

不管是对她暗暗怀有嫉妒之心的女性，抑或是对她久攻不下心存不甘的男性，包括只是看戏模式的吃瓜群众，大家有志一同地将饱含期待的目光转向大门。

当事人却对周遭蓄势待发的紧绷气氛似乎毫无所觉，丢下这颗炸弹后便去了洗手间。莫莉忍着气咬牙看着罗莉摇曳生姿的背影，回过头盯紧了大门。

在万众瞩目中，红色制服的服务生引着一个身影终于走进大门：“先生，这边请——”

出现在眼前的，是一个发顶微秃，矮肥圆的中年男人。他擦着汗刚一踏进门口，就被面前齐刷刷的视线吓了一跳!

“那个，大家好？”

很明显，对面受到的惊吓更大，冷场了足足三秒，反应过来的众人稀稀拉拉地回道：“欢迎，欢迎。”

瑞娜得意地朝身边的小伙伴们使出一个“姐料事如神”的眼色，与莫莉一道走向那个正在左右张望的中年男人。

“先生是不是在找人？”莫莉热心地道。

室内暖气很足，男人一边擦着汗，一边感激地道：“是啊！你们公司的会场真大啊。”

见他一头的汗，瑞娜嫌弃地离远了一些：“我知道你找的人在哪儿，要不要我们带你去？”

男人见她明显的嫌弃态度，脸上的感激之色稍减：“那就谢谢了。”

莫莉的目光则停留在他戴着戒指的无名指，故意扬起了声：“咦？这位先生结婚了吧。”

他莫名其妙地道：“是啊，我这岁数孩子都有了，怎么了？”

瑞娜鄙夷地道：“我说现在的世道啊，在外面包养二奶就算了，还有脸上我们公司秀恩爱？”

“啊？”

“这个社会就是笑贫不笑娼！”莫莉犹如正义女神，振振有词道，“我看你还是早点悬崖勒马，不要仗着自己有钱就在外面花天酒地！男人都喜欢美女，可是用钱买来的女人，能高级到哪里去？”

“你们在说什么？”男人脸上勉强的笑容也维持不住了，怒意上涌地道，“年纪轻轻，随随便便就血口喷人，你们公司的老总呢？”

“哟，恼羞成怒了？”瑞娜不屑地朝莫莉努了努嘴，“听见了吗，他要见我们老总呢。”

“还是等会儿带着你的小三儿一起。”

“刘总，您来了！”Dick 远远看到中年男人的身影忙加快脚步赶来。

刘总？

莫莉和瑞娜脸上嘲讽的神情僵住了，面面相觑了下，两人隐隐有种不祥的预感。

Dick 没有注意到一旁僵立的两人，热情地迎上去握手：“刘总，没想到您会亲自来这里，真是有失远迎，招待不周啊。”

“不，你们员工招待得很好，我还是第一次受到这么热情的招待。”刘总神情冷淡地扫过面前脸色难看的两人，有风度地没有当场发作，只是意味深长地说。

在场的都是人精，Dick 自然也听出弦外之音，他眯起眼看向从他出现以来便噤若寒蝉的两人。认出莫莉之后，他有些犹豫，她不像是会主动得罪客户的人啊。

莫莉也察觉到 Dick 停留在她身上的目光，她眼神闪烁不敢与他对视，原本跟在她们身边一道起哄的同事们见势不妙，早一哄而散。

怎么办？莫莉惴惴不安地与瑞娜一起跟在Dick身后，只盼望接下去能有机会弥补过失。

瑞娜心里也暗暗有些后悔不该为了莫莉强出头，眼尾瞄到从洗手间出来的罗莉，在经过她身边时她压低了声愤恨道："你是故意的吧！"故意当着她们的面说男友马上就到，结果这么久了，除了这个中年男人连个影子都没见到。

罗莉无辜地眨巴了下眼睛，但是那张妖艳脸让她的动作充满了挑衅感，瞬间吸足了嘲讽："什么意思？我不懂。"

"还装傻，你男友呢！"

"哦，"罗莉恍然大悟地拉长了声，"他刚才说在路上遇到认识的人，要过一会儿再上来。你们很急着见到他吗？"

"……"

索性也撕破了脸，快要呕出一口心头血的两人只得恨恨地再瞪了她一眼，小碎步一左一右地赶到刘总身边温言软语地逢迎。

"哎呀，原来刘总就是奇境游戏的总裁？真是百闻不如一见。"

"免了免了，我只是个仗着自己有钱就在外面花天酒地的老男人，当不得这位女士的夸奖。"刘总冷笑着摆摆手。

莫莉干笑着道："怎么会呢，都是误会，误会。"

Dick见莫莉一再心虚地闪躲他的眼神，心底也有几分了然，皱紧眉暗下记了她们一笔，堆起笑努力在尴尬僵持的气氛中打圆场："刘总在开什么玩笑，您可是出了名的顾家好男人，我们合作这么久了，今年还是您第一次来参加酒会。新来的员工不懂事，要是有什么招待不周的地方您只管提。"

"不敢不敢。"刘总不置可否地道，莫莉二人也只得提着心讪讪作陪。

会场的大屏幕前主持人正在介绍今天到会的与MXM长期合作的各大公司，屏幕中则播放着MXM为他们成功策划营销的广告。

主持人在刘总出现后迅速切进奇境游戏这次带来的新款游戏宣传片：

深蓝的夜幕下，借着几粒星子渺茫的星光，一个高挑的身影在城市废墟中如猎豹般轻盈地跳跃奔驰。镜头拉近，原来那是个白色短发蜜色肌肤的冷艳女子。她穿着完全贴合身体曲线的黑色光面防护服，在劲廋结实的细腰和大腿上各别着一圈弹匣，大腿外侧斜插着一把手枪，手中则牢牢握紧一对双刃剑。

倏地，她头也不回地将手中的剑朝后一甩——

锵！

长剑在空中落地，一个从双臂开始连着超出手臂半米长刀锋的男人从黑暗中缓缓踱出。

女子挑起嘴角轻嗤一声，脚尖一点，朝他的方向跃去，身影随即在半空中消失，下一秒赫然出现在男人头顶。

男人眉间一跳，双臂交叉，刀刃朝上一挡！

锵！清脆的金属敲击声再次响起！

女子腾身在空中一滚，身影再度消失！随后出其不意地出现在男人背后。

这次双刃剑没有在半空被拦下，直接刺入男人肩背。

男人轻嘶一声，眉头也不皱地从背上拔出剑，似乎毫无影响，双臂一振将刀刃朝外，迎接女子接下来快得令人眼花缭乱的攻势，铿锵声不绝于耳。

忽然一柄巨大的飞斧砸向场内两人，缠斗成一团的两道身影在瞬间分开，女子落地后踉跄着倒退了两步，紧捂住腹部的右手有鲜血从指缝涌出。

袒露着胸口，一头狂放长发络腮胡子的肌肉大汉从地下捡起斧子扛在肩上，杀意腾腾地一步步走向女子，忽然轰隆一声，从天而降一匹狰狞巨兽将他压在身下！

在轻快又诡秘的音乐声中，背着书包，蹦蹦跳跳梳着双马尾的小萝莉站在巨兽头顶，对着男子露出天真又邪恶的笑容，说出到目前为止唯一一句台词："男人还是乖乖地回家带孩子去吧！"

镜头拉高，在没有被战火波及的城市背面，被集中起来，穿着宽松长衫，皮肤白皙的男人们抱着年幼的孩子，温顺地在身披战甲的女人保护下活动。

而在被巨兽压塌的地下岩层，肌肉壮汉挣扎着一只手撑地，另一只手以斧头驻地，摇摇晃晃地站起身。

突然，从地底弹出一张血红色布满利齿的巨口，凶狠地咬向他……

宣传片只有几分钟，然而华丽的画面、精彩紧凑的打斗场景令人目不暇接，是国内罕见的可以与欧美媲美的CG动画。

“这是奇境正在开发的新游戏吗？”瑞娜这个赞叹是真心实意的，“人物很吸引人，设定也十分特别，这款游戏上市一定能火。”

刘总因为这句话终于面色稍霁，露出一个略微和缓的笑容：“是吗，你也觉得不错？”

莫莉忙附和道：“确实很好，人物造型流畅漂亮，我特别喜欢里面的设定，这是个母系王国的设定吗？好像跟男权社会爆发了战争，还有怪物入侵？”

“是虫族，总共有三方势力，互为敌对阵营。”

“听起来很有意思呢，”瑞娜道，“我觉得这款游戏能做起来，不只是男性，女性群体也会很喜欢。”

“是啊，真想快点看到这款游戏上市呢。”

刘总道：“谢谢，不过有一些细节我还要再跟游戏的人物设计者详谈，希望能在明年的五一前成功造势。”

“这款游戏的宣发广告请刘总尽管地放心交给我们，”Dick道，“如果要赶在明年五一前，那我们近期就需要跟游戏的人物设计师商讨具体细节，得麻烦刘总将设计师的联系方式给我们一下。”

“这很方便啊。”刘总拍了拍他的肩，“Alun没有告诉你吗？这款游戏的设计师就是你们旗下的员工——罗莉。”

罗莉？！

不只是他们三人，在场所有听到罗莉这个人尽皆知的大花瓶名字的人，简直都不敢相信自己的耳朵。

莫莉怔怔地看着带着胜利者的笑容，款款向他们走来的罗莉，思及前一刻她与瑞娜争先恐后对这款游戏的赞美，仿佛有一记响亮的耳光，狠狠抽在她们脸上！

不可能！

这是瑞娜心里浮上的第一个念头，怎么可能？！

她惊慌失措地差点打翻手中的酒杯，一定是他在说谎，一定是 Alun 请他打来掩护，对！这是假的，这不可能。

她下意识地去看对面贺致远的脸，在见到他脸上对罗莉毫不掩饰的欣赏之色时，嫉妒啃噬着她的心。

她原本认定了罗莉只是个脑袋空空的草包美人，能进公司也是使了卑劣的手段。她当初与贺致远是同期进的公司，碍于女性的矜持，她没有对他表白，却也频频向他示好。但罗莉的出现像磁石一般，瞬间吸引了贺致远的注意。

瑞娜暗暗咬牙，告诉自己贺致远不过是被那只空有美貌的狐狸精一时迷惑，早晚会看到内涵与能力更甚于她的自己。莫莉的到来，犹如一根点燃炸弹导火线的火柴，瞬间引爆了她内心对罗莉早已无法压抑的嫉恨与不满。

看着罗莉与刘总及 Dick 相谈甚欢的样子，瑞娜捏紧了酒杯，青白着脸，再也吐不出恭维的字句。

Dick 想起这些日子以来公司关于 Alun 和罗莉之间的风言风语，那个传闻中 Alun 帮忙拉私活的朋友竟然是刘总而不是什么不知名的小公司？Dick 语气亲昵地对着姗姗来迟的 Alun 抱怨：“你怎么不早说啊？”奇境与 MXM 是长期合作伙伴，和刘总打过多年交道的他怎么会不知道能入刘总的眼，那必须得有独到之处和真才实学，不是走后门和徇私可行。

Alun 饱含深意地睨了瑞娜和莫莉一眼：“我可不是故意保密，只是人言可畏，事实还是要让大家自己亲眼去证实才有说服力。”空口无凭，总有人唯恐天下不乱，满脑子的阴谋论，不到黄河心不死。

“说来也巧，刘总最开始找的是我，刚好那时我在整理往届面试 FA 的入职者作品，他一眼就相中了罗莉的设计，立马把我甩在脑后。哎，煮熟的鸭子就这么飞了，错过狠宰刘总一笔的机会，想想就肉疼。”被迫避嫌了这么久，Alun 早就憋着一口气，此刻半开玩笑地对罗莉道，“我被你半路截胡，还替你白担了这么久开后门的污名，还不快选家最贵的餐厅补偿我。”

罗莉认真地点头：“这是必须的！你想去哪家直接说。”

刘总虚点了点 Alun，笑骂：“行了行了，有点出息！现在只做了几个样片的片花，最终宣传片还没剪好，等游戏宣发圆满结束，我请你们整个部门。”

“土豪啊，这次沾罗莉的光了。”Alun 将目光转向神情尴尬努力缩小存在感的瑞娜和莫莉，似笑非笑地道，“你们到时可记得来哦。”

瑞娜难堪得说不出话来，她的目光久久地停在大屏幕中画面精良、身形潇洒又极具个人特色的游戏主角上。在她引以为傲的能力上被击败，周遭每一句对罗莉的夸奖都狠狠刺在她心上，双颊火辣辣的疼。

她输了。

彻底输了。

莫莉低着头，不用抬头她也能感到此刻有无数目光落在她身上，等着看她的笑话。再待下去也只是自取其辱，莫莉脸色灰白地挤出人群，步履匆匆地往会场外的电梯走去。

“哎呀！”

她一直垂着头，心神恍惚之下冲进电梯，与刚要从电梯内出来的男人撞了个正着。

她的脸正对着男人的胸膛，虽然只是在碰触的一瞬间就被男人推开，但那结实强健的触感令她忍不住脸热。鼻尖是淡淡的薄荷香，他很高大。她下意识地顺着眼前一丝不苟地扣至领口的衬衣朝上望去，正对上男人面无表情俯视的眼。

他戴着无框眼镜，却并没有令他的五官显得更温和，反而有种纯粹理性至上的冷酷，额发被整齐梳理在脑后，更凸显他冷峻深邃的五官，矜持紧抿的薄唇嘴型却很漂亮。莫莉忍不住将目光多停留了两秒，油然而生一股伴随着危险战栗感的心动，随后反应过来，她柔声道："对，对不起。"

男人淡淡地礼貌道："没关系。"

竟是出人意料的好嗓音。

这是她喜欢的型。原本想离开的莫莉不自觉地又跟着他出了电梯，他也是 MXM 的合作对象吗？注意到男人出去前似乎又多看了她一眼，莫莉下意识地拨弄了下头发，露出甜美的笑容紧跟在男人身后："先生是打算去 MXM 创意部会场吗？"

男人又瞥了她身上的红裙一眼："是。"

莫莉不由怦怦加快了心跳，他是不是对她也有好感，才会一再注意她？

一扫整晚的挫败沮丧，莫莉决定要将眼前这个气势惊人，明显非池中物的男人攻克："你好，我是 MXM 创意部 FA 的莫莉。"

他没有说话，只是充满距离感地点了下头，径直走进会场，朝高台中心眺望。

"你是要找我们部长吗？他在……"

"熙冬！"

站在高台上还在与刘总攀谈的罗莉惊喜地道，与莫莉穿着同款丝绒红裙的她仿若一朵娇媚的红云，雀跃轻盈地朝他扑去。

男人冷漠的神情仿佛被融化的坚冰，眉眼温柔地舒展开来，强健的手臂接住罗莉扑来的绝对不算骨感的娇躯，身体依然能纹丝不动，就像是一棵迎接归鸟的树。

一旁的莫莉如坠冰窖，他就是罗莉一直藏了几年的神秘男友？

莫莉怔怔地站在原地，涨红了脸，接二连三的打击令她在往日轻视的罗莉面前已经彻底丧失了自信。

"那是罗莉的男朋友？咦，好像有点面熟？"身边传来艳羡不已的同事们的窃窃私语。

"啊！这不是君安金融的 CEO 吗？以前经常上《天赐我财》这个财经节目的特邀嘉宾！"有身为老股民的同事终于想起了这张面孔。

"可是，这两年金融海啸，股市不是大跌吗？"有声音弱弱地道。

"你懂什么，能撑过金融海啸留下来的公司都不能小觑，这家君安金融以前是申安旗下，结果申安倒了，他依然没倒，现在总公司换成盛世但是总裁还是他，没变！你说他手腕厉害不厉害？”

“哎呀，看来真是个大人物啊，不愧是部门之花，真是不得了。”

莫莉神情恍惚地听着，挽着男人离开的罗莉在临走前似是示威般睨了她一眼。她望着像聚光灯般永远是全场的焦点的罗莉，从没有一刻比现在更清晰地意识到她们之间的差距。

莫莉低头看着身上精挑细选，只是与罗莉同款，便在她出现后瞬间失色的大红裙。当初她为什么会有勇气觉得罗莉处处不如她？

莫莉忍不住羞耻地捂住脸，头也不回地逃出了会场。

这夜的大赢家当之无愧是罗莉。

扬眉吐气踌躇满志的罗莉，蹦蹦跳跳地跟着严熙冬一起回家。随着大门砰的一声关上，严爸爸瞬间撕下彬彬有礼的外衣，将她用力压在红木门板上，狠狠地吻了下来！

“呜。”被亲得站不住脚的罗莉软软地倚在他身上。

“短裙，嗯？低胸，嗯？还露背？”严熙冬稍稍从被吻得七荤八素的罗莉唇间抬起头，危险地压低了声。想到一整晚那些对着心上人的美胸、美腿、美背垂涎欲滴的眼神，严爸爸就想狠狠来个爱的教育。

罗莉气弱地道：“这个，这个都要怪莫莉选了这条裙子，你不懂，撞衫是斗败女人士气的最快方法。”

严爸爸不知道自己在无意中还补了最重要的一刀，他微微撑起身子，摘下眼镜，低哑地道：“今晚你满意吗？”

他们从 Alun 那里提前知道今晚刘总会来与罗莉面谈，又故意在刘总即将到会场前留下充满暗示性的话，就等着看她们会不会得意忘形先露出马脚，果然……

罗莉用力点头：“满意，很满意！”

“那你该怎么报答我呢？”

罗莉抬起头，眼角尚带着淡淡动情的绯红，小手犹豫着滑过坚实的胸肌停在他的领口，她勾住那条黑色的领带，将他的头缓缓拉向她，睫毛轻颤着，仰起下巴，闭上眼。

玄关明亮如镜的柜台折射出两人拥吻的身影。

罗莉紧紧闭着眼，勾住男人领带的手虚软无力，他单手强势地掌着她的后脑勺令她无法逃开，她身后是冰凉的门板，身前被坚实的胸膛挤压着，退无可退。

感觉身上的及膝大衣被解开，一只火热的大掌伸入衣中。罗莉不安地瑟缩着迎接他随之而来的更进一步侵占，突然——

“我去洗个手。”严熙冬松开她，退开身仔细地将她被解开一半的扣子又细心地一颗颗扣上，以免她着凉。

“什，什么？”思维还停留在上一秒激情的罗莉怔怔地没反应过来。

严爸爸调息了几秒，严肃地说：“我们刚从外面回来，还没有洗手。”

罗莉：“……”

她就这么眼睁睁地看着Boss又重新戴上眼镜、拉好衣服走向洗手间，将她留在大厅。

好在Boss回来的速度很快，赶在她的热情全部冷却之前，拿着一条用热水煨暖的毛巾大步来到她跟前：“来，你也擦擦手。”

罗莉僵硬地伸出手：“只擦手就可以吗，不需要再去洗个澡？”

严爸爸已经按下大厅的暖气开关，大掌一边麻利地继续解她的扣子，一边毫无廉耻地道：“不用了，我等不急。”

罗莉扁着嘴按住自己的衣服领口：“那还要不要我再去卸个妆？”

严爸爸直接将她的手拿开，把那件碍事的大衣扔到脑后，横抱起只剩下那条露背红裙的美艳娇娃，摁在玄关旁的长沙发上，以实际行动证明他已经急不可待！

“冷吗？”他那薄薄的嘴唇紧贴在她耳畔，用着顶级攻击属性的沙哑声音喃喃，吐出的热气呵在她耳蜗，被欲望裹挟的声带引起的诱人震动几乎要让所有聆听的人害羞。

她努力压抑着害羞，难为情地摇头。

“就算冷也没关系，我会让你很快热起来。”邪恶扬起的嘴角在尾音消失的那刻攫取了她的呼吸。

“唔！”

她在他面前毫无还手之力……

“不要了，真的，不行了。”她抓着扶手，呜咽着恳求道。

“我记得今天，是你的安全期？”

她胡乱地点了下头，指甲深陷进他的颈背……

激情余韵过后，罗莉浑身无力地趴在沙发上，严熙冬捡起地上的大衣盖在她身上，赤身坦然地走到厨房：“你要不要喝水？”

她哑着声慵懒地用鼻音哼了哼。

没过多久她就被温柔地托着头扶起身，慢慢喝了点水。

“我要回卧室休息。”大厅还亮着灯，暴露在灯光下令她觉得羞耻极了，罗莉同学任性地发布命令，“我不管，你要抱我上去。”

“……”

严爸爸沉默了下，还是诚实地道：“我抱你去隔壁的客房休息好吗？卧室在二楼，我现在恐怕没办法抱着你走上去。”

“咦？！”罗莉震惊地指控，“为什么？你不是说我轻得像羽毛一样？”

“……”因为那是骗你的。

严爸爸清了清嗓子，有些窘迫地道：“因为之前太消耗体力了。”

她失望地看着 Boss：“哦，我知道了，一定是你年纪大了。”

严熙冬：“……”

默默拔去心口上的刀，严爸爸为了捍卫尊严，认真地科普常识：“正常男人都是这样的，和年龄没有关系。”

“啊，是这样吗？”罗莉颇有落差感，作死地道，“感觉男人一下子变得好弱。呀！你要干什么！”

严爸爸扶了扶眼镜，风度翩翩地回答：“你猜。”

为了维护世界和平，为了全体男性的尊严，义不容辞的严爸爸身体力行地让她明白了自己的男人究竟弱不弱。

“昨晚熬夜了吗？怎么你今天看上去好像睡眠不足？”午休时间，郝萌托着腮，看着吃饭吃着吃着就快咬着筷子睡过去的小罗莉。

“没、事！”罗莉不堪回首地捂住脸，“别提了。”

“好吧。”郝萌朝着隔壁办公室抬了抬下巴，“怎么样，她们昨晚吃够教训了吗？今天还找不找你的麻烦。”

罗莉想起这一早上瑞娜和莫莉见了她就像老鼠见到猫一般，远远地绕着走，同事们也莫名对她热络非常，迟疑着道：“应该是不会了。”

“那就好。”郝萌揽过她的肩膀，“不过昨晚你除了我们教你的那两句，其他时间怎么光会笑，这么难得的机会，不高调一点多表现一下自己？”

罗莉老实地道：“我害怕说多了会暴露智商。”

真是很有道理，郝萌无言以对。

“好在你的存在就足够拉嘲讽了，不开口刷存在感也没事。”郝萌苦口婆心地再次唠叨，“记住这次的教训，以后要三思而后行，别再泄露隐私。”

罗莉嘟囔着：“知道啦。不过要是有些人就爱打听这些，大家都是一个公司的，又不好意思撕破脸该怎么办？”

“那你就模糊焦点，或者干脆答非所问。”资深白骨精郝萌开班授课，“比如在公事上，要是他们问你‘工资或者抽成怎么样啊’，你就说‘还行吧’。要是他们不知趣地再细问具体是多少，你就说‘有多有少’。总之就是不要具体告诉对方。如果是私人感情方面，比如‘有没有男友啊？怎么认识的’或者是‘男友什么工作，家境怎么样’，你可以说，‘现在比较忙，以后有空再说吧’。懂了没有？”

“懂了。”罗莉感动地抱住萌萌蹭蹭，“我觉得自己真的很幸运，总是能够遇到棒棒的人！”

郝萌嫌弃地一只手挡在罗莉脸上：“行啦，对着你的 Boss 撒娇好了！昨晚还是我第一次见到本人，挺好的呀，没你说的那么糟糕。”

“知人知面不知心，他就是一衣冠禽兽。”

“听起来充满血泪呀。”郝萌坏笑着勾了勾罗莉的下巴，“我怎么觉得他是被你迷得神魂颠倒，情不自禁？”

“不，他自制力还是在的。”罗莉忍不住怨念地道，“萌萌，你相信吗，这个世界上真的有那种在 kiss 到气氛正好的时候，突然停下来说‘我去洗个手’的男人。”

“那他上辈子一定是拯救了银河系才会遇见你，终结原本注定孤独终生的命运。”

又一年的脚步走到了尽头，莫莉在勉强上了一周班后还是选择了离职，瑞娜则夹起尾巴，低调了许多。

年假前一天，连续加了数天班的罗莉在格子间解决早餐，她从包包掏出鳕鱼三明治咬了一口，突然从胸口泛起一阵恶心。

第十八章

何其有幸，遇见你

食物过期了?

这是涌上脑海的第一个念头，罗莉迅速吐出口中的三明治，抚着胸口喝完半杯热开水，才把这股突来的恶心劲儿给压下去。

“怎么了？”隔壁间的 May 听到动静关心地道。

“没事，可能是这块三明治不新鲜了。”罗莉心疼地将刚刚打开的三明治扔进垃圾桶。

May 从旁边递来两包密封装的蒸蛋糕：“你先吃点东西垫垫肚子，还好昨天超市促销我买了一大盒，不够吃我这里还有。”

“嗷嗷，爱死你了！”

“罗莉！手头的图纸完稿了吗？传过来！”

才刚拆开包装，组长的催促便紧跟着传来，罗莉忙在三秒内将小巧的蒸蛋糕塞入口中囫囵吞下，草草擦了擦手，又全心投入繁忙的工作中。

这是今年最后一天上班，各部门催促着他们将手头的项目完工，不要拖到来年。

由于这段时间还要兼顾私活，罗莉剩下的公司项目比较多，午休时间也没来得及休息，当郝萌找来时，她正咔嚓咔嚓地咬着一块干方便面对着电脑把图层覆盖罩色。

郝萌看不惯地拔出她嘴角剩余的泡面：“人是铁饭是钢，走，先歇一会儿，我们出去吃。”

“哎等等！我现在正有灵感呢，走不开。”

“那我打电话叫餐。”郝萌在罗莉又扑上来抢泡面时一只手摁在她脸上，“这种垃圾食品少吃点，防腐剂地沟油吃多了变成木乃伊就不美了。”

“好吧，”被戳中死穴，罗莉讪讪地坐回去，见郝萌开始拨电话，她忙道，“别叫跟鱼有关的套餐，早上吃了口鳕鱼三明治差点没吐死，我现在对鱼类有阴影。”

“那就鸡腿饭？”

“感觉太油腻，没食欲，你帮我选份清淡点的。”

郝萌点完餐，回头看了看罗莉的爪子又分秒必争地粘回键盘上，她皱起眉搓了搓下巴：“不对啊，你平时不是最爱吃鱼和大鸡腿，突然口味大变……有问题！”

一门心思全扑在工作上的罗莉心不在焉地道：“什么问题？”

她石破天惊地一句：“你这个月大姨妈来了没有？”

“啥？”

郝萌两手往她脸上一拍，朝自己的方向一扭，强迫她把注意力从电脑上移开：“我说，你还记不记得这个月到底姨妈来了没呀？认真点想！”

罗莉立刻领悟了她的言下之意：“应该不会吧？”

“到底来了没？”

这个月忙得昏天暗地，罗莉花了几分钟努力回想上个月的例假期，犹疑地道：“好像，比上个月晚了五天？不过我大姨妈经常迟到早退，以前还有晚到半个多月呢。”

郝萌眼神复杂地看了她一眼，压低了声：“最近有没有戴好小雨衣？”

罗莉涨红了脸，做贼般也跟着压低了声：“有啊，除了安全期，危险期都有戴。”

“那意思就是说安全期都没有？！”郝萌倒吸一口凉气，“谁告诉你安全期就安全的！”

罗莉也震惊了：“安全期不安全吗？”

“安全期只是中奖的概率没有那么大，不代表绝对安全啊。”郝萌忍不住又伸出一阳指对着小罗莉的脑袋戳戳戳！“脑子是个好东西，你值得拥有。”

罗莉尚且抱着一丝侥幸："应该不会这么准吧，我，我之前几次安全期都没事啊。"

行动力超强的郝萌直接拉着她的手出办公室："别再磨磨蹭蹭了，还不赶紧去买验孕棒！"

被赶鸭子上架的罗莉站在药店门口，好姐妹把她推出公司大门就被上司一个电话叫走，罗莉顿觉自己犹如独闯龙潭虎穴，心里实在发怵，在药店门口徘徊了一圈后还是牙一咬，推开门。

"请问需要买什么类型的药品？"

罗莉脸皮薄，面对店员的询问，她支吾了下，小声地道："那个，你们有没有验孕棒？"

想不到眼前这位看上去妩媚妖艳的大美人竟会如此腼腆，店员暗暗惊讶，又觉得有种说不出的反差萌，忍不住也放柔了声："有的，请问需要哪一种呢？"

还有好几种？怎么办，她也不知道该买哪种？"你能大概说一下有哪些？"

"按照价位的话，分为两元、五元、十元和十五元。您可以自由选择。"

罗莉只得抓瞎："那就每样都来一份。"

店员嘴角抽搐了下："呃，也可以。虽然验孕棒什么时候都可以测，但也不一定准确，要得到最精确的结果，最好还是选择早上再测。"

"好的，谢谢。"

匆匆忙忙回到公司的罗莉紧攥着包，仿佛包里放着的不是四条验孕棒，而是四颗炸弹。

镇定，要镇定！

或许是你想太多了呢？

罗莉下意识地安慰自己，她今年二十五岁，可以算适婚女性，但她觉得自己似乎还没有做好成为一个母亲的心理准备。

这对她而言太遥远了，罗莉紧张地咬手指，虽然强迫自己继续投入工作，但整个下午她都心神不宁。

好不容易，终于赶在八点前把工作了结，罗莉忙得连晚餐也来不及吃，却也没有太多食欲。起身时头有些晕眩，她忙扶住桌沿撑住身子，缓了几分钟后手机突然叮的一声响起短信提示——

Boss：忙完了吗，我在你公司附近，现在过来接你?

罗莉扶着桌子瞪着手机，有心想把萌萌的猜测告诉他，却又希望只是自己虚惊一场。

“不管了，我先试一下！”

焦躁不安的罗莉从包中随便抽一条验孕棒，进了洗手间。

等待的三分钟真是度秒如年，但随着验孕棒上渐渐浮现出的浅红色第二条杠时，罗莉脑袋轰的一声，眼前一黑——不是形容词，是她眼前真的一黑，天地在旋转，她手脚沉重无力地朝后倒去，倚靠着身后的墙面软软滑落在地。

恰好身边的手机在此刻响起，她委顿在地，用尽最后的力气按了通话键。

Boss熟悉悦耳的声音响起：“我在你公司楼下。”

她听不清他的话，仿佛耳边所有的声音都正飞快地离自己远去，只道：“我的头好晕，熙冬，你快上来找我。”

严熙冬面色一凛：“你现在在哪儿？我马上上来。”

那个虚弱无力的声音却没有回答他的话，而是娇娇弱弱地，扔下一颗重磅炸弹：

“对了，我，我好像怀孕了。”

正握紧手机大步流星的严Boss没来得及住腿，砰的一声撞上了墙柱。

“病人身体无碍，只是血糖偏低，应该是由于这段时间的疲劳和饮食不规律所引起。有些妈妈在怀孕早期时由于身体内分泌的变化，也会出现一些头晕的症状，这也是妊娠反应的一种，对胎儿不会有太大影响。”

医师收起检查报告递给面前心急火燎的男人，声音和缓地道。

闻言严熙冬一直紧绷着的神经终于也稍稍松了几分，他追问：“那需不需要开安胎药？还是再留院观察几天？”

“病人身体其他数据都很正常，可以回家休养。如果你实在不放心，我们也可以安排留院。”

喝完一杯葡萄糖水，罗莉觉得自己已经好了许多，她轻轻地拉了拉严熙冬的衣角，委屈地扁了扁嘴：“我不要住院。”

严熙冬无法，他低头握住她不安分的手，放柔了声：“现在头还晕不晕，难受吗？”活脱脱的百炼钢化作绕指柔。

她乖乖地冲他眨巴着眼撒娇：“好多了，人家想早点回家休息，医生也说没有问题啦。”

“好吧，我们回家。”严熙冬只得投降，临到门口他又想起一件事，猛地回过身，掏出手机点开录音模式举到医师嘴边，“医生，请问孕早期还有什么地方需要注意？”

医师：“……”

沉默了片刻，医师一脸木然地对着手机道：“像她这种情况，要注意多休息，不要提重物，避免过度劳累就好。饮食方面也要加强营养，少量多餐，菜色不要过于油腻，多吃水果核桃和新鲜蔬菜，避免食用活血和生冷刺激性的食物。另外，叶酸也可以开始吃了，记得定期来医院孕检。”

“没了？”这么快就说完，严爸爸有些不满意。

“还有前三个月最好避免同房。”

严熙冬干咳一声，依然举着手机：“还有呢？”

医师木然道：“没了。有其他问题记得看医生就好。”

严熙冬扫了眼他桌上的名牌：“行，我记住你了，以后还找你。”

“……”不要啊！

罗莉觉得自己已经被贴上“小心！易碎！”的标签。在医院旁边的小面馆吃了一碗清汤面，严爸爸全程可以用虎视眈眈来形容的关爱眼神令她觉得吃得胃疼。开车回家的路上，原本要经过一段颠簸的小路，这次严爸爸特意远远绕开这条路，兜了一大圈弯子才到家。

好不容易回到家里，罗莉垂着眼，小心地从眼尾偷窥严熙冬的脸色。但走出医院之后，他脸上的表情已经重新恢复了往日的平静，令人难以揣摩他的想法。

在漫长的沉默后，严熙冬先开了口："我一会儿去把车票退了，今年我们就留在上海过年吧。"

"啊？可是我已经跟家里说后天会回去的。"

"十几个小时的车程，太危险了。"严熙冬不容置喙地道，"明天由我来跟叔叔阿姨说吧。"

提到爸妈，罗莉心生怯意，好吧，她𡲢了，不敢跟家里报信，默认了严爸爸的安排。

"要吃什么？我去给你准备夜宵。"见两人意见达成一致，严爸爸满意地走到冰箱前，准备投喂自家小罗莉。

"等，等下，我才刚吃晚饭没多久，不用这么快准备。"

严爸爸自言自语道："冬天吃羊肉最好，我先拿出来退冰。你还有什么想吃的水果？我明天去买。"

"那个，家里有苹果和橙子，不用再买了。"

严爸爸继续自顾自地做决定："那就樱桃吧，都说孕妇吃樱桃比较好。"

罗莉："……"

既然什么都已经决定好了，还老问她干什么。

这样看来，虽然不像电视电影中那些高喊着"我要做爸爸了哈哈哈哈"的男主角，但 Boss 应该……也挺欢迎一个新生命的到来？

听着厨房里乒乒乓乓的声响，罗莉踌躇着，慢腾腾地挪到饭厅的推拉门前，既然，既然他希望她能留下这个孩子，那关于他们的下一步，他有什么打算？

正在做菜的严爸爸回头看见罗莉："还想吃什么吗？"

罗莉下意识地摸了摸自己的脸，简直怀疑自己头上是不是贴着"我好饿"三个大字："没有啦。"

严爸爸直接挥手把她赶出厨房："没有就回去坐着，这里都是油烟，不要进来。”

“好。”

罗莉讪讪地离开了，到底还是没好意思问出——“你打算什么时候娶我？”总感觉这是在挟子逼婚。

要是生了娃再结婚，她一定会先被老妈打死！要是想在生娃前结婚，那就要赶紧筹备婚礼，她不要挺着个大肚子结婚啊啊啊！

然而直到睡觉前，Boss 也没有开口。

罗莉满怀心事地躺在主卧房的大床上，纠结地摸着肚子。

“今晚我去客房睡，你先休息吧。”严熙冬站在床头，抚了抚她的长发，转身出去了。

“啊？”

罗莉看着他的背影，随着门被关上，她恨恨地翻身捶了下枕头。混蛋！这样让她怎么睡啊！

死要面子的罗莉在床上翻来覆去大半夜，也不知什么时候睡着了。再次醒来，隔着厚重的窗帘室内也已经蒙蒙亮了，她摸索着按亮手机：八点二十分。

大冬天，难得的假期，温暖的被窝极具诱惑力，但她挣扎了三秒，还是爬起身。

径自走到客房前，她扭开门——没人？

被子叠得整整齐齐，她摸了摸铺面，是冷的。床头放着一同叠好的睡衣，看来昨晚他确实在客房休息。

这大清早，他去哪儿了？

罗莉按下手机：“您好，你所拨打的电话暂时无人接听，请稍后再拨……”

罗莉正要再按一次，Boss 已经迅速回拨电话：“醒来了？我正在开车，你等一下，我一会儿就回来。”

半个小时后到家的严熙冬脸上微带疲色，眼底有淡淡的血丝，他脱下大衣将一大一小两个包装盒放在餐桌上：“你喜欢的那家海鲜锅边和栗子蛋糕。”

海鲜锅边是家乡菜，那家锅边店离这里有近一个小时的车程，店主是F市人，只有他们家做得最地道。罗莉惊喜又感动：“你特意去给我买的？”原本对他的不满也瞬间消失大半。

“你前两天不是想吃他们家的海鲜锅边吗？”严熙冬试了试温度，“还没冷，快趁热吃吧。”

“亲爱的，你真好！！”

罗莉痛痛快快地开动了，清淡又鲜甜的汤汁让她一口气吃完还觉得能再战一碗。不够满足的她将爪子又伸到一旁的栗子蛋糕，在拆开包装的一刹那，她怔住了。

只见蛋糕表面用巧克力酱写着两个英文单词：

Marry Me!

她瞪大了眼，措手不及地愣在原地。面前的严熙冬已经单膝跪地，从怀中掏出小巧的戒指盒，打开，双手托到她眼前：“罗莉，嫁给我，好吗？”

从来就不解风情，不知浪漫为何物的严Boss就连求婚也俗套得没有太多创意。他认真又坦诚地道：

“我身上没有太多钱，这颗钻戒只有五十分，里面还有三千块是我一大早去找二弟借的。年假结束公司明年还有新的推广任务，所以，婚礼只能从简，而且我们可能也不会有蜜月。”严熙冬说到这里不禁自责地皱紧了眉，“你值得最好的，原本我是想等债务还清后再给你一个盛大的婚礼。对不起，现在的我什么都给不了你。”

“怎么会啊！”即使他买不了大钻戒，这颗五十分的小钻还是凑钱买的，没有盛大的婚礼，也不会有蜜月，但罗莉却开心地笑了，“我很喜欢这个戒指，而且铺张盛大的婚礼也太烦琐太累人了，没有蜜月正好呀，我现在需要多休养，也没办法到处去玩。”

“可是我还剩一部分债务没还完。”

“那也没关系呀！你这么厉害，一定不会有问题的！我还可以陪着你一起加油啊。”在她心目中，他永远是无所不能的 Boss！

罗莉朝他掌心那颗小小的，却耀眼无比的钻戒伸出手：“还要啰唆多久，不帮我戴上吗？”

严熙冬蓦地将她紧紧抱在怀里，能够遇上她，能够爱上她，能够得到她的回应，他是多么多么幸福哪。

他缓缓将戒指戴在她的无名指上，发自内心的承诺：“我会努力赚钱，会尽我最大的努力，会做一个最好的爸爸，给你一个最幸福、最坚固的家。”

她垂眼看着手中的钻戒，露出比钻石更耀眼的笑容。

“好啊，我等你养我。”

常言怀胎十月，其实这是从最后一次月事算起，真正怀胎的日子差不多九个月。

罗莉低头看着平坦的小腹，通常怀孕三四个月后就会开始显怀，她现在肚子已经有一个多月了，婚纱照也要赶紧拍起来！唔，她还想穿着心怡的婚纱举行婚礼，合八字选吉日双方家庭会晤已经刻不容缓。

罗莉忐忑地看着严 Boss 故作淡定地对前来询问大哥什么时候回家的严熙秋，饱含炫耀地通知了这一爆炸新闻后，电话那头的一家子霎时沸腾了！虽然听不见谈话内容，但从严 Boss 快速切换的称呼中可以推出，短短一分钟之内话筒已经从严熙秋转到严妈妈再转到严爸爸，最后又被奋力抢回到严妈妈手中。

罗莉腿有些软。

“好的，好的。是，我们会注意的，这几天我们就留在上海，不回去了。知道了，我会好好照顾她。”

经历了半个多小时的电话轰炸，严熙冬终于满足地放下电话。

等在一边听壁角的罗莉期期艾艾地对手指：“那个，没问题吗？你家里人会不会觉得太突然了？”

“会啊。”严熙冬一口应道，在罗莉还来不及沮丧的时候大手将她往怀里一带，“我妈吓得把二弟送她的茶具都摔了，她老早就急着抱孙子，自从我过了三十，年年回去都要被她催婚，一听到这个消息，要不是顾着熙夏今年过年要带女友回家，她能马上打飞的过来亲自照顾你。”

“那就好。”罗莉微微窘迫地低了头，才刚松了一口气，就见严 Boss 又抬起手机，“对了，还要通知叔叔阿姨一声。”

“等等，我来！”罗莉忙按下他的手机，她后来又仔细想过，毕竟这是人生大事，最好还是由自己亲口告诉爸妈。况且这一年来严 Boss 不拘节假日，越发经常地给她的爸妈送去节礼，尽管一开始被尴尬地拒绝了，但他依然持之以恒地继续送。人非草木，面对严熙冬隔三岔五的关怀电话短信，罗妈妈从一开始的冷场僵硬，再到慢慢地缓和下来，近了年底，甚至还能坐下小聊片刻。

这样来看，爸妈或许已经没有那么反对他们了？罗莉原本还想再磨个一两年滴水穿石，然而这个意外降临的小客人却打乱了计划。她摸摸扁扁的肚子，虽然，虽然心虚得厉害，但她还是勇敢一点，主动交代。

罗莉迂回试探：“妈，前阵子你不是说小姨做奶奶了。”

“是啊，怎么啦？”

“那你想不想做外婆啊？”罗莉小心地道，“你的外孙或者外孙女已经发货，九个月后就能到了。”

“什么？！”

罗妈妈的声音瞬间提高八度，直透听筒。

罗莉吓得低了声，紧紧揪着身边严熙冬的袖子，弱弱地坦白道：“就是，就是那个，妈，我怀孕了。”

“她爹，孩子她爹，快扶住我！”罗妈妈捧着脑袋被罗爸爸迅速扶到沙发，对着一头雾水的罗爸爸复述一遍后，下一秒电话那头就传来了男高音二重奏，“你说什么？！”

罗莉鼓起毕生的勇气：“爸，妈，对不起。原来我们是打算等过两年经济好点了再结婚，但现在既然有了孩子，我们希望能征得你们的同意，能够答应我们的婚事。”

“你！你！”罗妈妈在电话那头“你你你”了半天，愣是没吐出下半句。

罗莉担心地急道：“妈！你可千万别太激动啊，冷静，冷静，慢慢地深呼吸。”

“这让老娘怎么冷静？”

罗莉又羞又愧：“妈，都是我不好，你别气坏了身体，等过完年我就回去让你骂个够。”

“你还回来干什么？”罗妈妈大声怒斥道。

罗莉垂下头憋住眼泪：“妈，对不……”

“前三个月就乖乖待在上海安胎，我们过去照顾你！”

“啥？”

罗妈妈直接拍板：“这段时间你哪儿都别去，我和你爸过完年就订机票过去，就这么决定了。”

罗莉简直不敢相信自己的耳朵：“那，那你们是同意了？”

罗妈妈沉默了片刻，终究无奈地吁了口气：“不同意还能怎么样呢？”

毕竟天下父母心。

罗家爸妈并非嫌贫爱富的势利人家，原本不看好严熙冬也是因为听闻他身负巨债，担心女儿嫁给他吃苦受累，然而自家的傻女儿已经用实际行动表明了非卿不嫁，而严熙冬也确实是个很优秀很有诚心的孩子。最重要的是，现在女儿肚子里还多了一个小外孙。

年龄越大越喜欢孩子的罗爸爸罗妈妈怎么也舍不得开口让女儿不要这个小外孙，即便一肚子气，也只得无可奈何地选择了妥协。

孩子已经大了，有了自己的想法和决定，即使作为父母依然对他们不放心，也该试着放手了，未来的人生方向由他们自己掌舵。

罗莉完全没想到会这么顺利，她激动地拉着严熙冬摇了摇手机：“我爸妈答应了！”

原本已经做好长期抗争的准备的严熙冬忍不住惊喜地环住她的腰：“太好了！那我打电话回去，让家里人选个日子，我回去上门提亲。”

“不用回去了，我爸妈过两天就来。”

严熙冬略一沉吟：“行，我爸妈年后也要过来看你，到时候跟叔叔阿姨商量一下具体日子和聘礼要求。”

“那我呢？”罗莉懵懵然道，“我需要做什么？”

“你只要养好身体，有空去看看喜欢的衣服首饰和婚纱样式就够了。”严熙冬道，“订婚那天按规矩男方要送三套服装、化妆品，还有五金。你喜欢什么，我去买。”

眼看婚礼被提上日程，罗莉托着腮，忽然百感交集：“好快啊，我觉得我的青春就要结束了。”

严爸爸揉了揉她的发顶，慈爱地道：“我知道。”

“你才不知道呢，”罗莉摇开他的手，毫不留情道，“你有过青春期吗？”

严熙冬：“……”

这个小气鬼！绝对是公报私仇！

是夜罗莉抱着枕头悄悄地戳开客房大门，偷溜进去。

一分钟后，被严熙冬提溜着衣领拎出来：“回卧室去。”

“为什么！”罗莉委屈兮兮地反手抱住他的腰，“我不去！我要跟你睡！”

严熙冬俨然已经进入严父状态，肃着脸：“你已经做妈妈了，要乖一点。”

“我不！不、不、不！”罗莉摇头狮子附身，“我不要再跟你分房睡！”

从前天发现她怀孕之后，严 Boss 就自动自觉地搬去书房睡。为什么！我已经不是你最爱的宝宝了吗？

严熙冬摸摸她的头：“你就不怕我睡着了习惯性抱着你，压到宝宝了怎么办？”

“不怕！”

“我怕。”严熙冬摸了摸她绵软的肚子，摸着摸着，热热的大掌禁不住顺着平滑的曲线往后游，一路游到那挺翘的小屁股上，下意识地揉了揉。

罗莉涨红了脸，要，要开始吗？可是之前他不是说怕伤了宝宝，前三个月要禁欲。

“你看，”熏人欲醉，带着一丝撩人沙哑的男低音停在她耳畔，令她的耳蜗不由酥麻起来，“要是跟你在一个房间，我会忍不住，你真的不怕吗？”

“没关系，我不怕！”罗莉勇敢地道，依然红着脸，腾出一只手开始解扣子。“我真的怕。”严 Boss 无情地撕开贴在身上的罗莉牌粘纸，将她直接提溜到卧室，“乖一点，早上醒来就能见到我了。”

罗莉：“……”

这不是最糟糕的。

当第二天早晨八点哈欠连天的罗莉在被叫醒之后，严熙冬眼尾扫过她握在手中电量只剩下 10% 的手机，镜片一闪——

“嘤嘤嘤！我错了，不要没收我的手机。”

从此以后，睡前抱着手机刷帖看书的美好日子一去不复返。

为了帮准妈妈建立良好的作息习惯，严 Boss 每晚在十点后断网，早上八点定时叫她起床。

冬天睡前不能在暖暖的被窝里刷手机！早上不能赖床到十二点！人生还有什么意义！！

悲愤不平的小罗莉愤愤地蹲在厕所里抱着手机不出来。

十分钟后。

笃笃笃！

严 Boss 过来敲门：“好了吗？”

罗莉崩溃地抱头：“我带着手机去厕所也不行吗！”

“可以。”门外，严 Boss 淡定地道，“我只是关心一下你有没有便秘？”

罗莉捂住耳朵，为什么他能这么平静地对她说出这两个字：“这种事情不要你关心！”

“怎么能不关心呢？”严爸爸用着教育不懂事的熊孩子的口吻，缓缓地道，“妊娠便秘的孕妇在临床中比较多见，不要觉得羞耻，诚实地告诉我。”

“我没有！”罗莉恨不得以头抢地，一点也不想再继续跟他探讨这个问题，“我不会便秘！现在不会，以后也不会！你不要再研究这种事了！”

严爸爸一肃容，进入学霸模式，扶了扶眼镜开始认真地科普：“便秘不会以个人意志为转移。况且怀孕后，由于孕期体内分泌大量的黄体酮，它可以使子宫平滑肌松弛，但同时也令大肠的蠕动减缓。尤其是到了孕后期，由于子宫不断增大，重量增加，压迫到大肠，造成血液循环不良减弱了排便的功能，也容易形成痔疮……”

随着“痔疮”这两个字落下，罗莉脑中最后一根弦崩裂——

“你！闭！嘴！”

罗莉：今天是接受求婚的第三天，想悔婚、悔婚、悔婚。

第四天是正月初一。

俗话说初一饺子初二面。

作为历来春节不可或缺的主角，严熙冬一票否决了罗莉去超市采购冷冻水饺的建议，作为老派人士，他一边熟练地和面一边道：“过年，吃的就是年味儿。当然要自己亲手包饺子才好。”

罗莉只得说实话：“事先声明哎，我饺子包得……有点丑，待会儿不准嫌弃！”

“没关系，我包得好看，你吃我包的就好。”

“既然这样，那我就不包了，给你打打下手，负责煮饺子就好。”

严熙冬沾着面粉的修长食指轻轻一点她的鼻子，留下一圈小白印，笑道：“但我就想吃你亲手包的饺子，再丑也没关系。”

被触动少女心的小罗莉捂着怦怦跳的小心脏去洗手准备。

将面团和好了放入冰箱冷藏十几分钟，严熙冬从冰箱取出事先冻实的肉。

罗莉小心地戳了戳硬邦邦的冻肉：“为什么要冻起来？这样硬邦邦的怎么剁？”

凡事注重效率的严 Boss 亮出擦菜板：“一个小技巧，先用擦菜板将肉擦成细条后再剁，可以省时省力得多。”

“哦哦！”罗莉不明觉厉，一比桌案另一头洗好的白菜，“那先擦菜再擦肉会不会更好一些？”不然等擦完肉，擦菜板里都是肉沫，不好操作呀。

浑身闪耀着厨神光环的严 Boss 忍不住对厨房白痴投去怜悯的一瞥，“为什么要擦菜？白菜肯定是剁的好。”

“我知道，我闭嘴。”

“别灰心，加油！”

“等等，你知道什么是包饺子吧？”

罗莉用力点头：“知道啊！”

“你手上的饺子下锅后，会在五分钟之内爆成饺子皮和馅。”

“啊？”

“别灰心，加油！再来一次吧！”

“等等，你真的知道什么是包饺子吧？”

“知道啊！”

“你手上的饺子，为什么没看到馅啊？”

罗莉调整一下手势，换了个角度，指着底部一处微乎其微的突起，“看！在这里！”

“还真的……挺不容易看出来的。”

“我只是担心会像上一个那样爆掉……啊，为什么要捏扁我的饺子！”

严 Boss 淡淡地道：“我不太喜欢吃饺子皮。”

“……”

“再来一次吧。别灰心，加油！”

“等等，你知道什么是包饺子吧？”严爸爸疲惫地道。

同样疲惫的罗莉：“我已经不知道了！”

“那就出去看春晚吧，乖。”

屡败屡战，屡战屡败的严 Boss 终于放过了彼此，也终于知道这个世界上有一种人，厨艺的技能条永远是灰色。

终于能吃到饺子时罗莉忍不住热泪盈眶。

依然厨神光环在身的严 Boss：“好吃到哭起来？”

“不，是终于不用再包饺子了！”

"……"

跨年前半小时，严熙冬挽起袖子将两箱烟花抱上别墅天台。

罗莉则带上自己喜欢的仙女棒："新年第一炮要让我放！"

"不行，太危险，你站远一点。"严熙冬不容置喙道。

罗莉扁了扁嘴："好吧。"

虽然心里不满地嘟囔着，但当绚丽的烟花如疾驰的流星般冲破天幕时，美丽的画面令她忍不住扬起了嘴角。

欢快地呼啸着，纷纷扬扬汇聚在一起的花火在头顶炸开，又如光之雨般星星零零地坠落。

"新年快乐。"罗莉仰起头，在恋人的镜片上看到了笑得眉眼弯弯的自己。

"新年快乐。"严熙冬摘下眼镜，那双惯常冷淡的细长黑眸中带着暖融融的情意，微微阖上，他低下头轻轻地吻上她的唇，"我爱你。"

"我也爱你。"

三秒后，严熙冬抬起头："你刚才是不是没刷牙，我尝到了韭菜水饺味。"

恼羞成怒地罗莉大吼一声："闭嘴！"芊芊玉手拉住 Boss 的领带将他狠狠往下一拽，娇蛮地封住那张嘴。

今天是接受求婚的第四天，想悔婚、悔婚、悔婚。

在新年的钟声中，这峰回路转，宛如过山车般的一年终于落下帷幕。

这一年，诸多股民的财富在上半年实现了十倍，甚至数十倍收益的疯狂增长，人生发生了梦幻般不可复制的改变。

然而一夜暴富后，没有选择在此刻收手的人，在下半年全球金融海啸的无情冲击中从天堂掉落地狱，从笑容满面至目瞪口呆，倾家荡产万念俱灰。

这一年，原本走在人生赢家的道路上，笑傲群雄的严熙冬从预警、挣扎、无力回天，眼睁睁地看着自己的心血被一同拽下深渊，破产，拼死一搏，终于跌跌撞撞地换了起点，重新起航。幸运的是，在人生最低谷时，像他这般无趣，又失了事业债务累累的人，竟能得到她的全心相待。

更幸运的是，在新旧历年的交接，她还为他带来了与他骨血相融的小生命，带来了一个家。

何其有幸，我遇见了你。

何其有幸，我爱上了你。

第十九章

不一样的水深火热

化身为家庭主夫的严 Boss 包办一切家务的后果就是在短短几天之内彻底宠坏了小罗莉。

难怪俗话说由俭入奢易，由奢入俭难。

被衣来伸手饭来张口的日子腐蚀了几天，Boss 这天一早出门公干，孤身一人在家的罗莉便颓废模式全开。

虽然没有 Boss 强迫唤醒，但是生物钟到点了就自动醒来——不开心！

虽然桌上 Boss 已经备好了饭菜，但是要吃还要自己再回锅热一遍——不开心！

吃完饭还要自己洗碗，洗衣机里的衣服要自己拿去晒，下楼遛弯没有 Boss 陪这个是重点。

Boss 的糖衣炮弹我天天都想要！

罗莉双手捧着脸，眼巴巴地盯着墙上的时钟，决定等 Boss 回来一起遛弯，纤弱的指针在她的死亡凝视下瑟瑟发抖着，艰难地停在了下午三点。

为什么离傍晚还有三个小时？度日如年的罗莉觉得自己快蹲成了望夫石。不行，只是被投喂饲养了几天，怎么能这么没志气！

她起身换了套运动服准备去附近的广场消磨时间，等下，罗莉经过穿衣镜时停下，会不会太邋遢了？虽然现在因为怀孕不敢化妆，但还能穿漂亮的衣服嘛。

重新换了一身橘红色及膝大衣的罗莉在穿衣镜前再次停下，好像，有点太亮眼了？素颜的脸 hold 不住这么亮的颜色。

算起来，现在是不是也该开始物色一些宽松的衣服？说风就是雨的罗莉索性站在衣柜前开始翻起自己的库存。

真正出门已经是一个小时后，被宠出懒癌的罗莉环视着满地狼藉的房间，任性地决定等 Boss 回来了让他整理。

既然敢宠坏她，就要做好随时收拾烂摊子的准备。

原本只是要去广场散步，然而即便是怀孕，也想穿得美美的罗莉直接改变路线，前往了购物街。

等到夜幕降临，拎着满满战利品回家的罗莉兴致高昂地推开门，发现原本胡乱躺在玄关的鞋子都被统一收进鞋柜，门口整齐地摆放着拖鞋，丢在客厅地毯上的靠枕已经重新放回沙发，餐桌也被收拾干净，洗碗池中的碗筷也已经洗净收好了。

Boss 这么快就回来啦。

她既甜蜜又心虚，摸了摸鼻子，悄悄地从衣袋中取出刚买的黑色蕾丝性感睡衣，这是她独守空闺多日后摸出的杀手锏。

屋里开着暖气，罗莉同学点开大厅的音响，碧昂丝的 Sweet Dreams，甜蜜又慵懒的声线袅袅萦绕在大厅。她千娇百媚地边走边换衣服，脱下的衣物从大门到卧室铺成一条绮丽的线，快到卧室门口时，她刻意解开长发，揉了揉，又撩松了几分，握住门把手一边扭开，一边娇滴滴地拉长了声：“亲爱哒，你觉得我这件刚买的睡衣怎么？啊！！”

隔音良好的卧室内，正在收拾被罗莉丢了一地的衣服的严妈妈抬起头，震惊地看着眼前，只穿着一条短得刚刚盖过屁股的轻薄睡衣的火辣女郎……

“……”

早已见过未来准婆婆照片的罗莉，僵硬地提起滑到手肘的单边吊带，干巴巴地打了个招呼：“嗨。”

一道手机铃声及时解救了这个僵局，谢天谢地，罗莉看着来电显示上闪烁的 Boss 大名，还好提包没有顺手扔在路上。

“我快到家了，罗莉，见到我妈了吗？她想给我们一个惊喜，今天提前过来。”

罗莉生无可恋地闭了闭眼：“啊，见到了。”

“嗯，那你们好好聊聊，我马上回来。”

罗莉回头环视一路从大门脱到卧室的衣服，碧昂斯依然性感沙哑地唱着：Boy you're my temporary high……

罗莉木然地与面前表情复杂的准婆婆面面相觑了几秒——

她开始怀疑人生。

严熙冬提着菜回到家后总觉得有什么地方不对？

房间收拾整齐，厨房干干净净，罗莉与妈妈各坐在沙发一侧等他，只是，罗莉的视线恍惚闪烁，老妈的眼神在他们俩身上打转时略奇异？

其实准确来说，严妈妈是被这个向来严肃自持的大儿子如此丰富多彩的感情生活震慑到了。

她以为大儿子喜欢的是清纯文静小百合，或者是端庄贤淑贤内助，然而她大老远飞过来见到的，却是美艳波霸狐狸精。

是她一直以来太忽略大儿子的精神世界吗？结婚在即，才发现未来儿媳跟她想象中是一百八十度大转弯。

想想今天来时没有收拾的餐桌，洗碗池堆积着没有清洗的碗筷，满地狼藉的卧室，还有刚刚超乎想象震人心魄的初遇。

怎么办，她还没有做好儿媳妇是个狐狸精的心理准备。

看着板正冷肃的大儿子提着一篮菜进门，熟门熟路地走进厨房套上围裙……严妈妈忍不住晕眩了下，随即便见他又匆匆走了出来，从衣袋中掏出一个小小的礼盒托在罗莉面前。

盒子被打开，以青铜为叶，三串小巧的殷红石榴石团成的覆盆子胸针静静躺在他手心：“喜欢吗？”回来时经过一家饰品店的橱窗，他第一眼见到这枚胸针时就觉得她一定会喜欢。

“呀！好漂亮！”原本心情低落的罗莉顿时精神振作，双眼波光粼粼，“正好可以配我的新年大衣呢！”

严熙冬扶了扶眼镜，轻轻地刮了刮她的鼻子：“你喜欢就好。”

措手不及地被塞了一把狗粮的严妈妈："……"

她的大儿子一定是被调包了！

严妈妈心酸地蹂躏着背靠的抱枕，将一排流苏边搓成了大麻绳，她的冬冬啊！这三十多年从来就没见他给她送过什么贴心小礼物！

对一切浑然不觉的严熙冬吃饭时见罗莉一直低着头，不敢直视对面桌的严妈妈，只吃面前那道青菜，整张脸都快埋进碗里了。以为她是在害羞，他夹了严妈妈那一侧的蜜汁烤腿放入她碗中："你不是最喜欢吃烤鸡腿，怎么今天不吃？"

罗莉还是不敢抬头，讷讷地道："哦，我待会儿自己夹。"

"不要客气，我们都是一家人。"严熙冬见她是打定主意不抬头了，索性将其他菜也悉数夹过去，"不要只吃菜，也尝尝这条清蒸鱼。"

"哦！"

"花蛤汤。"

"好吃！"

"炒笋干。"

"可以啦，我自己夹。"

冷冷的狗粮在脸上胡乱地拍，严妈妈忍不住轻咳一声，昭示一下存在感。

严熙冬转头看向目光幽怨的老妈，微侧了侧脸，无声地询问：怎么啦？

严妈妈酸溜溜地出示了下自己的碗，你亲妈呢！

虽然毫无处理婆媳关系的经验，但对于危险嗅觉敏锐的严 Boss 迅速夹了一块排骨到严妈妈碗中："妈，你也吃。"

严妈妈低下头盯着碗里的排骨三秒，泪光盈盈："冬冬！你已经忘了妈妈晚上不吃肉了！"果然是有了媳妇就忘了娘！

"什么时候的事？"严熙冬确定自己从没听过这个说法。

"从半年前开始！"严妈妈指控。

"半年前我不在家。"

"怎么不去你爸爸和弟弟那儿了解？"

“妈，我错了。”好吧，严熙冬明智认错，夹了根青菜放进严妈妈碗里终结话题。

严妈妈泪流满面地放下碗：“冬冬，还记得妈妈最喜欢吃什么吗！”

“鱼肉？”

“那为什么不给妈妈夹鱼肉了？”

“妈，你不是刚说晚上不吃肉？”

“虽然我不吃，但是妈妈要看到你的心意！你刚刚是不是犹豫了一秒！”

“……”

莫名爆发婆媳危机的第一天，严 Boss 心好累。

罗莉纠结了一晚，临睡前含蓄地按着手机，将这个不太美好的婆媳初遇短信给 Boss。

严熙冬起床看到这条消息时正准备出门买早点，想到罗莉容易令人误导的攻击性美貌和昨日种种蛛丝马迹，只觉重负在身。

咔嚓！

严熙冬站在玄关沉思之际，大门突然被旋开。

“吓！怎么一声不吭地站在大门口？”严妈妈吓得差点把手里的菜全丢了。

“妈，这么早就起来了？”严熙冬忙接过严妈妈手里的菜将她迎进来，“你昨天才刚回来，我还想让你今天好好休息。”

“我没事，妈妈就是来照顾你们的，不用休息。”严妈妈摆摆手，她的头发只是胡乱扎起，额前和颈后散着碎发，脸色有些憔悴，被严爸爸娇宠了几十年的她，第一次不顾及形象，认认真真地在学着照顾儿子和怀孕的媳妇，“看来我起得还不够早，原本想做好早餐等你们起来就可以吃。”

严熙冬轻柔地揽住了严妈妈的肩，他是个感情内敛的人，这已经是他对家人感情最深的流露。

将食材分门别类的一一放好时，严熙冬看着手中那袋不明形状物体，僵住了：“妈，你买了什么？”

“羊腰子啊！”严妈妈用力挥去昨天脑中那个性感娇娃前凸后翘的火辣身影，将另一个袋子塞进儿子僵硬的手里，慈爱地道，“这是杜仲、巴戟和枸杞，妈妈炖好了今晚给你做夜宵。”

严熙冬木着脸：“妈，我不需要这个。”

严妈妈回以一记意味深长的笑容，毫不客气地给了儿子膝盖一箭，“你不要以为自己还年轻，身体是自己的，你过完年就已经三十四岁了，当年你爸爸在这个年纪时，你都已经上初中了，听妈的，羊腰子该吃还是要吃！”比起儿子，儿媳妇还这么年轻，她想了一夜，儿大不由娘，她会努力接受这个风情万种的大儿媳，但她担心这个不解风情的儿子 hold 不住她啊！

严熙冬捂着疼痛的膝盖：“妈，你想太多了。”

“不，是你想得太少了。”严妈妈一片拳拳慈母心，“羊腰子我每隔两天炖一对，吃一个月最好了。只是炖汤是让你补身，现在毕竟是非常时期，你们还是要注意节制一点哦。”

严熙冬艰难地道：“妈，事情不是你想的那样。”

严妈妈回过头神秘地眨了下眼睛，包容地道：“知道，妈都知道！”

“你不知道。”

“知道！妈妈知道！”

“妈！”严熙冬眼睁睁地看着严妈妈身手敏捷地从他手里抢过羊腰子，愉快地进了厨房，“你真的不知道。”

严 Boss 揉着太阳穴，感觉自己在新的一年又沧桑了十岁。然而一波未平一波又起，下午三点，未来丈母娘上线了。

去虹桥火车站接回罗妈妈后，严熙冬将堆积如山的行李分两次搬运进来。气喘吁吁地将最后一个行李箱推到客房，他走进厨房想为自己泡一杯蜂蜜水，却迎面撞进诡谲的氛围中。

正准备进厨房炖汤大显身手的罗妈妈，微笑：“你好，我是罗莉的妈妈。”

要捍卫厨房权威以及儿子的腰子的严妈妈：“你好，我是熙冬的母亲。”

无形的电流在两人眼中闪动。

严熙冬默默地将刚踏进厨房的脚又退回去。

一脸无奈地坐在大厅的罗莉和他交换了一个心有戚戚的眼神。

“亲家母远道而来就先去休息吧，想做什么告诉我就好。”知道当初大儿子和罗莉的恋情曾遭到罗妈妈反对的严母决心先露一手展现威慑力。

“怎么好麻烦亲家，罗莉最近胃口不好，她最爱吃我做的荔枝肉，还是我自己来吧。”担心蠢女儿未婚先孕在婆家掉价的罗妈妈也决定掌握主动权。

严妈妈优雅地挡住锅：“荔枝肉也是我的拿手菜呢，冬冬最喜欢吃我给他做的荔枝肉了，让我来吧。”

罗妈妈四两拨千斤地转到灶台另一侧：“亲家母太客气了，小严在我家做客时也吃过我做的，赞不绝口呢！亲家母还是尝尝我的手艺，哎哟！”罗妈妈看着锅内来不及收起的羊腰子，露出了别有意味之色，“是羊腰子啊。”

严熙冬摘下眼镜不忍卒睹，沉痛地扭过头。

罗妈妈继续道：“没关系，我也拿手炖羊腰呀。”

远方的罗爸爸忽然打了个喷嚏。

“不用麻烦亲家母了，我来就好。”

“我来吧！”

“我来！”

“还是我来……”

罗莉、严熙冬：“妈！外卖到了，过来吃吧。”

第一回合：平手。

双方选手不情愿地偃旗息鼓了。

罗莉偷偷拉下严 Boss，贴在他耳畔小声道：“你真的最喜欢吃荔枝肉吗？”他向来不都是吃清淡的口味？

严熙冬掌住她的后脑勺偏头亲了亲那弯红唇：“你最喜欢的不也是烤鸡腿吗？”

好吧，一切尽在不言中。

翌日一大早，晚了一步起床的罗妈妈只得眼睁睁地看着严妈妈牢牢把住厨房大权。

到了第三日，五点就蹲守厨房的罗妈妈终于摸到掌勺的位置。

城门失火殃及池鱼，罗莉与严熙冬在高压之下被迫一天比一天早起吃饭。

“不能再这样下去了！”罗莉朝严熙冬使了个眼色。

严 Boss 没有回话，他扶了扶眼镜，镜片亮起一道白光。

看见这道睿智之光罗莉心中不由安定许多，也有了更多勇气，去直面此刻的水深火热。

“我家罗莉最听话了，既勤快又懂事，平时在家里就经常早起帮忙做家务，追她的人能从我家大门口排到南门桥。”罗妈妈脸不红气不喘地道。

懒癌无药可救的罗莉羞愧得头也不敢抬。

严妈妈不甘示弱：“我家冬冬也是，聪明能干，人又上进，又温柔体贴，好多女孩子追他咧，可惜他一直沉迷于工作无法自拔才耽误了找对象。”

不到半个月的时间，就被两位前女友甩掉的工作狂严 Boss 安静如鸡。

“其实我家罗莉脑袋瓜也很聪明，只是她需要人鞭策。初中有一次她期中考，九门功课六门不及格，回家后我和她爸爸就好好教育了她，期末考时她竟能考进全班前十呢，下学期就马上进了重点班！”罗妈妈骄傲地道。

“冬冬读书时也一直都是重点班呢，”严妈妈叹了口气，“可惜中考时生了病，数学考砸了。”

“哎呀，这可真糟糕啊，最怕就是孩子在中、高考的时候生病。”

“是呀，才考了 147 分，原本摸底考时是全市第一，结果变成了第三名，唉。”

真学渣罗莉："……"

学渣她娘："……"

"头儿，辛苦了！"铁娘子李亚楠同情地一拍 Boss 的肩，世界上最艰难的事莫过于让丈母娘和老娘一起生活。

严熙冬疲惫地挥了挥手，带过这个沉重的话题。

不谈，心累。

脚下渐渐喧哗起来的营业大厅一扫此前门可罗雀的冷清，在这个早春悄然焕发生机。

经历了宛如极速过山车般刺激心脏的一年，深受重创的投资者们虽依然心有余悸，但这个渐渐复苏的市场似勾人心魄的女妖，三三两两，抵不过诱惑的股民又重新回归。

铁娘子冷静地汇报："这一周每天有数十个新增客户，这还是在我们的新产品还没有大规模宣传的情况下，等宣发部打出广告，至少会翻三到五倍。"

新的一年公司将委托理财业务转型开发成多种理财产品，根据风险标识，从低到高分为 R1（谨慎型）、R2（稳健型）、R3（平衡型）、R4（进取型）、R5（激进型）五个等级。

除了 R1 之外，其他四种类型不保证本金。但保本对应着低息，其他的高收益也同样对应着高风险。投资者可以根据自身的情况来选择购买，同时也能将公司的未来损失降至最低，保证盈利。

严熙冬微一颔首："很好。"

快要凑齐老婆本了，为了以后的奶粉钱，还须努力加油。

"在交易厅内再开设一栏股评和选股技巧吧。"严熙冬思忖了下，着手让李亚楠去布置，毕竟双赢才是真正的长久之道。

"放心吧头儿，敢在这个时候再次入市的客户多少都有两把刷子，有些已经能通过 T+0 来逐渐缩小亏损，这两天公司也开始有融资融券的账户增加，吃一堑长一智，经历过股灾的客户群比从前更成熟，适宜长期发展。"

"市场淘汰掉一批高峰期盲目跟进，甚至连 K 线图也没有概念的股市新人，余下的终于有了止损概念，不再满仓操作。”严熙冬感慨道，“天下毕竟没有白吃的午餐，高收益永远伴随着高风险，可惜等到认识这一点时，付出的代价太沉重了。”

李亚楠想起那些被整个狂热市场推动的昙花一现的“股神们”，他们一夜暴富，但陨落的速度也同样快如流星，令人不禁唏嘘。

严熙冬清冷的声音唤回她的思绪：“经营维系新客户群就交给你和客户经理，这段时间要辛苦你们了。”

虽然没有办法在今年恢复到巅峰时期，但保持这个增长势头，两年内足够他将身上的数百万债务还清。

严熙冬双手撑在栏杆两侧，微微低头，镜片后那双惯常冷淡的眼俯瞰着底下进进出出的人群，终于能极轻微地，稍稍吁了口气。

他也是凡人，午夜梦回，他也曾想过若是这次破釜沉舟的豪赌失败了，该怎么办？

其实他比谁都害怕自己无法翻身，他怕心爱的女人会跟着他吃苦，怕她后悔当初毅然在他的人生最低谷选择了他，害怕无法提供给他们的孩子最好的教育、快乐无忧的生活，更怕，未来有一天，当她累了倦了，会怨恨是他拖累了她。

每每想到这点，他便夜不能寐。如今有了孩子，他更觉时间紧迫，每日定下闹钟将自己的睡眠时间又压缩了一半，因此担心忍不住冲动只是其一，更重要的是他怕扰了她的好眠，才主动分房。

只是由此，似乎让罗妈妈有了什么不可描述的误解。第二天被塞了双倍羊腰子的严 Boss 只得连夜又搬回主卧。

“今天怎么样？”走出办公室前严熙冬给罗莉发了一条简讯。

罗莉：貌似开始谈聘礼了，我好慌。

严熙冬：我现在就回去，有没有什么需要我带的？

罗莉：我想吃樱桃！

严熙冬：等我。

严熙冬提着樱桃站在门前深吸一口气，扬起泰然自若的轻松笑容打开门：“我回来了。”

然而只有罗莉啪嗒啪嗒地扑上前迎接：“亲爱哒，你回来啦！”

客厅内相对而坐的两位妈妈听到声音只是同时敷衍地朝他扯了扯嘴角，勉强算是打了个招呼，继续对招。

……

“黄金三两三没问题，再多一点也可以。”

罗妈妈正气凛然：“我们只要项链、耳环、戒指、手镯五金齐了就够了，不需要再多添，最重要的是罗莉喜欢就行。”F市的风俗就是男方送上的五件黄金的重量大约在三两三，作为聘礼之一。

严妈妈也很豪气：“那好，下午我们就去逛金店，罗莉喜欢什么就买什么。”

罗妈妈不甘示弱：“那罗莉和小严的衣服也一起买了吧，小严，阿姨打算给你买两套西装和一套便服怎么样？”聘礼还包括男方要送两套服装前去迎亲，而女方则回赠两套作为答礼。当然，要是经济条件比较好的人家，件数可以继续增加。

严妈妈慈爱地朝罗莉挥挥手：“小莉呀，你觉得两套裙装，两套裤装好不好？”

罗妈妈：“小严，阿姨觉得你穿皮衣也特别帅，不然再加一套皮衣吧。”

严妈妈：“小莉，你喜欢什么牌子的化妆品呀？不要害羞，尽管说！”

“小严呀……”

“小莉呀……”

罗莉扶额低叹：“又开始了……”

严熙冬揽住她的肩：“别担心，我已经有办法了。”

培养一个长期的共同兴趣爱好，让两个人有更多共同语言和行动参与度，无疑是化干戈为玉帛的最佳方法。

罗莉已经从铁娘子李亚楠那边得到了情报，当初Boss追求她期间那一系列跑偏的《霸道总裁爱上我》正是出自严妈妈的手笔。

是的，虽然身为祖国高尚的园丁，但严妈妈在严父的常年娇宠下，依然保持着一颗粉红色的少女心，是偶像剧的常驻拥护者。

“问题就出在这里，”罗莉单手捂住脸，“我妈妈是资深恐怖片爱好者。”

她们俩的画风完全是南辕北辙好吗！

“不是让你别担心吗，”严 Boss 扶了扶眼睛，露出自信从容的微笑，“我们可以找一部同时兼具二者要求的电视剧。”

对老牌家庭主妇而言，还有什么比追剧能更快地激发她们的共同语言呢?

于是这个周末，在经历了两个白天加一个夜晚的金店和商场摧残，星期天这晚心力交瘁的严熙冬和罗莉晚饭后一左一右地各自拉住自家妈妈。

严熙冬引着严妈妈坐在家庭影院前：“妈这几天辛苦了，今晚好好放松一下，我们一起看看电视吧。”

严妈妈不明所以：“你不是向来不喜欢看电视？”偶尔拉着他一起看偶像剧，总是面有菜色早早退场。

“妈难得过来，我们陪你是应该的。”严熙冬打开屏幕调出最近风靡欧美的吸血鬼偶像剧，银幕上明亮青春的色调和各色俊男美女，果不其然迅速地吸引了严妈妈的注意。

“是美剧呀，好像挺不错，是哈利·波特那种魔幻风格吗？”

严熙冬不确定地道：“应该是？”为防万一，他飞快地把锅甩给下属，“是亚楠推荐的，她说让你不要老是看韩剧，剧情千篇一律，美剧的剧情设定还有特效比韩剧好多了。”

“会不会恐怖啊？我喜欢看言情剧。”

严熙冬熟练地搬出李亚楠的台词：“这部就是披着吸血鬼皮的校园青春偶像剧，一点也不恐怖，放心。”

另一边的罗莉凑到罗妈妈身边：“妈，来来来，一起看！”

罗妈妈看着片头，挑剔地扬起一边眉：“吸血鬼？感觉欧美的恐怖片都是血浆片，没有日本的惊悚有感觉。”

"但是欧美的片子特效好呀，再说日韩来来回回都是走心理战术，偶尔看部直白点的欧美剧换个口味，大鱼大肉吃多了也来点清粥小菜调味呀。"

座位安排依次是：严熙冬、严妈妈、罗妈妈、罗莉。

故事开头美丽的女主角E是个高中生，父母因车祸去世，伤心的她与学校一位新来的英俊转校生S彼此一见钟情。

严妈妈双眼亮晶晶，两手交握在胸前，被男女主之间强烈的荷尔蒙吸引力勾出澎湃的少女心："哎呀，这么精良的片子还是电视剧？第一季都出完了？真好！"

罗妈妈百无聊赖地打了个哈欠："你是不是放错片子了？"说好的恐怖片呢？

罗莉："再等等？"

千呼万唤中，邪恶的男二号D登场了，一出现便肆无忌惮地杀人。

罗妈妈精神一振，坐直了身："嗯，有点意思了。"

严妈妈："啊！！！"

罗莉捂着耳朵扭过脸，说实话，她没有被电视吓到，但被未来婆婆吓到了。

这部被精挑细选出来的恐怖片中的小清新，只让严妈妈坚持了一集。

伴随着男二号D干脆利落地扭断了路人甲的脖子，隔三岔五尖叫配乐的严妈妈起身："好恐怖，不看了不看了，再看今晚就不敢睡了。"

罗妈妈谈笑自若地吃着水果："不够劲儿呀，不过剧情设定还可以，我再看一会儿。"

严妈妈心有余悸："亲家母，你都不怕吗？"

"有什么好怕的，不就是装了一对假牙，演员个个也长得都挺人模人样，我还以为会有怪兽异形呢。"罗妈妈还觉得不够刺激。

"啊呀，亲家母胆子真大呀，我可不敢看。"严妈妈敬佩地道。

罗妈妈被她仰望的目光看得豪情倍增，遂耐心地传授经验："你不要怕，这些都是假的，你可以在心里催眠自己，比如这个瞬移咬脖子，你可以想想烤鸭脖。还有这个血浆，可以当成是西瓜汁、番茄汁。墓地尸体的话，刚好能看看人家老外的道具水平有多高。”

罗莉偷偷溜出门外，一比屋内还在热烈交谈的二老：“你说这是成功了吗？”

虽然和原计划不太一样，不过，严熙冬推了下镜架：“没关系，这也算是殊途同归了。”

殊途，怎么可能那么容易就同归？

事实证明，此刻下结论还为时过早。

短暂的和平持续了一个星期，严熙冬与罗莉看着两位妈妈随着每日讨论剧情，相处越发融洽，欣慰无比。只是由于严妈妈承受力有限，多看几回咬脖子扭脖子爆血浆都需要滚回屋里冷静一下，重口味的罗妈妈过意不去地陪伴了几次后，终于忍不住等严妈妈退场后偷偷继续啃后续剧集。

翌日。

“天哪，原来女主角的妈妈没死，她也是吸血鬼！”严妈妈惊讶地拉过罗妈妈的手，“快来看啊，真是一点都没想到！”

百无聊赖地嗑着瓜子，正有一搭没一搭地陪严母重温剧情的罗妈妈打了个哈欠：“这没什么，女主角的爸爸也是诈死。”

“不要告诉我啊！”严妈妈心塞地捂住耳朵，懊恼道，“我还没有看到这里！”

“呃，”罗妈妈尴尬地补充，“那你就当我什么都没说过吧，反正他最后为了救女主角还是死了。”

“……”严妈妈冷漠脸。

误解了这个表情的罗妈妈急忙补充：“因为复活女主角需要生命力，所以他用自己来替换也是没有办法啊。”

“……”

友尽！

对于友谊的小船说翻就翻，罗莉和严 Boss 原本还试图再抢救一下，然而没等他们想出更好的办法，传说中吃啥吐啥，早晚打卡的孕吐高峰期来临了。

每天早晨伴随着罗莉的“我好饿嗷嗷嗷”！结局必然是蹲在卫生间吐得昏天暗地。

最爱的大鸡腿，吐！

次爱的糖醋排骨，吐！

喜欢的小黄鱼，吐！

放弃治疗的土鸡蛋，吐！

严熙冬心疼地看着饿得嗷嗷叫却依然吃啥吐啥的小罗莉，无肉不欢的她短短一个月就瘦了五斤，这怎么能行？

带着一箱土鸡蛋过来的罗妈妈也毫无办法，罗莉现在鸡鸭鱼肉闻了便吐，就连将鸡蛋味最大限度稀释的蒸蛋也咽不下去。

她吐完后奄奄一息地瘫在沙发上，一手捏纸巾一手揽着垃圾桶，见严熙冬带着一碟洗好的樱桃过来，她毫无食欲地推开，哭哭啼啼地将头塞进 Boss 怀里。这种吃啥啥不香，见啥都反胃的日子还要忍受多久？作为一个吃货啥都不能吃了，生活还有什么意义！

严妈妈倒是颇有经验：“你想吐的时候是不是就是最饿的时候？”

喉咙疼得不想说话，罗莉摸着肚子有气无力地点头。

一饿就想吐，她都想问肚子里的宝宝这到底是让吃还是不让吃啊？

严妈妈道：“那你有没有什么特别想吃的东西？没有营养也没关系，可以先吃一点压一下。”

罗莉沉默了，她表情奇异地看了看严熙冬，小声地道：“有是有，可是我以前从来都没想吃这个东西，不知道为什么这几天突然有了冲动。”

“没关系，怀孕后胃口有变化是正常的，你说吧，想吃就吃。”

罗莉下意识地再看了严熙冬一眼。

严熙冬立刻下军令状：“不用顾忌我，你现在想吃什么？我这就去买。”

被三双眼睛殷切关注的罗莉终于无奈地吐出两个字：“大蒜。”

每天都有爱的亲亲的严 Boss：“……”

罗妈妈当即虎虎生风地赏了她一记爆栗："你知不知道爱吃大蒜的妹子是当不成女主角的！"

罗莉："……"

严熙冬则是背过身深吸一口气，坚决地道："我买！"

靠着大蒜压胃，每天清粥小菜加维生素艰难地熬过了孕吐期，时间已经走到了五月，正是经过两家合力挑选的良辰吉日。

罗莉此刻的肚子已经四个月了。然而刚结束孕吐期的她，非但没有胖，反而比怀孕前瘦了七八斤，事先已经选好的婚纱也因此又送去收了圈腰围。

婚期将近，罗莉回到了 F 市，开始四处投递粉红炸弹，引来朋友圈中一众昔日仰慕者痛哭流涕"女神结婚了新郎不是我"自是不谈，作为死党中最早结婚的人，一直对恋情三缄其口的罗莉也遭到了惨无人道的群嘲逼供。

只怪自己当初把话说得太满，人太铁齿总有一天会遇到铁板。

罗莉每每想起从前自己在死党们面前指天画地信誓旦旦与 Boss 势不两立，总要悲从中来。

按照 F 市的习俗，婚礼前一晚是由女方家来操办出门酒，第二天早上新郎来迎亲后，晚上由男方举办婚礼宴席。

不过罗莉毕竟怀有身孕，连续经历两场酒席太累人了，干脆就把两家的酒宴合并在一起，热热闹闹地过。

迎亲这天，任金笙和王木木一早过来了，罗莉已经化完新娘妆，正对着镜中像被刷了一层厚水泥的妆面皱眉。

为了让妆容能保持一整天，同时在拍摄婚礼录像时能够出效果，所有新娘的脸蛋最少都要经历三层涂墙，好在罗莉的长相美艳，完全 hold 得住大浓妆。

她穿着一袭大红绣金凤旗袍，这套礼服是她还没怀孕前就看中的，谁知计划赶不上变化。

原本担心等到五月的婚礼时肚子会显怀，但她又着实喜欢这套礼服的设计，本着就算穿不上也要带回来挂在自己房里欣赏，逼着 Boss 为她买买买。

没想到稍嫌丰满的她瘦了一圈之后竟是穿得刚刚好，上身后犹如专门为她贴身剪裁一般。旗袍分两层，丝绸吊带内衬完美地贴合身段，外层的红色纱衣及踝，上半身收紧，犹如第二层肌肤一般沿着胸口和细腰往翘臀滑下，至大腿起逐步放松，坠落膝盖时彻底大开，层叠柔软的薄纱犹如在水中摇曳的鱼尾，纱衣表面以金色的水晶和钉珠组成的金凤凰长长的翎羽没入鱼尾，走动间在灯光的折射下随着脚步变换流光四溢，夺人眼球。

此刻这尾艳惊四座的美人鱼亮出涂着大红蔻丹、坠满了两层金戒指的十指，双手又各戴了三对黄金龙凤镯，脖子上还套着沉甸甸的繁花金项圈。为了表达对罗莉这位新妇的重视，严 Boss 把五金分量打得足足的，保证让每位来宾在见到新嫁娘的第一眼就被满眼土豪金亮瞎。

“啊！我的眼睛。”任金笙捂着眼先表达对土豪的唾弃。

王木木则是“啧”了一声，打量着罗莉一身金灿灿下结论：“直男审美，品位堪忧。”

“呃……”

“地下情，嗯？好姐妹，嗯？”任金笙磨刀霍霍，悉数罪名道，“要不是收到你的喜帖我还不知道你恋爱过！新郎到底是何方神圣，瞒了我们这么久！”

罗莉支支吾吾，该来的总是要来，在任金笙和王木木的无情夹击下乖乖地弃械投降：“那个，其实我以前也曾经跟你们提起过他，不算隐瞒。”

王木木精准地道：“前 Boss？”

“啊！不会吧。”任金笙惊呼，“新郎就是你的前老板？以前性骚扰你的那个？”

“……”

曾在温泉与 Boss 有过一面之缘的王木木双手环胸，用着只属于她们彼此能意会的眼神将她里里外外扫了个遍：“自己招还是我帮你招？”

罗莉心虚地低了声：“过程有一点点曲折。”终究是硬着头皮在两道 X 射线的扫描下，老实交代了这段强取豪夺、你追我跑、狗血齐飞的恋情史，末了，还不忘虐狗地补上一句她是被狠心拐带，试图洗白自己隐瞒不报的事实。

要不是郝萌及时登门，罗莉早已惨遭两位摧花狂魔的蹂躏。

身为资深白骨精的郝萌除了平日跑业务之外，是个不折不扣的宅女，她与任金笙还有几次照面，与王木木倒是第一次见。

就算是私下参加好友的婚礼，她也是一身精干的黑色职业套装，与活泼跳脱的罗莉站在一起，倒像是她的姐姐。

乍见任金笙时郝萌有些尴尬。多年前她还在 F 市时，隔壁家的叛逆少年任西顾是任金笙的堂弟，在任西顾十六岁成人礼那夜，任金笙窥破了当年她与西顾之间荒唐暧昧的情愫，曾向她提出了忠告。然而那段恋情被父母撞破后，她自顾自地逃离了，却丢下了年少的西顾独自面对一切。

虽然现在西顾长大了，也谅解了她，两人小心翼翼地保持着礼貌的距离，但郝萌每每想起过往，终是无法释怀。见到任金笙，不由勾起她对那段岁月的记忆。

任金笙也同样眼神复杂地看着她，点头打了个招呼之后，两人就开始沉默。

迟钝星人罗莉完全没发现身边的暗潮汹涌，于是话题终结者王木木主动肩负起炒热气氛的大任，先向郝萌自我介绍：“你好，我是王木木。”

“郝萌。”

浑身自带阴影特效的王木木声音平板地道：“这是我第一次被人夸好萌。”郝萌轻咳一声：“郝萌是我的名字。”

王木木一针见血：“但是你的样子一点也不萌。”

“就像罗莉的样子一点也不萝莉。”郝萌一摊手，“人生总是不能得偿所愿。”

躺着也中枪的罗莉：“……”

第二十章
心之所至是你

伴随着震耳欲聋的鞭炮声，新郎迎亲队到了小区楼下。

严熙冬领着两个弟弟前来闯关。他将额前的刘海一丝不苟地梳至脑后，露出饱满的额头，高定的黑色透银色隐纹西装三件套严谨地贴合身体曲线，凸显他定期健身宽肩细腰的好身段，全身上下唯一的装饰是一对暗金色方形袖扣，吸睛而低调。严熙冬在下车前又仔细理了理袖口，这个难得的日子，向来不苟言笑的他也禁不住嘴角带着微微的笑意。

作为当仁不让的伴郎人选，严熙秋和严熙夏穿着同款的黑色西装，黑领结，一左一右跟在大哥身后，三兄弟皆是长腿，当他们站在一起，大长腿三倍的诱惑力让伴娘团们险些意志不坚。

“只给红包是不够的！”还是任金笙先一步抓回理智，“你需要用诚意打动我们。”

身后的王木木立刻默契十足地递过一个早已准备好的扩音喇叭，露出招牌的阴影式微笑：“来，好好对我们大家表达诚意吧。”

严熙冬：“……”

郝萌比了比小区楼下的围观群众，揶揄地给予提示：“要让大家感受到你对罗莉的浓浓爱意哦。”

这辈子第一次面对大喇叭的严熙冬硬着头皮接过来，他将喇叭举在唇边，酝酿了几秒，扬起声：“罗莉，我爱你！”

透过扩音器，“我爱你”这三个字回荡在小区内外，激起一阵善意的哄笑叫好。门里的罗莉禁不住捂起脸，害羞又甜蜜。

“不够不够！”伴娘团们见到新郎百年难见的窘迫模样，更是起哄，“就这五个字打发我们吗？就算我们答应，也要看看大家答不答应。”

围观群众看热闹不嫌事大，纷纷笑闹：“不答应，再来！”

对于严 Boss 而言，这真的有点破耻度。

但为了迎娶美娇娘，严熙冬今天也是拼了，他再度拿起喇叭，当着所有人的面真诚地说出誓言：“罗莉，我来娶你过门，我发誓这辈子只爱你一个，我会好好照顾你，尽我最大的努力让你幸福，我爱你。”

尾音落下，全场掌声雷动。

伴娘们终于肯让出房门，放新郎进去。

罗莉双颊晕红，美艳得不可方物，垂下眼接过眼前的男人送来的金锡玫瑰捧花。

严熙冬单膝跪在她裙边，执起她的手认真地看进那双勾魂摄魄的眼：“罗莉，我来娶你了。”

她抿着唇绽开小小的微笑，轻轻地点点头：“好。”

下午的婚礼是在一处庄园举行，偌大的草坪上早已布置好座位，每位来宾的座椅背后都系着淡紫色的气球。

由藤蔓和树枝缠绕而成的花门上缀满了粉白相间的玫瑰，郁郁葱葱的绿色草坪上用白色玫瑰花瓣铺出一条鲜花地毯，中央是严熙冬与罗莉的姓氏首字母“YL”连成的花体字。

背景墙搭建成一个洁白的敞开式北欧橱窗，四面竖着由鲜花组成的立柱，顶部覆盖以柔软的白纱，在春日徐徐和风中上下飘飞着。

唯美而梦幻，正切中了罗莉的少女心。

她换了一身洁白的婚纱，一字肩的设计秀出修长的脖颈和线条漂亮的锁骨，肩膀两侧的收口巧妙地做成花苞形，隔着胸前半透明的欧根纱，隐约能窥见底下惊心动魄的波澜。

罗莉微微低下头，身后的化妆师将粉白的玫瑰插在她的发髻上，退开身仔细端详了几秒，赞叹地托着水晶额饰轻轻戴在她头上：“你是我见过的最漂亮的新娘。”

罗莉羞赧地抬起眼看她，眼波流转间醉人的甜意，即便是女人也难以抵挡。

悠扬浪漫的音乐声响起，罗莉戴着白色蕾丝手套，轻轻挽着罗爸爸的手臂，款款走上鲜花地毯。

严熙冬的亲友团中，不少人还是第一次见到这位被他珍藏多年，闻名已久的大美人，登时被这位盛装打扮的新娘惊艳得转不动眼珠子。

“我可算理解大哥为什么被迷得死去活来了。”虽然是第二次见面，然而还是为美色所慑的严熙夏感慨，登时收获了女朋友一顿爱的小拳拳。

严熙夏：已经内伤了好吗?

严熙冬站在鲜花地毯的终点，静静地看着她一步步来到自己的身边。

交接的时候，罗爸爸涨红了一天的眼眶终于没忍住，好面子的他哭着将心爱的女儿的手，依依不舍地交给严熙冬，口中只反复叨念着：“她孩子气重，还不太懂事，你要照顾她，一定要好好照顾她。”

严熙冬郑重地点头：“爸，我会好好照顾她的，你放心。”

罗莉看着爸爸不管不顾地落泪，禁不住眼眶发热，泪盈于眶。

也是在这个时候，她才深刻意识到，她已经要嫁做人妇，离开父母的庇荫，组建属于自己的新家庭，在不远的将来，她又将迎来一个新的小生命，除了做个好妻子之外，更要学着成为一个好母亲。

婚姻是女人的第二次生命。

或许每个女人在面对着即将来临的第二次生命，都是惶恐又期待着。

眼前的男人真的就是那个对的人吗?

他真的会给自己幸福吗?

罗莉忐忑地缩了下手指，随即就被那只大掌牢牢握住，十指交扣。他定定地凝望着她，那紧握着她的手，就算隔着手套，也能感受到他掌心温暖而有力的热度，一点一点煨烫着她惶惑的心。是他了。

罗莉安心地戴上了戒指，阖上眼，仰起头迎上他深深的一吻，将自己彻底交付给了他。

这样的他，已经满足了她所有对爱情与婚姻的想象。

婚礼之后的派对从下午持续到晚上，自助的美食甜点源源不断地送上来，入夜后悬挂在花门和花树上的彩灯闪闪发光，四面展台则燃起了冷焰灯，在夜色中如星河般璀璨的灯火令整个现场如梦似幻。

晚宴一结束，罗莉就被等待已久的严 Boss 拖回去洞房，剩下两对爸妈留下来主持大局。

从下午就一直哭到现在的罗爸爸抱着酒杯，一边喝一边抹泪："我们家的乖妹妹，现在不是我们家的了。"

严爸爸有些尴尬地道："怎么不是啊，都是一家人，你现在是又多了个女婿。"

罗爸爸抽抽噎噎地拉住严爸爸的手："那就让你儿子嫁进来吧，我舍不得我家妹妹搬出去。"

"呃。"

"哎哟老头子又来了，"同样喝高了的罗妈妈与严妈妈倒是重新坐在了一起，"妹妹定了婚期后他就隔三岔五抱着酒躲在书房偷偷哭，啊哟，我也有点想哭了。"

严妈妈也在倒酒："没关系，冬冬很疼老婆，罗莉又这么懂事，不要担心那么多。"

罗妈妈挥着手，打了个酒嗝："哎呀，亲家母，我就老实说了吧，前面她爹交接的时候不是说客套话，其实妹妹她真的不太懂事，人又懒散，房间可以十天半个月不收拾。"

严妈妈捏着酒杯也终于酒后吐真言："其实我家冬冬，哎，性格也，也有点问题，"她期期艾艾地说，"其实他每次交女朋友，不到半个月就被甩了，我就怕冬冬会打一辈子光棍。"

"我家妹妹也是，做事拖拖拉拉，人又胆小，偏偏还窝里横。"

"哎哟你不知道我家冬冬，他也是典型的高智商低情商，挑剔又有洁癖，毫无情趣得像个老头子。"

"我家妹妹……"

"我家冬冬……"

在场唯一清醒的严父面对这三只醉鬼只得默默地扭过头。

这厢，洞房花烛，春宵一刻值千金。

罗莉被严熙冬一路抱回他们的新房，她娇羞地用双手环住他的脖子，被温柔地放在红艳艳的喜被上，闭着眼承受他缠绵悱恻的深吻。

从发现怀孕后，他们已经许久没有亲热了。罗莉悄悄地拉出严熙冬的衬衫下摆，将手伸进去。

“等一下，”作乱的小手被擒住，严熙冬稍稍平复了一下呼吸，退开身，“先洗澡卸妆。”

罗莉：“……”

等她花了快一个小时卸完妆洗完澡后，躁动的心也差不多冷却了。

罗莉走出浴室，布置得喜气洋洋的新房已经熄了吊灯，先一步洗漱好的严熙冬难得慵懒地靠在枕头上，就着昏黄的床头感应灯，正在看书。

见罗莉穿着大红的丝绸睡衣款步走来，他合上书，掀开被子：“上床睡觉吧。”

罗莉慢吞吞地爬上床，自觉地盖好被子，严熙冬熄了灯，然后就真的去睡觉了。

原本还想拿拿乔，再冷一冷他的小罗莉憋不住了，她一个鲤鱼打挺，扑过去按开了床头灯，紧跟着就是一个流畅无比的妩媚侧卧，目光幽怨地看着新婚丈夫：“我今天不美吗？”

“很美。”严熙冬赶紧起身安抚小娇妻，将她揽进怀里，“你在我心里是最美的，只是今天婚礼忙活了一天，你还怀着身孕，我想了想，还是不要太操劳，今晚早点休息的好。”

罗莉哭哭啼啼地摇头：“我不管！你一定是不爱我，嫌弃我了。”

严 Boss 扶着罗莉的肩，探过身去看她，放柔了声：“怎么会，我是担心你太累了，想让你好好休息。”

“今天是我们的新婚之夜，你让我去休息。”

罗莉冷不防一发力，将毫无防备的严熙冬推倒在床上，严熙冬才发现她刚才的指控只是作态，此刻她狡黠地朝他眨了眨眼，举起手中的男式睡衣腰带摇了摇，促狭地去绑他的手：“你要是那么担心，就不准动，你睡你的，我忙我的。”

严熙冬被这个千娇百媚的心上人压在身下。他本不是圣人，这段时日已经是竭尽全力地控制自己，此刻终于压抑不住情动，眼神危险地黯了下来：“好，你先松开我。”

“我不，”罗莉洋洋得意地低头先在他脸上响亮的吧唧一声，“接下来你要听我的！”

她撩起一边长发，姿态撩人地脱去睡衣外袍，严 Boss 的呼吸不由开始加重。她媚眼如丝地趴在他身上，隔着丝薄的吊带，缓缓挤压着他的胸膛……

被她刻意的慢动作折磨着，他禁不住再度请求：“先，放开我好吗？”

“我就不要。”

罗莉任性地开启了作死模式，娇软的手继续放肆地在他身上四处点火。

直到他隐忍着满脸冷汗地哑了声：“请，快一点放开我吧。”

她方才柔媚地解开了他的手。

倏地，一瞬间她就被迅速却温柔地反制在他身下，严熙冬抓住她的手握在唇边狎昵地一吻，开启衣冠禽兽模式：

“小坏蛋，这是你自找的。”

罗莉醒来时房间还是黑压压一片，她下意识地伸手往旁边摸去，霎时被一只温热的大掌抓住手腕。

严熙冬迷蒙中握住一只柔嫩的手，身畔熟悉的香气让他下意识地上前，低头拱着恋人温软的颈窝，按倒后顺势想翻身上去。

等等，猛然记起身下的小罗莉如今已是孩子的妈，半梦半醒的严熙冬现在是彻底清醒了，忙不迭硬侧过身，半坐起来，第一时间去摸罗莉平坦的肚子：“没事吧？刚才压到你没有？”

原本迷迷糊糊的罗莉也被带得清醒了，她揉了揉眼睛，直接伸出一只手勾住严熙冬的脖子将他往下拉，想盖在自己身上，嘴里咕哝着："你起来干什么，天还没亮呢。"

"叩叩！"

严妈妈温柔地在门外提醒："十二点了，快起来吃午饭。"

罗莉："……"

严熙冬也是一愣，戴上眼镜后，拿起放在床头柜的手机：十二点过一分。

厚厚的双层窗帘将光线遮得严严实实，若不是严妈妈提醒，还以为时候尚早。

"起来吧，"严熙冬翻身下床，"要是实在犯困，等会儿吃完午饭了再回来睡。"

罗莉不满意地哼唧一声，耍赖地将头埋在枕头里："你先去刷牙洗脸，好了再叫我。"

等严熙冬从浴室出来，果不其然，深埋在被窝的小罗莉又睡了过去。

他没有再依着她，直接拉开窗帘让被阻隔已久的阳光照进屋，而后严肃地抽走了床上的枕头放在离床铺最远的座位上，对着装死的罗莉道："我不等你了，你一会儿醒来了自己下楼吃饭。"

"啊！不要走，我马上就好啦。"她忙不迭爬起身迷迷瞪瞪就往浴室冲。

"慢一点，慢一点，"严 Boss 顿时糟心地追在小娇妻身后护着，"小心别摔了。"

等这对新婚小夫妻相携下楼时，坐在沙发上看电视的严熙夏严熙秋同时起立，鞠躬，异口同声地道："大嫂好！"

"嗯，你们好。"嫁过来第一天就中午起来，罗莉过意不去地低下头，"不好意思，我今天起得太迟了。"

严妈妈体贴地道："没事儿，昨天办婚礼大家都累了，你还怀着身孕，更应该多休息。"

坐在饭桌上看报纸的严父合上报："不用不好意思，以后这也是你的家，不要拘束。”

轻松的家庭氛围让罗莉也放松了下来，用力点点头：“好！”

出门前罗妈妈的叮嘱浮现在脑海：既然你已经嫁出去了，就要手脚麻利一些，做别人的媳妇不能再这么懒散拖拉。

罗莉在心中暗暗握拳，对！她要好好表现，做一个贤妻良母！

恰好压力锅响了起来，罗莉撸起袖子一个箭步就冲进厨房想帮忙。

“不用不用，我来！”严妈妈吓了一跳，赶紧跟进厨房挥手赶她出去，“你坐着就好，菜都快上好了，不用帮忙。”

“那我去盛饭。”

“不用不用，我来！”

“那我去盛汤。”

“不用不用，我来！”

“那我……”

“冬冬，”严妈妈直接召唤儿子，“陪罗莉玩一下，一会儿来吃饭。”

自己的老婆，快看好。

严熙冬：“……”

严熙秋、严熙夏两兄弟吃得最快，严父吃完后戴上眼镜，拿着一张报纸也去了阳台，唯有严妈妈盯着配合罗莉的龟速、慢慢用餐的大儿子，几番欲言又止。

终于等到严熙冬放下了筷子，严妈妈使了个眼色，他不明所以地跟着母上大人去了阳台，待两人一离开罗莉的视线范围以内，严妈妈立即拧紧了他的耳朵：“蠢儿子，妈要被你气死了！也不看看你媳妇现在什么情况，还胡来！”

从小学起，近三十年来没有享受过这种“别人家的小孩”待遇的严Boss尴尬地束手就擒：“嗯。”

在一旁坐着摇椅看报纸的严父默默地投去同情地一瞥。

“看什么看，你有意见！”严妈妈留意到这个眼神，火力十足地转向老公。

严父立刻重新竖起报纸，假装自己只是个无辜的路人甲。

“你看看你，从小就没让我操心，怎么临老就不懂事。”

严熙冬忍不住小声反驳：“等一下，我现在还没有老。”

“这个是重点吗？总之，在我的小孙孙生下来之前，要小心再小心，不准再胡来。”

罗莉完全没发现这场不见血的交锋，在婚后第四天，严熙冬回到了上海，而罗莉则留在 F 市。

毕竟君安金融正值非常时期，等罗莉到了孕后期，全力冲刺事业的严熙冬也难以兼顾，而罗莉留在老家，也更方便两家人轮流照顾。

两人约定，严熙冬每周五晚上飞回来，周末的下午离开。

Boss 临走的前一个晚上，罗莉赖在他怀里最后温存了一次，第二天醒来，枕畔的温度早已冰凉。孕期多愁善感的罗莉心情低落了一整天，直到晚上收工回家的严 Boss 开启了视频，才稍稍回温。

也不知道是为了排解持续走低的情绪，还是结束孕吐期后就是食欲高峰，罗莉进入妊娠第五个月后胃口大开，胸部前进了一个罩杯，现在是 F。一直不显怀的肚子终于开始像吹了气的气球一般迅速变大，腹部中央渐渐出现了一条浅棕色妊娠线，四肢也慢慢圆润了起来。

罗莉越来越经常站在镜子前，对着镜子审视着自己的身材，轻轻地抚摸着隆起的肚子，身体每一日的变化是那么神奇，却又不免让她担忧。

“要是生完孩子以后，身材恢复不回来怎么办？”罗莉对着陪她散步回来的任金笙嘤嘤诉苦。

“放心吧，一定不会的！还记得以前我们班的班主任吗，她休了产假后回来身材还更好了。”一有空就过来陪寂寞的闺蜜遛弯，任金笙摆事实讲道理地安抚她。

罗莉幽幽地道：“你怎么不说那个生完后身材是怀孕前两倍的生物老师？”

“人生总是难免会有意外。”任金笙双手捧起罗莉快要埋进 F 罩杯的脸，“再说，身为一个大美人，你有什么好担心的？”

罗莉正色道：“笙笙，你觉得我的内在美怎么样？”

“嗯，挺好的。”

“那你说出我的十个优点。”

“能不能打个对折？”

“我就知道！嘤嘤嘤——”罗莉一把将任金笙的头摁在自己的F杯上，“你肯定也是觉得我胸大无脑，是草包美人。”

“绝对没有！”快要被憋窒息的任金笙指天发誓，“你就是智慧与美貌的完美结合，天真善良清纯美好！”

“讨厌！”罗莉喜滋滋地捂住脸，“不要老是这么直白嘛。”

夜深人静，白天补眠补过头的罗莉在凌晨三点醒来。

好想吃宵夜。

罗莉披衣而起，原本想去楼下弄点吃的，但当她低头看着自己犹如冬笋般白胖的脚踝，默默地又缩了回去。

当肉体空虚时，精神也分外空虚。她扳着指头数了数，还有三天Boss才能回来。

罗莉深深地叹了口气，幽怨地靠在床头，好想他呀。

黑夜总能轻易地挑动情绪。

她托着腮思念着千里之外的恋人，却又不想打电话，吵醒了他的好梦。

爱情能让最迟钝的人都变得温柔起来。

好想见他。

敌不过思念，罗莉悄悄走出房间，拧开了书房的门。

听婆婆说过，Boss不喜欢拍照，家里只有他学生时代的照片。

罗莉在高得顶到天花板的书柜前翻找了半天，终于在墙角一隅发现了一本浅蓝色的相册。

啊，原来少年时代的Boss就是这么不苟言笑的啊。

罗莉不自觉弯起嘴角，抚摸着照片中那个穿着白衬衫，牢牢扣紧衣领，挎着书包，留着规整平头的冷峻少年。

他充满忍耐地注视着镜头，她几乎能看到那张脸上具象化地写着：拍够了没有？

要不是每张照片的背景不同，他如出一辙的表情简直要让人以为那都是复制粘贴。

罗莉越看越喜感，她抱着相册准备带回自己房间时，倏地，从底部掉出了一张照片。

咦？那张照片没有夹进去吗？

她慢慢地弯下身捡起这张照片，待她翻过来时，她愣住了。

边缘微微发黄的照片中，有个青涩的扎着马尾的小姑娘靠在车窗旁，手中拈着一片金黄的梧桐叶，侧着脸，似烦恼似沉思……

罗莉第一眼就认出了这张眼熟无比的面孔。

这是，十几岁的我？

罗莉怔怔地盯着照片中少女时代的自己，心思如电般掠过多年前她曾对他好奇的询问：

“为什么会这么突然地喜欢我？”

他那时候语调微乎其微地顿了下：“不是突然，也说不上是什么时候。”

当年的她对他这个敷衍的回答很不满意，如今再回忆起来，却有一种隐秘而雀跃的甜蜜。

原来，多年前他早已暗暗地喜欢着她。

罗莉将照片捂在胸口，飘飘然捧着脸，左右心室简直像贴了八个暖宝宝般的温暖。

严熙冬就像是一杯苦茶。

初初接触令人心生怯意，退避三舍。

但要是耐心品尝，悠长而回甘的喉韵，教人沉醉其中，欲罢不能。

越懂他，就越能发现他的优秀。

她也越忍不住担心自己不够好，怕自己跟不上他的脚步。

这种“男神原来早已是自己的裙下之臣”的惊喜，简直最大限度地满足了她的虚荣心。

罗莉将自己的照片小心地放回原位，捧起相册蹑手蹑脚地回到了卧室。将相册翻来覆去又看了三遍，默默地想象着十几年前的他，偷偷注视着她的模样，罗莉闭上眼躺在床上，随着窗外的天光渐渐亮起一线鱼肚白，终于沉沉地陷入了黑甜梦乡。

严熙冬这两天与小妻子视频时总觉得她的眼神颇为意味深长。

这周回去后罗莉破天荒要求他多停留一天，他垂目看着依偎在怀中眼巴巴地望着自己的小罗莉，只犹豫了不到一分钟：“好吧，败给你了。”他妥协地翻开行程表查看了一下，拿起手机吩咐铁娘子将日程安排延后一天，他晚一天回公司。

“我们明早玩一个游戏吧。”罗莉等严熙冬一讲完电话就将他的手机远远抛开，兴致勃勃地道。

严熙冬侧过身，一手轻轻地摩挲着她的肚子：“什么游戏？”

腹中的小坏蛋似乎能感受到她此刻的好心情，回应地踢蹬着那只隔着肚皮罩在身上的大掌。

罗莉索性躺平，她躺在靠枕上，慵懒地抚摸着已经将脸贴在她肚皮上的严熙冬的发，神秘地道：“现在先不告诉你，等明天你就知道了。”

于是，第二天醒来，发现房间只有自己一个人的严熙冬幽怨地开始了寻妻之旅。

“罗莉？”在家中没有见到她的身影，严熙冬拨下罗莉的电话，却被飞快地拒接了。紧接着她发来一条信息：

不要打电话，我们短信联系，你先去洗漱，等我的下一步安排。

这是要做什么？

一头雾水的严熙冬只得按照恋人的要求去做，五分钟后下一条指令到了：换好衣服，带上零钱，今天搭公交车，出发前记得发短信确认。

严熙冬快速解决完早餐，依言换衣带钱后对她发了条信息：我出发了。

罗莉：现在搭乘前往南公园方向的112路公交车，上车后再发一条确认信息。

112路？

严熙冬看到熟悉的公交车路线，这是他当年大学期间最常搭的班车。巧合吗？

112路的班次较少，幸运的是这次他并没有等太久，他一袭白衬衫打着领带，怀念地上车投了一块钱硬币。

由于今天是工作日，他出发时已经过了高峰期，整个车厢有大半的位置空着，严熙冬在后排一个靠窗的空位坐下，给恋人发完消息后他偏过头漫不经心地望着窗外开始向后奔跑的街景，等待着她的下一步指令。

F市这几年楼盘节节高升，市内到处都在建房，许多建筑如雨后春笋一般冒出，难得有闲情逸致坐在公交车上欣赏街景的严熙冬将眼前的景象与记忆中十几年前的街景做对比，油然生起时移世易的感慨。

不觉已过了许久，手机震动了下，严熙冬忙将注意力从窗外移回，打开一看：

走到你右前方的大美女面前，打个招呼。

严熙冬疑惑地朝着右前方一看，顿时惊得站了起来。

只见坐在那里的罗莉身穿着深蓝色水手领娃娃裙，将一头微卷的长发拉成黑长直，宽松的裙身遮住了她的肚子，减龄的设计搭配发型令她乍看之下犹如回到了学生时代。

他三步并两步走到小娇妻身边，震惊道："罗莉？你这是？"

罗莉却好整以暇地拍了拍身旁的座位："你先坐下。"

他皱眉坐下，握住了她的手："你早上出门怎么不叫我，要是想搭公交车我可以陪你，一声不吭就一个人跑出来让我怎么放心。"

"我坐的士回家陪老妈唠嗑两句，公交车也是选在高峰期后才搭，就连头发也是用一次性拉直板，你只管放心啦。"罗莉双手捧着他的脸，昂起下巴在他皱起的眉间亲了亲，成功令他舒开了眉。

“只此一次，下不为例。”严 Boss 虽然不再皱眉，但依然顽强地板着脸道。

“好啦好啦，就这一次。”罗莉撒娇地凑近他，两指戳着他下压的嘴角往上扬，“你觉得我今天美不美？”

“还不错。”

“什么叫还不错！”她不满地连续又凹了三个造型，朝他飞去一记媚眼，“你再仔细看我，美不美？”

严熙冬失笑，将她揽在怀中：“美，你最美了。”

罗莉自信心十足，将下巴昂得更高了，坏笑着凑在他耳边道：“那么，和你十几年前在这班车上看到的比呢？”

严熙冬：“……”

他终于明白为什么她会突然提议玩这场游戏。

“你那时为什么不来要我的电话？只是默默地看着我就够了吗？就不担心我们再也没有机会见面？”罗莉求知欲十足地道。

严熙冬：“……”

“喂？”罗莉见他只是面无表情地望着自己许久许久，不由伸手在他眼前晃了晃，“魂兮归来？”

下一刻他却是背过身低下头，单手蒙住脸，耳根犹如燃了火一般红艳。

她第一次见到向来冷肃自持的严 Boss 这般害羞的动作。

因为觉得太可爱了，她不由自主地吻了吻那通红的耳尖。

他讶异地转过头望着她，她埋怨地摘下他的眼镜嘟囔着吻上他：“都怪你，太犯规了！”

明明已经喜欢得不能再喜欢了，为什么竟还能令她更加喜欢他呢？

喜欢得想独占他所有不曾被发掘的那一面，喜欢得想令他成为自己永远的裙下之臣。

耀武扬威够了的小罗莉回去后被小心眼儿的 Boss 温柔又有节制地磋磨了几夜，终于老实了。

只是在孕后期乖乖安分守己的罗莉，在预产期前一个月的检查中，宝宝被发现脐带绕颈两周。

"那，那怎么办？"听到医生说要是宝宝在生产时还绕不出来，最好选择剖腹产，臭美的她捂着肚子，"我还是想顺产。"

从怀孕起她就四处打听究竟是剖腹产好还是顺产好？哪个更疼？哪个恢复得快？

经过了咬牙肉疼地对比，爱美的她选择了顺产，然而她腹中的宝宝，显然选择与她不同。

严熙冬在最后一个月回到妻子身边陪她待产，他轻柔地拍抚着她的背："那就跟宝宝商量，让他往反方向多翻两个跟头，绕出来？"

罗莉："我试试？"

最后一个月她一边左侧睡，一边每晚絮絮叨叨地和宝宝打商量。在离预产期前一周深夜，她睡着睡着忽然被身下一片濡湿惊醒。

肚子一点也不疼，睡眼惺忪的她还以为是自己尿裤子了？

结果严熙冬一跃而起，焦急道："是羊水破了！"

接下来是一阵兵荒马乱，她被送到医院内检。或许是连日游说有了成效，宝宝终于翻回去一周半，可以尝试顺产。她舒了口气，趁着肚子还不太疼先洗了个澡，直到两个小时后才开始了阵痛。医生带上了几瓶红牛。她躺在产床上，痛得厉害时抓着 Boss 嗷几声，稍微缓和一些就让 Boss 赶紧喂饭，妈妈负责喂汤，吃饱了才有力气生娃！

好在宝宝也不折腾。

她生的速度算快，觉得快没劲儿时大力喝着红牛，在伴随着强烈下坠感的剧痛中，一声嘹亮的婴啼响彻一室。

"来，妈妈看一眼，是个漂亮的小公主呢。"护士捧着小女婴蹲在她面前。

她吃力地睁开眼转头看去，那张粉嘟嘟哭得丑兮兮的小肉脸不知道是否是母女感应，哭声渐渐歇了下来，整颗心不由自主地柔软起来，她缓缓地勾起嘴角："像她的爸爸呢。"

倒是有泰山崩于前而色不变之称的严 Boss，在医生要将宝宝交给他时，只碰了碰那软软的身子竟不敢再动，央求着让岳母大人帮忙抱起女儿。

罗莉被推出产房时，就见他仰靠在墙上，眼镜插在衣袋中，单手蒙住眼。

见她出来，他急忙戴上眼镜扶住她的推床，眼中的水光一闪而过。

这夜他伏在她耳边，反复地喃喃着："谢谢你，我爱你。"

她笑了，疲惫的脸上却带着说不出的光，绵软地问："那你能爱我多久？"

严熙冬握着她的手："那就像是在问一个 {I LOVE YOU} 的死循环程序能执行多久？"

真的是富有个人特色的回答。

她又想笑了，明明当初对他是那般排斥，为什么现在他的一举一动都能牵动她的心弦？

男人用柔软的毛巾一点点拭干她濡湿的发，温柔地低语着："睡吧，我和宝宝都在这里。"

眼皮终于慢慢沉重起来，迷蒙中，她突然想起了一句话：

你不知道什么时候叶子会变黄，什么时候婴儿会长出第一颗牙……

什么时候，会爱上一个人。

她伸出一只手，立刻就被另一只热热的大掌握住："笨蛋，只爱我一辈子可不够。下一次，我要更早一点再遇见你。"

"好啊，"他看进了她的眼底，"不管多少次，我都一定会找到你。"

番外

番外一　静静不静

长大以后要做什么?

严静芝圆短的小手托着下巴。从幼儿园回来后难得没有第一时间扑向餐桌，而是煞有介事地盘坐在书桌前，一脸严肃地思考着。

几分钟后，严静芝抓了抓头发，长长地叹了口气：“这太难了……”

罗莉看着女儿一边奶声奶气地感叹着，一边慢腾腾地从座椅上爬下来，好奇道：“怎么啦静静？”

“老师布置了周末作业，让小朋友们回家想想长大后要做什么？”

“那静静长大以后想要做什么呢？”

严静芝扁了扁嘴：“我不知道……这太难了……”

“是没想好要做什么吗？”

严静芝摇摇头，两只手摊开，画出一个大大的圆弧：“是我想做的太多啦！我想做船长，可以开好多好多的船。还想开蛋糕店，每天可以吃好多好多的蛋糕……最想做奥特曼！”

罗莉摸摸她的头：“因为可以保护地球吗？”

“不！是因为可以每天打怪兽！”

罗莉：“……”

是的，虽然严静芝的大名中带着一个“静”字，但她显然辜负了这个名字。

与罗莉和严熙冬期望中乖巧文静的女儿不同，严静芝的个性从她还只能满床爬时就表露无遗。

不论怎么调整作息，每到夜里她都精神头十足，酷爱半夜踹醒爸爸陪她玩举高高……当然，在她大到能够挨揍时，亲爱的严爸爸就身体力行地让她戒掉了这个爱好。

她的喜好也和同龄的小女孩不同，布偶和芭比娃娃在她手中永远撑不过十分钟。她最喜欢的就是各式各样的车，小到只有巴掌大的玩具车，大到爸爸的越野车。不包括外婆送的电动儿童车、摇摇车，她的车辆已经堆满了整整两个箱子。可以说，是打败了爸爸，拥有全家最多车子的人哩！

至于罗莉梦想中留着齐刘海儿、长发、穿着粉红蓬蓬裙的小公主已经成了泡影，在小静芝第一次有了自己的审美时，她便强烈要求理发师将长发剪掉，在她娘的拼死阻拦下才将头发保留到了耳根。至于可爱的小裙子……哼，她的偶像可是奥特曼呀，穿着小裙子怎么打怪兽！

当小静芝蹬着皮鞋，穿着帅气的夹克牛仔裤，戴上心爱的棒球帽时，见到她的人无不交口称赞："真是个小帅哥呀！"

罗莉："……"

罗莉深深发愁，难道是小静芝接触的女孩子不够多？或者是让她爸爸带得太多了？

严熙冬推了推眼镜："或许，等她上了幼儿园会好一些？"

于是，假装离开，其实悄悄躲在幼儿园窗外偷偷观察的新手爸妈便沉默地见证：小静芝在上幼儿园的第一天，便跟比她高了半个头的同班小男孩为争夺三轮车的使用权干了一架……并且还成功抢到了。

罗莉扶着额，看着还在得意洋洋地绕着哇哇大哭的小男孩开车挑衅的小静芝……心塞。

眼看着女儿这几年在幼儿园称王称霸，甚至带出了几个小跟班，严熙冬长叹一声，让孩子她妈还是放弃将女儿扭回淑女一途。每周末他就带着小静芝参加亲子社会实践，比如清理小区绿化带的垃圾，参观非物质文化遗产馆，捐赠衣物玩具给贫困山区的孩子，等等。

至少，学习分享和帮助他人，总比日后变成一个混世小魔王强。

“爸爸，我们这周去哪里呀？”小静芝等严熙冬下班后主动问道。

“你的周末作业完成了吗？”严熙冬单手脱下西装外套搭在手臂上，另一只手轻轻揉了揉小家伙毛茸茸的脑袋。

小静芝有些心虚地低下头：“还没有……”

或许是因为她只被爸爸揍过，所以全家她最怕爸爸了，尤其是爸爸板着脸、扶着眼镜朝她一瞪的时候，充满了威慑力！

此刻爸爸一问，她立刻老老实实地回答了。

“长大以后想做什么……”严爸爸“唔”了一声，“明天我们去城郊的育苗基地帮农民伯伯种菜，到时候可以再想一想。”

“好耶！”

虽然是个城市儿童，但小静芝随着爸爸妈妈见过不少世面。可当她坐在爸爸的大车上远远望见那栋高六米、占地两千多平方米的巨型透明建筑时，还是张大了嘴：“哇！好漂亮呀！那是谁住的大房子？”

这栋透明建筑反射着耀眼的阳光，通体晶亮，坐落在一望无际、青翠欲滴的农田间，好似一颗闪闪发光的宝石。

“这就是育苗基地，里面住着的可是各种各样的蔬菜宝宝呢。”

“哇哦！”

小静芝期待极了，但接下来可没有想象中好玩……

“爸爸，我的手好酸了。”小静芝扁着嘴，拉着她的迷你锄头蹲在土坑前。

“可是你才种了不到一个小时，”严熙冬没有插手，小静芝包圆了刨洞、种植、埋土……他只从旁协助，“农民伯伯们可是每天都要这样辛苦干活的。”

“这也太辛苦了，他们不能换个工作吗？”

“如果他们都换了工作，那我们就吃不到好吃的蔬菜水果了，”严熙冬耐心地教导，“所以要尊重他们，不要浪费粮食。”

“我知道了！”小静芝大声道。

严熙冬继续道：“工作有很多种，有些工作是有益于社会的，能帮助别人的，你好好想想长大后要做什么样的工作，想成为什么样的人。”

小静芝似懂非懂地点点头，半晌，突然抬起头：“爸爸！我想到了！我长大以后要当老师！”

严熙冬欣慰地笑了：“告诉爸爸为什么呀？”

小静芝昂起头，将小锄头像宝剑般朝前一举，神采飞扬道：“这样，就可以在我不想工作的时候，让小朋友们帮我工作了！”

严熙冬慢慢扶了扶眼镜，镜片一闪。

小静芝本能地察觉到危险，回忆起被爸爸的巴掌支配的恐惧，瞬间气虚，闭上嘴巴，再不敢偷懒，规规矩矩地埋头干活。

结束社会实践后，小静芝精疲力尽，歪歪扭扭地跟着爸爸回了家。

严熙冬不作声。其实出行前他早已估算好她的体力，以此安排活动，不会让她运动过度。见小家伙摆出这般姿态自然心中有数，便静静地看她表演。

“爸爸，”她宛如醉酒般走路一步一摇晃，进门时一边殷勤地给他递去拖鞋，一边小心翼翼地用眼尾窥探他的脸色，奶声讨好，“我今天是不是很听话呀？”

严熙冬双手环胸，挑了挑眉。

小静芝试探着抱住爸爸的大腿，仰起脑袋露出自己最可爱最无辜的笑容：“爸爸，我这么乖，以后不打我了好不好？”

她爹冷酷无情地拒绝：“不好。”

小静芝深受打击，我这么可爱竟然会被拒绝？

等到临睡前妈妈过来讲床头故事，小静芝就开始偷偷告状了，她捋起袖子让妈妈看看白嫩的爪子，又抓起裤腿展示毫无痕迹的小脚丫：“妈妈你看我的手都变粗了……脚，脚也好酸，今天工作超级累，可是爸爸还凶我！”

罗莉：“呃……”

小静芝将脑袋塞进妈妈的怀里蹭呀蹭：“爸爸太坏了，妈妈今天晚上留下来陪我睡嘛。”

“叩叩！”房门轻叩两声后被旋开，冷酷无情的爸爸探出头来：“不行，你已经六岁了，不再是两三岁的小孩子了，该学会自己独立睡觉了。”

小静芝扁起嘴忍了又忍，不行，忍不住了：“哇啊啊啊……爸爸是坏蛋！”

星期一，教室内，老师弯着腰挨个提问小朋友：“静芝，这两天有没有想好长大以后要做什么了？”

“我已经想好了，我以后要做警察，”严静芝握紧小拳头，“然后抓爸……抓坏蛋！”

番外二　离曲

六点五十。该出门了。

严熙冬手中加快了速度。将最后一件衣服塞进行李箱前，他犹豫了一下，拉开行李箱的夹层，从里面掏出一张照片。

这是一张抓拍，照片的主角是个青涩的小姑娘，她扎着一根马尾辫靠在车窗前，侧着脸，手中拈着一片金黄的梧桐叶发呆。阳光下，仿佛脸上的绒毛都清晰可见。

他不知道她住在哪里，叫什么名字，只有每次在公交车上遇见时默默投去一瞥。

每一天我们都会与无数人相遇，又擦肩而过，原本只是同乘一车的陌生人，却不知为何，竟触动了他的心弦……不过，也该到此为止了。

他的人生早已规划好，前往上海的车票正躺在他的口袋里。他将这张照片夹在相册里放回书架，动作很迅速，仿佛不想让自己后悔。他重新拉上行李箱，走出房门。

“起来啦？”严妈妈正收拾餐桌，见儿子出来忙要去剪豆浆袋，“刚买的豆浆，快趁热喝。”

严熙冬拦住妈妈：“不用剪，我带出去喝。”他在餐桌上拿了吸管和一个鸡蛋，拎着豆浆走向玄关。

严妈妈惊讶地追在他身后道：“这么早要去哪儿呀？别忘了中午的火

车时间。”

严熙冬朝后挥了挥手，没有回头：“我很快就回来。”

现在是春天，来往的行人都减了衣裳，有些爱美的女孩已经穿起轻薄的裙子，但他等待的小姑娘，身上依旧裹得严严实实，似乎比较畏寒。

她微微有些气喘，单肩斜挎着快滑下去的书包，嘴里叼着一片全麦吐司。双眼在车内巡视了一圈后，少女突然径直朝他走来。

向来镇定自若的他竟忽然慌了起来，他握了握拳强自按捺住自己，不动声色地偏头假装望向窗外。

近了……

更近了。

余光中，她在他身旁停下：“不好意思，能让一下吗？”

他尽量自然地转动视线看向她，见她的目光定在他身边的空位上，他恍然大悟，收起霸占着过道的长腿：“好的。”

少女努力缩着大大的书包从青年身前挤进内侧的空位，这也是全车唯一一个座位，虽然这个青年看上去不好接近，但她还有几道作业未完成，只得硬着头皮过来。

一落座，她便打开书包，掏出数学练习册紧急答题。

在平面直角坐标系中，已知△ABC 三个顶点的坐标为 A（2，1），B（-1，-1），C（1，3），点 P 在直线 BC 上运动……

罗莉咬着唇冥思苦想，她从小最怕数学，但第一节就是数学课，要抽查作业。眼看时间一点一滴地过去，她越急越想不出解法。

“Q 的轨迹方程为 y=2x-3。”一道低冷却意外好听的男音突然在耳畔响起。

罗莉吓了一跳，下意识地对上一双藏在银框眼镜后冷淡的眼。

严肃板正的青年身上有着属于成年男人的特质，她没敢多看，只盯着手上的练习册：“你是在说……这道题的答案吗？”

“嗯。”

“谢，谢谢！那个……”罗莉羞赧又紧张地抓着笔，“能，请问一下解法过程吗？”这是道应用题，可不能单写个答案。

“可以。”这是严熙冬唯一一次感觉到身为学霸的好处，“由 B、C 坐标可知直线 BC 方程为 y=2x+1……”

春风拂面，半开的车窗时不时有一些伸长了嫩绿枝桠、急于向路人炫耀刚发的新芽的老树。在这明媚的春光里，他将要离开心爱的姑娘。

时间似乎变得很长，却又异常短暂，在公交车走走停停中，F 中终于要到了。

小姑娘开开心心地将补完的练习册收回书包，站起身：“真的太谢谢你了，我该下车啦！”

严熙冬退开身让她出来，在这错身而过的一瞬间，他蓦地涌上一股冲动：“你……”你能告诉我，你的名字吗？

“啊？”少女讶然回头。

他垂下眼，怕情不自禁的眼神会泄露心底的秘密，终究坐回原位，直到她下车，再也没开口。

奇怪的大人……

罗莉背着书包下车时不自觉地瞥向窗边青年的侧影。

银框眼镜，驼色风衣下，白衬衫一丝不苟地扣到了领口……似乎有些眼熟，他们曾在哪里见过吗？

“铛铛铛！”

钟声响起，罗莉再顾不得其他，全力跑向教室。

算了，只是个陌生人罢了。

严熙冬隔着车窗，远远地望着少女蹦蹦跳跳的背影消失在校门内。也只有在此刻，他才敢放纵自己的视线在她身后流连。

这是……最后一次见面了啊，以后再也不可能相遇了吧。

他将头轻轻抵在车窗上，在心中，静静地与这个年少时令他初次悸动的姑娘说再见。

再见，我的小姑娘。